Pour Mathieu Gassiot
bien amicalement

LES VOYAGES
D'HAZEMBAT

* *

LE PRISONNIER DE TRAFALGAR

DU MÊME AUTEUR

Romans et récits

Contes du pays gris, Bordeaux, 1936
Contes et légendes du Mexique, Paris, Nathan, 1956
Les Dieux du Patamba, Paris, Fayard, 1958
Peinture fraîche, Paris, Fayard, 1960
Sainte Lysistrata, Paris, Fayard, 1962
Le Littératron, Paris, Flammarion, 1964
Honorius, pape, Paris, Flammarion, 1967
Le Fabricant de nuages, Paris, Flammarion, 1969
Les Somnambidules, Paris, Flammarion, 1971
Les Contes de Saint-Glinglin, Paris, Magnard, 1973
Le Ministricule, Paris, Flammarion, 1974
Appelez-moi Thérèse, Paris, Flammarion, 1975
Les Reportages de Rouletabosse, Paris, Magnard, 1978
Le Jeune Homme et la Nuit, Paris, Flammarion, 1979
Le Réveillon de Sophie, Paris, Magnard, 1979
Les Vacances de Rouletabosse, Paris, Magnard, 1980
Petit Gambu, Paris, Magnard, 1981
Les Enquêtes de Rouletabosse, Paris, Magnard, 1983
Les Va-nu-pieds, Paris, Editions universitaires, 1983
Les Voyages d'Hazembat. 1. Marin de Gascogne, Paris, Flammarion, 1984

ROBERT ESCARPIT

LES VOYAGES
D'HAZEMBAT

* *

LE PRISONNIER DE TRAFALGAR

(1801-1818)

roman

FLAMMARION

Printed in France
ISBN 2-08-064737-7

A tous mes enfants et petits-enfants

LES FAMILLES 1801-1818

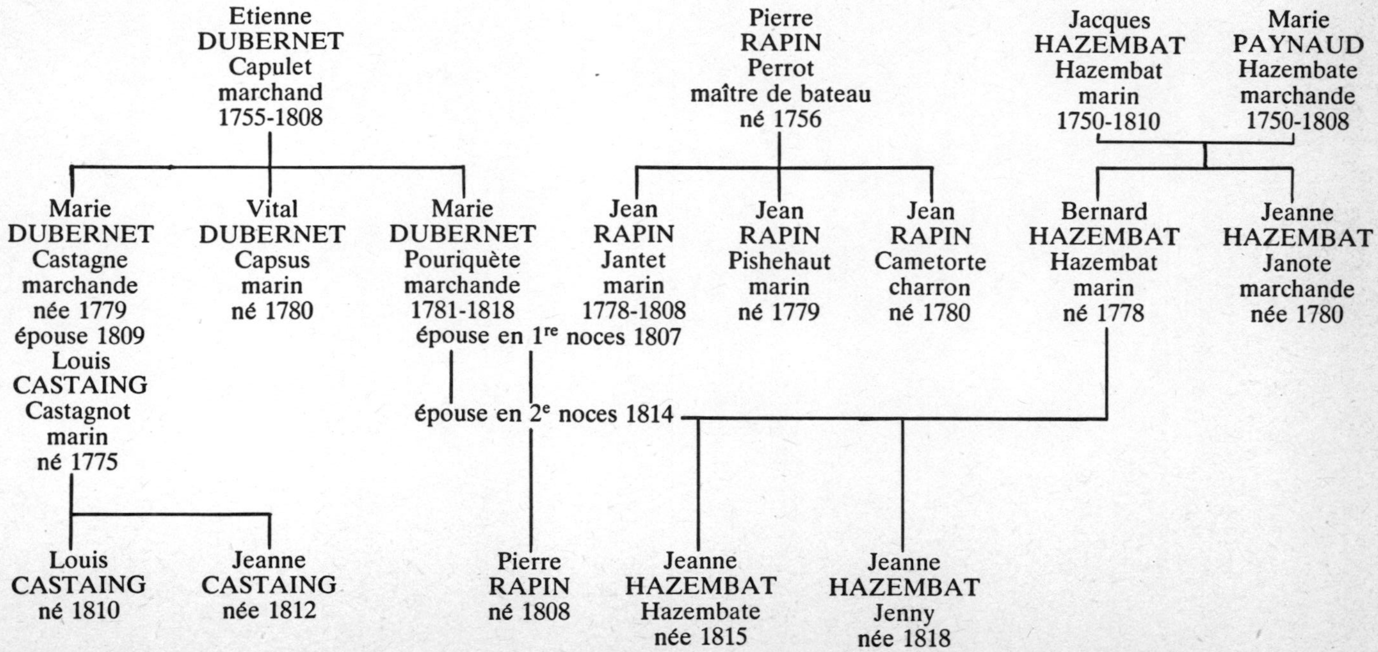

MARIN DE GASCOGNE

Bernard Hazembat, né à Langon le 4 avril 1778, est le fils d'un batelier de la Garonne. Il passe son enfance à Langon avec Jean Rapin, dit Jantet, fils de Pierre Rapin, dit Perrot, maître de bateau et ancien compagnon d'armes de son père. Marie Dubernet, dite Pouriquète, fille d'un marchand, est, depuis leur plus jeune âge, sa « petite amie ».

Il assiste à l'arrivée de la Révolution à Langon. A l'âge de douze ans, il participe à l'expédition de l'armée patriotique bordelaise vers Montauban et s'y lie d'amitié avec Claude O'Quin, surnommé le citoyen Coquin, fils d'une riche famille de négociants bordelais, qui sert dans la garde nationale.

Jusqu'à seize ans, il navigue sur un courau, grosse gabare à voile de la Garonne. En 1794, il s'embarque sur la Belle de Lormont, *navire de commerce bordelais qui force le blocus anglais à destination des Antilles d'où il a promis à Pouriquète de lui rapporter une fleur de vanille.*

*A la Guadeloupe, il fait la connaissance de la jolie mulâtresse Belle Lafortune, fille d'un aubergiste de Pointe-à-Pitre. Puis, son navire s'armant en corsaire, il embarque à bord du navire américain l'*Abigail *et fait un long séjour à Baltimore où il découvre, en même temps que les horreurs de l'esclavage, les plaisirs de la chair.*

*Il s'embarque à nouveau sur l'*Abigail *et, après avoir été sauvé de la guillotine à son passage à la Guadeloupe* *grâce à l'amour de Belle, il découvre la traite des Noirs sur la côte d'Afrique. Puis, à Cuba, il rembarque sur son ancien navire, la* Belle de Lormont, *devenu mi-corsaire, mi-pirate.*

La Belle de Lormont *ayant eu une fin héroïque devant les côtes de Galice, Hazembat, rescapé au village de Cedeira, rentre à Langon par le chemin de Saint-Jacques-de-Compostelle avec le curé basque Don Gorka. Il retrouve Pouriquète, devenue jeune fille, et lui donne sa fleur de vanille. Ils s'aiment passionnément, mais, en 1798, Hazembat est mobilisé dans la marine de guerre où il sert d'abord sur le chasse-marée* Mathurin-Mary, *puis sur le soixante-quatorze canons l'*Argonaute *qui se trouve avoir été le navire sur lequel a servi son père pendant la guerre d'Amérique. Il s'y lie d'amitié avec le lieutenant Leblond-Plassan et l'enseigne Bottereaux, fils d'un armateur nantais. Il y retrouve aussi le maître Papounet, son cousin, conspirateur républicain qui le fait entrer dans la loge des Vengeurs du Peuple.*

Grièvement blessé au large d'Ouessant, puis atteint du scorbut, il repasse par Langon où il célèbre en 1801 ses « accordailles » avec Pouriquète avant de rejoindre Rochefort où Leblond-Plassan le prend comme patron de chaloupe à bord de la Bayonnaise, *corvette où sert déjà son ami d'enfance Jantet comme maître charpentier.*

En passant par Bordeaux, il rend une visite à son ami Jean Dumeau, dit Lanusquet, forgeron aux chantiers de Bacalan, fils d'un riche transporteur des Landes et fervent admirateur de l'ingénieur américain Fulton.

La Bayonnaise *appareille pour les Antilles où les nègres se sont révoltés.*

CHAPITRE I

SANG DE NÈGRE

Avec son équipage de cent dix marins triés sur le volet et ses quatre escouades de soldats de marine, la corvette la *Bayonnaise* était une sorte d'aristocrate des mers. Nettement moins longue et surtout moins large qu'une frégate, elle déployait autant de toile. Sur ses trois mâts dont le plus grand mesurait plus de trente toises, elle portait quatorze voiles principales et onze voiles d'étai. Son armement consistait en vingt canons de 12 livres disposés à barbiche, c'est-à-dire à ciel ouvert sur le pont principal. Tout y était sacrifié à la vitesse et à la maniabilité.

Bien qu'il ne fût que matelot de première classe, sa fonction de patron de la chaloupe du commandant valait à Bernard Hazembat le privilège de manger au plat de la maistrance. Il n'y avait que six places par planche et le réduit était plus exigu que sur l'*Argonaute,* mais tout y sentait le neuf.

C'est au plat que, dès le premier soir, Hazembat retrouva son camarade d'enfance Jean Rapin, dit Jantet, qui était devenu premier maître charpentier sur la *Bayonnaise* après avoir contribué à la construire, sept ans plus tôt, aux chantiers de Bacalan. Jantet était déjà au courant de son arrivée à bord. En quelques mots, Hazembat lui annonça ses accordailles avec Marie Dubernet, dite Pouriquète, dont il savait que Jantet était également amoureux. Le regard droit et ferme, son ami lui tendit la main.

— Je suis content pour elle et pour toi.

Il n'y avait pas l'ombre d'une amertume dans sa voix, mais Hazembat savait qu'il souffrait. Il prolongea la poignée de main.

Un peu plus tard dans la soirée, Jantet le présenta au chirurgien de bord avec lequel il s'était lié d'amitié. C'était un Marseillais triste, au visage buriné, aux cheveux plats et rebelles, au langage un peu pédant. Il s'appelait Sébastien Hugues.

— Vous êtes parent de Victor Hugues, l'ancien gouverneur de la Guadeloupe ? s'enquit Hazembat.

— C'est un cousin. Maintenant, il est gouverneur de la Guyane.

— Il a bien failli me faire guillotiner en 1794.

— Victor a toujours eu la guillotine facile. Il est vrai qu'à cette époque il fallait tenir fermement la situation en main à la Guadeloupe.

— Pourquoi ? Les gros planteurs aristocrates étaient partis et, l'esclavage aboli, les nègres étaient pour la République.

Le docteur le considéra avec une certaine surprise.

— Je vois que tu ne connais pas grand-chose à la situation antillaise, mon garçon. Les nègres sont bien incapables d'être pour quoi que ce soit.

— Ils sont tout de même pour l'abolition de l'esclavage !

— C'est comme si tu disais que les chevaux sont pour l'abolition du dressage. Les nègres ne sont rien de plus que des animaux, plus proches du singe que de l'homme. Le Dr Madden a montré que certains d'entre eux ont six vertèbres lombaires, comme l'orang-outang, et je ne parle pas de leur cerveau qui est de six à neuf onces moins lourd que celui de la femme blanche, lui-même plus petit que celui de l'homme. Ils sont voués à une idiotie congénitale et à une inertie morale qui se traduisent par leur incapacité à s'organiser et à travailler pour survivre. L'esclavage est le moyen le plus humain de les domestiquer et de les arracher aux effets de leur paresse et de leurs instincts bestiaux.

L'escadre appareilla le 4 Floréal de l'An IX. Pendant dix jours, elle vogua en formation de double colonne sur une mer calme sans voir un Anglais, sinon, près des côtes, les voiles lointaines d'une frégate de surveillance qui s'en allait sans doute apporter à la flotte de blocus la nouvelle de la sortie.

Au large des Açores, le navire amiral fit mettre en panne sous une jolie brise d'ouest et une volée de pavillons appela le commandant de la *Bayonnaise* à bord.

Hazembat fit mettre la chaloupe à la mer. C'était un cotre en miniature, armé d'un pierrier à l'avant et pourvu d'un mât sur lequel on pouvait hisser une voile à livarde. Les dix rameurs étaient en place au moment où le lieutenant de vaisseau Leblond-Plassan se présenta à la coupée, salué par les sifflets des maîtres. Dès qu'il fut assis à l'arrière, face à la barre où se tenait Hazembat, ce dernier fit signe au brigadier de proue de dégager à la gaffe, puis il commanda :

— Nagez !

C'était le premier ordre qu'il donnait de sa vie et il fut surpris de l'ensemble parfait avec lequel les avirons dressés s'abattirent sur l'eau. Par acquit de conscience, il donna trois ou quatre fois la cadence, mais l'équipage bien entraîné n'en avait pas besoin.

Leblond-Plassan resta une demi-heure à bord du navire amiral. Quand il revint, il était accompagné d'un contre-amiral d'une quarantaine d'années qui prit place à côté de lui dans la chaloupe.

Le nouveau venu, en hôte de marque, s'installa dans la grande cabine. Leblond-Plassan se fit gréer un cadre dans le bureau attenant à la chambre des cartes.

Dès le retour du commandant, la *Bayonnaise* quitta l'escadre et fit route sud-ouest, toutes voiles dehors. Un peu plus tard, Leblond-Plassan appela Hazembat dans sa cabine improvisée.

— Tu as reconnu notre passager ? demanda-t-il.

— Non, commandant.

— Il est pourtant de tes voisins. Tu es de Langon, n'est-ce pas ? Tu connais Meilhan ?

— Oui, commandant. C'est à deux lieues en aval de Marmande. J'y ai souvent fait escale quand je naviguais sur les couraus de la Garonne.

— Eh bien, l'amiral est le ci-devant baron de Lacrosse et les Lacrosse étaient seigneurs de Meilhan. La première fois que tu es allé à la Guadeloupe, c'était en avril 94, si je ne me trompe ?

— Oui, commandant.

— Lacrosse venait d'y être remplacé par Collot comme gouverneur. Maintenant, il y retourne : on vient de le nommer capitaine général de la Guadeloupe.

— Nous allons à la Guadeloupe, commandant ?

— Oui. Lacrosse va tenter de mettre un peu d'ordre dans le fameux gâchis qu'y a créé la commission du Directoire après le rappel de Victor Hugues. Cela ne se passera pas sans mal. En 93, je crois que Lacrosse était sincèrement républicain, mais le Lacrosse de 1801 n'est plus celui de 1793 !

Tout le reste de la traversée, Hazembat eut fort à faire pour assurer son service auprès de Leblond-Plassan et pour satisfaire les exigences de Lacrosse qui, sans cesse, voulait consulter les dossiers contenus dans les lourdes malles qu'on avait arrimées à l'avant du premier pont. Mais il était porté par l'allégresse secrète que suscitait en lui l'idée de retrouver la Guadeloupe. Plusieurs fois, il rêva de Belle. Il y avait six ans de cela et il sentait encore sur son corps la chaleur de leurs étreintes dans le carbet, près de la plage où ils s'étaient quittés. Avait-elle épousé Céleste Laprune, le nègre patriote ? Son corps s'était-il fané, comme elle avait dit ? L'attente accroissait son désir, étouffant les remords que lui donnait la pensée de Pouriquète.

Poussé par l'alizé, la *Bayonnaise* arriva en vue de la Guadeloupe le matin du 9 Prairial, trente-cinq jours à peine après son départ. Tandis que l'étrave fendait l'eau argentée entre les îlots verdoyants, Hazembat sentait une légère brise de terre lui apporter les mille parfums des tropiques. La flamme de l'amiral flottant au grand mât avait dû être aperçue de la côte car, lorsque la corvette mouilla dans le Petit Cul-de-Sac, un canon se mit à tirer une salve d'honneur.

Il y avait davantage de bateaux dans le port que lors de la dernière visite d'Hazembat. Outre quelques navires de guerre français de faible tonnage, on remarquait deux gros navires de commerce américains et un hollandais.

Leblond-Plassan prit place dans la chaloupe avec l'amiral. Une escouade de soldats constituait l'escorte.

Apparemment, Pointe-à-Pitre n'avait pas changé. Il y avait foule sur l'esplanade d'où avait disparu la silhouette sinistre de la guillotine. A mesure qu'on se rapprochait de la darse, on distinguait les accents d'une musique militaire et des acclamations. Un piquet de soldats se préparait à rendre les honneurs et un groupe d'officiels empanachés se tenait sur l'appontement.

L'œil d'Hazembat glissa le long des arcades, cherchant l'auberge de Papa Lafortune, mais, dans la cohue, il n'arrivait à rien distinguer. Son cœur battit plus vite quand il aperçut des femmes vêtues de cotonnades multicolores comme en portait Belle.

Dès que Lacrosse, aidé d'Hazembat, eut pris pied sur l'appontement, deux officiers en bicorne s'avancèrent vers lui. L'un était un Blanc, l'autre un mulâtre.

— Général Béthencourt, commandant militaire de l'île, amiral, et voici mon adjoint, le chef de demi-brigade Pélage.

Lacrosse répondit au salut et, tirant un papier du revers de sa manche, lut la décision des Consuls le nommant capitaine-général de la Guadeloupe.

Quand le déchargement des bagages fut terminé, Leblond-Plassan dit à Hazembat :

— Sois prêt à cinq heures. D'ici là, quartier libre.

Hazembat posta deux hommes armés dans l'embarcation. La foule bon enfant qui se pressait sur le quai n'avait rien d'inquiétant, mais il avait moins confiance dans les soldats nègres qui erraient par bandes, sans but apparent.

Dès qu'il eut terminé, il fendit la presse et se dirigea

vers les arcades. Aussitôt, les odeurs l'assaillirent, fruits et fleurs mêlés à des senteurs de terre mouillée. Le marché était beaucoup plus animé et mieux fourni que lors de sa dernière visite. Les étals en plein vent s'étaient étendus, envahissant l'esplanade.

Dans la salle d'auberge, pleine et enfumée, Papa Lafortune était assis à une des tables. Il s'était comme rabougri et sa peau fripée avait des tons grisâtres. Il reconnut aussitôt Hazembat.

— Te voilà, fils ? Quel bel homme tu es devenu ! Tu boiras bien un cœur de chauffe avec moi ?

On porta des brindes à la Révolution, à la République, à Bonaparte, à Toussaint Louverture, puis Hazembat demanda :

— Belle n'est pas ici ?

— Elle n'habite pas très loin : sur le chemin des Abymes. C'est là qu'elle vit avec mes petits-enfants.

— Elle a des enfants ?

— Quatre vivants sur six qu'elle a eus jusqu'ici. Céleste est un chaud lapin !

— Elle l'a épousé ? Que devient-il ?

— Il est sergent dans la compagnie du capitaine Gédéon, à Basse-Terre.

Leblond-Plassan revint seul à la chaloupe. Les soldats restaient à terre. Le lendemain, il emmena avec lui une autre escouade. Son second, l'enseigne Ouzanneau, l'accompagnait.

— Nous passerons la journée chez l'amiral, dit-il à Hazembat. Sois prêt à sept heures du soir.

Hazembat eut quelque mal à trouver le chemin des Abymes. C'était une venelle en bordure du marigot. Des cases de bois couvertes de palmes s'entassaient de part et d'autre d'un alignement de flaques où croupissait l'eau de la dernière pluie. N'eût été la luxuriance de la végétation et l'intensité de la lumière, cela aurait fait un peu songer à la misère du quartier des Carmes à Langon.

Un groupe de négrillons nus jouait dans la vase. Hazembat s'arrêta pour leur demander la maison de Belle Laprune. L'un d'entre eux qui pouvait avoir six ans, et dont la peau était plus claire que celle des autres, tourna vers lui des yeux vifs.

— C'est maman. Moi te montrer.

Il le conduisit jusqu'à une case un peu moins délabrée que les autres.

— Là !

Hazembat poussa la porte, cherchant à habituer ses yeux à la pénombre de l'intérieur.

— Belle !

Un froissement d'étoffe lui répondit, tout au fond de la pièce.

— Belle, tu es là ?

— N'approche pas !

La voix était plus profonde et plus rauque, mais il l'aurait reconnue entre mille.

— Belle, c'est moi, Bernard. Je suis venu te voir.

— Je sais, mon père m'a avertie, mais je ne veux pas que tu me voies.

— Pourquoi ?

— Je ne suis plus la Belle que tu as connue. Les filles changent vite ici, tu sais. Je préfère que tu te souviennes de moi comme j'étais quand tu es parti.

Il avançait à tâtons. Peu à peu, il commençait à distinguer une pièce plus propre et plus confortable qu'il n'aurait cru, à voir l'apparence extérieure de la maison. Tout au fond, sur une sorte de couche, il devinait une forme étendue. En même temps, les odeurs qu'il connaissait éveillèrent en lui un violent désir. Tendant la main, il toucha le contour d'une hanche. Il s'agenouilla, cherchant à percer l'ombre de l'angle où se dissimulait le visage. Lentement, il suivit la cuisse, puis, écartant la cotonnade, plaqua sa main sur la peau tiède et douce. Il l'entendit qui pleurait.

— Non, Bernard, non.

Il s'allongea près d'elle, cherchant ses lèvres. Sa main remonta jusqu'au ventre, puis trouva un sein volumineux dans lequel ses doigts s'enfoncèrent avec une frénésie qui redoubla son désir.

Elle avait cessé de pleurer. Leurs bouches se rencontrèrent et le corps étendu s'ouvrit comme une grande fleur sombre. Une longue vague noire les emporta sur un océan sans rivage. Longtemps après, ils se retrouvèrent côte à côte, nus et jeunes comme jadis sur la plage, dans la nuit.

La main de Belle toucha le cordonnet autour du cou d'Hazembat.

— Tu portes toujours ta cocarde ?

— Oui, toujours.

— Tu as donné la fleur de vanille à ta petite poulette ?

— Je l'ai donnée.

— Qu'y a-t-il là-dedans, maintenant ?

— Une boucle de ses cheveux.

Elle saisit la cocarde et, dans l'obscurité, la porta à ses lèvres.

— Elle sera heureuse. De tous les hommes avec qui j'ai fait l'amour, tu es le seul qui m'ait fait sentir que j'étais une femme.

Ils restèrent longtemps silencieux, leurs doigts seuls échangeant des caresses. Quand il émergea de sa torpeur, Hazembat s'aperçut qu'il avait laissé la porte entrouverte.

— Quelqu'un aurait pu entrer, dit-il.

— Non, Bernard monte bonne garde.

— Bernard ?

— Bernard-Toussaint, mon fils aîné. C'est lui qui t'a montré le chemin. Il t'attendait. Quand tu t'en iras, en passant, embrasse-le.

Il cherchait son regard dans l'ombre.

— Tu veux dire…

— Oui, c'est ton fils. Tu vois que tu ne me quitteras pas tout à fait.

— Il le sait ?

— Oui.

Plus tard, en sortant de la case sans avoir revu le visage de Belle, Hazembat aperçut le garçon qui l'observait, à l'écart des autres. Il le rejoignit et s'accroupit auprès de lui. Il n'y avait pas à se tromper sur le gris-vert clair des yeux.

— Bernard, dit-il, je veux que tu saches que je ne t'oublierai jamais.

— Oui… papa.

Le mot frappa Hazembat au cœur. Il serra le petit garçon dans ses bras et lui planta un baiser sur chaque joue.

— Tiens…

Il tira de sa poche le couteau que Lanusquet lui avait donné quand il s'était embarqué sur le *Mathurin-Mary* trois ans plus tôt.

— Garde-le en souvenir de moi. C'est une bonne lame. Sois toujours franc et droit comme elle.

La *Bayonnaise* appareilla le lendemain pour la Dominique où elle resta une semaine, puis elle toucha les Saintes, Marie-Galante, la Désirade. Chaque fois, Leblond-Plassan se rendait à terre. Hazembat supposa qu'il apportait les instructions de Lacrosse.

La corvette revint mouiller devant Pointe-à-Pitre le 21 Prairial. Leblond-Plassan se rendit à terre, mais, cette fois, il ordonna à Hazembat de garder la chaloupe prête à retourner au navire. De l'appontement, on pouvait voir que le marché était moins animé et les patrouilles de soldats blancs plus nombreuses. Ce n'est qu'au bout d'un long moment qu'Hazembat aperçut les trois potences dressées au fond de l'esplanade, à droite de l'église. Il était trop éloigné pour distinguer nettement les corps pendus, mais c'étaient tous trois des nègres et l'un d'entre eux semblait porter les restes d'un uniforme.

Quand Leblond-Plassan revint, il paraissait soucieux. Dès le lendemain, sous les ordres du second lieutenant, l'enseigne Pigache, la chaloupe transporta à terre le dernier contingent des soldats de marine encore présents à bord de la corvette. Puis, le 1er Messidor, après avoir fait ravitailler le navire, le commandant donna l'ordre d'appareiller.

Le lendemain matin, la *Bayonnaise* rencontra la bordure d'un ouragan. Leblond-Plassan dut mettre à la cape plein ouest sur une mer démontée. Il y eut quelques blessés dans l'équipage, dont deux timoniers, ce qui conduisit Hazembat à reprendre du service à la barre. Comme le lui avait dit un jour l'enseigne Bottereaux sur le *Mathurin-Mary,* il fit tout de suite corps avec le navire rapide et léger qui, luttant contre les lames et le vent, répondait comme une chose vivante à chacune de ses sollicitations, éveillant en lui une sorte de plaisir d'amour.

Le troisième jour, le vent mollit et, le soleil ayant reparu, on put faire le point. La corvette vira de bord et fit route est-nord-est.

Ce soir-là, Hazembat retrouva au plat Hugues et Jantet qui avaient passé la journée, l'un à soigner les blessés, l'autre à réparer les avaries causées par la tempête.

— Nous allons sur Saint-Domingue, dit-il, c'est sûr.

Hugues hocha la tête.

— L'escadre doit y être. Il est temps d'intervenir. On dit que les Américains et les Anglais ont conclu un accord secret avec Toussaint Louverture. Si nous ne rétablissons pas l'esclavage, et vite, il ne nous restera qu'à plier bagages !

L'escadre, en effet, était mouillée en rade de Port-Républicain, ci-devant Port-au-Prince. La *Bayonnaise* fit les saluts réglementaires, puis des pavillons multicolores montèrent à la corne d'artimon, échangeant des messages avec le navire amiral.

Peu après, Leblond-Plassan commanda la chaloupe pour s'y rendre. L'aide de camp de l'amiral l'attendait à la coupée, le visage tendu.

Quand il fut rentré à bord, Leblond-Plassan fit appeler Hazembat.

— Demain matin, tu feras armer la chaloupe et le canot et tu iras à terre avec le lieutenant Pigache embarquer une compagnie de soldats que nous allons transporter à la Guadeloupe.

— Bien, commandant... Commandant, est-ce que je peux vous demander quelque chose ?

— Parle.

— C'est vrai qu'on va rétablir l'esclavage ?

— Pratiquement, c'est déjà fait. On n'attend plus que la confirmation de Paris et cela ne saurait tarder. Ici, à Saint-Domingue, Toussaint Louverture arbore encore le drapeau tricolore, mais il s'est fait nommer gouverneur à vie. Dans peu de temps, il proclamera l'indépendance. C'est ce que Lacrosse essaie d'éviter à la Guadeloupe, mais je doute qu'il emploie les meilleures méthodes.

Il fit un geste dans la direction d'un coffre.

— Tiens, attrape la bouteille qui est là. Un verre de médoc ne nous fera de mal ni à toi, ni à moi.

Comme se parlant à lui-même, il poursuivit :

— L'amiral n'a pas assez de forces pour intervenir contre Toussaint Louverture. Il a dépêché deux frégates en France pour demander des renforts, mais ce n'est ni avec des soldats, ni avec des canons qu'on réglera le problème. Je crains des massacres. La Révolution, ce n'est pas facile, Hazembat.

Il leva son verre.

— Buvons tout de même à la liberté, à l'égalité et à la fraternité !

Le médoc était bon, mais, en buvant, Hazembat se souvint de Brutus Boyreau, le Montagnard de Langon, lui disant que le vin pouvait prendre un goût de sang.

Du sang, il en coula à flots dans les mois qui suivirent, quand les nègres de Basse-Terre, à la nouvelle du rétablissement de l'esclavage, se soulevèrent, quand Pélage puis Delgrès se mutinèrent contre Lacrosse.

Hazembat ne devait jamais oublier l'horreur de ces corps suppliciés, mutilés, blancs ou noirs, qu'il rencontrait dans les ruines des villages incendiés quand l'équipage de la *Bayonnaise* participait aux opérations de représailles, ni la panique qui tordait le visage des rescapés, ni la soif d'égorger, de fusiller, de pendre, de brûler vif qui semblait s'être emparée de toute la population, ni la folie meurtrière qui balayait l'île comme une tornade.

Une fois, près de Pointe-Noire, Hazembat accompagna Pigache qui commandait une de ces expéditions punitives. Une patrouille de soldats était tombée dans une embuscade et le renfort arriva trop tard. L'officier avait été pendu et les hommes égorgés. Pigache fit faire une incursion dans les mornes avoisinants. Une vingtaine de vieillards, de femmes et d'enfants, tous mulâtres, furent capturés et passés à la baïonnette. En ralliant les hommes, Hazembat rencontra sur le bord de la piste les cadavres ensanglantés d'une famille entière. Un enfant de six ans, à la peau presque blanche, tournait vers le ciel ses yeux morts, gorge ouverte. Ses tripes se serrèrent à la pensée de son fils Bernard-Toussaint et il alla vomir au pied d'un cocotier. Pigache, qui le regardait, lui dit :

— Tu as de la chance de ne pas être officier. Moi, il faut que je me le ravale.

Hazembat eut l'occasion de débarquer à Pointe-à-Pitre pendant une brève période où Lacrosse avait pu rétablir son autorité sur la ville. Il courut jusqu'à la maison de Belle, mais la venelle n'était plus que ruines. Personne ne vivait là. Il retourna à l'auberge des arcades où, dans la salle vide, Papa Lafortune, plus ratatiné que jamais, tirait sur sa pipe, l'œil fixe à force de boire.

— Belle, dit-il, est à Basse-Terre avec les enfants. Céleste a été arrêté avec Gédéon. Moi, je trinque avec moi-même à la liberté de la Guadeloupe !

La liberté de la Guadeloupe parut acquise quand, le 28 Vendémiaire, Lacrosse, arrêté par les mutins, s'échappa avec l'aide secrète de Pélage et gagna la Dominique à bord d'un navire de commerce américain. Le surlendemain, la *Bayonnaise* alla mouiller devant Pointe-à-Pitre pour embarquer le préfet Lescallier et le commissaire à la justice Coster qui allèrent rejoindre Lacrosse.

Suivit alors une longue et étrange période d'accalmie pendant laquelle les Anglais, avec lesquels des préliminaires de paix avaient été signés, évitaient le contact des navires français, tandis que Toussaint Louverture à Saint-Domingue et Pélage à la Guadeloupe, tout en protestant de leur attachement à la France et au Premier Consul, interdisaient l'accès de leurs îles.

A la fin de Pluviôse, le général Leclerc, propre beau-frère de Bonaparte, arriva avec une armée de vingt-cinq mille hommes pour en finir une fois pour toutes avec Toussaint-Louverture. Il débarqua simultanément à Port-Républicain, à Cap-Français et à Santo-Domingo.

Et, de nouveau, ce fut l'horrible routine des opérations de nettoyage. Cela se déroulait toujours de la même façon. La corvette envoyait à terre un contingent de soldats de marine en les appuyant éventuellement du feu de ses canons. On s'emparait d'un village et on le brûlait, massacrant tout ce qui s'y trouvait.

Ni Jantet ni Hugues ne participaient à ces opérations et, rentré à bord, Hazembat devait raconter par le menu ce qu'il avait fait et vu à terre. Il était horrifié de constater que ses amis prenaient plaisir au récit de ces scènes de carnage.

— On distingue, disait doctement Hugues, les vrais nègres des gens de couleur chez qui l'humeur âcre, huileuse et salissante qui donne leur aspect répugnant aux nègres, s'est, à la suite de croisements avec des Blancs, infiltrée sous l'épiderme, donnant naissance à ce que nous appelons la mucosité de Malpighi. Il arrive que ces gens de couleur se conduisent comme des Blancs, mais le plus souvent ils ont acquis les traits de caractère de la race noire. Parfois même, et en particulier à Saint-Domingue, ils se sont accouplés avec des nègres, ce qui a produit ce que les Espagnols appellent des *saltatras*, c'est-à-dire des « sauts en arrière ». Ces mulâtres ont les mêmes penchants à la sauvagerie et à la paresse que les nègres et, de plus, ils ont une prédisposition naturelle à la fausseté qui les conduit à la trahison et à la révolte.

Le 10 Prairial, au large de l'endroit où, cinq ans plus tôt, les nègres avaient essayé de s'emparer de la *Belle de Lormont,* la vigie signala un navire anglais qui venait de surgir d'un grain par un quart tribord arrière.

L'Anglais avait le dessus du vent. Leblond-Plassan commanda le branle-bas de combat et fit mettre toute la voile. L'enseigne Tournois, qui observait l'ennemi au télescope, dit soudain :

— Ils arborent le drapeau blanc, commandant !

Leblond-Plassan observa lui-même, puis, faisant virer lof pour lof en direction de l'Anglais, hissa aussi le drapeau blanc.

C'était une frégate plus lourde et mieux armée que la *Bayonnaise.* Quand elle fut à deux encablures, elle arbora le pavillon tricolore à la corne de misaine et envoya une volée de signaux en code français, invitant le capitaine à venir à bord.

— Rendez-lui la politesse, dit Leblond-Plassan. Hazembat, arme le grand canot.

A mesure que l'embarcation se rapprochait du navire anglais, Hazembat voyait l'équipage rangé contre le pavois et dans le gréement. Il l'entendit qui poussait des hourras.

Le commandant attendait Leblond-Plassan à la coupée et, quand il parut, une musique se mit à jouer *La Marseillaise* sur un rythme étrange.

Leblond-Plassan revint au bout d'une demi-heure. Il avait visiblement trinqué sans retenue avec les officiers anglais.

— Maintenant, dit-il à Hazembat, je commence à croire à Bonaparte. C'est la paix. Elle a été signée à Amiens le 25 mars, c'est-à-dire le 4 Floréal.

— La paix avec les Anglais, commandant, mais avec les nègres ?

— Nous aurons les mains libres. Ce n'est plus qu'une question de temps.

Cinq jours plus tard, rentrée à Port-Républicain, la *Bayonnaise* recevait l'ordre de rallier Pointe-à-Pitre pour y rejoindre les forces du général Richepanse, chargé de ramener Pélage à la raison.

Cette fois, l'équipage reçut des permissions de terre. Pélage s'était soumis sans combat et Richepanse tenait Pointe-à-Pitre. A travers l'esplanade où les sabliers jadis plantés par Victor Hugues comme arbres de la liberté, commençaient à grandir, Hazembat conduisit ses amis à l'auberge de Papa Lafortune. Il eut la surprise d'y rencontrer Escanot, le marin bordelais qui, en 1794, l'avait dénoncé au commissaire Cournod, alors que Victor Hugues faisait régner la terreur sur l'île. C'était maintenant un vieil homme, à la moustache grisonnante. Il n'y eut aucune allusion au passé et l'on trinqua à la paix.

— Je rentre en France sur une frégate qui appareille la semaine prochaine, dit Escanot. On n'a plus besoin de vieux briscards comme moi, brancaille ! J'ai ma demi-solde de premier maître et, avec un peu de gringon par-ci, par-là sur le port de Bordeaux, j'arriverai toujours à trouver de quoi chuquer.

Hazembat confia à Escanot une lettre pour ses parents et une autre pour Pouriquète :

Ma Fiancee adoree

Come tu say, la Paix ait enfin conclue. Il faut encore icy soumetre les Negres a la Loi de la Nation mais ce ne sera pas long et nous seron bienthot reunis pour la vie. Je t'ayme.

Ton marin Eternelemens fidele

Bernard

Tout le temps qu'il écrivait, Hazembat pensait à Belle. Papa Lafortune n'avait aucune nouvelle de Basse-Terre. Jantet demanda :

— Qui est cette Belle ?

— Sa fille. Elle est mariée à un soldat nègre que j'ai connu.

Il vit passer comme une lueur de méfiance dans le regard de Jantet. Avec son amour blessé, il était un peu le gardien de sa fidélité à Pouriquète. Conscient qu'il ne savait pas mentir, Hazembat détourna les yeux.

Questionné par Sébastien Hugues, Papa Lafortune évaluait les chances de Richepanse.

— Trois mille cinq cents hommes qu'il a amenés, plus les troupes qui se sont ralliées à lui, ça fait un peu plus de sept mille hommes. Ça suffit pour tenir Pointe-à-Pitre et Grande-Terre, mais à Basse-Terre ce sera autre chose ! Delgrès, l'ancien chef d'état-major de Lacrosse, n'a pas dit son dernier mot, ni ses adjoints, Ignace et Gédéon !

Delgrès se souleva à Basse-Terre dès le 16 Prairial, s'enfermant dans le fort Saint-Charles avec quatre cents otages blancs. Richepanse attaqua aussitôt, à la fois par terre et par mer. La *Bayonnaise* transportait des troupes et participait aux bombardements.

Entre-temps, l'arrivée officielle du décret du 30 Floréal An X rétablissant l'esclavage dans les colonies françaises avait, de nouveau, fait flamber la révolte dans les villages de Basse-Terre. Et ce furent encore des répressions, des massacres. Quand Hazembat découvrait des cadavres d'enfants, il redoutait de reconnaître le visage de Bernard-Toussaint.

Le 4 Messidor, Ignace, encerclé dans la forteresse de Bainbridge, se faisait sauter avec quelque sept cents hommes. Le 7, Delgrès faisait de même au fort Saint-Charles avec ses trois cents hommes et ses otages.

Richepanse fit exécuter ou déporter plus de dix mille personnes, il envoya Pélage prisonnier en France, rappela les émigrés et fit revenir Lacrosse qui attendait toujours à la Dominique. Puis, à la fin de l'été, alors qu'on venait de recevoir la nouvelle de la nomination de Bonaparte comme consul à vie, la fièvre jaune frappa, décimant les troupes françaises et emportant notamment Richepanse qui, pris de scrupules tardifs, tentait de modérer l'ardeur répressive de Lacrosse.

Plus de huit mille nègres retrouvèrent leur condition d'esclaves. Ceux qui, même libres, étaient venus des autres îles, furent renvoyés comme esclaves dans leur colonie d'origine.

C'est ainsi que, dans la dernière décade de Fructidor, Hazembat rencontra Céleste Laprune qu'on emmenait au port, la cangue au cou. Il eut le temps de lui parler.

— Tu me reconnais, Céleste ? Où te conduit-on ?

— A la Ma'tinique, dans une plantation.

— Et Belle ? les enfants ? Tu as des nouvelles ?

— Belle est mo'te les a'mes à la main en se battant devant Saint-Claude. Les enfants sont en sû'eté à Basse-Tè'e, chez la sœu' de Papa Lafo'tune.

D'un coup de chicote, le contremaître le fit avancer.

La mort de Belle fut un choc terrible pour Hazembat, mais, en un sens, il s'y attendait. C'était une amère consolation de penser que le petit Bernard-Toussaint était sauf. Un instant, il eut l'idée folle de déserter, d'aller le rejoindre, peut-être de le ramener.

Ce fut l'arrivée de Pigache qui le détourna de ses pensées.

— Hazembat ! rallie tes hommes ! Tout le monde

rentre à bord ! Nous appareillons ce soir même avec des dépêches pour le général à Saint-Domingue !

Dès l'arrivée à Port-Républicain, Leblond-Plassan fut convoqué chez le général Leclerc. De retour à bord, il manda les officiers dans sa cabine.

— Viens aussi, Hazembat, dit-il. J'aurai besoin de toi.

Quand tout le monde fut réuni, Leblond-Plassan étala une carte du Caraïbe sur la table.

— Nous allons à Caracas, dans la Nouvelle Grenade, dit-il. Le trajet est d'un peu plus de neuf cents milles. Nous devons être de retour ici dans vingt jours au plus et j'aurai à mener là-bas des négociations qui peuvent être difficiles. C'est dire qu'il faudra tirer le maximum de vitesse du navire : au moins cent cinquante milles par jour. Hazembat, tu veilleras avec le maître charpentier Rapin à faire installer une chambre forte en chêne de trois pouces dans la sainte-barbe, juste au-dessous de ma cabine.

— Si vous permettez, commandant, demanda l'enseigne Ouzanneau, pouvons-nous savoir quel genre de cargaison nous aurons à transporter ?

— De l'or. Il n'y a aucune raison pour que j'en fasse un mystère : le général Leclerc m'envoie à la Nouvelle Grenade pour négocier un emprunt avec les banquiers espagnols. Les soldes n'ont pas été payées depuis trois mois et les planteurs de Saint-Domingue se font tirer l'oreille pour supporter le poids de l'armée.

Quand la *Bayonnaise* mouilla dans le port de La Guayra après un passage de huit jours, il faisait très chaud et très lourd. Le ciel était blanc d'argent. Une atmosphère d'étuve faisait ruisseler les visages et les torses nus de l'équipage.

— Tu parles espagnol, Hazembat, dit Leblond-Plassan. Tu m'accompagneras à terre.

Dès qu'ils débarquèrent, ils furent accostés par un officier tandis qu'une escouade de soldats prenait position le long du quai. Manifestement, les Espagnols n'étaient pas très accueillants pour les visiteurs.

C'est à cheval qu'ils firent le trajet de six lieues entre

La Guayra et Caracas, escortés par un peloton de cavaliers le long d'une route de montagne. Peu habitué à caracoler, Hazembat se frotta douloureusement les fesses quand ils mirent pied à terre dans la cour de l'auberge où on les conduisit.

Tassée au creux de montagnes verdoyantes, Caracas était une ville ancienne, mais riche. L'altitude en rendait le climat plus agréable que celui de la côte. Tandis que Leblond-Plassan négociait avec les opulents banquiers du cacao, Hazembat eut loisir de se promener dans les rues tortueuses où il y avait davantage de Blancs que de nègres. Il lia connaissance avec un cabaretier d'origine galicienne et fut frappé de l'amertume avec laquelle ce dernier parlait du roi Carlos d'Espagne.

— *Aquel cabrón*, il nous a fait perdre Trinidad quand Bonaparte a signé la paix avec les Anglais ! Tout ce qui l'intéresse, c'est notre or !

— On dirait qu'il nous intéresse aussi.

— Il faudra bien qu'un jour il serve à notre peuple, *caray* ! Avec votre Révolution, vous autres, Français, avez commencé quelque chose qui n'est pas près de se terminer, même si vous n'y êtes pas toujours très fidèles !

La négociation fut rondement menée. Cinq jours après leur arrivée à Caracas, Leblond-Plassan et Hazembat redescendirent à La Guayra avec un convoi de mules chargées de coffres cadenassés et d'une impressionnante escorte militaire. Le vent était bon, mais le temps se gâta au nord du 15ᵉ parallèle et la *Bayonnaise* perdit toute une journée pour doubler la pointe de Port-Salut. Le 29 Vendémiaire enfin, elle mouilla à Port-Républicain où régnait le consternation : la fièvre jaune faisait des ravages dans le corps expéditionnaire et dans la flotte. Atteint par le mal, Leclerc se retira dans l'île de la Tortue et y mourut le 9 Brumaire.

La *Bayonnaise* déchargea ses coffres d'or sur une allège qui se tenait à distance et alla mouiller au vent de l'escadre. Pendant plusieurs jours, on n'eut aucune nouvelle de la terre. Puis on sut que le général Rochambeau avait pris le commandement mais que le général nègre Dessalines, appuyé par des officiers comme Pétion et Christophe, avait relevé sauvagement l'étendard de la révolte à la place de Toussaint Louverture, capturé, puis exilé en France quelques mois plus tôt.

Tous les deux ou trois jours, un canot venait du navire amiral apporter et prendre la correspondance au bout d'une gaffe. C'est ainsi que Leblond-Plassan reçut l'ordre de se rendre à Cap-Français où la population blanche, prise de panique, massacrait les soldats noirs par centaines. Quelques patrouilles suffirent à rétablir l'ordre mais, en essayant de raisonner les colons affolés, Hazembat se rendit compte que les Blancs n'avaient plus confiance dans leur armée. Ils citaient en exemple la Martinique où Villaret-Joyeuse rétablissait les institutions d'ancien régime d'une main de fer.

Quand la *Bayonnaise* revint à Port-Républicain, l'amiral Latouche-Tréville avait pris le commandement de l'escadre. Il était populaire dans la marine et nul n'ignorait que Leblond-Plassan était de ses protégés. Le moral remonta aussitôt. Latouche-Tréville leva la quarantaine et réorganisa la flotte, assignant aux unités les tâches pour lesquelles elles étaient conçues : aux frégates la surveillance des côtes et des convois, aux corvettes et aux sloops les liaisons rapides.

C'est ainsi que, durant les mois qui suivirent, la *Bayonnaise* sillonna la Caraïbe, touchant tous les territoires sous domination française. Malgré les temps troublés, il y avait toujours des filles et du tafia. Jantet se révélait aussi fieffé trousseur de jupons qu'Hazembat, mais il était peu regardant sur l'âge et la beauté des filles qu'il culbutait, alors qu'Hazembat faisait son choix. Sa carrure lui valait peu de rivaux et il semblait toujours attirer les femmes les plus désirables. De nouveau, on lui donna son surnom de Chaud-du-rein.

Il n'en était pas plus fier. Tout cela commençait à le lasser. La blessure de la mort de Belle le faisait encore souffrir, mais, de plus en plus souvent, il s'y mêlait la nostalgie de Langon. Il avait quitté Pouriquète pour aller faire la guerre aux Anglais. Maintenant, il n'y avait plus de guerre. C'est à peine si l'on pouvait donner ce nom à la tuerie entre Blancs et nègres à laquelle la *Bayonnaise* avait pris part quelque temps, mais dont ses nouvelles missions la tenaient à l'écart.

Il essaya d'en parler avec Hugues et Jantet, mais ni l'un ni l'autre ne semblaient comprendre son désarroi. Il eut l'impression que le second s'en réjouissait secrètement.

Le 25 Prairial de l'An XI ou le 16 juin 1803, comme on recommençait à dire, alors que la *Bayonnaise* arrivait en vue de Sainte-Lucie, de lourds grondements arrivèrent à la crête des vagues et les vigies signalèrent des voiles au large de l'île.

Aussitôt, Leblond-Plassan fit mettre toute la toile. A mesure qu'on s'approchait, il devint évident qu'un combat naval était en train de se dérouler. La canonnade cessa alors que la *Bayonnaise* était encore à quatre milles. Pigache, qui était monté dans la hune avec un télescope, redescendit.

— Deux frégates anglaises, commandant, dit-il. Elles s'enfuient par l'ouest.

Personne ne fit de commentaires, mais tout le monde sut ce que cela voulait dire. Une heure plus tard, Leblond-Plassan hélait une frégate et un sloop français dont la mâture et les coques portaient les traces du combat. Il se rendit à bord de la frégate. De la chaloupe, Hazembat causa avec les marins encore sous le choc de l'affrontement.

— Ils voulaient mettre la main sur l'île par surprise, putain, lui dit l'un d'entre eux, mais nous étions avertis depuis avant-hier que les Goddem avaient recommencé la castagne. Alors, c'est eux qui ont eu la surprise.

Les hostilités reprirent mollement. A la fin d'août — à la mi-Vendémiaire —, la *Bayonnaise* fit partie d'une petite force que Latouche-Tréville avait envoyée de la Martinique pour débarquer sur l'île d'Antigua. Elle se heurta à une flottille anglaise qui faisait route pour attaquer Basse-Terre. La rencontre eut lieu au large de la côte occidentale de la Guadeloupe, en vue du bourg de Deshaies. Elle fut brève mais acharnée. La *Bayonnaise* dut tenir tête à un gros sloop qu'elle réussit à désemparer. Finalement, Anglais et Français se retirèrent, renonçant à leurs projets.

A bord de la *Bayonnaise,* le combat fit une dizaine de morts dont le maître d'équipage et le malheureux Sébastien Hugues qu'une balle de mousquet, entrée par un sabord, vint cueillir alors qu'il pansait un blessé. Leblond-Plassan désigna immédiatement Hazembat comme faisant fonctions de maître d'équipage à titre provisoire. Hazembat était populaire et ni la maistrance ni l'équipage ne parurent choqués par cette promotion. Jantet vint lui serrer la main.

— Je te confie la corvette. Souviens-toi que j'étais parmi les charpentiers qui l'ont construite, autrefois, à Bacalan.

Latouche-Tréville était rappelé dans les eaux françaises où semblait devoir se trouver désormais le principal théâtre des opérations navales. Il décida d'envoyer la *Bayonnaise* en avant pour annoncer son retour. Le 19 octobre — 26 Vendémiaire —, avant l'appareillage de Saint-Domingue, une cérémonie eut lieu au cours de laquelle Rochambeau remit à Leblond-Plassan un sabre d'honneur.

Un ouragan monté des basses latitudes obligea le navire à faire un détour par le nord. A la hauteur du 35e parallèle, il n'en fallut pas moins lutter contre des vents de cinquante nœuds avec des creux de trente pieds.

C'est seulement le quarantième jour que la vigie signala la terre droit devant en même temps que des voiles par le travers bâbord. Hazembat monta dans la hune, accompagné de l'enseigne Peseron. Il reconnut immédiatement la côte.

— C'est le cap Finisterre par un quart tribord, dit-il. Nous faisons route droit sur La Corogne.

Curieusement, c'était, à quelques milles près, l'endroit où, en 1797, le capitaine Lesbats avait fait sauter la *Belle de Lormont,* entraînant dans le naufrage un vaisseau de ligne anglais.

Peseron, le télescope à l'œil, examinait les voiles suspectes.

— Ce sont des Anglais, dit-il. Il y a un lougre et un vaisseau de ligne, probablement un soixante-quatorze.

Quand ils rendirent compte à Leblond-Plassan, ce dernier déroula une carte en plein vent et prit des mesures au compas.

— C'est un joli problème de géométrie, dit-il. Le tout est d'arriver avant eux à La Corogne. Nous avons plus de chemin à parcourir, mais nous sommes vent arrière, alors qu'ils sont vent de travers.

Les deux voiles furent bientôt visibles à l'œil nu. Leblond-Plassan ordonna le branle-bas de combat.

Pendant la demi-heure qui suivit, il régna à bord de la corvette un silence étrange. Les nerfs à vif, Hazembat observait l'angoissante partie d'échecs qui se jouait sur la mer calme. Le soleil commençait à décliner et la cloche piqua le quart de quatre heures. Plus rapide que son gros compagnon, le lougre prenait en oblique et gagnait du terrain. Bientôt, il se trouva par le bossoir bâbord, coupant la route. Il faudrait en découdre avec lui avant de passer. Ce n'était pas un adversaire bien dangereux, mais l'engagement, si bref qu'il fût, permettrait au vaisseau d'arriver sur les lieux.

C'est la conclusion à laquelle Leblond-Plassan devait être parvenu, car il cria soudain :

— Changez les voiles ! Bâbord amures ! A gouverner grand largue ! Mettez toute la voile !

Hazembat traduisit et amplifia les ordres en commandements détaillés. Sans perdre son erre, la *Bayonnaise* changea de bord et se mit à filer plein sud, se rapprochant progressivement de la côte. L'intention de Leblond-Plassan était visiblement de chercher refuge à Vigo sous le couvert de la nuit. La manœuvre parut réussir. Les navires anglais perdaient du terrain. A peine distinguait-on leurs voiles dans la pénombre grandissante.

C'est alors que le vent mollit, comme il arrive parfois au crépuscule. Les voiles fasseyèrent et, arrivée à hauteur du cap Finisterre, la corvette ne filait plus que deux nœuds, ayant perdu tout l'avantage de sa vitesse.

Leblond-Plassan, qui observait la côte, dit à l'enseigne Tournois :

— Il y a une batterie espagnole là-haut. Nous allons nous mettre sous sa protection. Signalez que nous allons mouiller. Envoyez une fusée rouge pour attirer l'attention.

Les sondeurs dans les porte-haubans, la corvette se rapprocha à une encablure du rivage. Leblond-Plassan fit jeter l'ancre de bossoir, puis envoya mouiller deux ancres de jet à l'arrière.

Le premier à se présenter fut le lougre. Il surgit de l'ombre à une demi-encablure et lâcha une bordée de ses pièces de 9. La salve passa trop haut, cassant du bois dans la mâture. La *Bayonnaise* riposta aussitôt.

Quelques minutes plus tard, le vaisseau de ligne apparut à deux encablures. On le devinait à la légère moustache d'écume que soulevait son étrave. Cette fois, ce fut la *Bayonnaise* qui ouvrit le feu. Aussitôt, la réponse vint en deux salves. La coque légère tressauta et gémit sous les impacts. Conduits par Jantet, les charpentiers s'élancèrent dans les fonds pour localiser les avaries.

Il était déjà trop tard pour riposter. Le vaisseau anglais avait disparu dans la nuit.

— Il va virer, dit Leblond-Plassan. Pourquoi les Espagnols ne tirent-ils pas, nom de Dieu ? C'est une violation de la neutralité, putain de merde !

Une demi-heure plus tard, l'Anglais surgit par le bossoir tribord à moins d'une encablure. Les deux bordées partirent en même temps tandis que se déclenchait un violent feu de mousqueterie. D'un coup, Hazembat se trouva replongé dans l'horreur des combats à courte distance, avec les gémissements, les râles, les hurlements des blessés et l'affreux hoquètement coupé court de ceux qui rendaient l'âme. Miséricordieusement, l'obscurité cachait le spectacle de la boucherie.

— Tu sais l'espagnol, Hazembat ! cria Leblond-Plassan. Prends la yole et monte à la batterie demander à ces putains d'artilleurs pourquoi ils ne tirent pas !

En quelques coups de rames, Hazembat fut sur la

plage de galets. Il courut à la falaise, trouva une faille et, s'agrippant frénétiquement des pieds et des mains, se hissa jusqu'à la pente herbeuse en haut de laquelle devait se trouver la batterie.

Deux lourds grondements venant de la mer lui indiquèrent que le combat continuait. C'est presque par hasard qu'il buta contre le parapet d'où émergeaient les museaux de quatre gros canons. Un sentier en faisait le tour. Se guidant sur la clarté d'une lanterne accrochée à la porte du fortin, il arriva dans le dos des canonniers qui, accoudés au parapet, regardaient le spectacle.

— *Oid, coños !* cria-t-il. *Porque no dispareis ?*

Ils se retournèrent, pris par surprise. Le gradé, qui semblait commander la batterie, fit un geste pour saisir son fusil. Furieux, Hazembat fonça sur lui.

— *Hijo de puta ! Aqui abajo barco ingles ataca barco frances ! Vos dispareis, no ?*

L'autre haussa les épaules.

— *No se puede apuntar por la noche !*

Hazembat le prit par le bras et le mena au parapet. Au moment où ils y arrivaient, la nuit fut trouée par deux séries d'éclairs orangés, séparés d'au moins une encablure. Le grondement mêlé des deux salves monta vers eux.

— *Frances aqui !* cria Hazembat. *Ingles aca ! Dispareis aca !*

Le sous-officier hocha la tête et donna un ordre. Aussitôt, les soldats s'affairèrent autour des canons.

Pris par la hâte de regagner le bord, Hazembat dégringola la pente. Comme il arrivait sur la plage, il y eut un nouvel échange de salves. Un boulet perdu miaula au-dessus de sa tête et alla ricocher sur le granit de la falaise. En même temps, un lourd rugissement descendit d'en haut avec un éclair jaune. Les Espagnols se décidaient à tirer.

Quand il arriva à la *Bayonnaise*, le pont n'était plus qu'un amas de débris de mâts et d'espars. Il courut jusqu'à la dunette, trébuchant sur les corps étendus.

— Ils ont commencé à tirer, commandant !

— J'ai entendu. Nous sommes démâtés mais, si la coque tient bon, nous arriverons à les garder à distance.

Le deuxième boulet espagnol fut court, mais l'intervention de la batterie amena le capitaine anglais à changer de tactique. Le vent ayant fraîchi, au lieu de tirer péniblement des bords, il se mit à décrire des cercles d'évitage qui l'amenaient toutes les vingt minutes à la tangente de la *Bayonnaise.* Il lâchait sa bordée au plus près et virait aussitôt. Une fois, il passa si près qu'Hazembat put lire son nom, l'*Ardent,* sur le tableau, à la lueur de la salve française.

Les Espagnols tirèrent une douzaine de coups, puis renoncèrent. Leblond-Plassan continuait le combat, sachant qu'au moindre relâchement du canonnage français l'Anglais viendrait à l'abordage. La ronde dura ainsi plus de cinq heures. Les pertes étaient de plus en plus lourdes et trois canons étaient hors de service. Cent cinquante livres de fer contre neuf cents à chaque échange, la lutte était inégale et l'issue inéluctable, d'autant que le lougre, durement touché au début, s'était remis de la partie et, posté par tribord arrière, pilonnait la poupe, cherchant à atteindre la dunette. Ricochant à la surface, un boulet s'enfonça dans l'étambot et fit craquer toute la coque. Hazembat songea qu'il avait vu, aux chantiers de Bacalan, Jantet travailler de ses mains sur cet étambot.

A onze heures, alors que seuls six canons de la *Bayonnaise* tiraient encore, Leblond-Plassan appela ses officiers et tint avec eux un bref conciliabule. Puis il dit à Hazembat :

— Prépare toutes les embarcations disponibles et ne garde que la yole.

Une demi-heure plus tard, l'équipage commença à quitter le bord et fit force rames vers la plage. Seul, un canonnier resta auprès d'une pièce intacte, prêt à faire feu sur l'Anglais à son prochain passage.

— Hazembat, dit Leblond-Plassan, prends une hache et coupe les câbles des ancres.

L'enseigne Pigache arriva et salua comme à la parade.

— Les charges sont posées, commandant.

— Dévidez la mèche jusqu'ici et filez !

Ils n'étaient plus que trois à bord quand l'Anglais se présenta. Le canonnier fit feu, mais l'*Ardent* ne répondit pas. Il manœuvrait à venir s'embosser par le travers de la *Bayonnaise.*

— A la yole ! cria Leblond-Plassan en saisissant le boutefeu du canonnier et en l'appliquant à la mèche.

Son visage, à cet instant, ressemblait à celui du capitaine Lesbats, désespoir et colère mêlés.

Tandis qu'ils ramaient vers la rive, Hazembat vit l'*Ardent* qui, ayant compris le piège, larguait les amarres et reprenait précipitamment le large.

Ils prenaient pied sur la plage quand l'explosion se produisit. Il y eut d'abord une série de détonations sourdes, puis la *Bayonnaise,* dérivant vers le nord, s'embrasa d'un coup de la poupe à la proue. L'instant d'après, elle toucha et s'inclina sur le flanc.

L'équipage rescapé regardait, pétrifié, la chaleur du feu sur les visages. A la lueur de l'incendie, Hazembat vit Jantet qui pleurait.

CHAPITRE II

LE CAMP DE BOULOGNE

La fin de la *Bayonnaise* n'avait guère ressemblé à celle de la *Belle de Lormont,* mais Hazembat devait longtemps se souvenir de cette nuit sur la grève, où l'équipage hautement entraîné d'une merveilleuse machine de guerre s'était en quelques instants transformé en une troupe grelottante de naufragés nus.

Car ils étaient quasiment nus, comme il l'avait été jadis lui-même sur la lande de Cedeira. De l'uniforme de Leblond-Plassan, il ne restait que des loques trempées tandis qu'il allait de l'un à l'autre, cherchant futilement à ranimer les esprits, à donner de l'espoir aux blessés. Il avait gardé son sabre d'honneur à la main, faute d'un fourreau où le ranger.

Hazembat et le petit enseigne Pigache furent les premiers à trouver assez de sang-froid pour organiser les secours. Ils firent confectionner des litières de varech pour les blessés et, avec du bois flotté, ils arrivèrent à allumer un grand feu autour duquel, un à un, les matelots, visages tirés, comme hallucinés, vinrent se ranger.

Le sergent espagnol était descendu avec deux hommes. Il fit comprendre qu'il avait envoyé un cavalier pour porter la nouvelle aux autorités. Sur son ordre, on apporta des couvertures et de l'eau à boire. Plus tard, des villageois descendirent du hameau de Finisterre avec quelques pains de seigle et des *botas* de vin.

A l'aube, Leblond-Plassan réunit son état-major.

— J'ignore, dit-il, ce que sera notre sort. A ma connaissance, l'Espagne n'est pas en guerre avec l'Angleterre et, selon les règles strictes de la neutralité, nous devrions être internés, quitte à être rapatriés plus tard. Mais je crois savoir que le Premier Consul a des accords secrets avec la Cour d'Espagne. Je m'attendais à un secours plus actif des canons espagnols. En fait, ils ont tout juste tiré ce qui était indispensable à l'affirmation de leur neutralité. C'est une attitude qui m'inquiète un peu. Il est essentiel que, lorsque les autorités espagnoles arriveront, nous nous présentions comme un équipage organisé et non comme un ramassis de naufragés. Pour commencer, je veux un état complet du personnel, hommes d'équipage et maistrance.

— C'est déjà fait, commandant, répondit Pigache. Il y a quarante-neuf hommes valides et vingt-trois blessés. Nous avons perdu trente-neuf hommes, dont le maître canonnier et trois quartiers-maîtres.

Leblond-Plassan ferma les yeux un instant. Plus de la moitié de l'équipage hors combat justifiait sa décision, mais la note du boucher était lourde.

— Bien, dit-il enfin. Hazembat, fais ranger les hommes par bordées et par divisions.

Un soleil maussade s'était levé sur la mer et il commençait à atteindre la plage en oblique. Les marins obéirent sans trop de difficultés. Jantet avait déjà aligné ses cinq compagnons survivants. Son visage était fermé comme celui de quelqu'un qui vient de subir le deuil d'un proche. Au passage, Hazembat lui mit la main sur l'épaule.

Il achevait sa tâche quand des cavaliers arrivèrent par le sentier du hameau. L'officier qui chevauchait en tête, vêtu d'un uniforme blanc barré d'un cordon rouge, mit pied à terre et se dirigea vers Leblond-Plassan. Il portait une épaulette de lieutenant de vaisseau.

Un ordre de Pigache mit l'équipage au garde-à-vous. Hazembat modula sur son sifflet un trille d'honneur et Leblond-Plassan salua du sabre. L'Espagnol souleva son tricorne fourré d'hermine.

— Je ne sais qu'admirer davantage, commandant, dit-il en un français à peine teinté d'accent, la discipline ou la bravoure de votre équipage. Je me présente : comte de Cercedilla, commandant la garnison de Corcubion, à trois lieues d'ici.

— Lieutenant de vaisseau Leblond-Plassan.

Les deux officiers s'éloignèrent pour discuter. Pigache fit mettre l'équipage au repos et envoya Hazembat avec quelques hommes jusqu'à l'épave de la *Bayonnaise* pour voir s'il restait quelque chose à sauver. Mais, parmi les poutres brûlées où le feu couvait encore, il ne restait plus rien : tout avait été calciné ou fondu. Même les cadavres avaient été réduits en cendres inidentifiables. Seule, la partie inférieure de la coque, encore immergée, avait relativement résisté au feu. Hazembat découvrit un minuscule lambeau de la flamme de guerre, resté au bout du grand mât quand il s'était abattu par-dessus bord. Il le rapporta à Leblond-Plassan qui en fut vivement ému et chercha en vain où ranger la précieuse relique.

— Il me semble, commandant, dit le comte de Cercedilla, que vous devrez accepter le don de quelques-unes de mes chemises. Pour le reste, il faudra que vous vous contentiez de vêtements civils, à moins que vous ne vouliez porter l'uniforme espagnol !

Leblond-Plassan tendit le bout d'étamine bleue à Hazembat.

— Trouve un endroit où garder ceci en sécurité.

— Avec votre permission, commandant, je vais demander au maître voilier de le coudre derrière la cocarde que je porte suspendue autour du cou.

C'était la cocarde que lui avait donnée Pouriquète en 1789, alors qu'ils n'étaient que des enfants. Elle avait contenu dans sa doublure la fleur de vanille que lui avait donnée Belle pour sa bonne amie de France, puis une boucle des cheveux de Pouriquète. Les couleurs en étaient complètement fanées et il sembla à Hazembat que le bleu de la flamme leur redonnait vie.

Les blessés furent hissés jusqu'en haut de la falaise et chargés sur des charrettes qui prirent le chemin du

Ferrol. On amena un cheval pour Leblond-Plassan et le reste de l'équipage se mit en route à pied pour Corcubion. Le chemin en corniche dominait la mer et, à l'horizon, sous le ciel pâle, on distinguait nettement des voiles qui devaient être celles de l'escadre anglaise de blocus.

Corcubion ressemblait à Cedeira. Un lougre était à l'ancre dans la petite baie. Les hommes furent répartis dans les maisons du village. Hazembat se trouva logé avec Jantet et ses charpentiers chez un vieux ménage de pêcheurs. La bicoque rappelait celle de Manoel, à Cedeira, en plus pauvre encore. Il y avait une seule pièce enfumée au fond de laquelle rougeoyaient des braises dans un âtre sans cheminée. Les hommes se jetèrent sur le sol de terre battue, épuisés par la nuit de cauchemar qu'ils venaient de vivre.

La vieille puisa de la soupe dans la grande marmite de terre et en servit à la ronde. Ils durent prendre leur tour, car il n'y avait que deux écuelles. Hazembat retrouva le goût de la *feijada* avec une sorte de nostalgie. Il voulut le dire à ses hôtes qui firent mine de ne pas comprendre et détournèrent la tête en silence.

Le lendemain, Leblond-Plassan partit pour Le Ferrol en compagnie du comte de Cercedilla. Hazembat essaya d'engager la conversation avec les gens du village et les quelques matelots ou soldats de la garnison, mais partout il se heurta à une sourde hostilité qu'il avait du mal à comprendre.

Quand Leblond-Plassan revint, trois jours plus tard, il réunit les officiers et fit appeler Hazembat.

— Il y a au Ferrol une frégate française qui s'apprête à forcer le blocus et à appareiller pour Bordeaux. Je vais m'y embarquer avec les lieutenants Ouzanneau, Peseron et Tournois afin de rendre compte aux autorités maritimes de la perte de mon navire.

Ils savaient tous ce que cela voulait dire : Leblond-Plassan devrait passer devant une cour martiale qui, selon son jugement, le condamnerait ou le féliciterait pour sa décision de détruire la *Bayonnaise.*

— Pigache restera ici pour s'occuper de l'équipage.

D'après ce que m'a dit le commandant de la frégate, vous serez rapatriés à la première occasion.

Quelques jours après le départ des officiers, des soldats arrivèrent et les hommes de la *Bayonnaise* furent rassemblés sur la place du village.

— Nous allons au Ferrol... à pied, annonça Pigache.

Il y eut un concert de protestations. La plupart des marins étaient pieds nus.

— Ils disent qu'ils n'ont pas assez d'animaux de trait pour transporter tout le monde.

Il leur fallut une semaine pour faire le chemin. Dès la première étape, Hazembat montra à ses camarades comment confectionner des espadrilles d'herbe sèche, ainsi que lui avait jadis enseigné le curé basque Don Gorka. Mais, dans l'hiver doux et pluvieux de Galice, l'herbe sèche était difficile à trouver le long des chemins embourbés. Ils dormaient nichés au creux de gros arbres ou sous des rochers, trempés et fourbus. Ce qui les consolait un peu, c'était que les soldats de l'escorte n'étaient pas mieux lotis. Le fourgon attelé de mules qui suivait la troupe fut bientôt encombré d'éclopés et de fiévreux qui toussaient à fendre l'âme.

La casemate humide et obscure où on les logea au Ferrol parut un paradis par comparaison. Pigache refusa les quartiers qu'on lui offrait en ville et resta avec l'équipage.

Peu à peu, la vie s'organisa. Le désordre qui régnait dans l'arsenal du Ferrol permettait de chaparder des couvertures et des paillasses.

En furetant autour des chantiers, Hazembat finit par retrouver l'atelier de menuiserie où un cousin de Manoel, le pêcheur de Cedeira, l'avait hébergé une nuit six ans plus tôt. L'artisan se souvenait de lui. Il prêta des outils à Jantet et à ses compagnons qui, avec du bois récupéré, construisirent des sortes de bat-flanc dans la casemate.

Hazembat demanda des nouvelles du village. Manoel s'était perdu en mer l'année précédente et Mama Carla était morte depuis longtemps. La petite Rita était morte, elle aussi, mais Irma avait eu deux autres enfants de Manoel, avec lesquels elle vivait toujours à Cedeira.

L'envie de revoir le village le prit soudain. Personne ne semblait se soucier de leurs allées et venues. En partant tôt le matin, on pouvait être à Cedeira avant midi et rentrer le soir ou même le lendemain.

Hazembat et Jantet se mirent en route par un matin de janvier où une brise d'ouest déchirait par lambeaux les nuages et laissait apparaître des coins de bleu pâle. Les vents coulis se glissaient par les trous des hardes déchirées que leur avait allouées la marine espagnole.

Bientôt, Hazembat reconnut l'herbe rase et la rive rocheuse couverte de varech. Il était un peu moins de midi quand ils atteignirent la maison de Manoel. Un garçon de quatre ans jouait devant la porte. Ses traits ressemblaient à ceux de Manoel, mais ses yeux très bleus étaient ceux d'Irma. Elle parut sur le seuil avec, dans les bras, un autre enfant en bas âge. Elle avait l'air encore très jeune et son visage s'éclaira quand elle vit Hazembat.

Quelques instants plus tard, ils étaient tous trois en train de manger des écuelles de *feijada* devant l'âtre. Irma parlait d'abondance dans son charabia dont Hazembat ne comprenait, par-ci, par-là, que quelques mots. On la sentait excitée par la présence d'hommes jeunes dans la maison. Sans qu'elle s'en rendît peut-être compte, ses sourires se faisaient aguichants tandis qu'elle coulait des œillades claires tantôt vers Jantet, tantôt vers Hazembat.

Jantet levait souvent les yeux vers elle, fasciné, semblait-il, par la lumière de son regard et l'éclat de son teint sous le hâle. Hazembat n'y était pas insensible, mais trop de souvenirs l'assaillaient pour qu'il y prît garde. Il songea soudain au vieux curé qui l'avait accueilli à Cedeira.

— *El cura Don Pedro ?* demanda-t-il.

— *E morto. Agora o cura é Don Miguel.*

Elle regardait Jantet, elle aussi. Ces deux-là avaient envie d'être seuls ensemble.

— Je vais jusqu'à l'église, dit Hazembat.

Don Miguel était un homme jeune, un peu gras, au regard fuyant. Il ne parlait pas français, mais son castillan était intelligible. Il avait entendu parler du sauvetage d'Hazembat qu'on semblait avoir enjolivé de nombre de détails extraordinaires. Il montra dans l'église un *retablito* qui commémorait l'événement. On y voyait saint Jacques de Compostelle se pencher entre deux nuages pour repêcher un matelot évanoui sur une mer démontée où flambaient deux navires.

— Vous êtes un héros, ici, mon fils, dit Don Miguel.

— Pourtant, quand j'ai traversé le village, personne ne m'a adressé la parole. C'est la même chose au Ferrol et c'était la même chose à Corcubion. J'ai l'impression qu'on n'aime pas les Français.

— Ne soyez pas surpris, mon fils, que notre peuple catholique nourrisse quelques préventions envers une nation hérétique qui a assassiné le Roi Très Chrétien.

— Mais il en était déjà ainsi quand je suis venu il y a six ans !

Un mince sourire tordit la bouche du curé.

— C'est peut-être votre Bonaparte qui inquiète, mon fils. Nos paysans galiciens ne sont guère instruits de politique, grâce au ciel ! mais ils ont trop de vénération pour sa Majesté Catholique, le roi Charles IV, pour ne pas regretter l'influence qu'a auprès de lui son favori Manuel de Godoy, duc d'Alcudia, qui n'est qu'un chenapan corrompu à la solde de Bonaparte.

Hazembat ne retourna pas à Cedeira, bien que Jantet y fît de fréquentes visites, partant tôt et rentrant le lendemain. Sans doute avait-il trouvé auprès d'Irma, privée d'homme, une consolation à ses chagrins solitaires. Hazembat ne lui posa pas de questions. Ces amours fugaces étaient le lot des marins. Il espérait seulement que Jantet ne souffrirait pas trop lorsqu'il faudrait partir, comme lui-même avait souffert en quittant Belle.

Un matin de février, il rencontra un des Basques avec lesquels, jadis, il avait fait la route de Saint-Jacques-de-Compostelle à Bilbao. Il demanda des nouvelles de Navarrot, son ancien camarade de navigation sur la Garonne. Il eut du mal à retrouver son nom basque.

— Iñaki ? répondit l'autre. Il est sur l'*Algésiras* en rade de Cadix. Tu n'as guère de chances de le rencontrer, car nos navires ne mettent pas souvent le nez dehors.

— Pourtant, vous n'êtes pas en guerre contre les Anglais ?

— Ça ne tardera pas, mais je ne sais pas si nous serons capables de nous battre. Les Anglais sont les plus forts. Ton Bonaparte n'arrivera pas à traverser la Manche.

Le 8 mars, une escadre française força l'entrée du Ferrol après une courte bataille avec les Anglais. Hazembat alla aussitôt aux nouvelles. Les navires avaient souffert de la tempête plus encore que du combat. On débarquait des blessés et des malades. Au passage, Hazembat arrêta un matelot.

— D'où venez-vous ?

— De Saint-Domingue.

— Comment est-ce, là-bas ?

— C'est l'enfer. Rochambeau s'est rendu aux Anglais. Nous avons échappé de justesse.

Le soir, Hazembat rapporta ces propos à Pigache. L'enseigne avait parlé avec des officiers de l'escadre.

— En ce qui concerne Rochambeau, dit-il, c'est malheureusement exact, mais ce n'est qu'un revers passager. De grandes choses se préparent. Latouche-Tréville a gagné Toulon d'où il commandera les opérations le moment venu. L'amiral Bedout qui commande l'escadre va réparer et avitailler au Ferrol. Quant à nous, nous allons nous embarquer sur la frégate *Pomone* et gagner la Manche où se concentre une formidable armée d'invasion.

L'embarquement eut lieu trois jours plus tard. Il ne restait plus de l'équipage de la *Bayonnaise* qu'une trentaine d'hommes, les autres ayant été embarqués sur différents navires de l'escadre pour combler les vides.

L'équipage de la *Pomone* n'étant pas lui-même à effectif complet, il y eut de l'emploi pour tout le monde. Hazembat fut envoyé à la timonerie.

Il connaissait bien la route que suivait la frégate,

serrant la côte au plus près. C'est ainsi que, le quatrième jour, il aperçut au loin le cap Machichaco et se demanda si Don Gorka vivait toujours dans son ermitage, tout en haut de la falaise.

Au large d'Oléron, ils furent repérés et poursuivis par une frégate anglaise embusquée à la pointe de Chassiron, mais la frégate française de surveillance déboucha du pertuis d'Antioche et, devant deux adversaires, l'Anglais préféra prendre le large.

Devant Brest, la *Pomone* fut prise à parti par un vaisseau de ligne et dut fuir le long de la côte d'Ouessant, utilisant la tactique jadis employée par le *Hotspur* contre l'*Argonaute*. Cela consistait à quasiment se frotter contre les récifs pour empêcher l'ennemi de passer par tribord jusqu'à atteindre la mer libre au-delà du rocher de Nividic.

La navigation dans la Manche fut plus prudente. Passé Cherbourg, la *Pomone* ne quitta pratiquement plus la côte de vue, voiles parées à larguer et vigies doublées dans les hunes. Le trafic était intense. Tout près du rivage, de gros chalands plats, gréés de voiles à livarde, qui rappelaient un peu les couraus de la Garonne, montaient vers le nord à pleine charge et redescendaient lèges, roulant dangereusement sous la houle.

Ils mouillèrent le 30 mars dans une sorte de port artificiel fait de roches entassées et hâtivement maçonnées. Une centaine d'embarcations de toutes formes et de toutes tailles y étaient encarrassées.

Cinq bâtiments de plus fort tonnage que les autres étaient mouillés à l'entrée du port. Hazembat avait rarement vu d'embarcations plus laides. Sous des voilures de corvettes, cela ressemblait à des plates démesurées. Sur les coques carrées s'ouvraient dix sabords par côté. On se demandait comment, sans quille, de tels bâtiments ne chaviraient pas sous le poids de cette artillerie.

— Ce sont des prames, lui dit Pigache. On s'en sert pour la défense côtière, mais celles-là sont sans doute destinées à escorter les convois jusqu'à la plage anglaise.

On peut charger jusqu'à deux batteries d'artillerie sur chacune.

Les hommes de la *Bayonnaise* débarquèrent et se rangèrent tant bien que mal sur les pierres du quai. Un lieutenant de vaisseau à l'air revêche survint, suivi d'un gros premier maître. Il répondit brièvement au salut de Pigache et dit en haussant la voix :

— Bienvenue à Wimereux. Je suis le lieutenant Lenoir et c'est moi qui commande la flottille de prames que vous voyez là. Par temps clair, du haut de la falaise, on peut apercevoir la pointe de Dungeness, en Angleterre. Elle n'est qu'à une vingtaine de milles. Ce sont ces vingt milles qu'il faudra faire parcourir à l'immense armée qui est rassemblée autour de Boulogne. Une frégate mettait trois heures à peine pour y aller. Il en faudra au moins vingt aux convois de troupes. Pour tous les hommes qui participeront à l'expédition, ces vingt heures seront le jour le plus long de leur vie. C'est aux prames qu'il appartiendra de les protéger jusqu'au rivage des navires anglais qui parviendraient à forcer le blocus établi par notre flotte aux deux extrémités de la Manche. Vous allez embarquer sous les ordres de votre lieutenant sur la deuxième prame, celle qui porte le nom de *Wimille.*

Lenoir fit ensuite avancer les hommes un par un, tandis que le premier maître pointait les noms sur une liste.

Quand vint le tour d'Hazembat, le premier maître lut sur sa liste :

— Matelot de 1re classe, timonier breveté.

— Avec votre permission, commandant, dit Pigache, il était patron de la chaloupe et faisait fonction de maître d'équipage.

Lenoir haussa les sourcils.

— Rien que cela ! Il y a déjà un vrai maître d'équipage à bord et la prame n'a pas de chaloupe. Il sera timonier.

L'équipage de la *Bayonnaise* passa les jours suivants à se familiariser avec le *Wimille* où traînassaient déjà une dizaine de marins désœuvrés. Un très jeune enseigne, du nom de Dubédat, accueillit Pigache à la coupée. Le maître d'équipage était un vieux patron pêcheur de Boulogne, à la peau couperosée et empestant l'alcool. Il s'appelait Lefèvre.

En visitant le navire, Hazembat fut surpris par la place qu'il y avait dans le pont inférieur, pour le moment lesté de sacs de sable. Les batteries étaient montées dans un faux-pont où l'on ne pouvait circuler que cassé en deux. C'étaient des pièces de 24, ce qui donnait à la prame une puissance de feu presque double de celle de la *Bayonnaise.* La timonerie était en plein vent et le gaillard arrière était à peine surélevé.

C'est le 16 avril qu'eut lieu la première sortie en mer, à la tombée de la nuit. Il s'agissait d'un exercice qui devait amener le convoi jusqu'à mi-route des côtes anglaises.

La mer était relativement calme, mais le ciel moutonneux et le vent instable ne présageaient rien de bon. Sous une jolie brise de sud-ouest, la prame avançait lentement, mais Hazembat, à la barre, la sentait toujours sur le point d'embarder. Précédée par une canonnière, la file des embarcations, lestées à ras bords, commençait à sortir du port dans le crépuscule. Il y eut une certaine confusion quand il fallut prendre la formation à un mille au large. Aucun des bateaux n'obéissait de la même façon au vent et à la mer.

Pigache fit empanner et hisser un fanal bleu à la nuit close. A quatre encablures devant, on distinguait le feu double qui signalait la position de la prame de tête, commandée par Lenoir. Il sembla que des heures s'écoulaient avant qu'il ne hissât le feu rouge donnant l'ordre de faire route.

C'est un peu avant minuit que le vent sauta à l'ouest, alors que le convoi avait à peine parcouru un tiers de sa route. La rafale était de force moyenne et Pigache savait ce qu'il avait à faire. Il fit prendre deux ris et border plus serré. Hazembat s'apprêtait à mettre la barre un point au vent pour corriger la dérive. Mais la prame réagit de façon tout à fait inattendue. Au lieu de venir au vent, elle se mit à pivoter par tribord.

— Toute la barre au vent ! cria Pigache.

Le mouvement de rotation s'arrêta, mais la prame refusa de se redresser, prenant le vent par le travers et suivant une route exactement perpendiculaire à celle qu'elle suivait jusque-là. Une houle qui se creusait la faisait rouler pesamment. Il y eut un choc par l'avant et des cris. La prame, coupant le convoi, venait de heurter un canot chargé d'hommes. Un autre canot frôla la coque par bâbord.

Du coin de l'œil, Hazembat essaya de distinguer les feux des autres prames. A deux encablures, celle de Lenoir semblait en difficulté, ses fanaux secoués de mouvements fous au milieu d'une mêlée confuse d'embarcations désemparées.

Pigache vint rejoindre Hazembat.

— Tu t'en sens pour un cercle d'évitage ?

— A vos ordres, commandant.

— Bien ! Dubédat ! Lefèvre ! Pare à changer les voiles ! Hazembat ! La barre à rencontrer !

La prame embarda violemment par bâbord, puis s'établit cap à l'est.

— Changez les voiles ! vivement !

C'était le moment critique. Les mains rivées aux manettes, Hazembat ne faisait plus qu'un avec le navire, attentif à ses réactions et aux contraintes qui s'exerçaient sur lui. Au moment où ils sortirent du lit du vent, il retint son souffle. Prise par le travers, la prame était à la merci de la moindre erreur d'appréciation. A coups de barre prudents, il amena la proue face au vent.

— Changez les voiles ! Bâbord amures ! La barre comme ça !

La prame gîta à la limite, furieusement secouée par les lames qui grossissaient de minute en minute. Des paquets de mer balayaient le pont avec des rafales de vent qui pouvaient atteindre quarante nœuds. Calme et lucide à force d'être tendu, Hazembat rencontra légèrement, reprit son cap, puis rencontra encore et finit par stabiliser la prame cap nord-ouest. Droit devant, à une encablure, les deux feux bleus de Lenoir descendirent lentement vers l'eau, puis disparurent.

Quand le *Wimille* arriva près de la coque retournée, Pigache fit mettre à la mer les deux canots du bord. Une vingtaine de marins furent sauvés, parmi lesquels Lenoir, grelottant et furieux.

— Les Anglais peuvent être tranquilles ! dit-il amèrement. Ils n'ont pas besoin de leur marine pour nous empêcher de traverser la Manche. Le vent y suffit !

Sur son ordre, Pigache lança les trois fusées blanches qui donnaient à tout le convoi l'ordre de retour.

La matinée était déjà avancée quand ils mirent la prame à sec sur une plage voisine de Wimereux.

Il n'y eut pas d'autre tentative. La proclamation de l'Empire occupait les esprits. Hazembat prit assez mal la chose. Jantet, en revanche, débordait d'enthousiasme.

— Un empereur, c'est autre chose qu'une république ! La vraie révolution, c'est maintenant ! Les rois n'auront qu'à bien se tenir, à commencer par celui d'Angleterre !

Prétextant d'une fatigue due à ses anciennes blessures, Hazembat se porta volontaire pour rester de garde à bord pendant que ses camarades allaient danser dans le village de Wimereux, illuminé pour la circonstance. Seuls demeuraient à bord l'enseigne Dubédat et une demi-douzaine d'éclopés.

Il alla se réfugier à l'avant, l'œil perdu vers la côte invisible de l'Angleterre et tournant le dos aux lampions. Cela faisait dix ans qu'il s'était embarqué pour être un marin de la République. Il évoqua le souvenir de tous ceux qu'il avait vus mourir pour cette République, Lesbats, Roumégous, Verdier et tant d'autres dont il avait oublié les noms. Qu'étaient devenus les membres de la loge des Vengeurs du Peuple qui se réunissaient dans la cale de l'*Argonaute* ? Ils avaient voté pour laisser faire Bonaparte lors du 18 Brumaire et, même s'ils avaient tenté de se mutiner, la cause était perdue d'avance. Machinalement, il posa trois doigts en V sur le bossoir : c'était le signe de reconnaissance de la loge. Il haussa les épaules et tira sa cocarde de sous sa chemise. Le bout d'étamine, tout ce qui restait de la flamme de la *Bayonnaise*, y était encore cousu. Il considéra le rouge délavé, le blanc sali, le bleu fané. A l'intérieur, il y avait les cheveux de Pouriquète.

Pensivement, il posa ses lèvres sur le rond d'étoffe et une amère vague de désespoir souleva son cœur... Partir..., quitter cette comédie absurde et cruelle..., rentrer à Langon pour épouser Pouriquète et reprendre la vie de marinier sur la Garonne... Il avait soif d'eau douce, rassasié jusqu'à la nausée d'eau salée et de sang.

Cette nuit-là, il fut bien près de déserter. Il en fut empêché par le retour à bord de Pigache qui était allé célébrer l'Empire avec les officiers de la garnison de Boulogne.

Il envoya Dubédat se coucher, puis fit les cent pas sur le pont. Il aperçut Hazembat assis sur un rouleau de cordages et vint le rejoindre.

— Ne bouge pas, reste assis. Je ne te dérange pas ?

— Non, commandant.

Pigache resta longtemps accoudé à la lisse, sans mot dire, les yeux perdus dans l'ombre. Puis il dit :

— Si ça peut te consoler, on garde le drapeau tricolore.

Avant de s'en aller, comme distraitement, il posa trois doigts en V sur la lisse. Hazembat sut alors qu'il ne déserterait pas.

Le 16 août, l'Empereur vint en personne au camp de Boulogne. Hazembat accompagna le détachement du *Wimille.* Il fut frappé de stupeur quand il découvrit l'immense bivouac qui abritait, lui dit Pigache, une armée de cent cinquante mille hommes. Il n'imaginait pas qu'on pût réunir tant de soldats à la fois. Des cavaliers resplendissants évoluaient entre les tentes alignées au cordeau.

Puis vint le moment où un petit homme en bicorne passa au loin sur son cheval, suivi d'une escorte multicolore. Une immense acclamation roula dans la plaine. Bataillon après bataillon, les soldats, rangés comme on ne savait pas le faire dans la marine, levaient leurs shakos ou leurs bicornes en criant : « Vive l'Empereur ! » Hazembat se prit, lui aussi, à lever son chapeau et à crier.

Des cérémonies se déroulèrent trop loin pour qu'on en pût distinguer les détails. C'est seulement à la fin de l'après-midi que vint l'ordre de rompre les rangs. Passant le commandement du détachement à Lefèvre, Pigache prit Hazembat par le bras.

— Il y a là-bas quelqu'un que tu voudras féliciter.

Il le conduisit à travers le camp jusqu'à une tente où des officiers sablaient du vin mousseux. Dans la cohue, Hazembat reconnut Leblond-Plassan. Il portait sur la poitrine une étoile au bout d'un ruban rouge. Dès qu'il l'aperçut, l'ancien commandant de la *Bayonnaise* s'avança vers lui, les bras ouverts.

— Mon fidèle Hazembat le jour où l'Empereur vient de me faire membre de la Légion d'honneur ! Ma joie est complète !

— Je suis bien heureux pour vous, commandant, et je vous félicite.

— C'est tout l'équipage de la *Bayonnaise* qu'il faut féliciter ! La cour martiale a jugé votre conduite exemplaire. C'est à ce jugement que je dois ma croix...

Il était un peu gris.

— Du champagne pour mon ami Hazembat ! Nous allons trinquer à l'Empereur !

Le vin piquait le nez et avait un arrière-goût suret qui rappelait celui du *txakoli* basque de Don Gorka.

— A la Rép... à l'Empereur ! dit Hazembat.

Les préparatifs reprirent de plus belle dans les ports de la Manche. On admettait maintenant qu'il faudrait une longue période de beau temps assuré, auquel cas l'intervention de la flotte serait plus que jamais indispensable pour maintenir à distance les navires anglais pendant la traversée et le débarquement.

Fin octobre, arriva la nouvelle de la capture par une escadre anglaise des quatre galions espagnols rapportant d'Amérique l'annuelle cargaison d'or. Nul n'ignorait qu'une bonne partie de cet or était reversé à la France, mais il était évident que l'Espagne ne pouvait laisser passer l'outrage sans déclarer la guerre, ce qui menacerait la domination anglaise des mers.

Le moral de la marine remonta aussitôt. Hazembat

sentait autour de lui une fièvre joyeuse s'emparer des équipages à l'idée d'une action prochaine. Jantet montrait partout un visage hilare.

— Dans le cul, aux Goddem, il va le leur mettre, Napoléon !

Sans doute Hazembat, peu expansif de nature, se serait-il laissé entraîner par l'enthousiasme général, s'il n'avait été si conscient des faiblesses de la flottille d'invasion. Certes, les équipages étaient mieux entraînés, plus aguerris, mais, ancien batelier de la Garonne, il connaissait mieux qu'un autre les périls de cette navigation d'eau douce sur une mer imprévisible. Il aurait beaucoup préféré participer à l'action sur un vrai navire.

Il se sentait inutile, mal employé, livré à des stratégies élaborées par des terriens, des soldats. De plus en plus souvent, il s'interrogeait sur l'avenir. Cela faisait trois ans que les accordailles avec Pouriquète avaient été conclues. Ils étaient maintenant tous deux en âge de se marier. Quand pourrait-il retourner à Langon, épouser Pouriquète, lui donner des enfants comme il en avait déjà donné un à Belle, vivre sa vie de batelier sur l'*Aurore,* le courau que Perrot Rapin, le père de Jantet, lui avait donné en cadeau d'accordailles ?

Ces pensées n'altéraient pas sa bonne humeur, mais lui donnaient à réfléchir. A vingt-six ans passés, il s'était peu à peu transformé en un grand bonhomme rude qui riait rarement, mais dont les yeux clairs révélaient une joie de vivre tranquille et profonde, ne s'assombrissant qu'à l'occasion de brèves colères.

— Tu me fais découvrir les Gascons, lui dit un jour Pigache. Je les croyais peu sérieux et plus épris de panache que de vérité. Or tu es l'homme au monde à qui je serais le plus enclin à faire confiance.

— Pas moi, lieutenant. Pour ce qui est de tenir une barre, ça va encore, mais pour ce qui est de naviguer dans la vie, j'ai besoin qu'on me commande.

— N'importe qui ?

— Non, je n'aime pas changer de maître, lieutenant. J'ai toujours voulu être marin de la République. Je n'ai pas assez d'imagination pour ne pas m'y tenir.

— Je te comprends. Les choses sont plus simples quand il s'agit d'échanger des coups de canon en haute mer contre un ennemi. Ici, nous ne savons pas quelles ambitions nous servons. Il y a des moments où je me demande si tout ce déploiement de force n'est pas une gigantesque comédie.

Latouche-Tréville était mort en août et Villeneuve l'avait remplacé à Toulon en octobre. Le chassé-croisé d'amiraux qui s'ensuivit retarda les opérations. Partout, les Anglais montaient bonne garde devant les ports français et espagnols. A Wimereux, l'enthousiasme tomba avec l'hiver. On ne croyait plus à la providentielle sortie des escadres bloquées qui balaieraient la Manche le temps de l'invasion. Les jours passaient sans qu'on vît apparaître des voiles françaises dans le Pas de Calais où quelques vaisseaux anglais patrouillaient avec l'apparente nonchalance de chats aux aguets. De temps en temps, la flottille se livrait sur la côte française à des exercices de débarquement, toujours couronnés de succès. L'entraînement des hommes était tel que, si seulement ils arrivaient à prendre pied sur une plage anglaise, il n'y avait aucun doute sur l'issue du combat. Mais il y avait d'abord à parcourir ces vingt milles de mer, qui, jour après jour, paraissaient se faire plus longs.

Le 18 février 1805, Pigache fit appeler Hazembat.

— On va demander des volontaires pour armer de nouveaux vaisseaux. J'ai reçu une lettre de Leblond-Plassan. Il aimerait bien avoir avec lui à Rochefort ce qui reste de l'ancien équipage de la *Bayonnaise* et il te mentionne tout spécialement.

Le jour même, Hazembat prit contact avec les anciens de la *Bayonnaise* qui servaient encore sur la flottille. Comme celle de tous ses camarades, l'acceptation de Jantet fut immédiate.

— On va revoir un peu de mer, putain de Dieu!

Quand, le lendemain, Lenoir réunit les équipages des prames pour demander des volontaires, il n'eut pas l'air surpris de voir vingt hommes du *Wimille,* lieutenant en tête, faire un pas en avant.

Ils descendirent la côte jusqu'à Cherbourg à bord d'un

chaland de ravitaillement. Là, ils furent embarqués sur une frégate qui leur fit passer de nuit les dangereuses approches de Brest où les navires anglais s'aventuraient maintenant jusque dans la baie.

Hazembat resta près du timonier, retenant son souffle tandis qu'ils franchissaient l'étroite passe entre Ar Men et Saint-Mathieu. Sur ces eaux qu'il avait tant de fois sillonnées à bord de l'*Argonaute,* il reconnaissait à l'oreille le bruit des brisants sur chaque récif.

Le 5 mars, à l'aube, ils embouquèrent enfin l'estuaire de la Charente et pénétrèrent dans la rade de Rochefort. Il y avait là deux vaisseaux de ligne à l'ancre. Hazembat en connaissait un de vue, l'*Achille,* un soixante-quatorze. L'autre était plus gros et devait porter au moins cent canons. Sa coupe était peu familière et le tableau arrière, notamment, ornementé, doré et surmonté de hautes lanternes, faisait montre d'une ostentation qui contrastait avec l'habituelle sobriété des navires de construction française.

Il en apprit le nom l'après-midi quand Leblond-Plassan le reçut avec Pigache dans un bureau très semblable à celui où, quatre ans plus tôt, il l'avait embauché à bord de la *Bayonnaise.*

— C'est l'*Algésiras.* Il est espagnol, mais il vient d'être placé sous commandement français. Le commandant est le capitaine de frégate Le Tourneur et le contre-amiral Magon y a mis sa marque. Je vais y embarquer comme officier de manœuvre. Les officiers espagnols sont, en général, excellents, mais je n'en dirai pas autant de l'équipage. C'est pourquoi j'ai tenu à m'entourer d'hommes que je connais. Pigache, vous serez mon adjoint, et toi, Hazembat, tu seras contremaître à la manœuvre. C'est bien le diable si, cette fois, on n'homologue pas ta promotion !

Il se dirigea vers un guéridon et versa trois verres de vin.

— A la victoire ! dit-il. Le moment est venu où nous allons en faire voir de dures à l'amiral Nelson !

Au moment où ils allaient se quitter, il retint Hazembat.

— L'appareillage n'est que dans une dizaine de jours. D'ici là, il faudra aller prendre livraison à Langon de bois de charpente qui est arrivé par charroi des Pyrénées. J'ai pensé que tu aimerais t'en charger.

CHAPITRE III

TRAFALGAR

A l'avant du lourd chaland de mer, Hazembat et Jantet virent une fois de plus se déployer devant eux l'arc du Port de la Lune. Ils n'avaient pas revu Bordeaux l'un depuis quatre ans, l'autre depuis six. On sentait le poids de la guerre. Les quais où jadis s'entassaient les marchandises étaient presque déserts et les navires de commerce au mouillage étaient tous désarmés.

— Ce sont les grandes eaux, dit Hazembat. Avec les marées d'équinoxe pour monter et la crue pour descendre, nous n'aurons pas de mal à faire l'aller-retour de Langon, même à pleine charge.

A l'escale de Cadillac, ils rencontrèrent la *Gigasse* qui descendait vers Bordeaux. C'était un des couraus du père de Jantet et elle était toujours commandée par Caprouil Montaudon avec qui Hazembat avait fait son apprentissage. A l'approche de la quarantaine, il gardait sa tignasse rousse et sa sveltesse vigoureuse.

— Vous trouverez tout votre monde à la maison, dit-il. L'*Aurore* est au port.

De fait, quand, au-delà du coude de Toulenne, Langon apparut, Hazembat distingua tout de suite, parmi les rares embarcations au mouillage, le bordage rouge et vert du courau que Perrot lui avait donné en cadeau lors de ses accordailles avec Pouriquète et que commandait son père.

Ce fut justement lui qui l'aperçut le premier. Il était

en compagnie du cousin Guitoun sur le tillac de l'*Aurore*. Les mains en porte-voix, il y eut un grand échange de cris de bord à bord. Le chaland poursuivit sa route pour aller s'amarrer devant le port des Chais où était entreposé le bois.

La planche était à peine lancée que déjà on affluait de toutes parts. Perrot Rapin, vieilli, mais portant encore beau ses cinquante ans, venait en tête. Il embrassa Jantet, les larmes aux yeux.

— Six ans que je ne t'avais pas vu, *hilhòt* ! Le temps commençait à être long ! Et ton frère Pishehaut, ça fait presque autant !

Hazembat étreignit silencieusement son père qui était resté rude et droit comme un vieux chêne. Derrière lui, clopinant, Guitoun vint donner l'accolade aux deux revenants. Et, plus loin encore, trottant menu comme une chèvre, Tante Rapinette glapissait sa bienvenue :

— *Mon Diu, mon Diu, los dus d'u còp ! Mon Diu ! e n'i a pas arré a casa ta minja !*

— Je ne sais pas si nous pourrons rester à dîner, répondit Hazembat. Nos ordres sont de repartir dès le chargement terminé.

Perrot considéra les piles de bois.

— Vous en aurez bien jusqu'à la nuit et même davantage, dit-il.

— Et, ajouta Rapinette, tu n'auras quand même pas le cœur de t'en aller sans voir ta mère, ta sœur et ta promise. Elles sont chez Dubernet.

— Vas-y, dit Jantet. Je me charge du bois. Il y a assez d'hommes ici pour nous aider.

Quand Hazembat arriva à la boutique de la rue Saint-Gervais, la nouvelle y était déjà parvenue. En serrant Hazembate dans ses bras, il eut l'impression qu'elle s'était faite encore plus menue qu'avant. Elle portait la grosse *còha* noire des vieilles sur ses cheveux gris, mais ses yeux étaient toujours aussi limpides et vifs. Janote ne s'était pas arrangée. La grande gigasse était devenue une femme ossue et maigre dont le visage raboteux ressemblait de plus en plus à celui de son frère. Capulet

Dubernet avait grossi. Il mit une main dodue sur l'épaule d'Hazembat.

— Salut, mon gendre. Heureux de te voir. Pouriquète t'attend dans sa chambre.

— Elle est malade ?

— Elle l'a été, mais ça va mieux et, quand elle t'aura vu, ça ira tout à fait bien !

En montant chez Pouriquète, Hazembat croisa dans l'escalier sa sœur Castagne et l'abbé Vital Lafargue. Castagne avait vingt-sept ans comme lui. Cela faisait presque quinze ans qu'elle attendait pour se marier avec Louis Castaing, dit Castagnot, qui devait être maintenant enseigne ou lieutenant en Méditerranée. Elle avait déjà des rides autour de la bouche. Hazembat prit soudain conscience du temps qui s'écoulait. Pouriquète avait vingt-quatre ans. Il avait peine à le croire, gardant d'elle le souvenir de la petite fille qui se haussait sur la pointe des pieds pour l'embrasser quand il avait pris la mer en 94.

L'abbé semblait deviner ses pensées.

— Tu as l'âge que j'avais quand tu t'es embarqué, dit-il. Une vie passe vite. C'est un péché d'en gâcher un instant. Dépêche-toi de rejoindre celle qui t'attend : le bonheur, lui, n'attend pas.

Quand il entra, il vit Pouriquète comme il l'avait vue de la fenêtre quand il l'avait quittée à l'aube, quatre ans plus tôt, son visage mince noyé dans ses cheveux dénoués et ses yeux comme éblouis d'amour.

Il resta un instant à la regarder, puis, en deux enjambées, fut auprès du lit et la prit dans ses bras. Le long baiser silencieux se prolongea jusqu'à ce qu'il la sentît trembler.

— Je suis un brutas de sauvage, dit-il. Je ne pensais plus que tu étais malade.

— Je ne suis plus malade, puisque tu es là, dit-elle. On m'a dit que tu repartais tout de suite.

— Ce soir ou demain matin.

Elle se mit à pleurer. Pataud, il ne savait que faire, passant sa grosse main sur ses cheveux et répétant :

— Je suis là... je suis là...

— Quand allons-nous nous marier, Bernard ?

— Dès que la guerre sera finie. Il n'y en a plus pour longtemps maintenant. Il ne reste plus qu'à conquérir l'Angleterre.

— C'est que toutes ces années qui passent, c'est autant de bonheur en moins que je ne pourrai pas te donner.

Doucement, il se pencha sur ses lèvres.

Ce soir-là, il y eut un grand festin à la Maison du Port. L'équipage du chaland était invité. Les hommes avaient terminé leur travail à nuit close grâce au nouveau palan de fer que Lanusquet Dumeau avait installé sur le quai lors d'une permission. Cametorte, le frère cadet de Jantet, était descendu de Toulenne où il travaillait chez Escarpit, le scieur de long. Outre l'abbé Lafargue, il y avait aussi le vieux colonel Labat qu'on appelait autrefois Hardit quand il était maître de bateau et jacobin. Il fit trinquer à l'Empereur comme jadis il faisait trinquer à la Nation. Capulet lui rendit la brinde. Il était venu seul, Pouriquète étant encore trop faible pour quitter sa chambre.

Tante Rapinette avait vidé tous les toupins de confit de la maison et Hazembate les avait accommodés avec des cèpes séchés de la dernière saison. Jantet tira de sa cave tout un assortiment de vins de Fargues et de Toulenne ainsi que ses dernières bouteilles de barsac 95.

Il était passé minuit quand Rapinette, Hazembate et Janote posèrent sur les planches une gigantesque tarte aux pommes cuite au four du boulanger.

Hazembate en mit une portion dans une assiette et dit à l'oreille de son fils :

— Va porter le dessert à Pouriquète.

— Tu crois que je peux y aller à cette heure-ci ?

— Personne ne s'en apercevra, *pécquòt.* Ils ont tous trop bu !

Quand il se glissa dehors, nul ne fit attention à lui, sauf Jantet qui le suivit des yeux.

Une bougie brûlait sur la table de chevet, éveillant des reflets d'or dans les cheveux de Pouriquète. Hazembat posa l'assiette à côté d'elle. Les bras de Pouriquète se nouèrent autour de son cou, faisant monter dans sa gorge comme un sanglot d'infinie douceur. Longuement, ils se caressèrent, savourant leurs corps peu à peu dénudés. Quand il la pénétra, elle rejeta la tête en arrière avec un gémissement de délivrance.

— *Ven, mon Bernardòt, ven...*

Les hanches rondes et menues se mirent en mouvement, appelant sa jouissance qui déferla enfin, tranquille et puissante comme un mascaret de printemps.

Plus tard dans la nuit, elle lui dit :

— Il faut que tu saches... La dernière fois, j'ai fait une fausse couche.

— Tu as eu mal ?

— Non, pas tellement. Le Dr Graullau m'a bien soignée. Il dit que je pourrai avoir d'autres enfants, mais j'aurais voulu garder celui-là.

— Qu'est-ce que les gens auraient dit ?

— Et qu'est-ce que tu veux qu'ils disent, avec cette guerre de malheur ? Si les femmes ne font plus d'enfants, il n'y aura plus d'hommes à faire tuer !

Au petit matin, ils entendirent Capulet rentrer d'un pas mal assuré, puis Castagne vint gratter à la porte.

— Bernard, souffla-t-elle, Jantet te fait dire que la marée tourne dans une heure.

A la lueur du jour naissant, ils se regardèrent. La bougie était depuis longtemps consumée. La portion de tarte froide attendait toujours dans l'assiette. En riant, ils se la partagèrent, puis Pouriquète se laissa retomber sur l'oreiller.

— Reviens vite, Bernard.

Elle essayait de sourire à travers les larmes qui faisaient briller ses yeux.

Au port des Chais, le père et la mère d'Hazembat guettaient son arrivée.

— A bientôt, *hilhòt,* dit le vieil Hazembat en lui serrant la main.

Hazembate ne dit rien, mais elle lui passa doucement la main sur la joue avant de l'embrasser.

Quand le chaland fut bien établi dans le courant, Hazembat alla rejoindre Jantet à l'avant.

— Tu n'as pas été voir Pouriquète ?

— Tu l'as vue pour deux, non ?

Il détourna la tête, un pli amer au coin des lèvres.

L'*Algésiras* était sur le point d'appareiller quand ils arrivèrent le 19 mars à Rochefort. Hazembat alla se présenter à Leblond-Plassan.

— Je ne sais pas ce que valent les marins espagnols, lui dit ce dernier, mais le maître d'équipage est de premier ordre. Je crois qu'il te connaît, d'ailleurs. C'est un Basque.

Hazembat se souvint alors de ce que lui avait dit un marin au Ferrol.

— Il ne s'appelle pas Iñaki Iturralde ?

— Je me contente d'Iñaki. Tu as de la chance de te souvenir du reste !

— Sur la Garonne, nous l'appelions Navarrot.

Depuis qu'ils s'étaient quittés en 97 sur la plage du Boucau, Navarrot avait moins changé qu'Hazembat. Il n'y avait entre eux qu'une différence de cinq ou six ans et ils étaient bâtis à peu près de la même manière, Navarrot plus trapu, Hazembat plus carré d'épaules. Les retrouvailles furent sobres, l'émotion toute en dedans, comme un feu sous la cendre.

— *Agur, Bernardchu.*

— *Com va, Navarrot ?*

La conversation porta aussitôt sur le navire.

— Il a été construit il y a presque quarante ans, dit Navarrot. Solide, il l'est, mais guère maniable. Tu auras du mal à la manœuvre.

— Quelle est sa meilleure allure ?

— Largue, il prend bien le vent, mais au plus près serré il embarde. Avec l'équipage que nous avons, il faudra bien compter un quart d'heure pour virer de bord sous bonne brise.

Au plat de la maistrance, ils retrouvèrent Jantet qui se souvenait de Navarrot. Son humeur maussade et amère semblait avoir complètement disparu.

— J'ai fait le tour du navire, dit-il. La coque est saine, mais il faudra que je change les jottereaux du mât de perroquet. Ils sont pourris. C'est un coup à casser par gros temps.

Le 30 mars, enfin, l'*Algésiras,* battant pavillon du contre-amiral Magon, prit la mer, escorté de l'*Achille.* Le secret le plus complet régnait sur la destination. Certains pensaient qu'on allait piquer droit sur la Manche, d'autres qu'on allait faire route au sud pour rejoindre l'escadre de Villeneuve qui devait avoir passé Gibraltar. Navarrot était plutôt de la deuxième opinion.

— Villeneuve a dû faire sa jonction à Cadix avec le duc de Gravina et il doit aller au Ferrol faire sortir l'escadre qui l'y attend. En tout, ça fera une trentaine de navires : de quoi faire réfléchir Nelson !

Mais la petite escadre de Magon, jour après jour, suivit son cap sud-sud-ouest à travers d'interminables tempêtes qui mettaient rudement à l'épreuve l'équipage mal aguerri. Hazembat fut surpris et heureux de constater que les marins espagnols suppléaient par leur hardiesse à leur manque d'expérience. On avançait lentement, mais on avançait. Dans la région des alizés, passé le tropique, le vent se calma et l'on sut officiellement à bord que la destination était les Antilles.

Il fallut descendre très loin au sud, presque jusqu'aux côtes du Brésil, pour trouver des vents favorables. Puis les deux navires de Magon remontèrent lentement vers le nord, évitant les îles anglaises du Caraïbe. Enfin, après quarante-sept jours de navigation, le 4 juin, ils arrivèrent en vue de Fort-de-France.

L'escadre était là : dix-huit navires au mouillage dans la baie. Le *Bucentaure* portait la marque de Villeneuve. Le bruit courut à bord que, l'avant-veille, la flotte avait enlevé aux Anglais le rocher du Diamant qui menaçait l'entrée sud de Fort-de-France. Mais, de Nelson, on n'avait aucune nouvelle.

Dès l'aube du 5, laissant tout juste à l'*Algésiras* et à l'*Achille* le temps de faire de l'eau, le *Bucentaure* signala l'ordre d'appareiller.

Navarrot était inquiet.

— Si nous devons faire encore une traversée, nous serons à court de vivres.

— Rassure-toi, lui répondit Leblond-Plassan, nous allons faire une escale à la Guadeloupe.

Pointe-à-Pitre avait encore changé. Hazembat, qui accompagnait une des allèges d'avitaillement, eut de la peine à reconnaître l'esplanade, devenue une place bien ordonnée où les sabliers commençaient à donner de l'ombre et où se promenaient des messieurs bien habillés et des dames élégantes, la plupart mulâtres. Le marché avait reflué jusqu'aux arcades et il paraissait mieux approvisionné. Les nègres aussi étaient mieux vêtus. Cela rappelait un peu Baltimore.

Profitant d'un instant de liberté, il se rendit à l'auberge de Papa Lafortune. Une vieille mulâtresse obèse servait des clients paisibles.

— Papa Lafortune ? dit-elle quand il l'interrogea. Il est mort il y a deux ans. Je suis sa sœur Aimée.

— C'est vous qui avez recueilli les enfants de Belle ?

Fronçant les sourcils, elle le regarda attentivement.

— Vous ne seriez pas Hazembat, par hasard ?

— Si. Belle vous a parlé de moi ?

— Oui, et Bernard-Toussaint aussi.

— Où est-il ?

— Il travaille sur une barque de pêche de l'autre côté du port. En courant, vous avez le temps d'arriver avant qu'il prenne la mer.

L'embarcation était sur le point de larguer les amarres. Hazembat reconnut tout de suite le garçon qui tenait le filin. A la nuance de peau près, c'était l'image de lui-même, tel qu'il était à onze ans, quand il remontait la Garonne sur la gabare du patron Roumégous.

— Bernard ! cria-t-il.

Le garçon leva les yeux, lâcha le filin et, se coulant avec agilité le long du bordage, vint se jeter dans ses bras.

— Père ! Je suis content de te voir !

— Moi aussi, Bernard, je suis content. Tu fais la pêche ?

— J'apprends. Je veux devenir marin comme toi !

Le patron de la barque, un grand nègre balafré, s'impatientait.

— Tu la'gues ou tu la'gues pas, foutu moussaillon de malheu' ?

Hazembat serra son fils dans ses bras.

— Ne m'oublie pas.

— Je penserai toujours à toi, père !

Tandis que la barque débordait et prenait le large, Hazembat agita longuement la main. Une affreuse tristesse lui nouait la gorge. C'était pis que de quitter Pouriquète. C'était autre chose. C'était un peu de lui-même qu'il abandonnait à la mer cruelle.

Un peu avant de rembarquer, Hazembat eut une autre surprise. Un homme le héla d'une calèche qui passait. Il portait une redingote gris clair et un chapeau assorti. C'était Claude O'Quin. En face de lui, une ravissante jeune fille s'abritait sous une ombrelle brodée.

O'Quin n'avait pas changé depuis qu'Hazembat était allé le voir dans sa boutique de libraire à Bordeaux et il avait toujours la désinvolture du citoyen Coquin, le sans-culotte dandy.

— Vous êtes de nouveau dans le négoce ? demanda Hazembat.

— Non, les O'Quin se sont définitivement retirés des affaires, mais il se trouve que j'étais à Londres pendant la paix d'Amiens, chez mon ami l'éditeur John Murray, et je me suis fait surprendre par la reprise des hostilités. Il m'a fallu faire un détour par les Etats-Unis pour rentrer. Je suis à bord d'un navire américain à destination de Nantes. Tu te souviens de l'ami planteur chez qui je logeais lors de notre première escale à la Guadeloupe ?

— Oui, je l'ai rencontré en prison lors de ma deuxième escale. On l'a guillotiné ?

— Que non ! Il est mort de sa belle mort l'an passé et je te présente à sa fille, Isabelle de Traversay, qui est aussi bonne que belle. Je ne connais personne qui s'entende mieux qu'elle à venir en aide aux gens dans le besoin, quelle que soit leur couleur de peau. Isabelle, je vous présente Hazembat. C'est un marin, un jacobin, mais, méfiez-vous, c'est un terrible séducteur !

La jeune femme inclina légèrement la tête avec un

charmant sourire. Elle avait l'air si bonne qu'une idée folle traversa soudain l'esprit d'Hazembat.

— Mademoiselle, dit-il, puis-je vous demander une grande faveur ?

— Mais volontiers, si c'est en mon pouvoir.

— Il y a au port un jeune mulâtre de onze ans qui travaille comme apprenti pêcheur. Il s'appelle Bernard-Toussaint Laprune. Je voudrais vous demander d'être sa protectrice. Il est... orphelin.

— Ce sera facile. Dès demain, je dirai à mon régisseur Elias de s'occuper de lui.

O'Quin observait Hazembat d'un œil sagace.

— Un mulâtre, dis-tu ? Serait-ce un parent ?

— C'est... c'est mon filleul. Merci, mademoiselle, merci beaucoup !

— Puisque nous en sommes à parler de tes protégés, je voulais te dire que j'ai tenu parole pour la petite Flora. Je l'ai revue le mois dernier à Baltimore. Elle a prospéré. Son restaurant est un des plus élégants de Baltimore. Il s'appelle *Le Petit Bernard.*

Avec un clin d'œil, O'Quin fit un geste d'adieu.

— N'abuse pas des baptêmes, Hazembat. Et bonne chance contre Nelson. J'ai grande envie de retourner à Londres !

Les vingt navires appareillèrent le 10 juin. La nouvelle s'était répandue que Nelson était arrivé à La Barbade avec dix vaisseaux de ligne.

— Si j'étais Villeneuve, je l'attaquerais immédiatement, dit Leblond-Plassan à Hazembat, et je crois que Magon a la même idée.

Mais, à la sortie de la rade, l'escadre fit route nord-nord-est. A moins d'une feinte, on rentrait en Europe. Il y eut à bord un moment d'euphorie. Si l'on parvenait à gagner Nelson de vitesse, il y avait une chance de faire sortir une quinzaine de navires du Ferrol, de débloquer les vingt navires de Ganteaume à Brest et de marcher en force sur la Manche.

Malheureusement, on perdit beaucoup de temps. L'escadre s'étirait en file sur près de sept milles, ce qui rendait les communications entre navires lentes et difficiles. La moindre difficulté obligeait à empanner pendant parfois plusieurs heures. Au nord du tropique, on rencontra une zone de brise folle qui obligeait à manœuvrer sans cesse pour tirer parti du moindre souffle de vent. Comme aucun navire ne réagissait de la même façon, il était difficile de garder la formation et, chaque matin, il fallait perdre un temps précieux pour regrouper les navires qui s'étaient éparpillés dans la nuit, parfois jusqu'au-delà de l'horizon.

En suivant la route sur la carte, Hazembat s'aperçut qu'elle conduisait tout droit vers cette côte de Galice devant laquelle, deux fois déjà, il avait fait naufrage.

Le brouillard qui se leva le matin du 22 juillet, à 200 milles du cap Finisterre, lui rappela douloureusement le souvenir de la *Belle de Lormont.* Ce ne fut d'abord qu'une brume qui devint de plus en plus épaisse à mesure que l'heure avançait. Villeneuve eut le temps de faire passer le long de la ligne l'ordre de raccourcir les distances à deux encablures entre chaque navire. Bientôt, on ne fit plus qu'entrevoir par l'avant et par l'arrière les deux navires les plus proches à travers les volutes de brouillard.

On venait de piquer le quart de midi quand le grondement caractéristique d'une salve arriva par l'avant. Le commandant Le Tourneur, aussitôt sur la dunette, ordonna le branle-bas de combat. Tambours et sifflets éveillèrent immédiatement le navire qui continua sa route à l'aveuglette, tandis qu'on entendait, ouaté, l'écho de l'alerte se propager le long de l'escadre. Il y eut encore plusieurs salves, puis, par une déchirure du brouillard, une ligne de navires apparut un instant par bâbord, à trois encablures. La vision disparut aussitôt, mais tout le monde avait reconnu le *Union Jack.*

La bataille se déroula d'abord comme une partie de colin-maillard, puis le brouillard se dissipa et l'on put voir alors qu'il y avait quinze navires anglais contre les vingt navires français et espagnols.

— On appellera cela la bataille des Quinze-Vingt ! s'écria Leblond-Plassan.

Il devint vite évident que l'avantage du nombre était

largement compensé par la maladresse et la lenteur des canonniers espagnols. Pour une salve anglaise qui portait, Villeneuve en mettait trois à la mer. Pourtant les Anglais n'exploitèrent pas leur supériorité. S'étant emparés de deux navires espagnols et ayant assez sérieusement endommagé l'*Atlas,* ils se retirèrent vers le nord. L'*Algésiras* n'avait eu qu'une dizaine de morts, une trentaine de blessés et des dégâts matériels que Jantet et son équipe s'employaient déjà à réparer.

L'amiral Magon était venu rejoindre le commandant Le Tourneur sur la dunette. Il observait les voiles anglaises qui s'éloignaient. Hazembat, qui commandait la manœuvre de la brigantine, l'entendit qui disait au commandant :

— C'est certainement l'amiral Calder. Il a aussi peu d'imagination que Villeneuve.

C'était le genre de chose qu'un simple matelot n'était pas supposé entendre. Hazembat s'écarta discrètement.

Pour le moment, Villeneuve faisait route est-nord-est en direction du Ferrol. Il allait sans doute profiter du retrait des Anglais pour débloquer l'escadre franco-espagnole qui s'y trouvait.

Mais le lendemain, à l'aube, la brise tomba, puis se mit à souffler avec violence du nord-est. Toute la journée, les navires luttèrent contre un vent contraire. Serré au plus près, l'*Algésiras* embardait malgré les efforts de Leblond-Plassan et les coups de gueule d'Hazembat. D'autre part, l'*Atlas,* endommagé, et deux vaisseaux espagnols, mauvais marcheurs, ne suivaient pas. A la fin de la journée, on n'avait fait qu'une vingtaine de milles. Villeneuve donna l'ordre de virer lof pour lof vers le sud.

Le 27, l'escadre arrivait à Vigo. Il y eut une conférence à bord du *Bucentaure.* Magon et Le Tourneur en revinrent l'air furieux.

On prit le temps d'avitailler, puis, laissant à Vigo l'*Atlas* et les deux vaisseaux espagnols traîne-patte, les quinze navires restants reprirent le chemin de La Corogne où ils arrivèrent le 31. Deux jours plus tard, une corvette française se présenta, signalant qu'elle avait des messages pour l'amiral.

Aussitôt, Villeneuve donna l'ordre de lever l'ancre pour aller mouiller dans la baie d'Arès, entre La Corogne et Le Ferrol. Les quinze navires du Ferrol vinrent y rejoindre l'escadre.

Grâce à Leblond-Plassan, Hazembat connut assez vite la teneur générale des ordres apportés par la corvette. L'Empereur serait au camp de Boulogne à partir du 3 août et Villeneuve devait tenter de dégager la Manche avant la fin du mois. De plus, les cinq vaisseaux de l'amiral Allemand devaient forcer le blocus de Rochefort et se joindre à l'escadre de Villeneuve dans le golfe de Gascogne.

C'est seulement le 13 août que Villeneuve se risqua hors de la baie d'Arès, mettant prudemment le cap nord-est. L'escadre était maintenant forte de trente navires, mais on ne savait pas ce que les Anglais avaient pu concentrer comme forces entre la côte cantabrique et l'entrée de la Manche. L'*Algésiras* occupait la deuxième position de la file. Ce fut une de ses vigies qui, à la fin de l'après-midi du 15, signala des voiles par le bossoir bâbord.

— C'est sans doute Allemand qui vient à notre rencontre, dit Leblond-Plassan.

Villeneuve dut en juger autrement, car il fit hisser l'ordre de virer de bord l'un après l'autre, cap pour cap. Magon parut sur la dunette et demanda qu'on fît répéter le signal. Il avait l'air déconcerté et furieux. Lentement, dans le crépuscule, la longue file des navires rebroussa chemin.

Le vent était favorable et l'escadre ne mit que quatre jours pour atteindre Cadix. Aucun navire anglais ne s'interposa.

Et, à Cadix, le temps s'arrêta. Hazembat, qui avait commencé à reprendre espoir en voyant, prêts à appareiller dans la rade, les deux formidables cent vingt canons espagnols, la *Santa Anna* et le *Principe de Asturias,* se désespéra quand, au bout de quelques jours, les énergies commencèrent à fléchir sous la chaleur accablante. Signe que Villeneuve comptait rester longtemps au mouillage, on accorda des permissions de terre. Il y eut des désertions parmi les Espagnols, et les Français découvrirent avec délices le charme de la ville blanche, avec ses palmiers luxuriants, ses vins généreux et ses filles accueillantes. Navarrot, qui avait séjourné à Cadix de longues années, servait de guide à Jantet et à Hazembat. Il ne cachait pas son mépris pour les Andalous.

— Anglais ou Français, ils sont toujours prêts à servir celui qui paie le plus cher.

Hazembat avait assez d'expérience pour sentir l'hostilité qui se cachait sous la cordialité mercantile de l'accueil. Il connut alors quelques filles très belles, mais sales et maussades. Jour après jour, il voyait s'éloigner la perspective d'une action immédiate, d'une décision rapide. Il étouffait dans l'atmosphère amollissante du port.

A la fin de septembre, il fit connaissance dans une taverne d'un ami de Navarrot qui était valet de chambre du duc de Gravina. L'amiral espagnol avait hissé son pavillon sur le *Principe de Asturias.* L'homme les mit au courant des grandes dissensions qui déchiraient l'état-major, ou plutôt qui opposaient Villeneuve aux autres amiraux, français et espagnols.

Ces derniers étaient partisans de suivre les instructions générales de l'Empereur, qui étaient de sortir sans combat de Cadix et d'aller se reformer en Méditerranée avec l'appoint des navires espagnols de Carthagène, pour opérer un retour foudroyant qui prendrait les Anglais par surprise, mais Villeneuve temporisait, hanté par la menace de Nelson. On disait qu'il allait être relevé de son commandement et que son remplaçant était déjà en route.

L'énervante situation s'éternisa pendant un mois encore. Les frégates de surveillance signalaient que Nelson était de retour et qu'il avait maintenant à sa disposition une armée de trente navires. Le 18 octobre, une conférence générale réunit tous les amiraux à bord du *Bucentaure.*

Le 19, à six heures du matin, au moment où toutes les cloches de l'escadre venaient de piquer quatre, le vaisseau amiral hissa un signal : « Appareillez sans autre signal. » La première à franchir la passe fut la frégate l'*Argus,* suivie du *Principe de Asturias.* Les navires se suivaient de demi-heure en demi-heure. Vers midi, Hazembat reconnut le vieil *Argonaute* qui, toujours aussi maniable, doublait la jetée avec aisance. Il se demanda si le capitaine Guillotin le commandait encore. Le tour de l'*Algésiras* vint à quatre heures. Les navires prenaient le large et allaient se former à cinq milles du rivage, cap sud-sud-est. A la nuit tombée, la moitié de l'escadre était sortie sans encombre. Les Anglais ne s'étaient pas montrés.

Une faible brise de sud-est balançait mollement les coques, mais quelque chose d'humide et de salé, qu'Hazembat sentait dans l'air, lui faisait craindre un changement de temps.

Le *Bucentaure* fut le dernier à sortir dans la matinée du 20, au moment où l'*Achille,* qui était en tête, signalait dix-huit voiles anglaises par sud un quart sud-ouest.

Non sans mal, Villeneuve fit former son escadre de quarante voiles en trois colonnes et, toute la journée, on fit route à faible allure vers Gibraltar. Pendant la nuit, le vent sauta ouest-nord-ouest et, après quelques grains violents, mollit de nouveau. Des feux de bengale s'allumèrent à l'horizon, le long de la côte. Le 21, à six heures et demie du matin, Villeneuve signala : « Ordre de bataille naturel. Tribord amures. »

L'escadre s'était dispersée pendant la nuit, et la ligne, disloquée à l'arrière, s'étendait en désordre sur plus de six milles. C'est alors que Villeneuve signala de virer lof pour lof tous à la fois.

L'*Algésiras* se trouvait désormais à l'arrière-garde sous sa plus mauvaise allure, ne filant pas plus de deux nœuds, malgré les efforts de Leblond-Plassan et d'Hazembat pour maintenir la voile au plus près. A l'aplomb du cap Trafalgar, les vigies signalèrent trente-cinq voiles anglaises par trois quarts bâbord avant. Elles furent bientôt visibles du pont.

L'amiral Magon et le commandant Le Tourneur, tous deux en grand uniforme, observaient l'ennemi au télescope.

Hazembat alla rejoindre Leblond-Plassan qui, lui aussi, avait l'œil au télescope.

— Je reconnais le *Royal Sovereign,* dit-il. C'est leur meilleur marcheur, mais la marque de Nelson est sur le *Victory,* plus au nord. Je me demande ce qu'il a en tête. Il ne devrait pas tarder à virer pour venir parallèlement à nous.

Quelques instants plus tard, Le Tourneur fit rassembler l'état-major et la maistrance devant la dunette. Ce fut Magon qui parla.

— Selon toute apparence, dit-il, l'ennemi ne nous attaquera pas en ligne, mais sur deux colonnes qui tenteront de disloquer notre formation. Il y a donc des chances pour que nous soyons laissés à notre propre initiative. Etant donné notre faiblesse en canonnage, nous devons chercher le combat rapproché et, si possible, l'abordage. Au corps à corps, nous retrouvons toutes nos chances : le sabre ou la hache à la main, un Français ou un Espagnol vaut bien deux Goddem ! Aussi, vous allez veiller à ce que tous les hommes soient dès maintenant armés et à ce que toutes les divisions d'assaut soient en alerte.

Hazembat savait ce que cela voulait dire. Il avait, sous les ordres de Leblond-Plassan, la responsabilité d'une division de cinquante gabiers qui devaient se rassembler au signal et monter à l'abordage. Il se mit aussitôt en quête de ses hommes pour leur distribuer les armes.

A onze heures et demie, le *Victory,* qui n'était plus qu'à quelques encablures du *Bucentaure,* se couvrit soudain de pavillons multicolores. Aussitôt, tous les navires de l'escadre anglaise arborèrent le même signal.

— Je ne comprends que les dix derniers pavillons, dit Leblond-Plassan, l'œil au télescope. Ce sont des signaux alphabétiques. Je lis DUTY.

— Il doit leur demander de faire leur devoir, dit Hazembat. Nous ferons le nôtre.

En réponse, l'escadre franco-espagnole hissa les pavillons nationaux. C'était le tricolore pour l'*Algésiras,* mais Le Tourneur eut à cœur de faire hisser le jaune et rouge de l'Espagne à la misaine, au-dessus de la grande croix de bois noir que les charpentiers y avaient clouée.

A midi exactement, Villeneuve envoya le signal 242 dont tout le monde connaissait le sens : « Engagez le combat. » Quelques instants plus tard, le *Fougueux,* qui se trouvait à deux rangs en avant de l'*Algésiras,* tira un boulet de réglage sur le *Royal Sovereign* qui déploya immédiatement toute sa toile et se rua sur le *Santa Anna.* Les quatre navires qui entouraient le *Santa Anna* ouvrirent le feu sur lui de toutes leurs batteries, mais, comme l'avait prévu Magon, le canonnage manquait de précision et de rapidité. Sans avoir tiré un coup de canon, le *Royal Sovereign* arriva à toucher le *Santa Anna* beaupré contre beaupré et en balaya le pont d'une terrible bordée d'enfilade.

Le combat s'engageait de toutes parts. Les colonnes anglaises se rabattaient sur l'arrière-garde, maintenant isolée. L'*Algésiras* se trouva un moment entouré par l'*Agamemnon,* le *Bellerophon,* le *Tonnant* et le *Belleisle.*

Au milieu du tonnerre des salves qui roulaient de manière ininterrompue, Leblond-Plassan, sur l'ordre de Le Tourneur, manœuvrait à aborder le *Tonnant.*

La mêlée était si serrée et la fumée si dense que Le Tourneur fit cesser le feu de peur de canonner un navire ami. Pendant cette accalmie, il n'y avait pas grand-chose à faire pour Hazembat. Il grimpa dans la hune. A trois encablures au sud-ouest, l'*Achille* français était engagé dans un combat fratricide avec l'*Achilles* anglais que l'*Argonaute* attaquait par bâbord. Sur l'autre bord, le *Redoutable* engageait le *Victory* qui venait d'éviter le *Bucentaure.* Plus au nord encore, l'avant-garde française, séparée du corps de bataille, semblait comme paralysée et impuissante à intervenir.

Quand il redescendit sur le pont, le contre-amiral Magon parut sur la dunette en grand uniforme de parade. Le *Tonnant* surgit de la fumée à une demi-encablure. Aussitôt la canonnade reprit, tandis que se déclenchait un violent feu de mousqueterie. Quand les beauprés se touchèrent, Le Tourneur cria :

— A l'abordage !

Suivi de sa division, Leblond-Plassan attaqua par l'avant. Pris dans le flot des gabiers qui montaient à l'abordage en hurlant, Hazembat taillait dans les filets à grands coups de sabre. Comme il mettait le pied sur le pont de l'Anglais, il reconnut à côté de lui Jantet, armé d'une herminette. Ecrasés sous le nombre, les Anglais reculèrent d'abord, puis, des écoutilles, surgirent par vagues les canonniers armés de masses, de barres et de taquets de tournage. A l'aveugle, Hazembat cognait et taillait dans la mêlée en vociférant n'importe quoi pour faire plus de bruit que les autres.

A un certain moment, il se trouva près de Leblond-Plassan qui parait avec son sabre d'honneur les moulinets d'un grand quartier-maître blond, armé d'une pique. Il réussit à embrocher son adversaire au moment où la pique se plantait dans son bras gauche. Le sang jaillit.

— Vous êtes blessé, lieutenant ? cria Hazembat.

— Ce n'est rien. Rallie les hommes. Ceux de l'arrière sont en difficulté.

A l'arrière, en effet, les divisions d'abordage avaient lancé des grappins pour amener les navires bord à bord, mais les Anglais s'étaient retranchés autour de la dunette. Bien que décimés par le tir des soldats français perchés dans les vergues de l'*Algésiras,* les *marines* entretenaient un feu meurtrier contre les assaillants. A la tête d'une division, Navarrot, accroché aux filets, tentait de prendre pied à hauteur du mât d'artimon. Soudain, Hazembat le vit lever les bras, bouche ouverte, et tomber dans la mer entre les deux coques.

Ils durent refluer vers l'avant. La division de Leblond-Plassan ne comptait plus qu'une dizaine d'hommes valides. Hazembat fit évacuer les blessés, parmi lesquels Jantet, touché à la poitrine. Une nouvelle division, conduite par Pigache, déferla en hurlant par-dessus le pavois.

— Le commandant est blessé ! cria Pigache au passage.

Aidé de ce renfort, Leblond-Plassan, le bras gauche inerte, reprit l'assaut. Cette fois, ils arrivèrent presque jusqu'à la timonerie. A quelques pieds de l'échelle de dunette, ce fut une affreuse boucherie. Pris de fureur, Anglais, Français et Espagnols s'étripaient, se coupaient la gorge, se fendaient le crâne. Hazembat vit un officier anglais blessé qui pointait un pierrier vers la dunette de l'*Algésiras* où Magon, le bras en écharpe, mais toujours impassible sous son bicorne empanaché, observait le combat. Le coup partit et Magon s'écroula. En même temps, une centaine d'Anglais, jaillis des écoutilles, montaient par l'arrière à l'abordage de l'*Algésiras.*

Leblond-Plassan cria :

— Il faut aller défendre le navire ! Repliez-vous ! Evacuez ! Tout le monde à bord !

L'officier anglais avait rechargé le pierrier et, le faisant pivoter, le dirigeait maintenant vers les assaillants, directement pointé sur Leblond-Plassan. Au moment où il tirait sur la lanière, Hazembat se jeta en avant d'un geste instinctif. Il se sentit emporté en arrière par un souffle d'ouragan qui l'assourdit et un voile rouge s'abattit sur ses yeux.

CHAPITRE IV

PRISONNIER DE GUERRE

Curieusement, il ne perdit pas conscience. C'était comme s'il flottait au-dessus du corps ensanglanté qui gisait sur le pont et dont il ressentait les atroces douleurs à travers une distance qui les rendait comme étrangères. Il se demanda s'il était mort et si c'était son âme qui s'attardait encore autour de sa dépouille.

Il fut détrompé quand il voulut lever le bras. Les muscles n'obéirent pas, mais la seule intention de remuer éveilla dans tous ses nerfs une lancée si fulgurante qu'il sut qu'il était vivant et bien éveillé.

Peu à peu, ses sens recommencèrent à envoyer des messages à son cerveau embrumé. Ce furent d'abord les yeux. Très haut au-dessus de lui, il distinguait un gréement de vergue, voile carguée, se détachant sur un ciel gris où planait une mouette. Des ombres rapides cachaient par instants la lumière et il lui fallut longtemps pour comprendre que c'étaient des hommes qui l'enjambaient en courant.

Puis les bruits naquirent, des piétinements sourds d'abord, dont les planches du pont lui renvoyaient douloureusement les vibrations. Ensuite, ce furent les cliquetis, les coups, les détonations et enfin les voix. Sa conscience vacilla un bref instant quand il entra dans le vacarme. Il sut alors qui il était et où il était. L'image du canon pointé sur lui et vomissant sa flamme orange explosa dans sa mémoire et oblitéra un instant le bruit du combat.

On se battait encore, mais trop loin de lui pour qu'il pût comprendre ce qui se passait. Pourtant il lui semblait que la mêlée s'était déplacée du pont du *Tonnant* à celui de l'*Algésiras*. De temps en temps, un cri, un commandement lui parvenaient, forts et distincts au-dessus du tumulte.

Autour de lui, il prit conscience de corps étendus, disloqués, broyés, mutilés, et il se voyait lui-même comme un de ces cadavres pitoyables. Il se prit à évaluer l'angle du soleil dans les vergues. Il devait être trois ou quatre heures. Le combat avait commencé à midi. Dans trois ou quatre heures, il ferait nuit.

Un cri jaillit soudain, suivi d'une longue acclamation :

— *She's struck !*

Très lucide, il raisonna avec lui-même pour comprendre que, si le cri était en anglais, cela voulait dire que c'était l'*Algésiras* qui avait amené ses couleurs. Il se dit avec détachement que la bataille était perdue pour lui, mais il n'avait aucune idée de ce qui se passait ailleurs. Il en éprouvait une profonde indifférence, comme si son esprit, séparé de son corps, avait perdu tout lien avec le monde.

Les roulements des canons durèrent longtemps encore, de plus en plus lointains, de plus en plus espacés. Le ciel changea, se chargeant de nuages bas qui fuyaient devant le soleil couchant, puis le vent fraîchit comme la nuit tombait et le *Tonnant* se mit à tanguer et à rouler sous des rafales de plus en plus fortes. Hazembat entendit qu'on donnait l'ordre de faire route sud-sud-ouest avec deux ris pris dans les huniers.

Il faisait tout à fait nuit sur le pont balayé par le vent et les embruns quand il devina un remue-ménage dont il ne connaissait que trop bien la nature. Des équipes relevaient les cadavres et les balançaient par-dessus bord. Un officier devait dire une prière ou deux pour les Anglais. Les autres étaient jetés à la mer sans autre forme d'obsèques.

Des pieds chaussés de bottes pataugèrent dans la boue

de sang autour de lui. Deux bras le prirent aux épaules et deux aux jambes. La douleur fut si violente que son esprit réintégra instantanément son corps et qu'il se prit à croasser d'une voix rauque :

— *Bugger your arse, bloody bastard ! I aint dead yet !*

Surpris, les deux marins le laissèrent retomber.

— *This one seems alive, sir,* dit celui qui était aux pieds. *Looks like a Froggie, sir. Speaks english, though, he does !*

Une silhouette embicornée se pencha vers lui.

— Oui, il a l'air encore en vie et au moins il sait jurer en anglais. Descendez-le au faux pont, chez le chirurgien.

— *Aye, aye, sir !*

Dès que les marins le soulevèrent, Hazembat se mit à hurler et à jurer en anglais, en espagnol, en français et en gascon. Puis la souffrance fut plus forte et il s'évanouit.

Il revint à lui dans l'ombre du faux pont où les cris et les gémissements se mêlaient aux craquements de la coque secouée par la tempête. Une lanterne éclairait un visage barbu qui le considérait avec de gros yeux de caniche injectés de sang. Un rai de lumière soulignait des traits affaissés d'alcoolique, mais la voix qui lui parvint était étonnamment douce.

— *Howdy, sailor ? Feeling better ?*

— *F... fine, sir.*

— Tu as eu de la chance. Le boulet qui t'était destiné à dû heurter un espar ou un filin. Il a éclaté en mille morceaux. J'en ai retiré une douzaine de ta poitrine, de tes bras et de tes joues. C'est le souffle surtout qui t'a assommé. Dis-moi, comment se fait-il que tu parles anglais ?

— J'ai servi sur un navire américain, *sir.*

— J'aime mieux ça. On se demandait si tu n'étais pas un déserteur. Ça m'aurait ennuyé de te remettre sur pied juste pour te permettre de te balancer au bout d'une corde. Remarque que, prisonnier de guerre, ça ne vaut guère mieux.

— Il y a d'autres prisonniers ?

— Une demi-douzaine. On les a transbordés sur un navire qui fait route vers l'Angleterre. Nous, nous allons à Gibraltar.

— Il y avait un officier parmi eux ?

— Oui. Il était blessé à la cuisse. Je lui ai fait un pansement.

— Vous connaissez son nom ?

— Il me l'a dit. Quelque chose comme... Pigash...

— Le lieutenant Pigache ! Il sait que je suis vivant ?

— Non. Nous avions d'autres chats à fouetter.

— Et la bataille, *sir* ? Qui a gagné ?

— C'est difficile à dire. Nelson a été tué. Ce qui est certain, c'est que Villeneuve a perdu : il n'y a plus de flotte française pour menacer la Manche.

A Gibraltar, la casemate où Hazembat se trouva logé était étroite et encombrée, mais relativement propre. Il lui fallut plus de quinze jours pour recouvrer l'usage de ses membres, mais, à partir de ce moment, sa guérison alla très vite.

Le chirurgien du *Tonnant,* qui l'avait pris en amitié, venait parfois le voir. C'était un Ecossais du nom de Mac Leod. Au cours de ses longues années de navigation, il avait acquis un goût immodéré pour le porto qu'il considérait comme un remède souverain « *against all the infirrmities of human naturre* », disait-il en roulant les r à la manière de son pays. Il apportait chaque fois un flacon.

— *This is an occasion to celebrrate !* Ce n'est pas tous les jours qu'un médecin a la chance de guérir un homme qui a reçu un coup de canon à bout portant !

C'est par lui qu'Hazembat apprit le dénouement du combat de Trafalgar. Outre Nelson tué, les Anglais avaient perdu la moitié de leurs navires et pas une prise française ou espagnole n'avait pu être ramenée en Angleterre, soit que les navires aient été drossés à la côte, soit qu'ils aient été coulés volontairement.

— Quant à ton *Algésiras,* tu peux en être fier : l'équipage prisonnier s'est révolté à la faveur de la tempête et a ramené le navire, pavillon haut, en rade de Cadix.

Ainsi, à supposer qu'ils aient survécu à leurs blessures, Leblond-Plassan et Jantet étaient libres. Hazembat en éprouva à la fois une immense joie et une profonde tristesse. La joie était pour l'amitié, la tristesse pour la solitude. Personne ne savait où il se trouvait, ni même qu'il était vivant. On annoncerait sa mort à ses parents, à Pouriquète. Et la longue captivité qui l'attendait valait-elle mieux que la mort ? Quelques semaines plus tôt, quand l'escadre de Villeneuve rentrait des Antilles, il pouvait encore se bercer de l'illusion d'une issue rapide de la guerre. Maintenant s'étendait devant lui la perspective grise et morne d'une attente indéfinie. Mac Leod lui avait parlé d'une grande victoire de Napoléon en Autriche. Le conquérant avait donc renoncé à l'invasion de l'Angleterre. Il tournait le dos à la mer où était son seul espoir de victoire.

Il ne ressentait pas de haine pour Napoléon, mais une sorte de mépris, celui du marin pour le soldat. Il était déjà odieux qu'il eût tiré profit de sa gloire militaire pour confisquer la République, mais qu'il abandonnât la marine, ses dizaines de milliers de morts, ses actes d'héroïsme obscurs dans la nuit et la tempête et surtout l'interminable souffrance qu'il en avait coûté pour donner de vrais équipages à la jeune nation, c'était révoltant. Combien de matelots prisonniers avaient croupi dans les pontons de Plymouth ou de Portsmouth depuis treize ans que durait la guerre ? Il est vrai que peu d'entre eux survivaient plus de quelques mois.

C'est là qu'il irait croupir à son tour. Mais il voulait vivre. Tout en lui refusait l'idée de cette mort lente. Il savait qu'il pourrait y échapper en s'enrôlant dans la marine anglaise qui n'était pas regardante pour les étrangers. Il avait même le sentiment qu'il serait plus fier de porter cet uniforme que celui des vaincus de Trafalgar. Mais il n'était pas question pour lui de servir contre le drapeau tricolore. Napoléon avait conservé l'emblème comme un otage. Il se souvenait des paroles de Pigache à Wimereux : c'était tout ce qui restait de la Révolution.

Le cordonnet auquel était accrochée sa cocarde avait résisté au souffle de la déflagration. Sa main allait souvent la chercher sur son torse couturé. Les couleurs étaient complètement fanées et le tissu s'effilochait. Seul, le bleu de la flamme de la *Bayonnaise,* cousu au revers, gardait sa teinte, mais une tache de sang brunâtre en couvrait maintenant la moitié.

Fin janvier, Mac Leod vint lui faire ses adieux. Le *Tonnant,* ses avaries réparées, reprenait la mer.

— Je ne puis plus grand-chose pour toi, matelot. Te voilà sur pied. Je suppose qu'on va t'envoyer à Portsmouth. Tâche de garder un bon moral. Et, si jamais tu viens en Ecosse, souviens-toi qu'il y a des Mac Leod à Dunbar, près d'Edimbourg. C'est là que je me retirerai si je ne me noie pas avant dans le porto ou l'eau salée !

Quelques jours plus tard, Hazembat fut extrait de sa casemate et conduit avec une dizaine d'autres prisonniers jusqu'au môle où un canot les transporta à bord d'un gros bâtiment ventru qui portait le nom de *Charon* inscrit sur sa poupe. En franchissant l'écoutille, Hazembat découvrit que les ponts inférieurs avaient été évidés entre les deux mâts pour laisser sur chaque bord des galeries superposées où déjà une centaine de prisonniers avaient pris place, assis ou couchés à même les planches. Sur la galerie supérieure, des *marines,* fusil au poing, montaient la garde et, à chaque extrémité, un pierrier était braqué vers l'intérieur, de manière à balayer les galeries de mitraille en cas de besoin.

Cela rappelait un peu l'*Abigail* et ses parcs à esclaves, les chaînes en moins. Hazembat s'installa de son mieux entre deux matelots dont l'un se révéla être un ancien de l'*Argonaute.* C'était un de ces paysans bretons que le commandant Guillotin avait dressés au canonnage. Son nom était Quilliou et il avait été pris à Trafalgar lui aussi. L'autre voisin, une sorte de moricaud corse, avait été capturé au large de Bastia. Il parlait mal français et la première chose qu'il dit à Hazembat fut qu'il s'appelait Orsini et qu'il était cousin de l'Empereur.

La plupart des prisonniers provenaient de combats devant les côtes de Catalogne, de Provence et d'Italie. Certains étaient là depuis plusieurs semaines.

— On attend que le bateau soit plein avant d'appareiller pour l'Angleterre, expliqua Quilliou.

Cela prit encore des semaines et Hazembat perdit le compte des jours. La vie à bord suivait un rythme monotone et immuable. Le matin, les prisonniers, par groupes de cinquante, allaient sur le pont recevoir une écuelle de bouillie et, après une demi-heure d'exercice, retournaient nettoyer leur coin de galerie. L'après-midi, vers quatre heures, il y avait une autre distribution de bouillie avec, de temps en temps, un petit morceau de bœuf salé. Entre-temps, on s'occupait comme on pouvait. Orsini enseigna à Hazembat toute une variété de jeux de cartes auxquels il était immanquablement vainqueur.

Les *marines* n'étaient pas de mauvais bougres quand le sergent ne les regardait pas. Hazembat trouva même le contact avec eux plus facile qu'avec les marins dont beaucoup étaient des Maltais et les autres, pour la plupart, des condamnés qui avaient préféré le service dans la marine au bagne ou même à la corde. L'Amirauté ne mettait évidemment pas ses meilleurs équipages sur ce genre de transports. On voyait rarement les officiers et plus rarement encore le capitaine Bentley, vétéran chenu qui portait une jambe de bois. La dunette était le plus souvent occupée par le maître d'équipage Langley, un grand diable cadavérique au regard de poisson mort.

Un des *marines* avec qui Hazembat avait pu lier conversation lui apprit que le capitaine Bentley avait perdu sa jambe à la guerre d'Amérique, alors qu'il était jeune lieutenant, et que, n'ayant jamais pu s'élever au grade de *post-captain,* il nourrissait une hargne amère envers tous les officiers de la *Royal Navy* plus jeunes que lui.

Le *marine* s'appelait Dick Smithson, surnommé Smithy, et il avait fait campagne aux Antilles, ce qui lui procurait de nombreux sujets de conversation avec Hazembat. Méthodiste convaincu, Smithy était un fervent partisan de l'abolition de l'esclavage et ne cachait pas sa sympathie pour la Révolution française qui, la première, avait tenté de la mettre en application. Hazembat lui traduisit ce dont il se souvenait de la Déclaration des droits de l'homme et du citoyen et Smithy lui cita un certain nombre de passages des Ecritures qui allaient dans le même sens.

Mais, autant il admirait la Révolution, du moins à ses débuts, autant il abominait Bonaparte dont un des moindres crimes, à ses yeux, n'avait pas été de signer un concordat avec le pape de Rome, incarnation de la tyrannie et du péché.

Ces conversations avaient lieu par bribes, quand le tour de garde de Smithy coïncidait avec le tour de promenade d'Hazembat. Le dimanche, pourtant, les prisonniers qui en faisaient la demande étaient admis à suivre le service religieux de l'équipage. Sur la suggestion de Smithy, Hazembat fut un des rares à faire cette requête. Les choses se déroulaient à peu près comme sur l'*Abigail* : un officier, parfois le commandant Bentley en personne, lisait quelques versets de la Bible, puis on entonnait un hymne. Toujours aussi sourd à la musique, Hazembat, qui connaissait quelques-uns des airs, essayait de suivre la voix étonnamment mélodieuse de Smithy. Ensuite, et c'était de loin la partie la plus importante de la cérémonie, on donnait lecture des *Articles of War,* c'est-à-dire du code disciplinaire de la marine anglaise. Il semblait que chaque paragraphe énumérant les fautes que pouvait commettre un matelot se terminât par « *shall suffer death* », c'est-à-dire « sera puni de la peine de mort ». Quand c'était le commandant Bentley qui lisait, il s'attardait avec une délectation évidente sur ces quelques mots sinistres.

Après cette lecture accablante, il y avait quelques instants de détente pendant lesquels la conversation était plus facile. Nettement plus jeune qu'Hazembat, Smithy était le fils d'un petit fermier du Yorkshire et il s'était engagé parce que la ferme n'arrivait plus à faire vivre les six garçons de la famille. Contrairement à la plupart de ses camarades, il savait lire et écrire. Un prêcheur wesleyen lui avait même donné un livre du grand poète Milton. Il le gardait toujours dans son fardage avec la

Bible et en savait par cœur de longs passages qu'il récitait à mi-voix dans le vent, tandis qu'Hazembat, accoudé au pavois, regardait la rade encombrée dans l'ombre du Roc.

Au loin, de l'autre côté de la rade, c'était Algésiras, mais, tout près, on voyait les navires espagnols mouillés devant La Linea. Bien des prisonniers, sans doute, avaient, comme Hazembat, essayé d'évaluer le temps qu'il faudrait pour franchir à la nage ces deux ou trois milles qui les séparaient de la liberté. Mais Smithy lui avait ôté ses illusions.

— Il y a des canots de garde qui patrouillent nuit et jour. De toute façon, le courant serait contre toi. Il est arrivé que les Espagnols essaient de faire dériver des brûlots jusqu'ici. Maintenant, il y a des chaînes et des câbles qui barrent la route.

Vint enfin un jour où le *Charon* fut sans doute considéré comme suffisamment chargé pour justifier la traversée, à moins qu'un convoi ne fût en formation. Smithy n'en savait rien. Toujours est-il que, ce jour-là, Hazembat, au cours de la promenade matinale, observa l'agitation qui régnait à bord d'un navire juste avant l'appareillage. A grands coups de gueule, Langley envoyait les quelque cinquante hommes de l'équipage vérifier les manœuvres, assurer l'amarrage des hautes cargues, raidir l'arrimage des pièces de 9, quatre par bord, disposées à barbiche sur le pont.

Dans la soirée, sifflets et tambours annoncèrent l'arrivée du commandant à bord et, à l'aube, des cliquetis de guindeau et des piétinements rythmés indiquèrent qu'on levait l'ancre.

La promenade eut lieu un peu plus tard que d'habitude. Le navire avait déjà pris le large et, par le travers tribord, Hazembat aperçut à deux ou trois milles le roc de Gibraltar. C'était la première fois qu'il le voyait de la mer et il fut surpris par sa dimension. La face est luisait sous le soleil du matin comme une immense lame de hache posée de travers sur la côte montagneuse. De l'autre côté, la ville et le port étaient encore dans l'ombre.

Il soufflait une forte brise d'ouest dans un ciel entièrement dégagé. Les matelots peinaient sur le pont et dans les hunes pour maintenir la voilure brassée serrée au plus près, mais le navire ne semblait guère avancer.

— Des fois, dit Quilliou, avec un vent comme ça, il faut des jours pour passer le détroit.

La marge de manœuvre était étroite. Si l'on se rapprochait trop de l'une ou l'autre côte, on était à la merci du premier prédateur venu ayant le dessus du vent, soit patrouilleur français ou espagnol sorti de Cadix, soit pirate barbaresque surgi de Tanger.

Les prisonniers furent consignés en bas le reste de la journée. Dans la nuit, le vent souffla en tempête. La coque arrondie du *Charon* roulait et tanguait brutalement. Aux mouvements du navire, Hazembat comprit que le commandant avait mis à la cape. Le lendemain matin, il n'y eut pas de promenade sur le pont qui devait être balayé par des paquets de mer. De l'eau suintait par les écoutilles fermées. Beaucoup de prisonniers, dans l'air confiné du fond, vomissaient bruyamment. Tard dans la soirée, on distribua de la bouillie presque froide. Ni Orsini ni Quilliou n'y touchèrent. Hazembat se força à avaler la pâte gluante, sachant d'expérience que la nausée était plus supportable sur un estomac plein.

C'est seulement la nuit suivante que le vent mollit. Aux mouvements brutaux et désordonnés succéda le balancement rythmique d'un navire qui fait route.

Au matin, les écoutilles s'ouvrirent et les *marines* poussèrent les groupes de prisonniers vers les échelles. Le ciel était couvert et l'on ne voyait pas la terre. Le *Charon* faisait route ouest-nord-ouest au plus près serré, par tribord amures, sur une mer sombre, presque noire. Hazembat emplit ses poumons d'air frais et alla chercher sa ration de bouillie. Smithy était là, sanglé dans sa tunique rouge, bottes cirées et baudrier passé à la terre de pipe.

— Sale temps, dit Hazembat.

— Jean a écrit : « Le vent souffle où il veut », répondit sentencieusement Smithy.

— Nous ne sommes pas près de passer le détroit.

— Cette fois, c'est Luc qui a dit que la porte est étroite.

Le cri de la vigie interrompit la conversation.

— *Sail ho ! right on the lee beam !*

Hazembat tourna les yeux dans la direction indiquée et, au bout d'un moment, distingua à l'horizon une minuscule tache claire qui apparaissait et disparaissait derrière les crêtes des vagues. Le navire semblait suivre une route convergente, venant du nord-est. Il devait être beaucoup plus rapide que le *Charon,* car, lorsque la promenade s'acheva, sa coque et ses mâts étaient tout à fait visibles. Deux pavillons montèrent à une drisse du *Charon.*

— Le signal de reconnaissance, dit Smithy. C'est un des nôtres.

Le vague espoir — mais était-ce vraiment un espoir ? — qu'avait un instant éprouvé Hazembat s'évanouit. Il redescendit dans la galerie avec les autres prisonniers.

Il devait être passé midi quand le *Charon* mit en panne. Un peu après, il y eut le choc sourd d'une embarcation touchant le bordage, puis un martèlement de pas bottés sur le pont avec des gémissements de sifflets.

Une demi-heure plus tard, Hazembat crut percevoir des éclats de voix, puis, de nouveau, des pas et le coup de gaffe du brigadier de proue dégageant son embarcation. Le *Charon* reprit sa route, puis changea d'amures et, au balancement coulé de la houle, Hazembat sentit qu'il naviguait grand largue. Si la brise se maintenait d'ouest cela voulait dire qu'il s'éloignait de Gibraltar et s'enfonçait en Méditerranée.

A la promenade du lendemain, le *Charon* filait nord-est sur une mer clapoteuse à une vitesse qu'Hazembat estima à au moins six nœuds. A une encablure par le bossoir bâbord une grosse frégate sous huniers risés naviguait de conserve. En clignant des yeux, Hazembat put lire le nom : la *Minerva.* Smithy n'était pas de service. Seul sur la dunette, le maître Langley observait lugubrement la frégate.

Le vent d'ouest tint bon et, le troisième jour, Hazembat estima que les deux navires devaient avoir parcouru quelque trois cent cinquante milles vers le nord-est, ce qui, s'il se rappelait la carte, les mettait quelque part entre les Baléares et la côte espagnole par le travers de Valence.

C'est ce que lui confirma Smithy le lendemain. Il lui raconta en outre l'entrevue orageuse de Bentley avec le commandant de la frégate.

— Il nous a arraisonnés comme si nous étions de vrais pirates. C'est un tout jeune *post-captain* et il a fait mettre le vieux Bentley au garde-à-vous. Ensuite, ils sont allés discuter dans la cabine. On entendait les hurlements de Bentley jusqu'à l'autre bout du pont. Je ne sais pas ce qu'ils se sont dit, mais nous avons viré de bord et, depuis ce moment, Bentley n'a pas mis le nez dehors. La frégate nous surveille comme une prise de guerre.

— Avec ce cap et à cette allure, nous serons en vue de la côte française d'ici deux ou trois jours.

Hazembat en causa longuement avec Quilliou ce soir-là. Que pouvait bien avoir à faire un chargement de prisonniers de guerre sur une côte que les Anglais savaient particulièrement bien défendue ? A moins que les Anglais n'aient débarqué en Provence et que Toulon ne soit devenu une de leurs bases navales... C'était bien invraisemblable.

Peu à peu, à mesure que les marins captifs se rendaient compte du changement de camp, des rumeurs se mirent à courir tout au long des galeries. On disait que les prisonniers allaient être enrôlés de force dans la marine du roi de Sardaigne, qu'ils allaient être vendus comme esclaves aux Barbaresques ou même que les Anglais, ayant reconquis la Corse, y constituaient une force navale destinée à l'invasion du continent. Orsini surtout tenait à cette idée. Il y voyait une occasion de s'évader.

— Première minute qu'on débarque, hop ! je disparais dans les *macchi* et bien malin qui m'y retrouve !

Après six jours de navigation, à la tombée de la nuit, le *Charon* empanna sur une mer qui s'était un peu apaisée. De l'intérieur de la coque, Hazembat comprit aux bruits et aux mouvements qu'on embouquait une passe, puis, dans un grondement de câble libéré, qu'on mouillait en eau calme.

Tôt le matin, les quelque deux cents prisonniers furent amenés sur le pont où l'on distribua la bouillie. D'un coup d'œil, Hazembat se rendit compte que le *Charon* était entré dans une anse assez vaste cachée à la vue au sud par un amoncellement de rochers blancs parsemés d'une maigre verdure et au nord par une crête dentelée. C'était de toute évidence une île. Il y avait là au mouillage, outre la *Minerva,* un sloop, un lougre et quelques barques de pêche.

Sur le flanc de la crête, on apercevait quelques constructions de bois, manifestement faites à la va-vite. Ce devait être une base de ravitaillement utilisée par les Anglais. Hazembat se dit que, même en croisant à deux encablures de l'île, un navire ne pouvait en soupçonner l'existence, à moins de découvrir l'entrée de l'anse et d'y pénétrer. Cela lui rappela l'îlot de la baie de Chesapeake où, pendant la guerre d'Amérique, les navires français allaient ravitailler les insurgés américains. C'était là que l'*Argonaute,* où servait alors son père, avait livré combat au *Trojan.*

L'arrivée du commandant de la *Minerva* interrompit ses réflexions. Il était trop loin pour distinguer nettement ses traits, mais c'était un homme jeune, mince, à la démarche énergique. Il fut accueilli à la coupée par le capitaine Bentley et son état-major dans un concert de sifflets et de roulements de tambours. En quelques enjambées rapides, il grimpa l'échelle de dunette et saisit un porte-voix. A côté de lui, un officier, muni d'un porte-voix lui aussi, traduisait chacune de ses phrases en un français parfaitement pur.

— *Prisoners !* commença-t-il, *the laws of war forbid me to use you in any hostile action against your country unless you are willing to join the Royal Navy...*

La voix était curieusement familière. D'abord intrigué, Hazembat finit par se dire que tous les officiers anglais devaient avoir plus ou moins la même façon de parler.

— Prisonniers ! traduisait l'interprète, les lois de la guerre m'interdisent de vous employer dans une action de guerre contre votre pays, à moins que vous ne soyez volontaires pour vous enrôler dans la Marine Royale... Si je vous ai amenés ici avec... l'accord du capitaine Bentley, au lieu de vous laisser gagner votre lieu de captivité en Angleterre, c'est que j'ai à vous y proposer un travail qui vous paraîtra probablement moins pénible que la vie sur les pontons... Ceci est une base de ravitaillement britannique. Vous n'avez pas besoin de savoir où elle se trouve... Nos équipages y ont entrepris la construction d'une citerne d'eau douce, mais leurs bras n'y suffisent pas. Votre travail sera d'achever la construction de cette citerne... S'il y en a parmi vous qui ont une objection de conscience à participer à ce travail, qu'ils viennent se ranger par bâbord de la timonerie. Il ne leur sera fait aucun mal. Ils resteront captifs à bord du *Charon* et continueront à recevoir leurs rations de prisonniers... S'il y en a qui veulent s'enrôler dans la Marine Royale, qu'ils viennent se ranger par tribord. Ils seront les bienvenus dans mon équipage...

Il fit une pause. Personne n'alla vers tribord. Une vingtaine de prisonniers se rangèrent lentement à bâbord. Instinctivement, Hazembat fit un pas pour les rejoindre, puis se ravisa. Tout valait mieux que de rester encore des semaines, peut-être des mois, confiné dans la vieille coque puante du *Charon.*

— Bien, reprit le commandant. Les autres seront considérés comme des travailleurs volontaires. Ils travailleront à terre douze heures par jour. Ils recevront les rations réglementaires de la Marine Royale et seront soumis à la même discipline... Je dis tout de suite à ceux d'entre vous qui pourraient être tentés par une évasion que la garde sera assurée nuit et jour par une compagnie de soldats qui ont ordre de tirer à vue, et que les embarcations que vous voyez là patrouilleront au large de l'île... Toute tentative d'évasion sera considérée comme une désertion et punie selon le code naval britannique dont je vais vous donner lecture...

De nouveau, Hazembat entendit la litanie des « *shall suffer death* ». Il n'y avait que quelques cas où la corde de chanvre était remplacée par le fouet.

Quilliou, qui était à côté de lui, demanda à voix basse :

— Tu acceptes ?

— Oui.

— Moi aussi.

Orsini, qui les écoutait, hocha la tête approbativement avec un clin d'œil.

— La Corse n'est pas loin, dit-il.

Le travail commença dès le lendemain matin. Des canots venaient prendre les prisonniers au *Charon* un peu avant l'aube et les ramenait à la nuit tombée. Entre-temps, au pic, à la pelle, à la barre à mine, c'était une rude journée de labeur entrecoupée de deux repas assez substantiels de viande salée et de biscuits.

Comme un des plus robustes, Hazembat avait été affecté à l'équipe qui extrayait de gros blocs de rocher tout en haut de la crête. Le régime convenait à son tempérament. Il retrouva rapidement les chairs fermes et dures que lui avait fait perdre la bouillie du *Charon* et l'inaction à fond de coque. Il prenait plaisir à exercer ses muscles et n'était pas regardant sur la nourriture pourvu qu'il y en eût suffisamment.

C'est en mangeant qu'un détail attira un jour son attention. Ce qu'il mâchait n'était pas de la viande salée, mais de la viande fraîche, même si elle était fibreuse et racornie sous la dent. Or il n'avait jamais vu d'animaux vivants sur l'île. D'autre part, l'eau qui provenait des barriques entreposées dans une des constructions de bois ne paraissait pas y avoir séjourné bien longtemps. Il n'y avait manifestement sur l'île ni source ni puits. D'où les Anglais tireraient-ils l'eau destinée à leur citerne ?

Cet après-midi-là, prétextant d'un besoin à satisfaire, il grimpa un peu à l'écart sur la crête jusqu'à une échancrure entre deux rochers d'où il pourrait sans doute avoir une vue sur la mer au nord de l'île. Un *marine* le suivait des yeux. Il n'eut qu'un très bref instant pour jeter un regard, mais cela lui suffit pour être fixé. Il y avait une côte à moins de quatre milles. Elle courait est-ouest. Ce devait donc être la côte française. Entre l'île et la côte, d'autres îles et une douzaine de barques de pêche étaient éparpillées sur la mer bleu sombre.

N'ayant jamais navigué en Méditerranée, il était incapable de situer l'endroit. Il en parla le soir à Orsini.

— Tu as vu, demanda le Corse, des collines un peu blanches en arrière de la côte ?

Hazembat ferma les yeux pour mieux se souvenir.

— Oui... comme des petites montagnes de craie.

— C'est le Puget. Nous sommes en face de Marseille, un peu à l'est.

Soudain, l'idée de l'évasion parut moins absurde.

— Je suis sûr que les Anglais vont à terre, dit Hazembat. C'est là qu'ils se procurent le ravitaillement et l'eau.

— *E possibile.* Il y a beaucoup de petites criques. On appelle ça des calanques. Ça fait de bonnes cachettes.

Quelques jours plus tard, la *Minerva* appareilla, emmenant ses *marines.* Il ne resta plus pour surveiller les prisonniers que la compagnie du *Charon.* Il est vrai que le capitaine Bentley, devenu commandant de la place, affirmait son autorité retrouvée par une vigilance tatillonne et des brimades comme, par exemple, de faire fouiller les prisonniers chaque soir à leur retour du travail.

— Il ne faut pas m'en vouloir, dit Smithy à Hazembat un jour qu'il lui faisait subir l'inspection en conscience. Le vieux Bentley n'a pas digéré l'affront que lui a fait le capitaine Holloway en le détournant de sa route. Tu te rends compte : Holloway est presque deux fois plus jeune que lui et il est déjà *post-captain.* C'est un des commandants de bord les plus populaires de la flotte.

— Comment as-tu dit qu'il s'appelait ?

— Holloway. Les marins l'ont surnommé *Hell-away.*

Comme lorsqu'il avait entendu la voix sur le pont, l'autre jour, Hazembat eut l'impression que le nom était familier, mais il n'y songea pas davantage, préoccupé qu'il était par des plans d'évasion qui commençaient à prendre forme.

De la place qu'ils occupaient dans la coque du *Charon*, Hazembat, Quilliou et Orsini pouvaient atteindre un sabord dont le mantelet était condamné par un verrou cadenassé.

La nuit, juché sur les épaules d'Hazembat ou de Quilliou, Orsini travaillait à creuser le bois autour du verrou au moyen d'un couteau de taille impressionnante qu'il avait toujours réussi à dissimuler malgré les fouilles. Hazembat lui-même ne savait pas où il le cachait. Il apparaissait soudain dans la main d'Orsini comme un éclair d'argent et disparaissait avec la même rapidité.

Le vieux chêne était dur comme du fer. Il fallut plusieurs nuits pour ébranler le verrou. Les débris de bois étaient bourrés dans l'interstice des planches entre le vaigrage et la galerie.

Une nuit vint enfin où Orsini put pousser prudemment le mantelet qui s'entrouvrit d'un quart de pouce.

— Je ne peux pas aller plus loin, dit-il. C'est trop lourd.

Hazembat, sur les épaules de Quilliou, prit le relais et parvint à soulever le mantelet de quatre pouces.

— Ça suffit, dit-il. On peut voir.

La lune était au dernier quartier et l'on devinait la rive nord de l'anse à une demi-encablure. Le sloop et le lougre n'étaient pas visibles, mais il y avait deux embarcations de bonne taille accostées à un rocher qui faisait promontoire au-dessus de l'eau. Elles avaient la coupe de barques de pêche. Sur la rive, on devinait des hommes qui hissaient des fardeaux vers les baraquements à la lueur de lanternes.

Hazembat redescendit.

— Quelle heure est-il ?

— Je viens d'entendre piquer le quart de minuit, répondit Quilliou.

— Deux heures pour venir, deux heures pour décharger, deux heures pour rentrer : ils ont largement de temps de faire ça pendant la nuit.

Plusieurs nuits de suite, ils observèrent le manège. Les

barques, tantôt deux, tantôt une seule, arrivaient entre onze heures et minuit. Elles repartaient au plus tard à deux heures du matin. Pendant le débarquement, des matelots prêtaient main-forte, mais il ne semblait pas qu'il y eût une vigilance particulière des *marines*. Seuls, deux hommes restaient à bord des barques. Avec l'effet de surprise, il devrait être facile de les neutraliser.

Il fallait d'abord sortir du *Charon* sans attirer l'attention. Le sabord était à huit pieds au-dessus de la flottaison et l'on pouvait se laisser glisser sans bruit le long du bordage. Le problème était de franchir les quelque trois cents pieds qui séparaient le *Charon* des barques. Quilliou ne savait pas nager et Hazembat était tout juste bon à tenir sa tête au-dessus de l'eau en brasses maladroites de nageur de rivière.

Le lendemain matin, tout en prenant leur rang pour embarquer dans les canots, ils examinèrent le pont à hauteur de leur sabord à la recherche d'un espar qui pût servir de flotteur.

— Vous avez vu le caillebotis qui est arrimé contre le pavois ? dit Hazembat le soir. Il doit avoir trois pieds sur quatre. C'est un amarrage plat. Il ne devrait pas être trop difficile de le dégager et de le balancer par-dessus bord. Le tout est d'y aller.

— J'irai, dit Orsini. C'est moi le plus petit et je ne crains personne pour l'escalade.

— Ça va faire un fameux plouf quand il balancera le caillebotis à l'eau, objecta Quilliou.

— Il faut attendre qu'il y ait un peu de mer, répondit Hazembat. Le bruit se mêlera aux autres.

La nouvelle lune était passée de trois nuits quand un nordé assez frais se leva. Une houle courte entrait dans l'anse avec assez de vigueur pour balancer le *Charon* au mouillage, éveillant toutes sortes de clapotis et de craquements parmi lesquels le plongeon du caillebotis avait des chances de passer inaperçu.

La nuit venue, Hazembat entrouvrit le mantelet. L'obscurité était totale, mais il connaissait maintenant assez bien ses repères pour s'orienter. La cloche venait de piquer six quand il aperçut un point lumineux qui dansait vers l'entrée de l'anse. D'autres lanternes s'allumèrent sur la rive. Pour autant quil pût s'en rendre compte, il n'y avait qu'une barque.

Des éclats de voix lui parvinrent à travers la rumeur du vent et des vagues. Quand la cloche piqua huit, les lumières s'égaillaient entre le rivage et les baraquements. On devait être en plein déchargement. Une seule lanterne brillait, solitaire, sur la barque.

— Maintenant, dit-il en donnant une poussée pour ouvrir tout grand le mantelet.

Orsini se glissa par l'ouverture, prit pied sur une saillie du bordage et se hissa vers le haut. L'attente parut interminable. Tant qu'on n'entendait pas le « *Who goes there ?* » d'une sentinelle, il n'y avait pas lieu de s'inquiéter. Hazembat imaginait Orsini en train de délacer la bridure dans le noir, puis de défaire les deux contre-tours, les deux tours, de dégager le caillebotis à bout de bras...

L'éclaboussement sur l'eau lui parut claquer comme une gifle monstrueuse. Tendu, il écouta, mais tout paraissait tranquille. Souple et silencieux, Orsini passa à côté du sabord et glissa dans l'eau.

— Allons-y !

Quilliou sauta le premier. Au contact de l'eau, la première réaction d'Hazembat fut la panique. Il ne voyait rien et pateaugeait à l'aveuglette, la bouche et le nez pleins d'eau salée.

— Par ici !

La main d'Orsini guida la sienne vers la pièce de bois qui flottait à un pied de lui. Puis Orsini plongea pour ramener Quilliou qui s'accrocha frénétiquement au caillebotis, le faisant basculer.

Mais déjà Hazembat avait retrouvé son sang-froid. Il aida Orsini à redresser le caillebotis et, comme ils l'avaient convenu à l'avance, ils se mirent à nager chacun d'une main, traînant le radeau improvisé.

La traversée fut plus longue qu'ils n'avaient calculé. Quand, de la crête d'une vague, ils apercevaient la lanterne de la barque, ce n'était jamais où ils l'attendaient. Sans cesse, il leur fallait rectifier la direction et tenir compte d'un courant très faible, mais obstiné, qui les poussait vers le fond de l'anse.

Ils commençaient à s'épuiser, désespérant d'atteindre leur but, quand, soudain, ils furent contre la coque. Après avoir repris haleine, ils se coulèrent jusqu'à l'arrière et, laissant partir le caillebotis à la dérive, s'accrochèrent au câble d'ancre.

Hazembat écouta. Il n'y avait personne sur le rivage et les bruits qui venaient de la barque indiquaient la présence d'un homme à bord, peut-être de deux. Se rapprochant de ses compagnons, il leur rappela par gestes le plan qu'ils avaient mis au point ensemble. Hazembat monterait par bâbord, Quilliou par tribord et Orsini, avec son couteau, trancherait le câble d'ancre, puis monterait à l'arrière prendre la barre.

Quilliou fut le plus rapide. Hazembat mettait à peine le pied sur le fond de la barque qu'il entendit un « Han ! » et le bruit d'un corps qui s'affaissait. Il enjambait un banc en direction du mât quand une silhouette se dressa devant lui. Il prit aussitôt l'homme à la gorge et leva le poing.

— Hé, bonne mère ! fais pas le couillon ! croassa l'autre d'une voix étranglée autant par la peur que par la main d'Hazembat.

Ce dernier, qui s'attendait à entendre de l'anglais, n'abattit pas son poing.

— Tu es français ?

— Hé, pécaïre, oui ! Je suis Jean Calisson, patron de pêche à Sormiou !

— Tu ravitailles les Anglais ?

— Hé bé, oui, comme les autres, quoi !

Hazembat était abasourdi. La trahison lui paraissait une chose si incroyable qu'il en restait sans voix et comme paralysé. Orsini fut soudain à côté de lui, la pointe de son couteau sur la gorge de Calisson. D'un geste, Hazembat l'arrêta.

— C'est un Français.

— Et alors ? Raison de plus, non ?

— Je m'occupe de lui. Dis à Quilliou de hisser la voile et prends la barre.

Sa main n'avait pas lâché son étreinte.

— Pourquoi fais-tu ça ?

— On crève, tu comprends ? Les Anglais paient en or, alors que l'autre jean-foutre d'Empereur, il paie en réquisitions !

La barque virait lentement, prenant le vent par le travers.

— Mollis l'écoute, Quilliou ! cria Hazembat aussi fort qu'il osa.

Mais Quilliou n'était pas navigateur. L'embarcation gîta dangereusement. D'instinct, Hazembat lâcha Calisson pour aller redresser. Aussitôt, l'autre en profita pour hurler : « Au secours ! à la garde ! »

D'un revers de main, Hazembat l'étendit inconscient au fond de la barque et courut donner du mou. Le mât revint à la verticale et la barque prit de l'erre. Mais l'alerte avait été donnée. Des lanternes s'allumèrent sur le rivage. Il y eut des cris, des appels. Plusieurs éclairs piquèrent la nuit. On tirait sur eux au mousquet. Orsini glapit et s'effondra en travers de la barre. Hazembat l'écarta et prit sa place, cherchant la passe dans l'ombre. La barque avait dérivé vers le fond de l'anse et il devinait devant lui la masse sombre du *Charon* qui barrait la route. Des coups de feu partirent du pont et une balle vint s'écraser à côté de lui, faisant jaillir des échardes. Maudissant sa stupidité de n'avoir pas pensé à prendre cette précaution élémentaire, il cria à Quilliou d'éteindre la lanterne suspendue au mât.

Ils n'étaient plus une cible repérable, mais ils avaient perdu beaucoup de temps. En s'orientant d'après la position du *Charon,* Hazembat savait maintenant dans quelle direction gouverner. Passant la barre à Quilliou, il alla faire pivoter la voile latine et changea d'amures. Il tenterait de couper à travers l'anse et de passer droit sous la proue du *Charon.*

Il crut avoir réussi quand un bruit de brisants par tribord lui indiqua qu'il approchait de la passe. C'est à ce moment que, par bâbord, surgit un canot qui dirigea un fanal sur la barque. Hazembat vit luire les canons des mousquets.

— *Lie to and surrender!* cria une voix.

Il n'y avait plus rien à faire. Hazembat et Quilliou levèrent les bras.

Une heure plus tard, ils étaient aux fers à fond de cale sur le *Charon*. Le temps s'écoula dans le silence rompu seulement par les trottinements des rats et les légers craquements de la coque sous l'effet du vent qui n'avait pas molli.

— C'est ma faute, dit Hazembat. J'aurais dû laisser Orsini tuer ce traître.

— Je crois que j'aurais fait comme toi, répondit Quilliou.

Il était difficile d'évaluer l'écoulement des heures. Il sembla à Hazembat que l'après-midi était déjà avancé quand un *marine* vint leur apporter de l'eau et des biscuits. Hazembat essaya de l'interroger, mais l'autre ne répondit pas.

Sans doute attendrait-on l'aube pour les pendre. Quilliou, prostré, récitait des prières. Il était plus âgé qu'Hazembat et avait moins bien résisté que lui au travail de peine sur l'île. Il finit par s'endormir d'un sommeil agité. Hazembat aussi songeait à sa mort, mais avec un étrange détachement, comme si elle ne le concernait pas. Il avait tant vu mourir au cours des dix dernières années que le trépas lui semblait une sinistre comédie dont on ne pouvait suivre le fil. Pourquoi allait-il mourir ? Pour la République ? Mais déjà, quand elle existait encore, il s'était parfois demandé quelle république. Pour le drapeau ? Il alla inconsciemment toucher le bout d'étamine cousu à sa cocarde, mais le drapeau avait été usurpé par un homme à qui il ne faisait pas plus confiance que Jean Calisson. Pour la France, la nation, la patrie ? C'étaient des mots qu'il avait entendu déformer par tant de bouches ! Ce qu'il savait, c'est qu'il avait rencontré un traître la nuit précédente et que lui ne trahirait pas, même s'il ne savait pas très bien ce qu'il aurait pu trahir. C'est pour cela qu'il allait mourir comme étaient morts ceux dont maintenant il voulait se souvenir : le capitaine Lesbats, Belle, l'amiral Magon, Orsini... Il eut, avant de s'endormir, une pensée déchirante pour Pouriquète. Elle le croyait mort et la lumière qui brillait dans ses yeux, le matin où ils s'étaient séparés, avait déjà dû s'éteindre.

Ils furent réveillés par la porte qui s'ouvrit en grinçant. Sans doute venait-on les chercher pour l'exécution. Mais ce n'était que Smithy qui apportait de l'eau et des biscuits.

— Louez le Seigneur, dit-il. Il vous accorde quelques heures de vie pour vous repentir de vos péchés. La *Minerva* est rentrée hier soir et c'est le capitaine Holloway qui va décider de votre sort.

Un canot les emmena sous escorte du *Charon* à la *Minerva.* Après une longue attente sur le pont, ils furent introduits dans la cabine du commandant. Ce dernier se tenait à contre-jour devant la fenêtre de la galerie. On distinguait mal ses traits, mais on voyait que c'était un homme jeune et mince, au visage énergique. A côté de lui, se tenait l'officier qui avait servi d'interprète lors de l'arrivée du *Charon.* Lui aussi parut à Hazembat vaguement familier.

Le commandant se tourna vers eux.

— Vous vous souvenez de ce que j'ai dit quand vous êtes arrivés ici. C'est librement que vous avez accepté de travailler dans l'île. Vous êtes donc soumis au code maritime britannique...

Pendant que l'officier traduisait, le regard du commandant se posa sur Hazembat, le fixant avec une étrange intensité.

— Laissez-moi seul avec cet homme, dit-il soudain.

Il y eut un instant de stupeur, mais on ne discutait pas les ordres d'un capitaine de la marine britannique. L'escorte se retira, emmenant Quilliou, et l'officier interprète les suivit.

Hazembat n'était pas le moins surpris, mais soudain, en un éclair, la mémoire lui revint : Holloway... Stephen Holloway... c'était le vrai nom de Sven, le petit apprenti timonier prétendument norvégien qui s'était embarqué avec lui à Bordeaux, le 10 janvier 1794, sur la *Belle de Lormont,* avec lequel il avait navigué sur l'*Abigail* et qui avait rejoint la marine anglaise à Baltimore. Il ne l'avait pas revu depuis Cuba en 1795. Il était alors lieutenant à titre temporaire sur l'*Indomitable.* L'adolescent malingre que l'enseigne Béthencourt accablait de ses brimades s'était transformé en un puissant seigneur de la mer à l'œil impérieux, à la mine impassible et froide.

Mais ce masque était tombé tandis qu'il venait vers Hazembat les bras ouverts, soudain rajeuni.

— Bernard ! Je ne t'avais pas reconnu ! Mon Dieu, qu'est-il arrivé à ton visage ?

— Mon visage ?

Sven le poussa vers un miroir accroché à la paroi de la cabine. Hazembat n'avait pas eu l'occasion de se voir dans une glace depuis des mois et les cicatrices qu'avaient laissées sur ses joues les éclats de boulet du *Tonnant* ne se rappelaient à son souvenir que de temps en temps, lorsqu'il avait l'occasion de se faire raser. Certaines des cicatrices commençaient à se confondre avec les plis de sa peau rugueuse. Il y en avait qui finiraient par disparaître, mais il y en avait une à la commissure des lèvres et une autre à la tempe droite qui lui étiraient légèrement la bouche et l'œil en une sorte de sourire madré qu'il garderait toute sa vie.

Fronçant les sourcils, il se considéra un instant, puis haussa les épaules.

— C'est un souvenir de Trafalgar.

— Tu y étais ? Moi, j'ai manqué ça. Je prenais le commandement de la *Minerva* à Malte.

Sven saisit une bouteille dans un coffre.

— Assieds-toi, Bernard. Nous allons porter un toast à nos campagnes. J'ai ici un bon médoc que j'ai saisi sur un navire français. Il était destiné à Joseph Bonaparte.

Longuement, ils égrenèrent des souvenirs. Sven n'était pas au courant de la fin héroïque de la *Belle de Lormont.*

— Je suis content pour eux, dit-il. C'étaient de vrais marins.

Quant à lui, il avait participé à la bataille du cap Saint-Vincent en 1797, puis à celle d'Aboukir en 1798. La plus grande partie de sa carrière s'était déroulée en Méditerranée. Il avait été blessé deux fois légèrement et un certain nombre de prises heureuses lui avaient assuré une honnête aisance.

— Cela dit, sans minimiser mon mérite personnel, je ne me cache pas que je dois ma promotion rapide à l'influence de mon oncle, Sir Hew Dalrymple, qui vient de prendre le commandement à Gibraltar. Et toi ? Tu ne vas tout de même pas aller pourrir dans les pontons ?

— A moins que tu ne me fasses pendre, je ne vois pas ce que je pourrais faire d'autre.

— Je suppose qu'il est inutile que je te propose de t'enrôler dans la marine anglaise. Je ferais rapidement de toi un premier maître.

Hazembat tira sa cocarde de dessous sa chemise.

— Tu te souviens ?

— Je me souviens de la fille qui t'a remis cette cocarde au cou, à Pointe-à-Pitre, quand tu m'as tiré des griffes de cet affreux tyranneau jacobin qui voulait m'arrêter. Tu l'as revue ?

— Oui. Elle est morte en se battant pour la liberté de la Guadeloupe.

— Ce n'est pas nous, les Anglais, qui avons attenté à cette liberté. C'est votre Bonaparte.

— Malheureusement, il a conservé ce drapeau contre lequel je ne pourrai jamais me battre.

— Je te comprends, mais tu me mets dans un cruel embarras. J'avais décidé de confirmer la décision du vieux Bentley de vous pendre, toi et ton compère. Les dépôts de ravitaillement que nous avons établis le long des côtes françaises et italiennes doivent rester un secret absolu. Une évasion ferait tout découvrir par la police de *Boney* et, alors, je ne donne pas cher de la peau des Français qui collaborent avec nous.

— Ce sont des traîtres.

— Peut-être, mais ne crois pas que tous les Anglais désirent voir revenir les Bourbons et leur monarchie absolue sur le trône de France et que tous les Français qui les aident sont des contre-révolutionnaires. Tu as reconnu l'officier qui me sert d'interprète ?

— Son visage me dit quelque chose.

— Il était enseigne sur la *Belle de Lormont* et il se faisait appeler Ducasse.

— Je me souviens. C'était un émigré, comme Béthencourt.

— Il était marquis avant la Révolution, mais il a renoncé à son titre et il partage plutôt les idées de La Fayette.

— Qu'est-ce qu'il est devenu, celui-là ?

— Il est en France, mais il ne s'est pas rallié à Bonaparte. Il est partisan d'une monarchie parlementaire à l'anglaise ou d'une république à l'américaine. Tu veux que j'appelle Ducasse ? Il te reconnaîtra.

— J'aime mieux pas. Il porte un uniforme anglais.

— Tête de mule ! Qu'est-ce que je vais faire de toi ?

— Pends-moi.

— Il n'en est pas question. Tu m'as sauvé la vie quand je suis tombé du mât d'artimon, tu te souviens ? Ecoute, je vais faire pendre l'autre et laisser entendre que tu m'as fourni des renseignements très importants.

D'un bond, Hazembat se leva, renversant le verre qui se brisa.

— Non ! C'est moi qui ai eu l'idée de l'évasion. Si quelqu'un doit être pendu, c'est moi !

— Alors, il n'y a qu'une solution : le fouet pour tous les deux.

— Le fouet si tu veux.

— Je ne pourrai pas vous en tirer à moins de deux douzaines chacun.

— Va pour deux douzaines. Et ensuite, si j'y survis, laisse-moi repartir sur le *Charon.*

Sven était blême. Un instant, Hazembat le vit qui reprenait son masque de commandant impassible et implacable, mais il devinait, en dessous, la torture et le désespoir. Spontanément, il lui prit les mains.

— Sven, il ne faut pas que tu t'en veuilles ! Même si tu dois m'arracher le dos, notre amitié n'en souffrira pas. Souviens-toi de ce que tu m'as dit en me quittant à Baltimore : c'est la guerre et elle ne durera pas toujours.

Ils s'étreignirent silencieusement. Le visage de Sven

était baigné de larmes et, pour la première fois de sa vie, Hazembat se sentit lui-même pleurer.

L'accolade ne dura qu'un instant. Hazembat recula d'un pas, se mit au garde-à-vous, salua et dit :

— *Ready for punishment, sir !*

Sven s'épongea les yeux, se raidit et appela :

— *Sergeant !*

La punition eut lieu sur le pont du *Charon* devant l'équipage et les prisonniers rassemblés, avec tout le cérémonial dont doit s'entourer un châtiment destiné à servir d'exemple. Ce fut le maître Langley en personne qui mania le fouet. Un caillebotis était dressé contre le mât d'artimon. Quilliou le premier y fut attaché et, au roulement sourd des tambours des *marines,* le supplice commença.

Avec la précision d'une longue pratique, Langley abattit les lanières sur le dos du condamné en comptant à haute voix : « *One !* »

Au cinquième coup, le sang commença à gicler. Au huitième, Quilliou se mit à hurler. Au douzième, il s'affaissa, tenu seulement par les liens des poignets. Bentley fit un geste et le chirurgien de bord s'approcha pour examiner le malheureux.

— *He's dead, sir,* dit-il. *The heart, I believe...*

— *Take him away !*

On détacha le cadavre de Quilliou et on l'emporta. Hazembat prit sa place.

Le capitaine Holloway était apparu sur la dunette à côté du capitaine Bentley. Son regard croisa celui d'Hazembat, impénétrable et froid.

Les premiers coups furent supportables. Hazembat était plus musclé et plus costaud que Quilliou et la brûlure du fouet n'était rien à côté de l'horrible douleur qu'il avait ressentie sur l'*Argonaute,* quand un éclat de bois lui avait fendu le dos des reins à l'omoplate. Les lanières cinglaient en travers de la profonde cicatrice dont, peu à peu, la sensibilité se réveilla en élancements aigus.

Il serra les dents pour résister à la double souffrance. Comme venue à travers un espace infini, la voix de

Langley comptait : « *Eleven !... Twelve !...* » Restait encore la moitié du supplice. Tenaillant de ses doigts crispés les barres du caillebotis, il tenta de se tordre afin de déplacer légèrement l'impact des lanières et l'effort qu'il fit étouffa les cris qui montaient dans sa gorge. Il avait perdu le compte des coups quand, dans un grand éclatement blanc, il s'évanouit.

Il revint à lui dans le faux-pont. Quelqu'un passait un onguent sur ses plaies. Il reconnut l'odeur de soufre. C'était celle de la pommade que Mondin lui avait appliquée quand il avait pour la première fois tâté du fouet à bord de la *Belle de Lormont.* On lui releva la tête et on lui enfourna dans la bouche le contenu d'un gobelet de rhum. Il s'étrangla et faillit vomir mais, un moment plus tard, l'alcool, s'insinuant dans tout son corps, lui rendit vigueur et lucidité. Levant les yeux, il vit deux chirurgiens à côté de lui. L'un était celui du *Charon,* un vieux traîne-patte du nom de Burton qu'il avait parfois rencontré. L'autre, plus jeune, lui était inconnu.

— Je suis le Dr Ballantyne, chirurgien de la *Minerva,* dit-il. C'est le capitaine Holloway qui m'a envoyé. Tu auras un dos bien intéressant à examiner pour un anatomiste, mais c'est de la chair saine. Dans quinze jours, tu n'y penseras plus. Je vais laisser ce qu'il faut à mon collègue.

Après quelques heures passées dans le faux-pont du chirurgien, Hazembat fut reconduit dans sa galerie. A sa droite et à sa gauche, il y avait deux places vides : celle d'Orsini et celle de Quilliou. Il jeta un coup d'œil au sabord. Le mantelet avait été remis en place et fixé par une barre de fer.

Dans la soirée, Smithy arriva, les bras surchargés.

— Tiens, dit-il, on t'envoie des vêtements propres.

— Qui m'envoie ça ?

— C'est un canot de la *Minerva* qui l'a apporté. Et il y a aussi cette lettre.

C'était une simple feuille de papier blanc sur laquelle une main à la haute écriture énergique et nerveuse avait tracé ces simples mots : « *Good luck. Sven.* »

Quelques jours plus tard, les prisonniers furent rassemblés sur le pont comme lors de leur arrivée. De nouveau, Holloway parut sur la dunette, flanqué de Ducasse.

— Prisonniers, dit-il, votre travail est achevé. Le *Charon* appareillera ce soir pour l'Angleterre... Je vous remercie pour le labeur que vous avez accompli, même si vous ne l'avez pas fait de gaieté de cœur... Je confie au capitaine Bentley une lettre pour le commandant du port de Portsmouth afin que, dans toute la mesure du possible, on tienne compte de votre effort pour adoucir votre condition de prisonniers de guerre...

En prononçant ces derniers mots, il avait les yeux fixés sur Hazembat, mais rien, dans sa mine froide et figée, ne trahit la moindre émotion.

Le lendemain matin, le *Charon* était en mer sous une brise modérée de sud-est. Hazembat demanda à Smithy qui servait la bouillie :

— Quel jour sommes-nous ?

— Le samedi 17 mai 1806. Demain, c'est le jour du Seigneur et tu pourras lui rendre grâces.

— Le 17 mai ?

Ainsi il y avait déjà sept mois que s'était livrée la bataille de Trafalgar et près d'un mois et demi qu'Hazembat avait passé son vingt-huitième anniversaire. Il regarda la mer. La captivité s'étendait devant lui comme un horizon de jours sans fin.

CHAPITRE V

LES PONTONS DE PORTSMOUTH

Le *Charon* mit vingt-cinq jours pour arriver en vue d'Ouessant qu'il laissa à dix milles. Ce matin-là, Hazembat aperçut par bâbord les voiles de deux frégates anglaises qui continuaient à monter obstinément la garde devant Brest. Dans l'après-midi, il sentit que le navire changeait de bord pour s'engager dans la Manche. Le vent avait fraîchi et, aux bruits, il perçut qu'on diminuait la voile. Toute la nuit, le navire fut rudement secoué sur une mer clapoteuse.

Le lendemain, quand les prisonniers montèrent sur le pont pour la bouillie et la promenade, le temps était bouché et des rafales de nord-ouest balayaient les coursives de pluie mêlée d'embruns glacés. Hazembat se mit à croupetons tout contre le pavois pour manger sa bouillie avec l'illusion d'être tant soit peu à l'abri.

— *Deck there!* cria soudain une vigie. *Sail on the weather bow!*

Une voile par bâbord, cela pouvait être n'importe quoi, vraisemblablement un navire anglais faisant route vers l'Atlantique : tout le trafic du port de Londres passait par là. La vigie devait à peine avoir entrevu la voile entre deux rafales car, lorsque Hazembat se pencha vers l'avant, il ne vit que le rideau de pluie qui fermait l'horizon à une encablure.

De nouveau, la voix de la vigie descendit des hunes.

— *Sail making for us, two miles away!*

Le navire inconnu n'était pas loin et se rapprochait rapidement du *Charon.* Les sifflets retentirent aussitôt, appelant au branle-bas de combat. Bentley parut sur la dunette, son télescope braqué par bâbord. Comme tous les autres prisonniers, Hazembat s'était précipité vers le pavois et cherchait à percer la crasse du regard, à demi aveuglé par les embruns qui lui cinglaient le visage. Soudain, un coup de vent déchira le rideau de pluie et, en un éclair, il vit le navire. C'était un brigantin d'assez petite taille, la moitié d'un vaisseau de ligne, taillé comme un navire de commerce. Les corsaires français utilisaient volontiers ce genre de brigantins, lourdement armés, mais rapides et maniables, pour harceler le commerce britannique.

Les *marines* arrivaient en courant, martelant le pont de leurs bottes, et poussaient à coups de crosse les prisonniers vers les écoutilles. Avant de se laisser entraîner, Hazembat eut le temps d'apercevoir encore une fois le navire et il lui sembla voir flotter le tricolore à la corne d'artimon.

De sa place dans la galerie, à tribord, il entendit qu'on roulait pour les mettre en batterie les canons de 9 qui, disposés à barbiche, quatre par bord, constituaient l'armement du *Charon.* Cela représentait une puissance de feu modeste, mais suffisante pour maintenir à distance un agresseur d'importance moyenne. Tout dépendait de la qualité des canonniers : les 9 n'étaient efficaces que dans la mesure où leur tir était précis à longue portée. Dans le combat rapproché, ils ne présentaient plus aucun avantage. Il fallait mettre l'adversaire hors de combat avant qu'il ne pût lui-même venir à portée de tir.

Comme il fallait s'y attendre, ce fut Bentley qui engagea le combat. La bordée de bâbord tonna au coup par coup, éveillant des échos assourdissants dans la coque creuse. Le meilleur pointeur devait aller de pièce en pièce pour le réglage.

Le grondement lointain de la réponse vint aussitôt : une salve d'une dizaine de pièces, probablement de 24.

Aucun ébranlement de la coque n'indiqua qu'il y avait eu un coup au but.

Le *Charon* répliqua avec un délai qui en disait long sur le manque d'entraînement de l'équipage. Il y eut des acclamations. Sans doute l'assaillant avait-il été atteint. Mais ce ne devait pas être bien grave, car sa deuxième salve arriva presque aussitôt. Cette fois, il y eut trois chocs sourds dans le bordage. L'un d'eux secoua si violemment une des galeries de bâbord que les prisonniers, pris de panique, refluèrent en désordre, certains essayant même de sauter par-dessus la main courante. Une série d'ordres secs appela les *marines* à la rescousse, et quelques coups de mousquet tirés au-dessus des têtes rétablirent l'ordre. De sa place, Hazembat voyait sur la galerie supérieure les servants des pierriers, lanière à la main, prêts à faire feu.

De nouveau, le *Charon* tira, mais cette fois, par feu de salve, ce qui semblait indiquer que la distance entre les navires avait considérablement diminué et que le pointage demandait moins de rigueur. De fait, le grondement de la salve ennemie fut beaucoup plus proche et toute la coque trembla quand une demi-douzaine de boulets la frappèrent de plein fouet. Il y eut un grand craquement suivi de chocs sourds, de cris, de piétinements. Quelque chose devait avoir cédé dans la mâture. Le cliquetis des pompes, jusque-là à peine perceptible, s'accéléra et tripla soudain de volume. Hazembat se pencha sur la main courante pour essayer de voir le payol, tout à fond de cale. A la maigre lumière qui tombait des écoutilles, il lui sembla distinguer un miroitement d'eau.

A cet instant, les deux navires lâchèrent leurs bordées en même temps à très courte distance. Un boulet de plein fouet perça la coque juste au-dessous de la ligne de flottaison et le vaigrage, dernier rempart de planches, céda soudain. Des éclats de bois balayèrent les galeries inférieures et un torrent d'eau jaillit, emportant des grappes de prisonniers hurlants. Les survivants, pris de panique, commencèrent à escalader les épontilles pour gagner les niveaux supérieurs où déjà on se battait dans la pénombre pour atteindre les échelles. En vain les *marines* tirèrent en l'air, puis dans le tas. Hazembat vit les servants qui pointaient les pierriers.

Au moment où ils allaient faire feu, un épouvantable fracas secoua le *Charon* et tout un pan de bordage vola en éclats entre le pont supérieur et le faux-pont, faisant d'autres victimes aussi bien parmi les prisonniers que parmi les soldats. La lumière et la fumée entraient à flots par l'échancrure. Le brigantin devait disposer de caronades et venait de s'en servir à bout portant.

Les *marines* coururent vers les échelles menant au pont et rabattirent les panneaux d'écoutilles derrière eux. Mais les prisonniers, pris de rage, avaient dégagé une épontille brisée à la base et, se servant du lourd pilier de chêne comme d'un bélier, fracassèrent un panneau et débouchèrent sur le pont au moment où les caronades françaises le balayaient de grenaille. Il y eut encore des victimes. Hazembat arriva sur le pont au milieu du flot. Le corsaire français était prêt à aborder, à quelques pieds à peine du *Charon*. On voyait les marins debout sur le pavois, sabres et haches en main, prêts à sauter sur le pont de l'adversaire.

Aux abords de la timonerie, une poignée de *marines* résistait encore, entretenant un feu nourri de mousquets, entrecoupé par les aboiements rageurs du pierrier de dunette. Hurlant des acclamations, les prisonniers en folie se jetaient sur eux, armés de sabres récupérés sur les cadavres et d'espars divers, et, au prix de lourdes pertes, les obligeaient à se replier vers la dunette. Une dernière décharge des caronades pulvérisa le gaillard d'arrière, les deux coques s'entrechoquèrent et les premiers abordeurs sautèrent sur le pont.

C'est alors qu'Hazembat vit la frégate soudain surgie de la pluie à moins de dix encablures par le bossoir bâbord. Il ne fut pas le seul. L'apparition soudaine du nouvel intervenant provoqua un instant de désarroi parmi les abordeurs. Un ordre retentit à bord du brigantin : « Tout le monde à bord ! » et aussitôt les marins qui avaient pris pied sur le *Charon* refluèrent en hâte vers leur propre navire. Ils furent suivis par une ruée de prisonniers profitant de cette occasion inespérée de recouvrer leur liberté.

Hazembat qui se trouvait par tribord s'élança derrière eux, mais il lui fallut enjamber l'amas de cordages et d'espars laissés sur le pont par la chute du hunier de misaine. Il trébucha sur un corps. C'était celui d'un *marine* blessé. Il allait le repousser du pied quand il reconnut Smithy.

Visiblement, il était mourant, mais il avait les yeux ouverts et regardait Hazembat, remuant faiblement les lèvres. Hazembat se pencha vers lui.

— *Friend...*, souffla Smithy, *say a prayer for me...*

C'était bien le moment de dire des prières ! On se bousculait au pavois du corsaire qui mettait toute sa toile. Hazembat faillit passer outre, puis ses yeux rencontrèrent ceux de Smithy et il sentit qu'il ne pouvait pas se dérober. Il ne connaissait qu'une prière en anglais.

— *Our Father which art in heaven...*, commença-t-il en essayant de débiter les mots le plus vite possible.

Il entendait les coups de hache des gabiers français qui tranchaient les amarres. Quand il en arriva au pardon des offenses, Smithy poussa un soupir et sa tête tomba de côté.

— *Amen !* dit Hazembat en se précipitant vers le pavois.

Mais, quand il y parvint, il était trop tard. Vingt pieds séparaient déjà les deux coques. Il songea un instant à se jeter par-dessus bord comme le faisaient un certain nombre de prisonniers qui barbotaient désespérément dans l'eau grise, mais il pensa à temps que le brigantin ne s'attarderait pas pour les repêcher. De fait, profitant d'un vent favorable, il s'éloignait déjà vers le sud-est à grande vitesse. La frégate anglaise était moins rapide et, en outre, il lui aurait fallu changer de bord afin de le poursuivre. Elle se contenta de tirer une salve à limite de portée, puis se rapprocha du *Charon* qui commençait à s'enfoncer.

Le désespoir au cœur, Hazembat regarda le brigantin disparaître derrière le rideau de pluie. Il avait échangé sa liberté contre une prière. Pour un mécréant comme lui, le marché était d'une ironie amère. Puis il se dit que, s'il n'avait pas agi ainsi, le dernier regard de Smithy aurait pesé sur lui toute sa vie comme un reproche.

La frégate mit en panne à une demi-encablure du *Charon* et des canots se détachèrent, chargés de marins et de soldats.

Une escouade de *marines* prit pied sur le pont et, fusils braqués, baïonnettes aux canons, se mit à repousser les prisonniers vers l'avant. Ils n'étaient plus qu'une cinquantaine. Les autres étaient morts, blessés ou évadés.

Des équipes de marins relevaient les blessés et les évacuaient vers les canots, aidés par les survivants de l'équipage du *Charon,* une poignée d'hommes parmi lesquels Hazembat ne distingua aucun officier.

Le *Charon* coulait par l'arrière. La pente du pont gênait le sauvetage. Six canots chargés firent l'aller et retour jusqu'à la frégate. Hazembat calcula que cela représentait une centaine d'hommes. En comptant les quelque cinquante prisonniers qui avaient réussi à s'embarquer à bord du corsaire, il y avait donc près de cent cinquante morts ou disparus. Il eut un frisson à l'idée du carnage. Cela ne serait sans doute considéré que comme un incident de routine dans une guerre où les morts se comptaient par dizaines de milliers. Et, soudain, la joie d'être en vie lui gonfla la poitrine et lui fit tourner la tête. Sans trop savoir ce qu'il faisait, il tira sa cocarde de dessous sa chemise et, l'élevant au-dessus de sa tête, cria dans le vent :

— Vive la République ! Vive la Nation !

Ses compagnons le regardèrent avec stupeur d'abord, puis d'autres voix se joignirent à la sienne. Certains criaient : « Vive la République ! », d'autres : « Vive l'Empereur ! » D'une voix de basse, un grand gabier moustachu entonna : « Allons, enfants de la Patrie... »

Ils chantaient encore quand, à la dernière minute, on les embarqua dans les canots. Le *Charon* disparut sous la surface au moment où ils accostaient la frégate, et la vague soulevée par l'énorme aspiration faillit les jeter à l'eau.

On les parqua sur le pont, tout à l'avant. Les averses succédant aux averses, ils se tassaient misérablement, cherchant l'abri précaire des voiles ferlées. Un cordon de *marines,* l'arme au poing, les isolait du reste du navire qui appareilla et fit route nord-est.

Le jour commençait à décliner quand un officier s'approcha d'eux et demanda d'un ton rogue :

— *Anyone who speak english among you ?*

Il y eut un silence. Hazembat hésitait, n'aimant guère se mettre en avant. Puis, comme personne ne répondait, il se leva et salua.

— *I do, sir. Seaman first class Bernard Hazembat.*

— Bien. Vous serez responsable des prisonniers. Envoyez une corvée chercher des prélarts et des filins pour vous gréer un abri provisoire et envoyez une autre corvée chercher du biscuit chez le *stewart.*

— *Aye, aye, sir.*

Rapidement, Hazembat désigna les deux corvées qui s'éloignèrent, escortées par des *marines.* Une heure plus tard, l'estomac plein de biscuit de mer anglais, plus dur mais plus friable que le français, ils avaient réussi à se construire une sorte d'auvent qui les mettait à l'abri de la pluie, mais non des embruns soulevés par l'étrave de la frégate.

Le temps s'était levé quand la frégate arriva en vue de l'île de Wight dans l'après-midi du lendemain. Elle jeta l'ancre sous un grand soleil dans un bras de mer qui séparait l'île de la côte et où étaient mouillés des dizaines de navires. Hazembat supposa que c'était là le fameux Spithead, cœur de la force navale anglaise.

Il y eut encore une distribution de biscuits, puis la nuit passa, plus calme et confortable que la précédente et, au matin, une allège vint se ranger le long du bâtiment. Sur l'ordre de l'officier, Hazembat dirigea l'embarquement et, toujours surveillés par un piquet de *marines,* les prisonniers commencèrent le long trajet vers le port intérieur de Portsmouth. Vers midi, ils franchirent une passe étroite entre une jetée et la ville, puis longèrent des chantiers de construction pour se diriger à travers un trafic intense de petites embarcations vers le fond de la rade où des coques sans mâts étaient mouillées comme des vaisseaux fantômes. C'étaient les fameux pontons.

La première impression d'Hazembat, quand il mit le pied sur le ponton auquel l'allège les mena, fut l'odeur de pourriture. Ce n'était pas l'âcre senteur des vaisseaux de guerre, faite de goudron, de bois sec, de sueur et de relents de sentine, mais quelque chose d'infiniment doucereux et malsain, fleurant la mort, la décrépitude et l'abandon. Tout était délabré et moisi. Les gardiens eux-mêmes étaient des vétérans crasseux et déguenillés.

Le ponton était un ancien vaisseau de ligne et l'on avait utilisé tous les recoins pour recevoir les prisonniers. Les derniers arrivés n'étaient pas les mieux servis et les survivants du *Charon* se trouvèrent entassés à l'avant du faux-pont dans ce qui avait dû être la fosse aux câbles, un des endroits les plus obscurs et les plus humides de la coque.

La garde étant assurée aux échelles, les prisonniers jouissaient d'une certaine liberté de mouvement dans le niveau auquel ils étaient parqués. Hazembat en profita pour effectuer une reconnaissance vers l'arrière. Il comprit vite qu'il existait à bord une très stricte organisation interne, appuyée sur une hiérarchie qui s'était créée d'elle-même entre les captifs.

Il y avait là des marins de nombreuses nationalités, l'Angleterre étant en guerre avec pratiquement tous les pays d'Europe. A hauteur de ce qui avait été la cage du cabestan, Hazembat se heurta à un grand diable blond qui l'interpella brutalement en une langue barbare. Il sut plus tard que c'était du néerlandais. Pour le moment, il comprit sans équivoque qu'il y avait là un espace réservé où il n'était pas le bienvenu, et il fit un détour par la coursive de tribord. Plus loin, il rencontra des Français, tous bretons, qui avaient été faits prisonniers à Trafalgar et dont le chef était un canonnier de l'*Argonaute*. Hazembat se souvenait de lui comme d'une brute sans cervelle. Il semblait faire régner sur son groupe une terreur abjecte et il intima l'ordre à Hazembat de déguerpir au plus tôt.

Les Espagnols qui étaient à l'arrière du grand mât

furent plus accueillants, encore que d'abord sourdement hostiles à un Français. Ils étaient peu nombreux. Après Trafalgar, les Anglais avaient libéré plusieurs équipages espagnols. Ceux qui restaient étaient surtout des Catalans, capturés en Méditerranée, et Hazembat eut quelque mal à se faire entendre d'eux. Il y parvint en mêlant le gascon au castillan.

Tout à l'arrière, dans l'ancienne soute aux vivres, nichaient des Italiens. Ils paraissaient moins strictement organisés et plus détendus que les autres, mais beaucoup d'entre eux avaient l'air malade. Hazembat fit la connaissance d'un petit Napolitain à face de fouine, surnommé Topolino, qui semblait parler toutes les langues et avoir ses entrées dans tous les groupes du faux-pont. Il comprit vite pourquoi quand Topolino lui offrit tout un assortiment de menus objets, couteaux, bougies, briquets, ficelle, savon, contre une part des rations allouées à son groupe. Le petit bonhomme avait, disait-il, l'oreille des gardiens et pouvait librement circuler dans tous les niveaux du ponton. Il avait même des relations à terre.

Hazembat apprit de lui que la batterie supérieure était occupée par les prisonniers les plus anciens, ceux qui avaient survécu à plusieurs mois, voire à plusieurs années de captivité. Ils ne mouraient pas tous. Périodiquement, des détachements de presseurs venaient faire leur cueillette et enrôlaient dans la marine anglaise ceux que le désespoir faisait fléchir. Il y en avait aussi qui trouvaient du travail à terre. Ce n'était pas forcément ceux qui avaient le meilleur sort. Les brigades de travailleurs de force sur le port étaient menées comme des chiourmes d'esclaves. En revanche, pour qui parlait anglais et avait des relations, il existait des emplois de choix.

— Tu parles anglais et j'ai des relations, disait Topolino. A nous deux, nous pouvons combiner quelque chose.

— Tu parles anglais aussi, répondait Hazembat. Pourquoi ne combines-tu pas pour toi ?

— Eh, dans toute affaire, il faut avoir un associé !

La nourriture était distribuée une fois par jour. C'était invariablement de la purée de pois et de la viande salée avec des biscuits qu'il fallait longuement tapoter sur les planches pour en faire tomber les larves de charançons. Le dimanche, chaque homme recevait une mesure de rhum.

Hazembat qui, tout naturellement, était resté le responsable du groupe et dont l'autorité n'était contestée par personne, envoyait une corvée faire emplir les grandes gamelles — une pour dix hommes — au pied de l'escalier de grand mât où se faisait la distribution. L'ordre hiérarchique de passage était rigoureusement fixé : les Bretons d'abord, puis les Hollandais, puis les Espagnols et enfin les autres. Les gamelles des hommes du *Charon* étaient rarement pleines, ce qui entraînait des contestations, parfois des bagarres qu'Hazembat calmait à coups de poing et de savate.

Le goût de la viande était abominable, mais les hommes en redemandaient, tenaillés par la faim. Trois malades qui auraient peut-être pu survivre moururent de faiblesse sans que personne parût s'en préoccuper. Aucun médecin, trois mois après leur arrivée, ne les avait encore visités.

— Tu sais ce que veut dire le nom du navire qui vous amenait ici ? demanda un jour Topolino à Hazembat.

— Le *Charon* ?

— Oui. *Charone*, c'était, du temps des Grecs, le batelier qui emportait les morts vers l'enfer.

— Il a été coulé par un corsaire français et il y a eu assez de morts comme ça !

— Alors fais quelque chose, parce que, ici, il n'y a que les plus forts qui survivent.

Un jour que les gamelles étaient à moitié vides, Hazembat décida de réagir. Le lendemain, quand il conduisit sa corvée au pied de l'escalier, il fit signe à ses hommes de passer les premiers. Le gros Breton le regarda d'abord d'un air incrédule, puis lui donna une violente poussée sur la poitrine. Hazembat répondit par le coup que lui avait enseigné Sam Billings à la Guadeloupe : un l'épaule, deux l'estomac, trois le menton. Le

Breton s'écroula dans un tintamarre de gamelles vides. Ses hommes, sidérés, le regardèrent sans bouger. Les deux vieux *marines* de garde observaient la scène du coin de l'œil, prêts à intervenir si les choses se gâtaient. Ils devaient en avoir vu d'autres. Hazembat fit servir sa corvée, puis vinrent les Hollandais, puis les Espagnols, puis les Italiens. Quand arriva le tour des Bretons, leur chef commençait à reprendre connaissance. Hazembat le saisit par la chemise, le remit debout et lui dit :

— Désormais, ce sera à chacun son tour de passer en premier : demain les Hollandais, après-demain les Espagnols et ainsi de suite. Compris ?

L'autre grommela d'un air menaçant, mais le grand Hollandais blond mit la main sur l'épaule d'Hazembat et hocha la tête approbativement. Les Espagnols, silencieux, regardaient d'un air distant.

Comme Hazembat regagnait l'avant avec sa corvée, Topolino le rattrapa et lui dit :

— Maintenant, c'est toi le chef. Tu fais ce que tu veux.

— Je ne veux pas être le chef. Je veux que tout le monde soit égal.

— Toi, tu le veux peut-être, mais les autres ?

Dans les semaines qui suivirent, il n'y eut pas d'incident pour troubler le nouvel ordre, mais la qualité de la viande empira. Prudent, Hazembat cessa d'en manger, mais nombreux furent ceux qui, dans le faux-pont, tombèrent malades. Plusieurs moururent dans d'atroces souffrances. Un jour, les chefs des autres groupes, le Breton en tête, vinrent trouver Hazembat. Topolino les accompagnait.

— La viande est avariée, dit-il. Ils te demandent de faire quelque chose.

— Et qu'est-ce que je peux faire ?

— C'est toi le chef, dit le Breton d'une voix épaisse. Tu dois trouver.

De nouveau, Hazembat sentit peser sur ses épaules le poids du commandement. Pourquoi fallait-il qu'il y en eût toujours un, seul pour prendre des initiatives, donner des ordres ? Cela ne le gênait pas d'obéir dans la mesure où l'obéissance faisait partie du travail qu'il était en train d'accomplir, mais il avait du mal à comprendre qu'on se cherchât une obéissance faute d'avoir le courage d'être l'égal d'un autre. La supériorité momentanée que lui avaient assurée ses poings lui donnait-elle des droits et des devoirs différents de ceux de ses camarades ? Pour le moment, il ne s'agissait que d'un devoir.

— Il faudrait que je parle au gardien-chef, dit-il.

— Je peux arranger ça, répondit Topolino. C'est un ancien lieutenant de la marine et il n'est pas mauvais bougre.

Huit jours plus tard, Hazembat fut appelé par un des *marines* de garde et escorté jusqu'au pont supérieur. Il n'avait pas revu la lumière du jour depuis près de quatre mois. C'était un jour grisâtre de septembre, mais il cligna des yeux, ébloui. Tandis qu'on le conduisait vers la grande cabine, à l'arrière, il s'emplit les poumons d'air frais.

Le *chief warden* était assis derrière une table branlante. Chauve et moustachu, il leva vers Hazembat des yeux larmoyants.

— *What's the trouble, sailor ?* demanda-t-il d'une voix éraillée par l'alcool et le tabac.

— *Sir,* dit Hazembat, c'est au sujet de la viande qu'on nous donne à manger. Elle est avariée. Plusieurs hommes sont morts.

— Avariée, hein ? Qu'est-ce que tu veux que j'y fasse ? Les règlements disent qu'un prisonnier de guerre doit recevoir les deux tiers de la ration d'un marin en service. La quantité y est. La qualité, ce n'est pas mon affaire.

— Si vous permettez, *sir,* c'est l'affaire de qui ?

— Pour commencer, du commissaire aux vivres chargé de la viande qui siège à Londres, à Somerset House, et qui dépend du ministère de la Marine, pas de l'Amirauté, note-le bien.

— Mais ici, à Portsmouth, *sir* ?

— Le commissaire est représenté par un agent, le *victualler,* qui a autorité sur le surintendant du magasin des subsistances. Le surintendant lui-même règne sur une armée de maîtres-commis, de commis et d'aides-commis qui sous-traitent avec les fournisseurs. Tout le long de la hiérarchie, il y a des pots-de-vin, des détournements, des bénéfices illicites, bref de la corruption. Quand des tonneaux de viande avariée sont débarqués d'un navire, ils sont rembarqués sur un autre et comptés comme frais. La viande qu'on vous donne à manger a peut-être fait deux ou trois fois le tour du monde au cours des dernières années !

— Mais ne peut-on faire quelque chose ?

— Si, on peut faire nommer une commission d'enquête. Tu as eu raison de te plaindre maintenant, *sailor.* C'est la première fois qu'un prisonnier a le courage de le faire. Et ça tombe assez bien, car l'Amirauté a quelques comptes à régler avec les bureaux du ministère de la Marine. D'autre part, l'opposition attaque avec assez de vigueur le gouvernement sur les conditions matérielles de la vie des marins dans la flotte. On n'a pas oublié les mutineries d'il y a quelques années. Je suis sûr que, si je demande une commission d'enquête, l'amiral commandant le port sera assez enclin à m'écouter. Je ne te garantis pas que ça donnera un résultat, mais on peut toujours essayer.

— Merci, *sir.*

— Tu parles bien l'anglais. D'où es-tu ?

— De Langon, *sir.* C'est à dix lieues en amont de Bordeaux.

— Bordeaux ? J'y ai souvent fait escale avant la guerre, quand j'étais au commerce. Tu dois t'y connaître en vin ?

— Un peu, *sir.*

— Ah ! je donnerais bien huit jours de solde pour une bonne bouteille de *claret,* mais, avec son blocus continental, votre Bonaparte nous prive de ce qu'il y a de meilleur dans la vie.

La commission d'enquête visita le ponton quinze jours plus tard. Quand Hazembat fut conduit sur le pont, en tant que représentant des prisonniers, un civil ventru, qui devait être le surintendant du magasin des subsistances, s'apprêtait à faire ouvrir un tonneau de viande salée.

Il ne devait pas savoir qu'Hazembat comprenait l'anglais, car il continua à parler devant lui aux personnages qui l'accompagnaient.

— Ce n'est pas que je me soucie beaucoup de ce que mange cette racaille, mais la réputation de mon service me tient à cœur. S'il ne tenait qu'à moi, je remorquerais ces pontons au large de Wight et je les coulerais avec toutes les bouches inutiles qu'on y garde, je me demande pourquoi !

— Nous nous le demandons aussi, *sir,* dit doucement Hazembat, sachant que le surintendant était un civil et qu'il pouvait se permettre cette insolence.

Le bonhomme lui lança un regard furieux. En même temps, un des membres de la commission éclata de rire.

— *A fairr answerr, sailorr!* s'écria une voix qu'il reconnut aussitôt pour être celle du Dr Mac Leod.

Il était en civil. A côté de lui, un maigre *post-captain,* à l'air rogue et hautain, et un jeune lieutenant composaient la commission.

Tandis qu'un quartier-maître s'escrimait au ciseau sur le couvercle du tonneau, Mac Leod s'approcha d'Hazembat et, de ses yeux de caniche, examina son visage.

— Belles cicatrices ! Elles rehaussent le charme exotique de tes traits. Capitaine, ce marin a reçu un coup de canon à bout portant et voyez ce qu'en a fait ma science chirurgicale ! N'est-ce pas un miracle ?

— H'm... hrm'pf, répondit le *post-captain* en posant un œil glacial sur Hazembat.

— Ah ! continuait Mac Leod, ça a été une grande perte pour la *Navy* le jour où j'ai quitté le service actif et accepté ce poste de médecin à l'hôpital naval de Portsmouth ! Mais le porto des *Long Rooms* est acceptable et c'est une consolation.

A ce moment, le couvercle du tonneau sauta et une horrible puanteur se répandit sur le pont. Le *post-captain* haussa un sourcil et fit signe au lieutenant d'aller inspecter le contenu du tonneau. Avec une visible répugnance, le jeune officier obéit, les traits contractés. Quand il se redressa, il était pâle et l'on sentait qu'il luttait contre une nausée.

— *Your advice, doctor?* demanda le *post-captain.*

Mac Leod hocha la tête.

— S'il s'agissait d'un malade, je diagnostiquerais une gangrène au stade de la décomposition putride.

L'œil du *post-captain* fixait maintenant le surintendant qui maugréa :

— Un tonneau ne veut rien dire. Nous allons en ouvrir un autre.

Le résultat fut le même, mais, avec l'accoutumance, l'odeur parut moins insupportable.

— Ce doit être une erreur du magasinier, dit le surintendant qui n'avait pas perdu son assurance. Il la paiera cher ! Je ferai reprendre ces tonneaux demain et j'en ferai livrer d'autres.

Sans lui prêter attention, le *post-captain* laissa tomber :

— Lieutenant, faites envoyer une allège. Qu'on brèle ces tonneaux dans des filets, qu'on les leste avec des boulets de canon et qu'on aille les jeter à la mer au large de l'île de Wight.

— *Aye, aye, sir.*

— Je proteste ! s'écria le surintendant. Ces tonneaux sont la propriété du commissariat au ravitaillement et j'en suis comptable !

Lui tournant délibérément le dos, le *post-captain* s'adressa à Mac Leod :

— Docteur, vous allez procéder à un examen médical de tous les prisonniers et vous prescrirez pour eux une nourriture adéquate. Vous ferez de même ensuite pour les autres pontons. Une copie du rapport de la commission d'enquête sera communiquée au *victualler.*

Puis, sans ajouter un mot, il se dirigea d'un pas raide vers la coupée. Le trille d'un sifflet mélancolique et solitaire salua son départ.

Hazembat vit souvent Mac Leod pendant les jours qui suivirent. Le docteur évacuait certains malades vers l'hôpital naval, prescrivait pour d'autres des nourritures frugales mais saines que le *chief warden* n'avait plus aucun mal à se procurer auprès du magasin des subsistances.

— Le surintendant a été renvoyé, expliqua-t-il à Hazembat, ainsi que plusieurs de ses subordonnés. Pendant quelque temps, la nourriture sera mangeable, mais il ne faut pas se faire d'illusions : la corruption reviendra. *Those are the infirrmities of human naturre.*

Topolino s'était imposé comme infirmier et aide-soignant du docteur qui semblait grandement apprécier ses services.

— Il m'a promis de me garder avec lui à l'hôpital, confia-t-il un jour à Hazembat. Fini, le ponton pour moi ! Puisque tu connais le docteur, tu devrais en profiter aussi.

— Je n'entends rien à la médecine !

— Moi non plus, mais tout s'apprend. Et puis il y a d'autres emplois à terre !

C'était exact. Un certain nombre de prisonniers, surtout ceux des ponts supérieurs, les plus anciens, s'étaient débrouillés pour trouver de l'embauche à terre. Avec la demande toujours croissante de la marine et maintenant de l'armée, l'Angleterre manquait d'hommes. Mais, pour obtenir un de ces emplois, il fallait des protections. On pouvait y parvenir en se mettant dans les bonnes grâces d'un gardien ou en recourant à un de ces agents recruteurs qui, sous des prétextes divers, visitaient parfois le ponton. Ils devaient y trouver leur compte et cette pratique rappelait trop à Hazembat le trafic des esclaves pour qu'il pût songer à y recourir.

Ce fut Mac Leod qui fit les premières avances.

— Ecoute, *sailor,* dit-il un jour. Il me semble que tu as fait tout le bien que tu pouvais faire ici. Cela fait un an que la bataille de Trafalgar a été livrée. Un an de ponton suffit à prouver ton patriotisme. Que dirais-tu de travailler à Portsmouth ?

— Je ne servirai jamais l'Angleterre, docteur, du moins tant qu'elle sera en guerre avec la France.

— Tout ce qu'on te demandera de servir, ce sont des pots de bière et des verres de gin. J'ai dit un mot de toi au propriétaire des *Long Rooms*. Il a besoin d'un serveur qui ait de la prestance et il ne trouve que des éclopés ou des vieillards cacochymes. Que dirais-tu de travailler pour le marquis de Sainte-Croix ?

— Le marquis de Sainte-Croix ? C'est un émigré ?

— Il n'est pas plus émigré que marquis. Il a acheté les *Long Rooms* bien avant la Révolution. C'est pour attirer les clients qu'il a pris ce titre. Les Anglais sont un peu snobs, tu sais. Les *Long Rooms* ont une clientèle choisie : des officiers de marine surtout, quelques militaires et des notables de Portsmouth. Le métier n'est pas difficile et tu sais comment te tenir devant un officier.

Quelques jours plus tard, Hazembat accompagna Mac Leod à Portsmouth. Ils y furent conduits par un canot dont l'équipage était composé de deux solides batelières qui tiraient sur l'aviron et manœuvraient la voile de tréou avec la vigueur et l'assurance de vieux marins. Les quelques gaillardises qu'elles lancèrent à Hazembat étaient sans équivoque.

La ville était animée, mais sale. Marchandes de poisson, matelots de corvée, *marines* en patrouille se pressaient dans les rues étroites et puantes. Les habitants des maisons avaient manifestement l'habitude de jeter leurs ordures par la fenêtre, et la rigole centrale, même quand il pleuvait, comme ce jour-là, avait du mal à emporter les immondices. Tout cela donnait pourtant une impression de santé et de vigueur qui impressionna Hazembat.

Les *Long Rooms* étaient un bâtiment bas, à l'angle d'une rue relativement large et propre. Dès qu'on entrait par la petite porte peinte en bleu, on se trouvait dans une atmosphère de confort tranquille et sans ostentation : tapis épais de laine solide, tentures aux motifs sobres, candélabres aux abat-jour verts, fauteuils de cuir. Au-delà de l'entrée, s'étendaient en succession deux vastes salons plus longs que larges. A cette heure de la matinée, ils étaient vides.

Le marquis de Sainte-Croix était un vieux petit monsieur en perruque poudrée, portant un habit à l'ancienne mode, avec culotte et bas de soie. Il examina Hazembat à travers un face-à-main.

— Voilà donc votre protégé, docteur ? Mon Dieu, il n'a pas l'air trop mal tourné. Mais quel visage rude !

— Ce sont les glorieuses cicatrices des batailles, marquis.

— Oh ! ce n'est pas pour me déplaire. Nos clients sont de vieux loups de mer et un peu de rudesse héroïque sera tout à fait bienvenue !

Il parlait avec un fort accent français et Hazembat se dit qu'il devait délibérément l'exagérer. Abandonnant l'anglais, le marquis s'adressa directement à lui.

— Eh bien, mon garçon, je t'engage. Tu auras le manger, le coucher et tu pourras garder les pourboires qu'on te donnera. Cela te convient ?

— Si vous permettez, monsieur, je préférerais retourner coucher à bord.

— Avec l'hiver qui vient, cela va te faire tôt le matin et tard le soir un bien désagréable voyage. Enfin, à ton aise.

Hazembat savait maintenant, aux intonations, que le marquis n'était certainement pas un noble. Il avait plus vraisemblablement passé sa jeunesse dans les faubourgs de Toulon ou de Marseille.

— Par exemple, continuait le petit bonhomme, je te demanderai, pendant le service, de porter la livrée de la maison et la perruque.

Inquiet, Hazembat regarda autour de lui, craignant de se voir déguisé en valetaille de l'ancien régime. Il fut rassuré. La livrée consistait en un gilet brun et une culotte en basin noir. Les perruques n'étaient pas poudrées.

Il prit son service aux *Long Rooms* dès le lendemain. A partir de dix heures du matin, on voyait arriver des officiers de marine qui lisaient la *Naval Chronicle* en vidant des pots d'*ale*. Certains d'entre eux prenaient un petit déjeuner de porc ou de bœuf invariablement accompagné de choux. Plus tard dans l'après-midi, les salles lambrissées s'emplissaient peu à peu et les joueurs de whist s'installaient aux tables. Vers quatre heures, on servait un dîner identique au *breakfast,* mais le gin et le porto faisaient leur apparition dans les verres. Entre six et sept heures, une nouvelle clientèle, plus huppée, faisait son entrée : capitaines, commodores, amiraux, colonels de l'armée, hauts dignitaires civils, riches négociants.

Guidé par Soames, le chef des serveurs, Hazembat apprit que Lord Faversham prenait du thé arrosé de rhum, que l'amiral Renfrew buvait un mélange d'*ale* tiède et de gin accompagné d'une tartine rôtie, que Sir John Hatfield avait sa bouteille de porto réservée qu'il ne partageait qu'avec quelques intimes.

On jouait au whist tard dans la nuit. A mesure que le temps passait, les enjeux augmentaient. Il y avait des parties à trente guinées le rob. Le marquis de Sainte-Croix entretenait quelques jeunes officiers attendant un embarquement pour faire éventuellement un quatrième à une table incomplète. Ils avaient le couvert mis et pouvaient garder leurs gains pour eux. C'étaient en général des joueurs experts, entraînés par les longues soirées en mer, au poste des officiers.

Tout cela se passait dans un silence poli, troublé seulement par le froissement de papier des liseurs de journaux et les toussotements discrets laissant deviner l'irritation d'un joueur devant une défausse maladroite de son partenaire.

Parfois, un jeune midshipman se présentait et allait remettre un pli à l'un des capitaines qui s'excusait et quittait le jeu pour aller remplir quelque mystérieuse mission ordonnée par l'Amirauté.

Malgré le froid humide qui régna en décembre et en janvier, Hazembat ne détestait pas la traversée d'une demi-heure qui, matin et soir, l'emmenait du ponton ou l'y ramenait. Parfois, il avait l'occasion de rapporter quelques reliefs de repas ou quelques fonds de bouteille. Il les donnait aux plus affaiblis de ses camarades. Cela n'était pas sans exciter quelques jalousies. Le gros Breton avait trouvé de l'emploi à terre et le chef du groupe était maintenant un petit noiraud de Nantais, sournois et malfaisant, qui se gardait de participer aux bagarres, mais les encourageait en sous-main. Lèche-bottes, il était au mieux avec le *chief warden* qui, lui aussi, avait changé. C'était un ancien bosco promu lieutenant sur le tard. Il avait perdu un bras à Trafalgar. Obtus et autoritaire, il n'avait que trop tendance à écouter les délateurs. Ayant pris Hazembat en grippe, il essaya plusieurs fois de lui faire interdire le travail à terre, mais le marquis de Sainte-Croix avait le bras long. En fin de compte, poussé par le petit Nantais qui désirait assurer sa domination sur le faux-pont, il changea de tactique et fit l'impossible pour l'empêcher de dormir à bord. Mais Hazembat ne voulait pas abandonner ses camarades à la merci de ces tyranneaux. Ils n'étaient plus qu'une vingtaine.

C'est seulement en mars qu'il finit par trouver une solution grâce à un client des *Long Rooms.* C'était un ancien capitaine du nom de John Bush qui portait le titre de commissaire résident de la marine. Il avait un pilon à la place du pied droit, comme Bottereaux. Son visage était lourd et sévère. Au cours d'une conversation à la table de whist, Hazembat l'entendit qui se plaignait du manque de main-d'œuvre aux chantiers de radoub. Bush jouait mal au whist et perdait souvent. Hazembat profita d'un soir où il avait gagné une somme rondelette et devait donc être de bonne humeur pour l'aborder au moment où il sortait de la salle.

Bush qui le connaissait de vue ne parut pas s'en offusquer.

— *If I may make so bold, sir...*, commença Hazembat.

— Pas tant de discours ! aboya Bush. Tu as quelque chose à me demander ?

Hazembat exposa son idée : les prisonniers du ponton étaient des hommes sains et valides. Ils seraient certainement volontaires pour travailler à l'Arsenal.

— Hum, dit Bush. Ce n'est pas impossible, mais il faut que j'aie l'autorisation de Somerset House.

Quinze jours plus tard, les vingt survivants du *Charon*, auxquels s'étaient joints quelques Hollandais, furent embarqués sur une chaloupe à destination des cales de

Gosport. Hazembat se sentit soulagé du poids d'une responsabilité.

Désormais, il n'avait plus de raison de coucher à bord du ponton où il devait seulement se présenter une fois par semaine. Depuis quelque temps, il avait fait la connaissance d'une jeune batelière plus accorte que les autres. Elle était la fille d'une logeuse qui louait des chambres à des officiers ou des officiers mariniers provisoirement à terre. Betty n'était pas vraiment belle, mais elle montrait pour Hazembat une tendresse qui le touchait. Il avait eu nombre d'aventures passagères avec des filles de Portsmouth, plus ou moins vénales. Le cadre en avait toujours été sordide.

Betty réussit à convaincre sa mère de louer à Hazembat un galetas sous le toit pour six pence par jour. C'était un prix exorbitant, car elle louait aux officiers un lit dans une chambre confortable pour une guinée et demie par mois. Mais les pourboires qu'il recevait et sur lesquels Soames prélevait, bien entendu, sa dîme, permettaient à Hazembat de se payer ce luxe. Pour une fois, il avait un peu d'argent en poche. Quand il se retrouva dans son grenier, il fut ébloui à l'idée que, pour la première fois depuis l'âge de quinze ans — et il en avait vingt-neuf —, il disposait d'une chambre pour lui seul avec un lit qui, si dur qu'il fût, lui parut une couche de délices.

Dès la première nuit, Betty vint l'y rejoindre. Son ardeur compensait son manque d'expérience, mais surtout Hazembat retrouvait avec émotion la douceur d'une étreinte qui était autre chose que le simple abandon d'un corps à un plaisir physique. Il se gardait de trop montrer la tendresse qu'il ressentait involontairement pour Betty, car, lorsqu'il y cédait, il se sentait sourdement coupable envers Pouriquète.

Le printemps, puis l'été passèrent ainsi. Des habitudes se créaient. Betty ne lui apportait certes pas la plénitude de cette existence radieuse qu'il avait rêvé de vivre avec Pouriquète, mais elle lui donnait au moins un bonheur tranquille comme il n'en avait jamais connu depuis son enfance.

On maintenait les apparences pour le bon renom de la

maison, mais ils se cachaient à peine. Après quelques réticences, la mère de Betty avait cédé au charme d'Hazembat et à sa gentillesse et le traitait presque comme un gendre, n'hésitant pas à le mettre à contribution pour le service des chambres, sans oublier toutefois d'encaisser religieusement chaque semaine ses trois shillings six pence.

Et il se laissait faire, las de lutter contre un destin qui allait à contre-courant de ses espoirs de jeunesse. Sur la mer démontée de sa vie, il mettait à la cape et se laissait porter par le vent.

CHAPITRE VI

LES EAUX NOIRES

Aux *Long Rooms,* le moment de la journée qu'Hazembat préférait, c'était le soir tard, quand les parties de whist s'achevaient et que les puissants seigneurs de la mer, détendus, buvaient un dernier verre en se racontant des histoires de navigation.

Un soir, il remarqua un jeune *post-captain* que tout le monde semblait traiter avec déférence. Il avait un visage fin et presque timide qui rappelait un peu celui de Sven, mais l'arc belliqueux de son nez et ses sourcils épais lui donnaient une expression froide et résolue qui inspirait le respect. Il jouait avec Lord Faversham contre un *major* rouquin de l'armée et un des jeunes lieutenants employés par le marquis de Sainte-Croix. Son jeu était méthodique et, selon toute apparence, efficace, car, lorsque la partie fut finie, il rangea dans sa vareuse une liasse impressionnante de billets. Il but une gorgée de madère et dit au jeune lieutenant :

— J'espère que je ne vous ai pas trop mis à sec, Fanshawe.

— Jouer avec vous est un honneur qu'on ne saurait payer assez cher, *sir.*

— Encore faut-il en avoir les moyens. Je sais ce que c'est. Pendant la paix d'Amiens, quand on avait désarmé une partie de la flotte, je me suis trouvé à terre en demi-solde sans embarquement. Mon grade de *commander* à titre provisoire n'avait pas été confirmé, mais, comme j'en avais reçu la solde pendant trois mois, l'Amirauté s'est remboursée du trop-perçu en retenant ma demi-solde de lieutenant pendant huit mois. J'ai survécu en travaillant, comme vous, pour le marquis de Sainte-Croix. Il m'est arrivé de frôler la banqueroute, mais j'ai toujours gardé un billet de dix livres en réserve. J'espère que vous avez la même prudence.

— J'ai vingt livres, *sir,* répondit le lieutenant, écarquillant les yeux à l'idée que son héros ait pu jamais être comme lui un petit lieutenant famélique.

— C'est une sage précaution. Mais je crois que vous allez embarquer prochainement sur le *Conqueror.* A ce qu'on m'a dit, vous avez brillamment passé votre examen de lieutenant le mois dernier.

— J'ai eu de la chance, *sir.* On m'a demandé de définir une aire de vent. C'était une question que j'avais révisée le matin même.

— Mais vous-même, Hornblower, demanda Lord Faversham au *post-captain,* avez-vous été brillant quand vous avez passé votre examen ?

— Moi, *milord*? J'aurais échoué si des circonstances imprévues n'avaient interrompu la séance.

Lord Faversham fit signe à Hazembat de renouveler les consommations.

— Voilà qui nous promet une bonne histoire qui terminera heureusement la soirée ! Donc, vous avez failli être collé ?

— Oui, *milord.* C'était à Gibraltar et j'étais lieutenant à titre temporaire sur l'*Indefatigable...*

— Capitaine Pellew, n'est-ce pas ?

— Précisément, *milord.* Le jury siégeait sur la *Santa Barbara,* une coque qui servait de ponton pour les prisonniers. Nous étions des dizaines à nous présenter et j'étais un des derniers. Le jury en recevait un sur trois. C'est vous dire que je n'étais pas très rassuré.

Hazembat servit son thé à Lord Faversham et du madère aux autres. D'un geste, le capitaine Hornblower refusa son verre.

— A peine suis-je entré que le capitaine Hammond...

— Black Charlie Hammond ? Je l'ai bien connu ! C'est un homme assez brusque.

— Exactement, *milord*... Donc, le capitaine Hammond m'a crié à la figure : « Vous naviguez au plus près, tribord amures, Mr Hornblower, remontant la Manche sous une forte brise de nordé, et vous avez les falaises de Douvres plein nord à deux milles. C'est clair ? Bien. Maintenant le vent saute d'un coup de quatre points et vous prend par l'arrière. Qu'est-ce que vous faites ? »

En écoutant, Hazembat se représentait la situation. Il se voyait à la barre, attendant l'ordre du commandant et se posant la même question. Un bon timonier ne devait pas se contenter d'attendre les ordres, il devait les prévoir. Soudain, la réponse lui apparut et, sans réfléchir, tout en posant le verre de madère devant le *major*, il dit :

— Lof tout ! Changer de bord, mettre de la toile et gouverner sud-sud-est jusqu'à retrouver assez d'espace pour courir, puis changer de bord et reprendre la route antérieure.

Hornblower leva vers lui des yeux sombres qui le scrutèrent avec surprise.

— *By God !* vous avez donné la réponse exacte ! s'écria-t-il. Etes-vous officier de marine, monsieur ?

— *No, sir.* Je suis prisonnier de guerre. Matelot de 1re classe Bernard Hazembat.

— Si *Boney* a des matelots capables d'être lieutenants dans la *Navy*, nous devons craindre de le voir prendre sa revanche de Trafalgar ! Savez-vous que cette manœuvre est particulièrement délicate et dangereuse ?

— Je sais, *sir.* Je l'ai vue exécuter par le capitaine Mac Nabb sur le navire de commerce américain l'*Abigail* devant la côte de Floride.

Lord Faversham prit une gorgé de thé.

— Et vous, Hornblower, demanda-t-il, aviez-vous trouvé la réponse ?

— Je l'aurais peut-être trouvée mais, du temps que je réfléchisse, j'étais déjà démâté et en danger d'être drossé sur les falaises de Douvres. C'est alors que les Espagnols ont lancé des brûlots à travers la baie d'*Algérisas.* L'alerte m'a sauvé du naufrage et de l'échec à l'examen.

Il gardait les yeux fixés sur Hazembat que le *major* regardait aussi attentivement.

— Où avez-vous été fait prisonnier ?

— A Trafalgar, *sir.* J'étais sur l'*Algésiras.*

— Et quelle est votre spécialité ?

— Timonier breveté, *sir.*

— Je m'en serais douté. Vous n'avez vraiment pas envie de servir sous le pavillon britannique ?

— *No, sir.*

— Dommage, mais je respecte vos scrupules.

L'intérêt qui avait soudain éclairé et rajeuni le visage du capitaine fit place de nouveau à l'expression imperturbable et froide qu'il semblait porter comme un masque. Mais le *major* continuait à observer Hazembat.

Un peu plus tard, comme les derniers hôtes des *Long Rooms* se retiraient, il s'arrêta devant lui et lui dit :

— Un mot, *sailor.* Comment as-tu dit que tu t'appelais ?

— Bernard Hazembat, *sir.*

— Etais-tu parmi les prisonniers qui ont été transportés à bord du *Charon* ?

— Oui, *sir.*

— En ce cas, tu es celui que je cherche. Mon nom est sir John Dalrymple et je suis le cousin du capitaine Stephen Holloway. Tu le connais ?

— Oui, *sir.*

— Il m'avait écrit pour te recommander à moi. Malheureusement, sa lettre s'est perdue dans le naufrage du *Charon.* Quand il m'a écrit de nouveau, j'ai essayé de te retrouver, mais on m'a répondu que tu avais disparu avec le *Charon.* Je suis heureux de voir qu'il n'en est rien.

— Il y a plusieurs façons de disparaître, *sir.* Beaucoup se sont évadés.

— Tu n'as pas essayé ?

— Si, mais je n'ai pas réussi.

Le visage rougeaud du *major* s'éclaira d'un sourire.

— Tu auras peut-être plus de chance la prochaine

fois. En tout cas, je puis te proposer une manière plus agréable de passer ta captivité. L'oncle de Stephen, qui est aussi mon cousin, Sir Hew Dalrymple, est gouverneur de Gibraltar. Il a un manoir de famille en Ecosse sur une île du Firth of Forth, près d'Edimbourg. Cela s'appelle Bass Rock. Il y entretient un petit yacht dont personne ne s'occupe. Si tu es d'accord, je puis obtenir de l'administration maritime qu'on te mette à sa disposition. Tu aurais un vrai travail de marin. Qu'en dis-tu ?

— Je vous remercie, *sir*, mais, comme je l'ai dit au capitaine...

— D'accord, tu ne veux pas servir dans la marine de guerre sous pavillon britannique, mais il s'agit d'un yacht civil et il bat pavillon de l'Ecosse. A ta place, je n'hésiterais pas. Bass Rock est un endroit un peu solitaire, mais mon père, le juge Sir John Dalrymple y vit avec la jeune nièce de Sir Hew, Lady Jenny, qui a perdu ses parents lors d'une épidémie en 1798.

Sur le moment, Hazembat fut tenté. Bien sûr, il avait mal en songeant à Betty et à sa tendresse obstinée. La séparation serait pour elle un déchirement mortel. Mais elle se produirait un jour et il fallait bien qu'il en acceptât l'idée. Ce serait pour retourner auprès de Pouriquète. C'était cela qui comptait. Ici, au sud de l'Angleterre, il avait l'impression de ne pas être tout à fait coupé de Pouriquète. Il n'y avait que la guerre entre eux, comme un mur et comme un lien. Tout, autour de lui, parlait de la guerre qui se faisait, se défaisait et laisserait peut-être un jour une faille par laquelle il pourrait se glisser. Chaque jour, des navires quittaient Portsmouth pour aller patrouiller à proximité des côtes de France. L'occasion pouvait se présenter de trouver une embarcation pour tenter la traversée. Topolino, qu'il rencontrait de temps en temps, se faisait fort d'avoir des relations avec des patrons de pêche qui profitaient de l'espèce de franchise accordée de part et d'autre aux pêcheurs pour se livrer à la contrebande et à d'autres trafics illicites. Ce que des Français comme le patron Calisson faisaient contre leur pays, des Anglais étaient bien capables de le faire. En Ecosse, près de quatre cents milles le sépareraient du continent.

— Je vous suis très reconnaissant, *sir*, dit-il, mais je ne puis accepter ainsi. Il faut que je réfléchisse.

— *Of course, of course, sailor!* Prends ton temps. Tu me trouveras toujours ici ou au cantonnement du 87e d'infanterie.

Les jours passèrent et Hazembat ne se décida pas. Noël vint et il y eut chez Mrs Merriman, la mère de Betty, une petite fête avec tous les hôtes. On mangea de l'oie rôtie et du plum-pudding. Bien que Mrs Merriman fût une stricte abstinente, elle ferma les yeux sur quelques pichets d'*ale* apportés de l'auberge voisine. Hazembat ne leva pas son pot au roi George III, ni à la confusion de Bonaparte et personne ne parut lui en vouloir, mais il trinqua volontiers à la marine britannique contre laquelle il n'avait rien d'autre qu'une guerre qu'il n'avait pas voulue. Dans l'atmosphère chaleureuse de la petite salle à manger, il se sentait envahir par une torpeur bienheureuse. Betty qui servait à table rayonnait d'une joie si pure et si confiante qu'il éprouvait pour elle un élan de tendresse qui lui serrait le cœur.

Les *Long Rooms* étant fermées le dimanche, c'est ce jour-là qu'Hazembat allait se présenter au ponton. D'habitude, c'était une formalité qui durait à peine quelques minutes. Or, le troisième dimanche de janvier 1808, il arriva tard dans l'après-midi au moment où une allège débarquait un contingent de prisonniers. Les *marines* les faisaient aligner le long des coursives. La plupart avaient l'air exténués. Un des gardiens qu'il connaissait lui expliqua qu'ils avaient été capturés dans l'escorte d'un convoi qui tentait de sortir de la Gironde pour gagner l'Espagne. Intéressé, Hazembat fit courir son regard sur les visages aux traits tirés pour voir s'il reconnaissait quelqu'un.

Ce furent les yeux d'un tout jeune matelot qui l'arrêtèrent. Il devait avoir quatorze ou quinze ans tout au plus. C'étaient des yeux d'un gris-bleu métallique comme, à Langon, seuls en avaient les Escarpit. Les cheveux étaient châtain clair, tirant sur le blond, et la mine était renfrognée. Il s'approcha.

— *E n'es pas un Escarpit, tu ?* demanda-t-il.

L'autre le regarda, les sourcils froncés.

— Si, je suis Michel Escarpit, le fils de Bernard qu'on dit Bourrut.

— Tu ressembles à ton grand-père, Michelot de Coimères. Ton père va bien ?

— Il est lieutenant sur une frégate, en Méditerranée. Et toi, qui es-tu ?

— Je suis Bernard Hazembat.

Le jeune matelot ouvrit de grands yeux.

— Tu n'as pas été tué à Trafalgar ?

— Eh non, comme tu vois.

— Je ne t'aurais pas reconnu. J'étais encore au maillot quand tu t'es embarqué pour la première fois.

— Ça va faire quatorze ans bientôt.

— Moi, ça ne fera même pas trois semaines, *hilhde-puta !* Je me suis engagé au début de l'année et je me suis fait prendre à ma première sortie !

— Il y a longtemps que tu étais à Langon ?

— Il n'y a pas un mois.

— Est-ce que tu sais comment vont mes parents ?

— Ils te croient mort. Tout le monde dit que ta mère a eu beaucoup de courage, mais ton père a vieilli de dix ans.

— Et Jean Rapin qu'on dit Jantet, il a survécu ?

Les yeux de Michel Escarpit se détournèrent, soudain assombris.

— Oui. Il lui a fallu un an pour se remettre de ses blessures. Maintenant, il va bien.

— Bien, comment ?

— Suffisamment pour se marier.

— Il s'est marié ? Avec qui ?

Il connaissait la réponse. Il voulait seulement l'entendre, découvrant soudain qu'il l'avait toujours su. C'était ainsi que devaient se passer les choses. Michel Escarpit le regarda de ses yeux calmes et sérieux.

— Ecoute, Hazembat, tout le monde savait à Langon que Marie Dubernet, celle qu'on dit Pouriquète, était ta promise. Mais tout le monde te croyait mort. Il n'y avait qu'elle qui ne le croyait pas. Elle t'a attendu aussi longtemps qu'elle pouvait, jusqu'au jour de ses vingt-huit ans. Ils se sont mariés le 10 décembre dernier. J'y étais et c'est la première fois que j'ai vu une fille pleurer le jour de son mariage.

Hazembat serra les dents sur son chagrin dont il ne mesurait pas encore la force. Brièvement, il donna quelques conseils à l'adolescent et lui indiqua comment le toucher, en cas de besoin, à Portsmouth.

Longtemps après qu'on eut emmené les prisonniers vers les ponts inférieurs, il resta accoudé au pavois, les yeux perdus dans la pénombre grandissante. Au-delà des eaux noires du port, les lumières de Portsmouth scintillaient faiblement. Là-bas, il y avait Betty, cette fille qui l'aimait et qu'il n'aimait pas, il s'en rendait bien compte. Il n'avait jamais aimé que Pouriquète... Belle aussi, sans doute. Elle avait porté un enfant de lui et Pouriquète n'avait pas pu. C'était peut-être là le péché qu'il expiait. Mais quel péché ? Où était le mal à faire l'amour dans la joie d'un moment quand on portait dans son cœur, pour une seule, le don de toute une vie ? Le don avait été refusé. Par qui ? Pourquoi ? Toutes ces longues années, depuis les jeux de l'enfance, il s'en était tenu à cette promesse qu'ils avaient échangée. Elle aussi, s'il fallait en croire ce que disait Michel Escarpit. Et puis rien n'avait tourné comme ils espéraient, rien, même pas cette Révolution qui avait l'âge de leur amour. Il songea à ce jour de juillet 89 où ils étaient assis tous deux, lui onze ans, elle huit, à l'ombre des platanes des Allées Maubec et où la Révolution était comme un matin d'été. L'orage avait éclaté le soir, éteignant torches et lampions. Il avait ramassé un bonnet rouge dans la boue et en avait fait cadeau plus tard au petit esclave Ekwé qui s'était insurgé à Saint-Domingue dans le sang et dans les larmes.

Sa main alla chercher sous sa chemise la cocarde que Pouriquète portait ce jour-là. Elle avait contenu la fleur de vanille de Belle, puis les cheveux de Pouriquète, et un morceau de la flamme de guerre de la *Bayonnaise* y était cousu. C'étaient dix-neuf ans de sa vie qu'il tenait dans le creux de sa main. Dix-neuf ans d'amour, d'espoir, d'enthousiasme, de peine, de souffrance. Et tout cela pourquoi ? Pour un regard qui se perdait dans le vide de la nuit.

D'un coup sec, se blessant la nuque, il cassa le cordonnet qui retenait la cocarde, puis, tendant la main au-dessus de l'eau noire, laissa tomber la vaine relique. Elle disparut silencieusement dans l'ombre et sa paume n'en garda qu'un instant le souvenir.

Il rentra tard, ce soir-là. Betty l'attendait, comme si elle avait deviné qu'il aurait besoin d'elle. Ses joues rondes étaient plus roses que d'habitude et ses yeux gris brillaient d'un feu inaccoutumé. Quand elle vint le rejoindre, ils firent l'amour avec violence, presque désespérément.

Plus tard, comme ils reposaient tous les deux côte à côte, elle tendit une main timide et lui caressa la joue.

— Bernard, *my love...*, souffla-t-elle.

Tiré d'une sombre rêverie, il tourna la tête vers elle. Ses yeux brillants le regardaient avec une intensité inquiète. Soudain, elle se mit à pleurer.

— Bernard..., je ne sais pas comment te le dire..., j'ai tellement peur que tu le prennes mal...

Il entoura ses épaules de son bras et l'attira vers lui.

— Qu'y a-t-il, Betty ?

— Bernard..., je crois..., je suis sûre..., j'attends un enfant...

Son bras se crispa sur les épaules, il ne savait trop si c'était par irritation ou par tendresse. Elle sanglotait doucement. Il posa ses lèvres sur le front lisse et chaud comme si elle avait eu la fièvre.

— Nous l'appellerons Jacques, comme mon père.

Il n'y avait rien d'autre à dire.

— Jack... Oh, Bernard ! tu m'épouseras ?

— Et, si c'est une fille, nous l'appellerons... Mary.

Elle était en sueur. Il épongea son front avec la manche de sa chemise et l'aida à se lever.

— Dors bien, Betty. Dès demain, je parlerai à ta mère et nous nous marierons le plus vite possible.

Le lendemain matin, Betty eut un malaise qu'Hazembat attribua à son état, mais quand il rentra, le soir, elle était alitée avec une forte fièvre. Mrs Merriman lui permit d'aller la voir dans sa chambre. Elle avait le visage rouge et enflammé. Malgré tout, elle réussit à esquisser un sourire.

— Bernard, *I'm so happy*! Tu ne crois pas que ma fièvre puisse faire de mal au bébé ?

— Pas de danger : c'est un simple refroidissement.

Quand Hazembat fit sa demande, Mrs Merriman ne parut pas surprise. Après tout, cela ne ferait que rendre convenable une situation que personne n'ignorait, et un homme robuste comme Hazembat était, dans la famille, un appoint de main-d'œuvre non négligeable. Elle exprima pourtant deux exigences :

— Promettez-moi, Bernard, que vous ne ferez pas de Betty une papiste et qu'après la guerre vous ne l'emmenerez pas en France.

— Le pape m'est indifférent, Mrs Merriman, et je n'ai pas l'intention de rentrer en France.

Au matin, la fièvre avait encore augmenté et Betty se plaignait de violents maux de tête. Quand Hazembat rentra des *Long Rooms,* elle délirait. Le médecin était venu et avait prescrit un régime à base de gruau émollient. Hazembat passa la nuit auprès de la malade. Visiblement, son état empirait.

A l'aube, avant de prendre son service aux *Long Rooms,* Hazembat se rendit à l'hôpital naval et demanda à voir le Dr Mac Leod. Ce fut Topolino qui le reçut.

— Le docteur est en tournée. Il ne rentrera que demain. J'irai voir ton amie. Si ce n'est pas trop grave, j'arriverai bien à trouver quelque chose pour la soulager.

Il lui fit prendre une décoction d'écorce de quinquina et quelques gouttes d'extrait d'opium. La nuit fut meilleure, mais, le lendemain, la fièvre reprit de plus belle, avec des vomissements et des syncopes. Dans l'après-midi, Mrs Merriman en larmes vint chercher Hazembat aux *Long Rooms.* Le Dr Mac Leod, qui venait d'arriver, voulait le voir.

Betty était dans le coma. Mac Leod, soucieux, prit Hazembat à part.

— Je ne voudrais pas t'inquiéter, mon garçon, mais plusieurs cas de variole se sont déclarés dans le port ces derniers jours. C'est un navire venu d'Orient qui semble avoir apporté la maladie. Nous saurons à quoi nous en tenir demain, si l'éruption se déclare.

— Elle risque d'en mourir, docteur ?

— Si c'est une variole discrète, la fièvre devrait tomber dès le début de l'éruption. Malheureusement, tous les cas que j'ai vus ces jours-ci sont des varioles confluentes. Et je ne sais pas si une femme ne préférerait pas mourir que de vivre défigurée, surtout si elle est amoureuse.

L'éruption commença le lendemain. Ce ne furent d'abord que des points d'épingle qui enflèrent rapidement en gros boutons, donnant au visage poupin de Betty un aspect monstrueux et sinistrement grotesque. La fièvre parut baisser, puis reprit, plus forte que jamais. Hazembat, qui avait obtenu un congé du marquis de Sainte-Croix, ne quittait pas le chevet de la jeune fille. Quatre jours plus tard, des pustules purulentes couvraient tout le visage de Betty, encombrant son nez et sa bouche. Elle respirait de plus en plus difficilement.

— Tu peux essayer d'inciser les pustules avec des ciseaux pour en faire sortir le pus, conseilla Mac Leod. Les cicatrices seront moins visibles. Mais garde-toi de toucher avec tes mains le liquide qui en coule. Tu risquerais de te contaminer toi-même.

Il apporta un onguent au mercure et en enduisit le visage, le cou et les bras de Betty. Les convenances interdisaient d'examiner le reste. Patiemment, Hazembat incisa les pustules une à une, mais il lui semblait qu'il en apparaissait toujours de nouvelles à mesure qu'il les vidait. Mrs Merriman apportait de l'eau chaude, préparait des charpies et faisait alterner larmes et prières.

Betty ne réagissait pas aux incisions. Depuis le début de l'éruption, elle était incapable de parler. Seuls, ses yeux s'ouvraient de temps en temps pour poser sur

Hazembat un regard confiant et doux. Par moments, des accès de fièvre la secouaient de violentes convulsions.

Le huitième jour de sa maladie, un peu avant sept heures, comme Mac Leod venait de l'examiner, elle tourna la tête vers Hazembat et, par un violent effort qui tordit tout son corps, elle parvint à articuler d'une voix presque distincte :

— *I'll see you in heaven, dear.*

Elle s'affaissa dans les bras d'Hazembat qui s'était précipité. Il fallut que le docteur lui tape sur l'épaule et lui dise qu'elle était morte. Il regardait sans comprendre ce corps torturé d'où la vie s'en était allée, vaincue après une lutte cruelle, ce visage labouré que même la mort n'arrivait pas à rendre serein. Cela lui semblait affreusement injuste et révoltant. Il avait souvent vu mourir, mais jamais de cette façon horrible. Le boulet qui écrase les chairs, la balle qui perce les tripes, la lame qui fend le crâne ou tranche la gorge, cela avait un sens : c'était une main humaine qui tenait l'arme. Même les maladies des marins étaient brèves et miséricordieuses. Mais pourquoi cette cruauté d'une puissance aveugle et inconnue ? Pourquoi ces destins hideux ? Pourquoi cette haine de l'amour et de la vie qui avait tué atrocement Betty et éteint la lumière du bonheur dans les yeux de Pouriquète ?

Il vit Mrs Merriman qui, ayant abaissé le masque de la résignation sur son visage, lisait dans la Bible le livre de Job au chevet de sa fille morte. Cela lui donna la nausée.

Mac Leod le prit par le bras et l'entraîna hors de la chambre. Il tira de sa poche un petit flacon plat de métal blanc, le déboucha et le tendit à Hazembat.

— Bois un coup, *sailorr.* Dans de tels cas, c'est le seul remède.

Machinalement, Hazembat prit une lampée et une coulée de feu descendit dans sa gorge. C'était un alcool extrêmement fort, à la saveur rude et un peu âcre. Cela ne s'épanouissait pas dans la tête comme le rhum, mais répandait dans les membres une vigueur bienfaisante qui laissait singulièrement lucide et alerte. Il prit une seconde lampée qui lui dégagea les idées.

— Qu'est-ce qu'il faut faire ? demanda-t-il en se tournant vers la porte de la chambre.

— Rien. Il n'y a plus rien à faire. La servante avertira les voisines et elles s'occuperont de tout. Les femmes s'entendent mieux que les hommes à ces choses-là. Viens chez moi. Puisque le whisky a l'air de te réussir, nous allons terminer la cure. J'ai autant besoin que toi de me saouler.

L'appartement du docteur était au premier étage d'une grande maison, près du port. Il était encombré de souvenirs rapportés de navigations sur les cinq océans. Pendant que le docteur fourrageait dans un buffet, Hazembat examinait les objets épars en désordre dans la pièce : un casse-tête africain, une bête étrange, mi-castor, mi-canard, conservée dans un grand bocal, un arc avec ses flèches curieusement empennées, une noix de coco sculptée en tête de nègre, une écaille de tortue... Il prit conscience soudain du fait étrange que son esprit, comme dédoublé, observait à la fois ces objets et son propre chagrin avec un égal détachement. Il savait que, quelque part, il avait mal et se regardait avoir mal non avec indifférence, mais avec une sorte de curiosité.

Mac Leod revenait, portant une grosse bouteille ronde.

— C'est la liqueur chantée par Robert Burns, dit-il. En celtique, on l'appelle *uisque beatha,* ce qui veut tout simplement dire « eau-de-vie ». On en a fait *usquebaugh* que les Sassenach, c'est-à-dire les Anglais, prononcent whisky. Nos montagnards d'Ecosse le fabriquent avec l'orge de leurs champs et l'eau pure de leurs torrents.

Avant d'emplir les verres, il prit une pincée de tabac dans une tabatière de corne et l'enfourna dans ses narines. Hazembat, qui n'avait jamais essayé de priser, se servit et le regretta aussitôt. Il éternua bruyamment, le nez et la gorge en feu. En riant, Mac Leod lui versa une rasade de whisky et se servit lui-même généreusement, puis il se carra dans un fauteuil.

— Maintenant, si tu me racontais ton histoire, *sailorr*? Quelquefois, ça aide.

Et Hazembat, la langue déliée par le whisky, parla,

parla, cherchant pour la première fois à dénouer et à rassembler les fils d'une existence qui l'enserrait comme un piège. Mac Leod sirotait son whisky d'un air pensif. De temps en temps, il laissait échapper un petit rire ou soupirait d'un air apitoyé.

— Tu crois en Dieu, *sailorr*? demanda-t-il à un certain moment.

— Euh... je n'ai guère eu le temps d'y songer, docteur.

— Tu aurais perdu ton temps. Dieu, c'est un problème pour les théologiens. Le vrai danger, c'est la religion. Je suppose que tu n'as jamais entendu parler de Gibbon ?

— Non, docteur.

— C'est un grand esprit. Il a montré que la religion est la cause du déclin et de la chute des empires. C'est parce que tes Jacobins ont fait de la Révolution une religion qu'ils ont sombré dans la barbarie la plus sanguinaire et c'est parce que Bonaparte a fait une religion de son empire qu'il est devenu un tyran sans scrupules, voué à la catastrophe.

— J'ai connu des prêtres qui croyaient à la Révolution.

— Justement, ils y croyaient. Ce n'était pas leur raison qui les guidait !

— Il y a eu des fêtes en l'honneur de la Déesse Raison.

— La raison n'a rien de divin. C'est un don que chaque homme porte en lui à l'égal des autres. Il faut seulement avoir le courage d'affronter ses jugements. Crois-moi : c'est ta raison et ta raison seule qui te permettra de dominer ce que tu crois être une fatalité.

L'alcool commençait à embrumer l'esprit d'Hazembat. Il termina son histoire par son entrevue avec le *major* Dalrymple.

— Bass Rock, dis-tu ? s'écria Mac Leod. Je connais bien l'endroit : c'est tout près de Dunbar. Il faut y aller, *sailorr,* il faut y aller ! C'est le plus beau pays du monde ! *Here's to Bonnie Scotland, my lad !*

Il remplit généreusement les verres et se mit à chanter

d'une voix de fausset : « *Ye banks and braes o' bonnie Doon...* » Hazembat lampa son verre d'un coup et tomba endormi avant la fin de la chanson.

Il s'éveilla le lendemain frais et dispos. Le whisky, du moins, avait cela de bon. Mac Leod préparait du thé dans une vieille théière en faïence de Chine. Il regarda Hazembat d'un œil humide, mais ferme.

— Résumons-nous, *sailorr,* dit-il en lui tendant une tasse. Des trois femmes de ta vie, deux sont mortes et une est mariée. Tirons un trait. Quel âge as-tu ?

— J'aurai trente ans en avril, docteur.

— Il serait temps que tu jettes l'ancre quelque part. Dalrymple t'offre un bon mouillage. A ta place, j'en profiterais. Tu as encore quelques années pour voir venir le vent.

Betty fut enterrée le soir même au cimetière de St. Thomas. Il y avait une vingtaine de femmes, des batelières fortes en muscles et des voisines de Mrs Merriman. Tandis que le ministre, tout de noir vêtu, disait la prière des morts au bord de la fosse, Hazembat songeait à son enfant que Betty emportait avec elle dans la tombe. Pouriquète avait perdu le sien. Sous le ciel gris et bas, il évoqua le soleil de la Guadeloupe où se trouvait Bernard-Toussaint, sa seule progéniture. Il devait avoir quatorze ans maintenant, l'âge de devenir un marin.

Après la guerre, il irait le rejoindre. Il lui apprendrait le métier, il naviguerait avec lui. Et, soudain, il sentit sur son corps et son visage le besoin du vent de mer, la soif des embruns salés et cinglants. Il sut alors qu'il accepterait l'offre de Dalrymple.

Le grand officier rouquin l'accueillit avec cordialité.

— Tu es décidé, mon garçon ? Ça tombe bien : mon père est à Londres en ce moment. Tu repartiras avec lui. Je vais m'occuper des formalités auprès des autorités maritimes.

Quelques jours plus tard, Hazembat passa une dernière soirée chez Mac Leod qui avait invité Topolino. Le Napolitain venait de demander sa naturalisation comme sujet britannique et envisageait d'épouser une aubergiste du quartier fréquenté par l'aristocratie des gens de mer. Le marquis de Sainte-Croix, qui commençait à se faire vieux, avait là un successeur tout trouvé. Topolino n'acceptait plus son surnom que des intimes. Il se faisait maintenant appeler de ce qu'il prétendait être son vrai nom : Pietro de Castellammare. On pouvait parier qu'un titre nobiliaire viendrait bientôt enjoliver encore ce patronyme.

Mac Leod, lui, était décidé à prendre sa retraite et à rentrer à Dunbar.

— J'approche de la soixantaine, disait-il, et je tiens à profiter de ce qu'il me reste d'existence. En Ecosse, on vit plus vieux qu'ailleurs. Vois le juge Dalrymple avec qui tu dois aller à Bass Rock : il a passé les quatre-vingts ans et, l'année dernière encore, il remplissait les fonctions de baron de l'Echiquier, une sorte de contrôleur des finances.

La veille du jour où Hazembat devait partir, il eut une surprise en allant prendre congé aux *Long Rooms* où le marquis de Sainte-Croix lui donna une gratification d'une guinée sur laquelle Soames s'empressa de prélever une demi-couronne. Il y avait là un officier de marine dont il reconnut immédiatement l'uniforme français. C'était Pigache. Il était escorté par un lieutenant des *marines.*

— Mon Dieu ! s'écria-t-il, mais c'est Hazembat ! Je te croyais mort.

Hazembat allait répondre : « Moi aussi », mais il se raidit au garde-à-vous et salua.

— J'ai eu de la chance, lieutenant. Et vous-même ? J'ai su que vous aviez été blessé.

— On m'a très bien soigné à Reading où j'étais en liberté sous caution avec la plupart des autres officiers capturés à Trafalgar.

— Il y en avait beaucoup ?

— Oui. Il y avait en particulier l'amiral Villeneuve. Il a été échangé sous cartel en 1806 et il s'est suicidé en arrivant en France. Moi, j'ai bien l'intention de profiter de ma liberté pour reprendre le combat.

— On va vous échanger ?

— Dès demain. C'est pour cela que je suis à Portsmouth, sous bonne escorte, comme tu vois. Heureusement que mon gardien avait envie d'aller boire un verre dans cet établissement. Je regrette de ne pouvoir t'emmener avec moi, mais veux-tu que je fasse passer un message chez toi ?

— Non, lieutenant, ce n'est pas la peine.

Il avait failli dire oui, pensant à ses parents. Mais maintenant le chagrin avait dû commencer à s'émousser. C'est à Pouriquète et à Jantet qu'il songea. S'ils pouvaient trouver quelque bonheur, il n'était pas homme à le leur gâcher.

— Et toi, qu'es-tu devenu ?

— J'ai travaillé ici, lieutenant. Maintenant, je viens d'accepter un travail de marin en Ecosse..., de marin civil.

Pigache le regarda, les sourcils froncés.

— Toi aussi, tu crois que cette guerre va durer encore longtemps ? A Reading, beaucoup d'officiers pensaient qu'à mesure que Napoléon étend son empire la victoire se rapproche. Maintenant que je connais les Anglais, je suis convaincu du contraire.

Avant de le quitter, Pigache lui donna l'accolade.

— Bon vent, marin ! Nous nous retrouverons quelque part sur les mers.

Les adieux à Mrs Merriman furent brefs. Elle avait déjà fait venir de Cosham un couple de cousins pour remplacer Hazembat et Betty.

— Vous allez vous trouver au contact de personnes qui appartiennent à notre aristocratie, Bernard, dit-elle. J'espère que vous vous souviendrez des leçons de maintien et de dignité que vous avez reçues dans cette maison. Malgré son humble origine, la pauvre chère Betty était un modèle de distinction. Le Seigneur n'a pas voulu qu'elle fasse pour vous la meilleure des épouses, mais, si cela peut vous être un réconfort, je dois vous dire que, tout le temps que vous avez été ici, vous l'avez rendue heureuse.

Cérémonieusement, elle lui posa un baiser sur le front, puis recula de deux pas, les mains croisées sur le ventre. Les mots qu'Hazembat voulait prononcer s'étranglèrent dans sa gorge.

— Merci, madame, marmonna-t-il avant de s'éclipser.

Le voyage en voiture de poste jusqu'à Londres fut une nouveauté pour Hazembat. Il n'avait jamais employé ce mode de transport et était émerveillé par la vitesse avec laquelle l'équipage de quatre chevaux emportait la chaise. Le paysage était très vert, parsemé de petits villages prospères. De temps en temps, on changeait les chevaux en voltige dans une cour d'auberge bien pavée. Le *major* en profitait pour faire apporter deux pintes d'*ale,* une pour lui et une pour Hazembat. A Chichester, ils s'arrêtèrent dans une auberge dont l'enseigne portait un dauphin et une ancre, pour prendre une collation de côtelettes de mouton. Hazembat s'émerveilla de la flèche de la cathédrale, plus haute, lui sembla-t-il, que celle de Saint-Michel à Bordeaux. Ils couchèrent à Guildford.

Quand il fut seul dans l'appentis qui lui avait été alloué, à côté des écuries, Hazembat eut un instant d'angoisse. Comme tous les marins, il n'aimait pas se sentir enserré dans les terres et cette terre-là lui semblait soudain terriblement étrangère. Les valets d'écurie et les servantes qu'il avait rencontrés au cours de la journée s'étaient pourtant montrés aimables, parfois même cordiaux. Pourtant, jamais l'exil ne lui avait paru si pesant. Au cours de sa vie, il avait passé plus de temps loin de Langon que chez lui, mais il lui semblait toujours que la Maison du Port était juste derrière l'horizon. Ici, il n'y avait pas d'horizon.

Le lendemain, vers midi, ils passèrent le village de Putney et le spectacle commença subtilement à changer. Les champs faisaient place à des cultures maraîchères et les hameaux pimpants à des fermes plus importantes, mais moins bien tenues. Le pavé apparut et les roues de la voiture faisaient un bruit de tonnerre sur les grosses pierres rondes.

Des maisons surgirent de part et d'autre du chemin, la plupart anciennes, avec des poutres de bois apparentes.

La voiture ralentit à mesure que la circulation se faisait plus intense.

— Nous voici arrivés au *Borough*, annonça le *major.* Demain nous irons dans la Cité retrouver mon père.

La voiture entra à grand fracas dans une cour d'auberge où l'on dételа les chevaux.

— Nous sommes à Londres? demanda Hazembat.

— Oui, bien que la Cité de Londres se trouve de l'autre côté de la Tamise. Ici, c'est Southwark. Le port est tout à côté.

Effectivement, de la lucarne du galetas où il fut logé, Hazembat, en se haussant sur la pointe des pieds, put apercevoir quelques mâts de navires qui émergeaient au-dessus des toits pointus. Il se sentit mieux et fit honneur au repas qu'on lui servit à la cuisine. Il y avait là au moins une trentaine de marmitons et des légions de filles de salle plus ou moins accortes. Plusieurs d'entre elles lui sourirent, mais il n'était pas d'humeur à faire le joli cœur.

Avant que la nuit tombe tout à fait, il fit quelques pas dans la rue, étourdi et assourdi par le tohu-bohu des charrettes, des portefaix, des marchands ambulants. Ce qui le frappait le plus, c'était, à travers la pauvreté ou même la misère des individus, une impression d'opulence secrète, comme si ces gens vivaient en marge d'un gigantesque trésor.

Ce fut encore autre chose quand, le lendemain, à bord du landau loué par le *major,* ils franchirent un vieux pont de pierre d'où l'on découvrait le port de Londres. Il n'était pas plus grand que celui de Bordeaux, mais les navires s'y pressaient par dizaines au pied d'une sombre forteresse et jusqu'à perte de vue vers la mer. Les quais de pierre grouillaient d'animation. Interminablement, ils suivirent les rues étroites de la Cité à travers d'inconcevables embarras de voitures. Hazembat se sentait écrasé par le nombre et l'ampleur des édifices. Il comprit alors qu'il n'avait jamais vraiment su ce qu'était une ville. C'était plus qu'une ville, mais une affolante cohue de pierre et d'humanité qui respirait la richesse et la puissance. Napoléon était bien fou s'il croyait pouvoir jamais faire fléchir ces gens-là.

Ils s'arrêtèrent devant un grand bâtiment dont la façade était ornée d'une colonnade.

— C'est le Royal Society Club, dit le *major*. Mon père y descend toujours quand il vient à Londres.

Il régnait dans l'antichambre une atmosphère feutrée où pénétrait à peine la rumeur de la rue. Un valet de pied imposant inscrivit le nom de Sir John Dalrymple dans un registre, puis posa silencieusement sur Hazembat un regard dédaigneux.

— Attends-moi ici, dit le *major*.

Hazembat s'attarda un moment à regarder les portraits accrochés aux murs. Un d'entre eux retint son attention. C'était un officier de marine aux cheveux noirs, aux yeux perçants, au gros nez et au menton volontaire. Il déchiffra le nom inscrit dans un cartouche sur le cadre : « James Cook. » Son père lui avait parlé une fois d'un capitaine Cook qui avait été dévoré par les sauvages de l'océan Pacifique. Il regarda encore une fois le visage rébarbatif. Il n'avait pas l'air très comestible.

Puis il voulut s'asseoir sur une chaise, mais un coup d'œil courroucé du valet de pied le remit debout. Ce fut d'ailleurs le seul regard qu'il lui accorda. De temps en temps, un personnage à l'air grave, en général âgé, entrait ou sortait et venait se soumettre à la formalité du registre. Chaque fois, le valet de pied s'inclinait avec componction.

Au bout d'une heure, le *major* reparut. Il était accompagné de trois hommes. Le plus âgé, manifestement le juge Sir John Dalrymple, était de haute taille. Ses cheveux encore drus et les favoris en broussaille qui encadraient son visage carré étaient blancs, mais gardaient des reflets de roux. Ses compagnons plus jeunes — trente et quarante ans, jugea Hazembat — s'apprêtaient à prendre congé. Ils avaient tous deux le visage fin et les cheveux clairs. Le plus âgé boitait légèrement.

Le *major* fit signe à Hazembat d'avancer. Le vieux juge chaussa des lunettes qu'il portait au bout d'un cordon et le considéra d'un air critique.

— Ainsi, voilà le *skipper* que nous envoie Stephen. Il a l'air solide.

L'examen parut le satisfaire, car il continua en un français assez pur :

— Il y a longtemps que tu navigues, mon garçon ?

— Dix-sept ans, monsieur.

— Sir John... Tu m'appelleras Sir John.

— Oui, Sir John.

— D'où es-tu ?

— De Langon, Sir John. C'est sur la Garonne, en amont de Bordeaux.

— Bordeaux ? J'ai horreur du *claret.* Dites-moi, Murray, vous n'avez pas un ami à Bordeaux ?

— Si, Sir John, répondit le plus jeune des deux hommes. Claude O'Quin. Il est venu ici pendant la paix d'Amiens.

— Je le connais, monsieur, s'enhardit à dire Hazembat. J'ai navigué pour lui avec Sven... avec le capitaine Stephen Holloway.

— Pour Claude ? Effectivement, sa famille était dans l'armement, mais maintenant il est dans la librairie.

— Toujours la littérature, grommela Sir John. Mon garçon, tu pourras te vanter d'avoir rencontré deux des Ecossais de la jeune génération qui honorent le plus leur pays : John Murray qui est venu s'établir éditeur à Londres et Sir Walter Scott qui est le plus grand poète de notre temps. Bien. Nous partirons pour Bass Rock la semaine prochaine. Tiens, voici de quoi passer le temps en attendant. Dépêche-toi de le prendre, car les Ecossais n'aiment guère donner.

Il tendit trois billets d'une livre à Hazembat, puis se tourna à demi vers le valet de pied.

— Williams, veillez à trouver une chambre dans une auberge du voisinage pour ce garçon.

Les quatre hommes partirent chacun de son côté sous les courbettes de Williams. Dès qu'ils eurent disparu, le valet de pied effaça le sourire servile de son visage et, ignorant toujours Hazembat, secoua une sonnette. Un garçon en livrée parut. Williams lui donna ses instructions à voix basse et le garçon fit signe à Hazembat de le suivre.

Il avait l'air hostile et maussade. Chemin faisant, il demanda du coin des lèvres :

— *You're a damn Froggie, ain't ye ?*

— Oui, je suis français.

— Les Français, c'est tous de la merde.

— Ah, oui ?

— Ils puent.

Hazembat fit pensivement jouer son poing.

— J'ai peut-être un remède pour te soigner le nez.

— Essaie un peu.

— Pas si tu ne m'attaques pas.

Ils tournaient dans une ruelle déserte. Le garçon lança brusquement son pied qui atteignit Hazembat dans l'estomac. Il eut le souffle coupé, mais son poing était déjà parti. Quand il reprit haleine, l'autre se tenait le nez à deux mains et le sang ruisselait entre ses doigts. Hazembat lui tendit son mouchoir.

— Tiens, dit-il, il sent le Français, mais je ne crois pas que tu aies le nez assez fin pour t'en apercevoir.

Le garçon lui lança un regard furieux et ne prit pas le mouchoir, mais il ne fit pas mine de recommencer. Il saignait encore quand ils arrivèrent devant une auberge qui ne payait pas de mine. L'enseigne représentait un géant qui n'avait qu'un œil au milieu du front.

Quand ils entrèrent, les regards des buveurs les suivirent jusqu'au patron, un gros bonhomme balafré qui regarda curieusement le garçon.

— Sammy, qui t'a si joliment arrangé le nez ?

L'autre fit un geste de la tête en direction d'Hazembat.

— C'était drôlement bien ajusté, si vous me permettez la remarque, *sir,* dit le patron.

— C'est un foutu Français, nasilla Sammy.

— Un marin français, rectifia Hazembat.

Le patron lui tendit une main épaisse.

— Un marin ? Enchanté, *mate. Ben Simpson's the name.* J'étais gabier sur le *Polyphemus* à Trafalgar.

— Moi, j'étais sur l'*Algésiras.*

— Navré de vous avoir battus, *mate.*

— C'était la guerre.

— C'est très sportif à toi de le prendre ainsi, *mate.* Tu vois : plus de la moitié des hommes qui sont dans cette salle sont des anciens du *Polyphemus.* Tu pourras toujours compter sur eux.

Au cours de la semaine qui suivit, Hazembat explora l'immense ville de Londres, des quartiers populeux du port à l'est jusqu'aux monumentales avenues de l'ouest où, parmi les verdures, se dressaient les demeures aristocratiques, toutes garnies de portiques à colonnes. Personne ne lui demanda ses papiers, comme cela serait certainement arrivé en France. Passant inaperçu dans cette foule cosmopolite où se pressaient toutes les nations du monde, il se sentait anonyme et libre. Chez un fripier de la Cité, il s'acheta des vêtements confortables, d'allure maritime. Nul n'aurit pu, à ce moment, le distinguer des milliers d'autres gens de mer qui peuplaient les tavernes. Avait-il fallu qu'il fût prisonnier de guerre pour découvrir la saveur de la liberté ?

Il y songeait quelquefois, étendu sur sa paillasse, dans la petite chambre qu'il partageait, à l'auberge de Ben Simpson, avec un matelot taciturne qui, ayant un embarquement sur un *Indiaman,* se montrait peu, craignant d'être enrôlé par quelque patrouille de presse.

L'Angleterre était un étrange pays où les nobles et les riches parlaient d'égal à égal avec les gens du commun, quitte à prendre soudain leurs distances quand l'occasion le demandait. Curieusement, c'étaient des gens de condition modeste, comme Mrs Merriman ou le valet de pied Williams, qui semblaient avoir pour les différences sociales le respect le plus strict. Ce n'était certainement pas l'égalité comme il en avait rêvé dans sa jeunesse, mais cela le satisfaisait davantage que la morgue des maîtres, anciens ou nouveaux, qu'il avait connue en France. Certes, entre l'est et l'ouest de Londres, il existait des inégalités criantes et cruelles, mais personne ne baissait la tête.

Il ne se choquait pas de la faune interlope des filles de joie et des coupe-bourse qui grouillaient dans les venelles du port. Cela existait partout. Il y avait seulement plus d'âpreté qu'ailleurs, mais il était de taille à se défendre des hommes et il savait comment prendre les filles. Deux ou trois fois, il rencontra Sammy qui lui lançait des regards sournois et mauvais, mais ne s'attaqua pas à lui.

C'est Sammy justement qui vint un soir lui apporter un message de Sir John. Le départ était prévu le surlendemain à six heures du matin. La chaise viendrait prendre le vieux juge au Club. Hazembat devait s'y trouver dès cinq heures.

Le lendemain, il fit une dernière et longue promenade dans Londres. Comme il rentrait, à la nuit tombée, au moment où il s'engageait dans la petite rue où était l'auberge de Ben Simpson, trois silhouettes sortirent de l'ombre et se ruèrent sur lui. Il reconnut Sammy et vit luire la lame d'un couteau. En trois mouvements rapides, il eut tôt fait de culbuter ses agresseurs et, d'un coup de savate, il fit sauter l'arme de la main de Sammy. Mais il sentit qu'on l'attrapait par-derrière. Deux bras le ceinturaient, deux autres le prenaient à la gorge. Les premiers assaillants se relevaient et Sammy, ayant récupéré son couteau, avançait, une lueur mauvaise dans les yeux.

Alors Hazembat poussa le cri de ralliement que tous les équipages connaissaient :

— A moi, *Polyphemus* !

Aussitôt, la porte de l'auberge s'ouvrit et une demi-douzaine de matelots se ruèrent dehors, conduits par Ben Simpson qui brandissait un rouleau à pâtisserie. Le combat fut bref. Les petits voyous de Londres n'étaient pas de taille devant des marins. Hazembat s'en tira avec un œil poché.

Le lendemain, au moment de partir, Sir John l'examina à travers ses lunettes.

— Hum ! dit-il, j'espère que l'autre a au moins les deux yeux pochés.

— Et le nez cassé, Sir John.

— Bien. Dans mon jeune temps, j'ai pris des leçons de boxe avec Jack Broughton. Je suis heureux de voir qu'en France aussi on cultive le noble art. En Ecosse, tu trouveras des partenaires à ta mesure. En route !

CHAPITRE VII

BASS ROCK

Pendant le voyage de Londres à Edimbourg, Hazembat fut le plus souvent sur le siège extérieur de la chaise, à côté du cocher. Ce dernier changeait tous les jours. C'était en général un homme bien nourri, haut en couleur et fort en gueule. De plus en plus fréquemment, à mesure qu'on allait vers le nord, il parlait avec un accent local si fort que la conversation devenait impossible. Hazembat enrichit néanmoins son vocabulaire d'une grande variété de jurons.

Sir John somnolait la plupart du temps, mais quelquefois il faisait monter Hazembat avec lui dans la chaise et discourait longuement de choses et d'autres. Un de ses sujets favoris était la mise en valeur des ressources économiques de l'Ecosse. Il avait notamment découvert un procédé pour fabriquer du savon à partir de l'huile contenue dans la chair du hareng, ce qui lui avait valu d'être élu membre de la Royal Society.

— Avec le blocus continental, disait-il, une pareille découverte devrait susciter l'intérêt général, mais les bureaux font traîner.

Il avait aussi écrit plusieurs ouvrages sur l'histoire de l'Ecosse et de l'Angleterre. L'ancêtre de la famille Dalrymple, Sir James, premier vicomte de Stair, avait été un champion de la lutte contre les Stuart pendant les révolutions de 1642 et de 1688.

Hazembat fut surpris d'apprendre qu'il y avait aussi eu des révolutions en Angleterre.

— Les Anglais ont même été les premiers à couper la tête de leur roi, dit Sir John, et cela un siècle et demi avant vous autres, les Français.

— Pourquoi n'ont-ils pas une république, alors ?

— Ils ont essayé, mais, à l'expérience, ils ont trouvé qu'il valait mieux avoir un roi bien dressé qu'une république où un tyran peut toujours confisquer le pouvoir à son profit. Vous en savez quelque chose en France, et les Romains l'avaient découvert bien avant nous tous.

C'est ainsi qu'Hazembat apprit enfin qui était ce César dont il entendait parler depuis si longtemps. Passionné, il écoutait le vieil homme lui raconter l'histoire de Rome. Il comprenait maintenant pourquoi le Montagnard Boyreau, à Langon, avait pris le surnom de Brutus.

— La leçon de tout cela, lui dit Sir John, est qu'il est plus facile de changer les institutions que de changer les hommes. Vos révolutionnaires de 1789 auraient dû s'en souvenir.

Quand ils approchèrent d'Edimbourg, il lui parla de Bass Rock.

— L'île se trouve à un mille et demi de la rive sud du Firth et elle est toute petite. Il y avait là une vieille forteresse qui a servi de prison pour les protestants écossais qui s'opposaient aux Stuart. Au moment de la révolution de 1688, de jeunes partisans des Stuart s'y sont retranchés et y ont résisté quelques années. Maintenant, la forteresse a été démantelée, mais ce qui reste est encore habitable. L'île a été achetée en 1701 par Sir Hew qui est devenu Lord North Berwick. C'était le fils de Sir James et le grand-père de Sir Hew qui est actuellement le commandant de la garnison de Gibraltar et dont la sœur est la mère du capitaine Stephen Holloway...

Perdu dans toute cette généalogie, Hazembat n'écoutait que distraitement le bavardage du vieillard. Il regardait le paysage qui s'était soudain fait montagneux. Les pentes, toujours vertes, étaient parsemées de troupeaux de moutons et, sur les crêtes, on voyait de temps en temps les ruines d'un château ou d'une tour.

Depuis qu'on était entré en Ecosse, l'accent des cochers avait changé. Ils roulaient les r à la manière de Mac Leod et, bien que très différent de l'anglais de Londres, leur patois était moins incompréhensible que le charabia du nord de l'Angleterre.

D'Edimbourg, Hazembat garda l'image d'une ville grise, rouge et noire, tassée autour d'un château le long d'une crête abrupte. Au nord, s'étendaient de beaux quartiers tout neufs. C'est là que la chaise alla s'arrêter devant une maison de granit sur la façade de laquelle un portique aux colonnes et au fronton de stuc se détachait de manière cocasse.

Deux valets se précipitèrent pour aider Sir John à descendre. C'étaient deux solides gaillards, l'un d'une vingtaine, l'autre d'une cinquantaine d'années.

— Duncan ! Malcolm ! cria le vieil homme, pressez-vous un peu. Ce voyage m'a exténué. Je vais passer deux jours ici pour m'en remettre avant de gagner Bass Rock. Il y a là un garçon dont vous prendrez soin. C'est un marin français et c'est le capitaine Stephen qui nous l'envoie.

En dehors de Duncan et de Malcolm, la maisonnée se composait d'une cuisinière replète, Mrs Kerr, et d'une femme de chambre plus jeune et plus avenante qu'on appelait Lorna. Hazembat comprit vite que c'était la bonne amie de Duncan.

L'accueil à la cuisine fut cordial. Seul, Duncan se montrait réservé. Sans doute voyait-il en Hazembat un rival possible. Percevant sa jalousie, ce dernier s'appliqua à afficher envers Lorna une courtoisie presque distante. Ce n'était guère dans son tempérament, mais il dut assez bien réussir à donner le change, car Duncan s'adoucit au bout de quelques heures et se révéla aussi accueillant que les autres. En Ecosse, il n'existait manifestement pas, comme en Angleterre, de préjugé contre les *Froggies.* Au contraire, sa qualité de Français semblait lui valoir un supplément de sympathie auprès des hommes et de prestige auprès des femmes. Il eut même la satisfaction, dans la soirée, de dérober un baiser à Lorna. Il sentit qu'il ne lui aurait pas fallu beaucoup insister pour que les choses aillent plus loin, mais il jugea mal avisé de s'engager si tôt dans une aventure qui pourrait lui faire un ennemi mortel.

Le lendemain, il descendit avec Malcolm au port de Leith pour arranger le passage de Sir John jusqu'au Rock. A ce qu'il comprit, la traversée durait trois heures par bon vent et la marée étant favorable, plus de cinq dans le cas contraire. Il ne lui fallut qu'un coup d'œil pour se rendre compte que les conditions seraient bonnes. Une jolie brise de sud-ouest semblait vouloir se maintenir et la pointe de marée serait vers huit heures le lendemain matin.

— Puisque l'île est si près de la côte, pourquoi ne traverse-t-on pas en face ? demanda-t-il.

— On le fait quelquefois. Il y a une petite barque de pêche à Bass Rock, mais Sir John a horreur des voyages en voiture et la route de North Berwick à Edimbourg est très mauvaise.

Malcolm le conduisit dans le port encombré jusqu'à un petit cotre gréé d'une brigantine et d'un tapecul. Le patron était un homme maigre et taciturne, coiffé d'un bonnet rouge et vert surmonté d'un pompon. Hazembat ne saisit pas grand-chose de sa conversation avec Malcolm, car elle se déroula en un dialecte où il ne reconnaissait que de rares mots ressemblant à de l'anglais. Mais il comprit tout de même que le patron de la barque avait un chargement urgent à transporter de l'autre côté du Firth et que le détour par Bass Rock lui ferait perdre un temps précieux. L'argument était visiblement destiné à faire monter les enchères et il y eut encore une longue et âpre discussion sur le prix du voyage.

— Le vieux Mac Tavish est un *skipper* de première, *mon,* dit Malcolm sur le chemin du retour, mais, si bon marin qu'il soit, c'est le plus fieffé grippe-sous d'ici à Inverness. Depuis vingt ans qu'il transporte régulièrement Sir John à Bass Rock, il faut chaque fois que je marchande jusqu'au dernier farthing.

— Pourquoi n'utilise-t-on pas le yacht qui est dans l'île ?

— J'espère bien qu'on l'utilisera, maintenant que tu es là, *mon* ! Il est trop gros et trop compliqué pour être manœuvré par les frères Murdoch qui sont de simples pêcheurs. Pour les bras, ça va, mais, depuis que le vieux Macpherson est mort, il n'y a plus personne pour commander la manœuvre.

— C'est un gros bateau ?

— Je crois qu'on appelle ça un *skaffie.* Il y a de la place à bord !

— Il est plus gros que le bateau de Mac Tavish ?

Malcolm réfléchit.

— Oh, il a bien dix pieds de plus, peut-être douze.

— Et les mâts, il en a combien ?

— Deux, je crois.

— Et les voiles ?...

— *Hark ye, mon,* je vois qu'il te tarde de connaître ce bateau. Tu as la folie des gens de mer. Mais il faudra que tu attendes à demain, car, bien que j'aie été marin, je n'y connais plus grand-chose. Tout ce que je sais, c'est que Sir Hew l'a fait baptiser la *Jenny.* Auparavant, il s'appelait le *Bruce.*

Hazembat réprima son impatience, mais le seul fait d'avoir approché l'eau salée sur le port de Leith avait éveillé en lui un violent désir de la mer. A part les rapides traversées du port de Portsmouth, cela faisait près de deux ans maintenant qu'il n'avait pas senti sous ses pieds le bercement des vagues, ni sur son visage la caresse du vent.

Il fut le premier levé le lendemain matin et il avala en se brûlant l'assiettée de *porridge* que lui servit Mrs Kerr. La consistance rappelait un peu la bouillie du *Charon,* mais l'âpre parfum de l'avoine fraîche était stimulant. A sept heures, une carriole vint chercher les passagers. Aidé de Duncan et de Malcolm, Sir John se hissa sur le siège avant, à côté du cocher. Hazembat se mit à l'arrière, parmi les malles et les colis, avec Mrs Kerr, Lorna et Duncan qui étaient du voyage. Malcolm restait à Edimbourg pour garder la maison.

Mac Tavish installa Sir John dans un petit rouf à l'avant de l'embarcation et donna l'ordre à ses deux matelots, aussi vieux que lui, de mettre la voile. Rapidement, le cotre se dégagea du trafic portuaire et mit cap au nord-est. C'était une belle journée de printemps. Des nuées de mouettes volaient haut dans le ciel dégagé. La brise de sud-ouest avait très légèrement fraîchi et soulevait de courtes vagues dans l'immense estuaire.

Tenté, Hazembat regardait Mac Tavish manier le timon de la barre franche de manière à maintenir l'embarcation grand largue.

— Vous me permettez de tenir la barre ? finit-il par demander.

Mac Tavish haussa ses sourcils en broussailles devant tant d'audace.

— *And what d'ye ken aboot steering ?* Gouverner une embarcation n'est pas un jeu d'enfant.

— J'étais timonier dans la marine française.

— Faire tourner une roue en fantaisie est plus facile que de s'accrocher à un timon !

— Laissez-le faire ! cria Sir John du rouf. Il doit être notre *skipper* sur la *Jenny*. J'aime autant voir comment il s'en tire !

Au premier abord, Hazembat fut un peu désorienté. La dernière fois qu'il avait tenu une barre franche, c'était cinq ans plus tôt, quand il était patron de la chaloupe de la *Bayonnaise*. La barre du cotre était dure et il sentit tout de suite que, sans le tapecul, l'embarcation avait tendance à venir sous le vent. Tâtonnant un peu, il corrigea le cap et Mac Tavish fit un signe approbatif de la tête.

Hazembat avait maintenant le bateau bien en main. Il se détendit, tout au plaisir de la navigation. Il regarda la houache qui s'étendait derrière lui, bien droite et blanche sur l'eau grise, et estima la vitesse à cinq nœuds. Le léger clapotis soulevé par le vent faisait tanguer le cotre par l'avant juste assez pour que la sensation fût agréable. Il sourit en voyant Mrs Kerr qui vomissait pardessus bord.

Au bout d'un peu plus d'une heure et demie, la côte

qu'ils avaient laissée à trois milles par tribord se rapprocha, bordée de hautes falaises.

— Par bâbord trois points ! commanda Mac Tavish en serrant l'écoute.

Hazembat obéit et la course s'infléchit est-nord-est, bordant maintenant la côte à un peu plus d'un mille.

Une heure s'écoula encore, puis Mac Tavish tendit le doigt, montrant un point à l'horizon.

— Voilà le Rock !

On ne voyait encore qu'une petite tache noire se détachant à peine des falaises. Hazembat mit le cap dessus. Très lentement, à mesure qu'on se rapprochait, l'île prit forme. A un mille, elle se présentait comme une sorte de piton rocheux de trois cents ou trois cent cinquante toises de diamètre et trois cents pieds de hauteur. Les approches avaient l'air difficiles et l'on voyait les lames briser haut le long des parois abruptes. Jusqu'au dernier moment, Hazembat se demanda comment on pouvait aborder. Puis il finit par distinguer, au sud-ouest de l'île, une légère dépression entre les falaises. Le sol semblait former une sorte de plateau incliné dans cette direction et Hazembat vit que ce qu'il avait pris pour des blocs de rochers sur la pente verte était ce qui restait des soubassements d'une construction qui devait avoir été de bonne taille. La dépression s'ouvrait entre deux falaises sur une plage de galets.

— Ici, il faut connaître, dit Mac Tavish en reprenant la barre. Regarde, tu en auras besoin.

Au lieu de piquer droit sur la crique, il la dépassa à trois encablures, se laissant porter par le courant, puis, changeant de bord, il mit le cap nord-nord-ouest.

— Il faut l'aborder contre le vent, dit-il, sans quoi tu risques d'être drossé contre les rochers qui sont à l'est.

En passant devant la crique, Hazembat avait découvert qu'elle était plus large qu'il ne pensait. Deux hommes étaient en train de mettre à l'eau une petite barque de pêche et, sur la gauche, Hazembat vit quelque chose qui lui fit battre le cœur. C'était une coque d'assez grande taille tirée au sec et couchée sur le flanc. De loin, elle rappelait un peu les couraus de la Garonne, en été, quand on réparait les bordages et qu'on calfatait.

Le cotre mouilla à une demi-encablure de la grève. La barque de pêche accosta presque aussitôt. Sir John, Mrs Kerr et Lorna furent du premier voyage, Hazembat et Duncan du second avec les bagages.

Duncan présenta les deux hommes qui souquaient sur les avirons :

— Angus et Robert Murdoch, les terreurs du hareng et de la sardine !

Les deux frères se ressemblaient. Ils avaient entre vingt et vingt-cinq ans. Angus paraissait être l'aîné. Ses cheveux étaient plus roux et plus drus que ceux de son frère.

Au moment où Hazembat mettait le pied sur les galets, une fillette accourut sur le sentier en pente, retroussant sa robe longue sur des jambes minces, et se jeta dans les bras de Sir John.

— *Uncle John !* tu nous as bien manqué !

Le vieil homme lui planta un baiser sur chaque joue.

— C'est toi qui m'as manqué, Jenny. J'espère que tu as été sage. Comment est le jardin ?

— Il est prêt pour le printemps, oncle John. J'ai aidé Williams à tailler les rosiers et à repiquer les anémones.

— Et les études ? Peut-être ferais-je mieux de demander à Miss Rowan ?

Il se tourna vers une jeune femme brune qui était arrivée à la suite de Jenny. Elle portait une robe sévère de taffetas gris pâle et ses cheveux étaient tirés en deux bandeaux de part et d'autre d'un visage agréable.

— Bienvenue à Bass Rock, Sir John, dit-elle en faisant la révérence. Jenny est une bonne élève, mais elle néglige un peu son français.

— Eh bien ! répondit Sir John, elle aura l'occasion de s'exercer. Hazembat, qui est ici, est un marin français.

Jenny tourna vivement la tête vers Hazembat, puis courut jusque devant lui et lui fit une révérence comique.

— Bondjour, mongsur !

— Bonjour, mademoiselle, répondit Hazembat en français.

— Comment vous... appelez, mongsur ?

— Bernard Hazembat, pour vous servir, mademoiselle.

— Hazembat ? *I'll call you Hazy !* Oncle John, Miss Rowan, nous l'appellerons Hazy, n'est-ce pas ?

Hazembat s'aperçut alors qu'elle devait être plus âgée qu'il ne pensait, probablement treize ans. Menue, mais bien campée, le regard droit et brillant, c'était déjà une petite bonne femme. Soudain, avec un coup au cœur, il se rendit compte qu'elle lui rappelait Pouriquète jeune. Elle ne lui ressemblait pourtant pas : ses cheveux étaient d'or pâle et ses yeux pervenche. Mais elle avait la même grâce impertinente, la même vitalité délicate que Pouriquète lorsqu'il l'avait quittée la première fois, lors de son embarquement sur la *Belle de Lormont,* quatorze ans plus tôt.

Suivi de sa maisonnée, Sir John prit le chemin de la résidence. Elle était aménagée dans les ruines de l'ancienne forteresse, du côté sud-est, protégée des vents d'ouest par un repli de terrain. Ce n'était pas très vaste, mais clair et confortable. Du côté le plus ensoleillé s'étendait un petit jardin d'agrément et un potager de bonne taille. La cuisine, où Mrs Kerr s'installa immédiatement, était voûtée et devait avoir servi autrefois de dépôt de matériel. Elle séparait le quartier des maîtres des communs où Hazembat se vit attribuer une cellule dont la fenêtre s'ouvrait sur la mer libre. Lorna vint apporter des draps et des couvertures pour son lit. Il en profita pour lui dérober un nouveau baiser, mais elle s'échappa aussitôt avec une mimique effrayée, faisant comprendre que Duncan n'était pas loin. Il arriva en effet, portant une chaise et un coffre qu'il déposa dans un coin.

— C'est pour les vêtements que je te ferai passer plus tard. En attendant, tu peux aller jeter un coup d'œil sur ta coque de noix.

Hazembat ne se le fit pas dire deux fois. Il traversa la cuisine en trombe, franchit le jardin en courant et dévala le sentier menant à la grève. Les frères Murdoch semblaient l'attendre.

Ensemble, ils allèrent jusqu'au yacht. C'était une sorte de brigantin en miniature. De poupe en proue, il devait faire une cinquantaine de pieds. A l'estime, Hazembat jugea que la jauge devait être de cent cinquante à deux cents tonneaux. Il y avait deux mâts, pour le moment dégréés. Ils paraissaient faits pour recevoir des voiles à livarde. La ligne de la coque était fine, avec une étrave légèrement arrondie, à la manière anglaise.

Il s'approcha et, tirant son couteau de sa poche, sonda le bordage en plusieurs endroits. Le bois de chêne était sain, à peine attaqué par les cravans. Il faudrait sans doute refaire tout le calfatage, mais les joints n'avaient pas trop souffert.

— Il y a longtemps qu'il est à sec ? demanda-t-il.

Angus se gratta la tête et consulta son frère du regard.

— Qué' qu'chose comme deux ans, répondit-il avec un accent épais et presque inintelligible. C'était quand Sir Hew est parti pour Gibraltar. Avant, il l'avait avec lui à Guernesey.

En deux ans, on aurait pu craindre pire. Il se hissa sur le pont en pente et inspecta la plage arrière. La roue tournait librement, dépourvue de sa drosse. La grande cabine mesurait douze pieds sur huit et, de chaque côté d'un étroit couloir, s'ouvraient quatre autres cabines juste assez grandes pour recevoir un cadre et un coffre. Après être descendu dans les fonds pour vérifier l'état du vaigrage qui était satisfaisant, Hazembat sauta sur la plage.

— Où sont les agrès et les apparaux ?

Les Murdoch le regardèrent sans comprendre.

— *Tackle and apparel...* les poulies, les vergues, les manœuvres, les cordages...

Le visage d'Angus s'éclaira.

— Dans le hangar, derrière la maison.

Ce fut le tour d'Hazembat de se gratter la tête. Il y aurait du travail pour remettre le yacht à flot, puis en ordre de marche.

Après avoir inspecté le hangar, il exposa la situation à Sir John le soir même.

— Il faut commencer par redresser le navire et le soutenir avec des tins. Ensuite, il faudra nettoyer la coque et calfater toutes les coutures. Quand ce sera fait, on le mettra à l'eau et on terminera le gréement. Ça peut prendre plusieurs mois. Il y a tous les outils qu'il faut dans le hangar, mais j'aurai besoin de grosses poutres de bois pour les tins, de cordage et, pour calfater, d'étoupe et de brai.

— On peut trouver tout cela à Dunbar, dit Sir John. Dis à Duncan ce qu'il te faut et il ira le chercher avec la barque des Murdoch. Quant aux poutres, tu en trouveras tant que tu voudras dans les ruines de la forteresse.

Autour de la table de la cuisine, la remise en état de la *Jenny* était le grand sujet de conversation. Il y avait là, outre Mrs Kerr, Lorna et Duncan, le jardinier Williams et le vieux Griffith qui était attaché au service personnel de Sir John. On voyait de temps en temps les frères Murdoch qui habitaient dans une bicoque, près de la plage, et, plus rarement, le berger Hawkins qui entretenait un petit troupeau de moutons sur la face nord-est de l'île.

Dans le quartier des maîtres vivaient Sir John, Lady Jenny, Miss Rowan et un personnage qu'Hazembat n'avait pas encore vu, le Révérend Scougal qui était le chapelain de Bass Rock.

Il fit sa connaissance le surlendemain de son arrivée, qui était un dimanche, quand la maisonnée se réunit dans le petit hall d'entrée.

— Je te mets à l'aise, avait dit Sir John à Hazembat. Si tu es papiste, je ne t'oblige pas à supporter le prêche d'un ministre presbytérien écossais. Beaucoup de gens considéreraient cela comme au-dessus de leurs forces.

Hazembat n'était pas sûr de croire en Dieu, mais il était fasciné par toutes les formes que pouvait prendre une religion qui était supposée être la même. C'est donc surtout par curiosité qu'il se joignit aux autres.

Le Révérend Scougal était à la fois maigre et bedonnant, ce qui formait une étrange combinaison. Ses vêtements noirs pendaient tristement sur son torse étroit, puis formaient une protubérance sur sa bedaine. Il en sortait en bas deux longues jambes maigres et, en haut, une tête en lame de couteau avec des sourcils noirs touffus et un nez rouge qui tranchait sur le teint blême.

D'une voix nasillarde, il lut un passage de l'Ancien Testament où il était question de passer les infidèles au fil de l'épée, puis un passage du Nouveau Testament où il était question de pleurs et de grincements de dents. Entre les deux, on chanta un cantique qu'Hazembat reconnut pour un de ceux qu'il chantait, le dimanche, sur l'*Abigail,* essayant de noyer sa voix incertaine dans les mugissements de Sam Billings. On récita la prière du Seigneur, on chanta encore un psaume, puis le Révérend Scougal se racla la gorge et se mit à prêcher.

La métamorphose était étonnante. Sa voix s'était faite puissante et sonore, il paraissait avoir gagné un pied de stature et ses yeux lançaient des éclairs. Il dénonça le péché qui était au sein de chaque homme et de chaque femme, le décrivit dans toute son horreur diabolique, lança sur lui l'anathème de Dieu et promit aux pécheurs d'effroyables tourments sur lesquels il s'appesantit avec une sorte de délectation. Hazembat fut d'abord impressionné, puis il s'aperçut que Sir John bâillait discrètement. Miss Rowan et Lady Jenny écoutaient sagement, mais sans avoir l'air autrement émues. Seule, Mrs Kerr tremblait de tous ses membres, tête baissée sous la fulgurante invective.

Après l'amen final, le Révérend Scougal se retira et Sir John appela Hazembat.

— Hazy..., ça ne t'ennuie pas que je t'appelle ainsi ?

— Non, Sir John.

— Les dimanches sont toujours un peu longs à Bass Rock. Verrais-tu un inconvénient à venir l'après-midi au salon pour nous raconter tes voyages et tes aventures ? Tu le ferais en français, que Miss Rowan et moi-même comprenons, et ce serait un excellent exercice pour Jenny.

— Je peux essayer, Sir John, mais j'ai peur que tout ne convienne pas aux oreilles des demoiselles.

— Bah ! il y en a bien d'autres dans les romans qu'elles lisent !

Hazembat aurait préféré passer l'après-midi à chercher des poutres dans les ruines, mais Mrs Kerr lui avait fermement expliqué qu'il n'était pas question de travailler le jour du Sabbat. Elle même ne servait que de la viande froide.

L'après-midi, donc, il se rendit dans le petit salon où Sir John passait la plupart de ses journées. Lady Jenny était là, assise sur un tabouret à côté de Miss Rowan. Le Révérend Scougal se tenait dans un coin de la salle sur une chaise raide, haute et noire comme lui. Sir John alluma un cigare et se tourna vers Hazembat.

— Assieds-toi, mon garçon. Nous t'écoutons.

— Oui, Sir John... C'est que je ne sais pas par quoi commencer.

— Commence par le commencement. Tu m'as dit que tu étais né sur les bords de la Garonne, près de Bordeaux.

— A Langon, oui, Sir John.

— Eh bien, parle-nous de Langon.

Et Hazembat se mit à raconter son enfance au bord du fleuve, les gros couraus de transport qui faisaient le trafic entre Bordeaux et Toulouse, la Maison du Port où il habitait avec ses parents, les jeux sur les quais envasés, sur les graviers, dans les jardins de la ville haute. Sans cesse, le souvenir de Jantet et de Pouriquète revenait à son esprit et sur ses lèvres. Il l'écartait pour parler des gelées, des inondations, de la vendange et de la tuère du cochon.

Sir John s'endormit. Lady Jenny, les yeux intensément fixés sur Hazembat, faisait de son mieux pour suivre, mais ses progrès en français devaient être encore insuffisants, car on sentait qu'elle perdait parfois le fil. Miss Rowan lui chuchotait alors une explication à voix basse et, de nouveau, elle posait sur Hazembat le regard attentif de ses yeux bleus.

Ils en étaient encore à l'enfance quand la cloche du dîner retentit. Sir John sursauta, ouvrit les yeux.

— Très bien, Hazy, dit-il. J'ai peur de m'être assoupi.

Tu n'en es pas arrivé à la Révolution, j'espère ? C'est quelque chose que je ne voudrais pas manquer.

— Pas encore, Sir John.

— Tu as bien suivi, Jenny ?

— Pas tout, oncle John, mais Hazy raconte si merveilleusement que je ne me lasserais pas de l'écouter.

Dès le lendemain, Hazembat se mit en quête des poutres dont il avait besoin. Il en fallait une trentaine de longueurs diverses pour les tins, autant pour le berceau sur lequel reposerait la coque, plus une douzaine aussi longues que possible pour les couettes sur lesquelles il glisserait lors de la mise à l'eau. Il lui fallut huit jours pour les découvrir, les dégager et les transporter sur la plage avec l'aide de Duncan et des frères Murdoch. Il mit ces derniers à scier le bois selon les longueurs requises et se mit à construire un palan destiné à haler la coque pour la redresser.

Plusieurs fois, il regretta l'absence de Lanusquet dont l'ingéniosité mécanique l'aurait bien aidé à résoudre un certain nombre de problèmes. Finalement, il réussit à fabriquer un assemblage hétéroclite de poulies, qui paraissait assez efficace. Il le gréa sur le cabestan du navire qu'il avait démonté et calé à terre sur un bâti de grosses poutres bien ancré dans le sol. Les garants et les aussières qu'il avait trouvés dans le hangar étaient en assez bon état pour supporter l'effort de traction qui leur serait demandé.

A la fin de mars, il jugea que les préparatifs étaient assez avancés pour tenter l'expérience décisive. Tout le monde était sur la grève, même le Révérend Scougal qui observait les opérations du haut d'un rocher comme un grand oiseau de mauvais augure.

Hazembat mit Duncan, Williams, Hawkins et même le vieux Griffith aux barres du cabestan. De part et d'autre de la coque, les Murdoch, armés de mailloches, étaient prêts à coincer en place les tins au moment voulu. Il vérifia une dernière fois les linguets qui empêcheraient le cabestan de revenir en arrière si les hommes lâchaient prise, puis il cria :

— *Heave ho !*

En même temps, il se jeta sur la barre à côté de Griffith et raidit ses reins. Pendant un long moment, il ne parut rien se passer, puis il entendit le bruit sec d'un linguet qui s'enclenchait.

— *Heave away !* cria-t-il.

Il aurait voulu à ce moment se souvenir d'une de ces chansons à virer qu'il avait souvent entendues, mais toutes celles qu'il connaissait étaient en français.

— *Heave ho !*

Un deuxième linguet cliqueta, puis un troisième. Au quatrième, un grand craquement secoua la coque et Hazembat eut l'impression qu'elle allait se briser en morceaux. Il serra les dents.

— *Heave ho !*

Cette fois, il y eut toute une série de cliquetis accompagnés de craquements, puis on entendit la voix d'Angus :

— *She's moving !* Ça vient !

Il fallait profiter de l'avantage et ne pas interrompre l'effort. Galvanisés par ce premier succès, les hommes mettaient toutes leurs forces dans la poussée que rythmait la voix d'Hazembat :

— *Heave ho !... heave ho !*

Des coups de mailloche retentirent. Les Murdoch devaient être en train de poser les premiers tins.

A la fin de la journée, le bateau était bien droit sur sa quille. Hazembat et les Murdoch travaillèrent jusqu'à nuit noire pour assurer les tins et renforcer le berceau, mais le travail de consolidation n'était pas terminé. Un coup de vent un peu fort pouvait renverser tout l'édifice.

Hazembat aurait bien voulu se remettre à l'œuvre dès l'aube, mais le lendemain était un dimanche. De nouveau, il fallut subir l'éloquence du Révérend Scougal. Cette fois-là, il parla de la pureté et de la chasteté. Ecrasé par le torrent d'invectives et de menaces, Hazembat se sentit l'âme noire d'un monstre de luxure et de lubricité.

Le temps s'était gâté et il soufflait une forte brise d'ouest qui charriait des giboulées glaciales. Aussitôt après le service, Hazembat alla jeter un coup d'œil sur son chantier. Tout avait l'air de tenir bon. En évitant de se montrer, il raidit quelques cordages et donna même quelques coups de mailloche pour assurer un tin ou deux.

L'après-midi, il reprit son récit dans le salon. Derechef, Sir John s'endormit au bout d'un moment. Lady Jenny écoutait, faisant de son mieux pour comprendre. Soudain, elle interrompit Hazembat et lui dit en anglais :

— Dites-moi, Hazy, à plusieurs reprises vous avez parlé d'une petite fille qui partageait vos jeux, la fille d'un marchand, je crois, comment s'appelait-elle ?

— Marie, Lady Jenny, mais on l'appelait Pouriquète. Ça veut dire « petite poulette » dans le patois de chez nous.

— *Little chicken ?* J'aimerais bien qu'on m'appelle comme ça ! Elle était jolie ?

— Très jolie, Lady Jenny.

— *Oh ! drop the Lady !* Appelez-moi Jenny tout court ! Vous étiez amoureux d'elle ?

— A cet âge, on ne peut pas dire, Jenny.

— Et qu'est-elle devenue ?

— Elle... elle s'est mariée.

— Avec qui ?

— Avec mon camarade Jantet... Je vous ai parlé de lui.

— Je vois. Continuez, Hazy.

Il continua, le chagrin au cœur. Comme pour se faire mal, il raconta comment, lors de son premier voyage sur la Garonne, Pouriquète lui avait demandé de lui rapporter une fleur de vanille.

— Et vous la lui avez rapportée, Hazy ?

— Oui, Jenny, mais beaucoup plus tard, quand je suis allé aux Antilles.

— C'est ainsi que les Français appellent les *West Indies,* expliqua Miss Rowan.

La cloche du dîner sonna, réveillant Sir John.

— Tu n'en es toujours pas à la Révolution, Hazy ? Quand tu y seras, ne me laisse pas dormir.

Toute la nuit, le vent souffla en tempête. Hazembat ne dormit pas, inquiet pour le navire. Avant l'aube, il fut sur la plage que cinglait une pluie froide. Il y avait quelques dégâts, mais la coque avait bien résisté. Il se mit au travail, bientôt rejoint par les Murdoch que les coups de mailloche avaient alertés.

C'est seulement au début de l'après-midi que l'ouvrage fut achevé. Un coup de soleil amena sur la plage Lady Jenny et Miss Rowan. La fillette battit des mains en voyant le bateau qui avait fière allure sur son bâti, maintenant solidement assuré.

— Il me tarde de naviguer sur lui ! Quand allez-vous le mettre à la mer, Hazy ?

— Il y a encore du travail, Jenny. Il faut réparer une partie du bordage, calfater, refaire le gréement dormant... Et, une fois qu'il sera à flot, il restera tout le gréement courant et l'accastillage...

— J'aimerais qu'il soit prêt pour mon anniversaire. C'est le 28 août.

— Eh bien, quel jour sommes-nous aujourd'hui ?

— Le 4 avril.

Hazembat sursauta et, bien qu'il essayât de cacher son trouble, Jenny s'en aperçut.

— Qu'y a-t-il, Hazy ? Le délai vous semble trop bref ?

— Non, Jenny, mais il se trouve qu'aujourd'hui c'est mon anniversaire à moi. J'ai tout juste trente ans.

Jenny courut vers lui et, lui sautant au cou, lui planta un baiser sur la joue.

— Bon anniversaire, Hazy !... Il faut fêter cela ! Miss Rowan, venez vite ! Nous allons dire à Mrs Kerr de préparer un gros gâteau pour ce soir !

La fête eut lieu dans la cuisine qui était le seul endroit où tout le monde pût contenir. Sir John, Lady Jenny, Miss Rowan étaient là et, au dernier moment, le Révérend Scougal fit même son apparition. Il récita une prière et Mrs Kerr sortit du four un gâteau de taille impressionnante. Au même instant, un effroyable ululement déchira l'air, suivi d'une cacophonie de plaintes déchirantes, comme si une douzaine de nouveau-nés géants s'étaient mis à vagir ensemble. Hazembat fut rassuré quand il vit paraître Hawkins soufflant dans ce qu'on appelait à Langon un *bohausac*, c'est-à-dire une cornemuse, mais de taille monstrueuse et pourvue d'un nombre impressionnant de tuyaux. Hawkins portait un béret analogue à celui de Mac Tavish, une jupe et une cape également à carreaux.

Tout en continuant à sonner de la cornemuse, il fit gravement le tour de la cuisine. Quand le vacarme s'interrompit sur un gémissement lamentable, Sir John leva un pot de l'*ale* fraîche que Lorna versait à la ronde.

— *Here's to ye, lad!* Tu es un vrai *highlander,* Hawkins, et digne de tes ancêtres du clan Mac Gregor! Joue-nous donc un *fling* ou un *reel* que nous nous dégourdissions les jambes!

Hazembat n'avait jamais été très bon danseur, mais il fut complètement dérouté par la complication des mouvements que ses hôtes se mirent à exécuter au son de la cornemuse. Cela tenait de la gigue, mais avec des pas très élaborés qui faisaient penser à une contredanse. Mrs Kerr, malgré son embonpoint, paraissait très à l'aise et virevoltait avec allégresse. Sir John se leva, vint se placer devant elle, une main au-dessus de la tête, l'autre sur la hanche et se mit à danser avec une agilité surprenante. Jenny prit Hazembat par la main.

— *Come on, Hazy!*

Il tenta de la suivre maladroitement et réussit quelques entrechats. Il allait renoncer quand il vit les yeux rieurs de la fillette fixés sur les siens et il lui sembla qu'il dansait avec Pouriquète sur les quais de Langon lors d'un des bals populaires du début de la Révolution. Miss Rowan dansait avec Angus Murdoch, Lorna avec Duncan. Il entra dans le cercle et, sans plus se poser de questions, participa de son mieux aux figures compliquées du *reel.* Quand la musique s'arrêta, Sir John se laissa tomber dans son fauteuil, riant à gorge déployée et cherchant à reprendre haleine.

Le gâteau était un peu lourd, mais l'*ale* brassée à la maison par Mrs Kerr avait un parfum léger de fleur séchée. On porta des toasts à Hazembat, à la *Jenny,* à

Bonnie Scotland, et Jenny n'était pas la dernière à vider son pot.

Puis Williams alla chercher son violon et accompagna Jenny qui chanta à deux voix avec Miss Rowan une mélodie mélancolique où il était question d'un marin qui s'embarquait pour la guerre au port de Leith, laissant derrière lui sa fiancée Mary. Hazembat ne comprit pas tout, mais suffisamment pour sentir son cœur se serrer. Il eut l'impression que Jenny l'observait.

— Robert Burns arrive toujours à me tirer une larme ! dit Sir John en s'essuyant les yeux.

Deux jours plus tard, la barque des Murdoch quitta Bass Rock, emmenant Duncan qui allait à Dunbar chercher les fournitures nécessaires au calfatage. Hazembat s'employait à tailler les quelques pièces qui demandaient à être changées dans la coque. Il se dit que Jantet aurait probablement souri de ses efforts maladroits, mais il avait assez souvent vu travailler les charpentiers pour manier la scie et l'herminette. Ce qui lui donnait le plus de mal, c'était l'affûtage des outils. Heureusement, Williams avait une vieille meule qu'il maniait avec assez de dextérité.

Ce soir-là, en allant se coucher, il rencontra Lorna dans le couloir. Sans même y songer, il lui prit la taille. Son idée était de lui dérober un baiser, mais il sentit aussitôt qu'elle était prête à bien autre chose. Il l'entraîna dans sa chambre. Ce fut un plaisir simple et doux, dépourvu de complication. Lorna répondait à ses caresses sans initiative, mais sans passivité. On sentait que c'était pour elle un exercice agréable qui flattait son jeune corps ferme et finement musclé. Elle y mettait juste ce qu'il fallait de tendresse. Pourtant, par instants, Hazembat la sentait tendue, sursautant au moindre bruit qu'on entendait dans le couloir.

— Duncan n'est pas là, lui dit-il.

Elle ne répondit pas, secouant la tête d'un air préoccupé.

Le lendemain, Duncan et les Murdoch rentrèrent. Ils avaient trouvé l'étoupe à Dunbar, mais le *shipchandler* manquait de brai. Ils repartirent aussitôt pour North Berwick.

La nuit suivante, Hazembat voulut de nouveau entraîner Lorna dans sa chambre, mais elle se dégagea.

— Pas ce soir !

Un peu déçu, mais intrigué, il la laissa partir et resta en alerte, décidé à tenter de nouveau sa chance plus tard dans la nuit. Au bout d'une demi-heure, il crut entendre des pas étouffés dans le couloir. Silencieusement, il entrouvrit sa porte et vit le Révérend Scougal en robe de chambre rouge, un bonnet de nuit sur la tête et un bougeoir à la main, se diriger vers la porte de la chambre de Lorna. Il fut d'abord interloqué, puis la vision était si grotesque qu'il pouffa. Le Révérend dut l'entendre, car il se figea, son cou maigre tendu comme celui d'une poule inquiète. Hazembat se mit la main sur la bouche, ferma doucement sa porte et se laissa tomber sur son lit, secoué par un rire incoercible.

Le calfatage dura quinze jours. Hazembat calcula qu'il y avait quelque deux mille toises de coutures à garnir, soit près d'une lieue. Mrs Kerr et Lorna travaillaient d'arrache-pied à tordre des bourrelets d'étoupe que les Murdoch coinçaient entre les planches à grands coups de maillet sur les fers. Hazembat terminait le travail en passant le brai fondu.

Le dimanche, quand il entendait le Révérend Scougal tonner contre le péché, il avait du mal à retenir son rire. Il s'en était expliqué avec Lorna pendant une absence de Duncan. Curieusement, elle ne semblait pas penser qu'il y eût péché à faire l'amour avec un saint homme comme le Révérend.

— Il dit toujours une prière avant et après, expliquait-elle.

Hazembat songea à Suzanne Thilonier qui, elle aussi, mêlait les jeux de l'amour avec les pénitences de la religion.

— Mais j'aime mieux avec toi, ajouta gentiment Lorna.

— Et avec Duncan ?

Elle parut offusquée.

— Je suis sa promise ! Il me respecte.

— Tu veux dire que tu n'as jamais couché avec lui ?

— Pas depuis que je l'ai accepté en mariage.

— Et vous allez vous marier bientôt ?

— Dès que nous aurons assez d'argent de côté.

Elle venait retrouver Hazembat dans sa chambre, craignant que le Révérend ne le découvrît dans la sienne.

— Et Duncan ? demanda-t-il. S'il nous découvrait ?

— Il nous tuerait, je crois. Il est terriblement jaloux, mais c'est le Révérend qu'il soupçonne.

L'après-midi du dimanche, Hazembat continuait ses récits. Il en était arrivé à la Révolution et Sir John restait éveillé. L'aventure de Montauban le divertit beaucoup.

— Ainsi, c'est là que tu as rencontré cet O'Quin, l'ami de John Murray ?

— Oui, Sir John. On l'appelait le citoyen Coquin.

— Tous les armateurs sont des coquins et particulièrement les Irlandais !

Jenny revenait toujours à Pouriquète.

— Qu'est-ce qu'elle a dit quand vous êtes revenu, Hazy ?

— Je crois qu'elle était très fière de moi. Mon père avait accepté de me mettre en apprentissage comme matelot.

— Et votre ami Jantet ?

— Il allait en apprentissage lui aussi, comme charpentier.

— Il n'était pas marin ?

— Il est devenu charpentier de la marine. Il était avec moi à Trafalgar.

— Il n'a pas été fait prisonnier ?

— Il a été blessé, mais il a pu s'échapper.

— Ce n'est pas juste.

— C'est la vie, Jenny.

La *Jenny* fut mise à l'eau le 30 mai. Les couettes avaient été soigneusement enduites de suif et prolongées sous l'eau, en profitant de la marée basse, sur une dizaine de toises.

Inévitablement, le Révérend Scougal dit une prière.

Dès le matin, Hazembat et les frères Murdoch avaient dégagé la plupart des tins, n'en laissant que quatre à la poupe. Tandis qu'Hawkins jouait un air de cornemuse, Jenny frappa symboliquement un coup de maillet sur un des tins. Sur un ordre d'Hazembat qui était monté sur le pont, les mailloches des Murdoch attaquèrent les tins restants. Pendant un bref instant, le bateau parut rester immobile, puis, très lentement, il s'ébranla, gagnant peu à peu de la vitesse. Hazembat sentit sous ses pieds le coup de frein de l'eau. Il craignit un moment que la quille ne se dégageât pas assez vite du berceau, mais il fut soulagé quand le pont s'anima soudain d'une respiration légère au rythme lent d'une houle à peine perceptible. La *Jenny* était à flot.

Rapidement, il fit le tour du pont, se penchant au-dessus du pavois pour vérifier l'assiette. Bien droite de bord à bord, la coque était un peu sur cul, mais cela se corrigerait aisément au lestage. Il dégagea les linguets du cabestan et l'ancre plongea lourdement dans la mer. Tirant sur l'aussière, le bateau se mit lentement face au courant.

Hazembat alla chercher dans le coffre de la timonerie le pavillon que Sir John lui avait remis quelques jours plus tôt, et le hissa à la drisse d'artimon. Il était bleu, avec une croix de Saint-André blanche. Le petit groupe, sur la plage, poussa un triple hourra.

Alors commença le long et fastidieux travail de la mise en place du gréement courant et de l'accastillage. Hazembat s'était installé un atelier sur le pont et dirigeait le travail d'Angus Murdoch, Robert étant le plus souvent en route avec Duncan pour rapporter des fournitures de Dunbar, de North Berwick ou même de Leith. Le petit canot de la *Jenny*, remis en état, faisait le va-et-vient avec la plage.

Presque tous les jours, Jenny le prenait et, en quelques coups de rame, venait se ranger le long de la coque. Hazembat l'aidait à enjamber le pavois et elle allait s'asseoir contre un mât, le regardant travailler. De temps en temps, elle lui posait une question. Il lui enseignait les noms des pièces du gréement en français, comme jadis Claude O'Quin l'avait fait pour lui en anglais sur la barge du patron Roumégous.

C'étaient des moments extrêmement doux. Hazembat avait l'impression que le poids de quinze années tombait de ses épaules et qu'il se retrouvait adolescent sur la Garonne d'autrefois. A travers le temps, il lui semblait parler avec une Pouriquète qui n'existait plus que dans ses souvenirs. Parfois, le temps changeant de l'Ecosse apportait une bourrasque de pluie violente et ils allaient se réfugier dans la petite cuisine aménagée en avant des cabines. Angus préparait du thé, Jenny tirait d'un panier des gâteaux cuits par Mrs Kerr et, ensemble, ils faisaient la dînette tout en se racontant des histoires. Angus était plus fin que ne le laissait supposer son allure rude. Il connaissait de vieilles légendes de pêcheurs dont il enjolivait ses souvenirs de campagne en mer du Nord et jusqu'au cercle polaire. De la pêche, Hazembat ne connaissait que celle qu'il avait pratiquée avec Sam Billings et Ekwé au large de Cuba. Fasciné, il écoutait les récits de bancs grouillants de sardines au milieu desquels on entrevoyait, mi-femme, mi-poisson, la forme fugitive d'une sirène, ou de rivages gris dans le brouillard, parsemés de rochers noirs dressés qui étaient des géants pétrifiés et entre lesquels jouaient les phoques.

Tout au long du printemps et pendant les interminables journées d'été, le travail continua, minutieux, fastidieux quelquefois. Le 28 août, jour du quatorzième anniversaire de Jenny, le bateau était prêt à prendre la mer. Tôt le matin, sous un ciel radieux, Hazembat tira un bord prudent au large de l'île pour éprouver les manœuvres. Les Murdoch connaissaient bien le maniement des voiles à livarde. La barre répondait avec aisance et, en rentrant au plus près serré sous une brise de nord-ouest, Hazembat avait eu la satisfaction de se rendre compte que le navire était ardent et venait de lui-même au vent.

Toute la journée, on ripailla en l'honneur de Jenny. Hawkins avait sacrifié un mouton et Mrs Kerr prépara un *haggis* avec l'estomac farci. Cela rappelait un peu la tuère du cochon, mais avec des odeurs différentes qui rassasiaient vite et soulevaient un peu le cœur. Dans l'après-midi, tandis que Robert Murdoch et Duncan prenaient la mer pour aller à Dunbar chercher de la peinture destinée aux ultimes retouches, Sir John, Lady Jenny et Miss Rowan s'embarquèrent pour la première sortie de la *Jenny*. Il ne s'agissait que d'un simple tour de l'île, mais Hazembat se sentait profondément angoissé à l'idée d'être, pour la première fois de sa vie, maître après Dieu et responsable d'âmes. Ils remontèrent d'abord le Firth sur un mille, puis virèrent de bord sans anicroche. Quand ils longèrent au nord les hautes falaises de l'île, il sentit la brise fraîchir. C'était peu de chose, mais suffisamment pour que, par grand largue, la *Jenny* atteignît une vitesse de sept ou huit nœuds. Avec seulement Angus pour manœuvrer la voilure, le virement lof pour lof, nécessaire pour prendre la route du retour, serait délicat. Il s'obligea à calculer froidement l'équilibre des forces qui s'exerceraient sur le navire. A coups de barre prudents, il amena le navire vent arrière. Le moment critique était venu.

— Angus, cria-t-il, affale la voile arrière!... Pare à changer de bord la voile avant!... Vas-y!

En même temps, il mit toute la barre à tribord. La *Jenny* courut en cercle sur son erre, gîtant légèrement. La voile fasseya, puis accrocha le vent.

— Borde au plus près, Angus! cria Hazembat. Remets la voile arrière!

Il s'aperçut alors qu'il avait les mains crispées sur les manettes à s'en faire blanchir les doigts. Vingt minutes plus tard, la *Jenny* mouilla devant la plage.

— Je ne suis pas marin, dit Sir John, mais il me semble que tu t'en tires bien, Hazy!

Se haussant sur la pointe des pieds, Jenny vint lui donner un baiser.

— Merci pour ce cadeau d'anniversaire, Hazy. Rien ne pouvait me faire plus de plaisir.

Cette nuit-là, Hazembat était seul, car le Révérend Scougal avait averti Lorna qu'il viendrait lui rendre visite. Accoudé à la petite fenêtre de sa cellule, il respirait l'air de la mer. La lune était pleine et l'on voyait l'horizon et la côte. Sur la gauche, les arêtes du piton de Bass Rock se détachaient en noir sur le ciel étoilé. Pour la première fois depuis bien longtemps, il eut un soupir d'aise. De sa fenêtre, il ne pouvait apercevoir la crique où était ancrée la *Jenny,* mais le petit navire était comme une présence secrète et précieuse au fond de ses pensées. Il imaginait qu'une femme enceinte devait ainsi sentir son enfant. Il gardait dans ses bras, dans ses jambes, dans tous ses muscles, le souvenir des mouvements du navire comme jadis, après avoir couché pour la première fois avec Pouriquète, il avait gardé pendant des jours sur sa peau le souvenir de son corps.

Un bruit de pas sous sa fenêtre attira son attention. Sous la clarté lunaire, il reconnut Robert Murdoch qui se dirigeait vers sa cabane. Duncan et lui avaient dû profiter du clair de lune pour rentrer de nuit. Il allait se coucher quand il entendit de violents éclats de voix dans le couloir. Il ne lui fallut pas longtemps pour comprendre que Duncan avait dû surprendre Scougal au moment de sa visite nocturne. Le vacarme augmenta avec des bruits de coups et des jurons entrecoupés par les cris suraigus de Lorna. Il ouvrit sa porte. Le bougeoir du Révérend avait dû tomber à terre et s'éteindre, car on n'y voyait goutte. A tâtons, il se dirigea vers le fond du couloir cherchant à deviner au bruit où se trouvaient les deux hommes aux prises. Trébuchant sur les corps, il saisit d'abord ce qui paraissait être une jambe du Révérend, puis, tendant les bras, agrippa deux épaules qui, vu leur musculature, devaient être celles de Duncan. Il tira de toutes ses forces, mais sans grand résultat jusqu'au moment où Mrs Kerr et Griffith parurent, chacun muni d'une bougie.

A croupetons sur le ventre de Scougal, Duncan le tenait à la gorge et, à en juger par la couleur du visage de Scougal, paraissait sur le point de l'étrangler. Rassemblant ses forces, Hazembat réussit à ceinturer Duncan et à lui faire lâcher prise. Mrs Kerr se précipita aussitôt avec force piaillements et gémissements maternels au secours du Révérend qui, toujours étendu sur le sol avait du mal à retrouver son souffle. A en juger par son œil droit mi-clos et sa lèvre fendue, il avait dû affronter la pleine force des poings de Duncan. Aidée de Griffith, elle le remit sur pied et l'escorta vers la cuisine.

Comme Duncan se débattait et menaçait de s'échapper, Hazembat le fit pivoter sur lui-même et lui assena à la mâchoire un coup bien ajusté. Il s'affaissa et se laissa traîner, inconscient, jusqu'à sa chambre où Hazembat le laissa aux soins de Lorna.

Le lendemain matin, Sir John convoqua toute la maisonnée dans le hall où se tenaient les offices du dimanche. Il parcourut l'assemblée d'un regard impénétrable.

— En tant que *justice of peace* de Bass Rock, dit-il, il m'appartient de faire régner la paix, l'harmonie et le bonheur parmi ses habitants... D'abord, Hazy, la *Jenny* est-elle en état de transporter des passagers jusqu'à Leith ?

— Certainement, Sir John.

— Sois prêt à appareiller à midi. Je disais donc qu'il m'appartient de faire régner la paix, l'harmonie et le bonheur dans cette île. Or quoi de plus harmonieux qu'un couple nouvellement marié et quel meilleur gage de paix et de bonheur... du moins pendant quelque temps ? J'ai donc décidé qu'il importait, pour le bien de tous, de ne plus retarder le mariage de Lorna et de Duncan. Le Révérend Scougal se fera un joie de procéder à la cérémonie. Le jeune couple partira aussitôt après son mariage pour Edimbourg où il tiendra la maison des Dalrymple à la place de Malcolm jusqu'à ce qu'il soit en mesure de s'établir à son compte. Révérend, faites votre office.

Scougal était en piteux état. Un foulard enveloppait sa gorge meurtrie par les doigts de Duncan. D'une voix coassante, rendue presque inintelligible par la blessure de sa lèvre, il lut la liturgie du mariage. Quand il recueillit l'assentiment des époux, la réponse de Duncan fut si agressive qu'il recula d'un pas. On chanta un hymne, mais il n'y eut pas de sermon. Par contre,

Hawkins joua un air de cornemuse et on leva des pots d'*ale* à la santé des nouveaux mariés.

Hazembat passa le reste de la matinée à préparer la *Jenny*. Quand vint l'heure de l'appareillage, il eut la surprise de constater qu'outre Duncan et Lorna, Sir John, Lady Jenny, Miss Rowan et, bien entendu, Griffith étaient du voyage.

Ses passagers installés, il se mit à la barre et donna l'ordre aux Murdoch de lever l'ancre, puis de hisser les voiles bâbord amures. Il mit le cap à l'ouest sous petit largue par jolie brise de nord-ouest et, fier comme Artaban, entreprit sa première croisière comme commandant de bord.

CHAPITRE VIII

TEMPÊTES

Dès l'arrivée à Edimbourg, Sir John fit savoir que le séjour se prolongerait quelque temps. Lorna fut promue à la fonction de cuisinière et Duncan à celle de valet de chambre. La *Jenny* demeura au mouillage à Leith sous la surveillance des Murdoch. Hazembat aurait voulu rester avec eux, mais Sir John jugea qu'il serait plus utile à la résidence des Dalrymple.

Il avait une chambre sous les combles, plus vaste que la cellule de Bass Rock, mais il s'y sentait à l'étroit. Sa seule consolation était que, de la lucarne, on apercevait au loin le Firth of Forth au-delà des verdures. Il pouvait même deviner l'endroit où le petit navire était à l'ancre dans le fouillis indistinct des mâts.

Quelques jours après l'installation, Sir John l'envoya avec Malcolm porter des dossiers au Palais de Justice dans l'ancienne ville. Ils traversèrent un profond ravin sur un pont aux arches audacieuses. De loin, le vieil Edimbourg avait fière allure sur son rocher, avec ses maisons tombant verticalement de huit ou dix étages au flanc de la falaise. Tout en haut, le château fort était un amoncellement vertigineux de remparts entassés les uns sur les autres. Mais dès qu'on entrait dans la ville, de chaque côté de la grand-rue qui suivait la crête, on se trouvait plongé dans un entrelacs de venelles étroites, tortueuses, malpropres et malodorantes.

Tout à l'est, Hazembat découvrit même une sorte de

cour des miracles où une foule d'hommes et de femmes de toutes conditions semblaient faire sordidement ripaille entre les murs délabrés d'un ancien manoir.

— C'est le château d'Holyrood qui était la résidence de nos rois, lui expliqua Malcolm. Il sert maintenant d'asile aux gens menacés d'être mis en prison pour dettes. On n'a pas le droit de les arrêter et même, du samedi minuit au dimanche minuit, ils peuvent se promener librement en ville.

La grand-rue elle-même, bordée de hautes façades sales et décrépites, n'avait que quelques toises de large. Elle était encombrée d'une cohue de portefaix, de mendiants, de marchands qui se faufilaient entre les charrettes et les tombereaux, cherchant à éviter les immondices qu'on jetait libéralement par les fenêtres.

Hazembat retourna à la ville neuve avec un sentiment de malaise. Le contraste entre les beaux quartiers monumentaux et la saleté grouillante de la vieille ville faisait renaître en lui cette révolte qui l'avait pris aux tripes lorsque, à Bordeaux, il était passé du confort de l'appartement des O'Quin au pullulement misérable du quai des Chartrons. A Langon, c'était dans la ville haute que se dressaient les maisons cossues des bourgeois et dans la ville basse qu'il avait découvert la vie sordide et sombre que menait la plèbe du quartier des Carmes.

Bien sûr, il était moins naïf maintenant et il savait que l'égalité n'est pas quelque chose qui peut se prendre au pied de la lettre, mais il n'admettait toujours pas le fossé qui séparait les classes et dont le ravin d'Edimbourg, avec son pont altier, était le symbole. Sir John, qu'il vénérait, était un homme bon et vivait frugalement, mais il y avait une distance infranchissable entre la vie que menaient les habitants des ruelles immondes sur le rocher et celle qu'il menait lui-même, Hazembat, dans la maisonnée du vieux juge. Ce n'était pas, il le sentait bien, seulement une question de richesse ou de pauvreté : parmi les gens qu'il avait rencontrés, il y en avait de moins misérables et beaucoup d'entre eux disposaient probablement de plus d'argent qu'il n'avait rêvé en posséder. Mais ils étaient de l'autre côté du ravin. Il y avait simplement deux sortes d'hommes : ceux qui vivaient dans la crasse et dans la boue et ceux qui vivaient les pieds au sec et la tête au soleil, les uns et les autres parce que c'était leur condition.

Qui décidait de cette condition ? Qui assurait à l'un le confort, la sécurité, le pouvoir et vouait l'autre à une existence précaire, asservie, merdeuse ? Il préférait cent fois le sort des gens de mer avec sa discipline impitoyable, ses cruautés, ses privations, ses périls : au moins tout le monde y était égal, de l'amiral au matelot, devant la mort dans la tempête ou la bataille.

Presque tous les jours, il descendait à Leith pour prendre soin de la *Jenny*. Le dimanche, toute la maisonnée se rendait à l'église presbytérienne où un jeune pasteur prêchait avec fougue. Une fois, vers la fin de septembre, il prit pour thème une parole de l'évangile de Matthieu : « Celui qui n'est pas avec moi est contre moi. » Avec une vigueur inhabituelle, il stigmatisa la lâcheté impie de ceux qui pactisent avec l'ennemi de Dieu et lui accordent les honneurs de la guerre. Sir John parut de fort méchante humeur.

Le déménagement à Edimbourg n'avait pas interrompu les récits du dimanche après-midi. Cela se passait dans un grand salon lambrissé où était accroché le portrait de Sir James Dalrymple, premier vicomte Stair. De sous sa perruque brune à grandes boucles, il faisait peser sur la salle un regard sourcilleux.

Hazembat en était de ses récits à son deuxième voyage à la Guadeloupe. Il avait considérablement expurgé ses aventures de Baltimore, mais il n'avait pu entièrement escamoter le personnage de Belle à Pointe-à-Pitre. La belle mulâtresse n'avait pas échappé à la perspicacité de Jenny qui posait nombre de questions indiscrètes. Cela procurait à Hazembat un étrange sentiment d'entendre sa curiosité s'exprimer presque dans les mêmes termes que la jalousie de Pouriquète jadis, avec cette différence qu'avec Pouriquète s'y mêlaient les jeux de l'amour. Elle était sa bonne amie et c'était déjà une jeune fille. Elle avait seize ans. Après tout, cela ne faisait que deux de plus que Jenny qui n'était encore qu'une adolescente.

Le dimanche du prêche qui avait indisposé Sir John, ce dernier était en train de lire le *Glasgow Herald and Advertiser.* Il interpella Hazembat avant qu'il commence son récit.

— Est-ce que tu connais le général Junot, Hazy ?

— Junot, Sir John ? Je crois qu'il commandait les grenadiers au camp de Boulogne.

— Il est monté en grade, mais il vient d'être battu au Portugal par Sir Arthur Wellesley.

C'était pour Hazembat une double surprise : d'abord qu'il y eût la guerre au Portugal, ensuite que les armées de Napoléon eussent subi une défaite sur terre devant les Anglais. Il savait vaguement que les Français avaient envahi l'Espagne. La rumeur en circulait déjà à Portsmouth, mais on ne parlait pas d'une intervention anglaise sur le continent.

— Napoléon a été vaincu, Sir John ?

— Pas lui, mais un de ses généraux et c'est une toute petite défaite. Mais il a mis le doigt dans un guêpier en faisant proclamer son frère roi d'Espagne. Et, surtout, il a eu l'imprudence de s'attaquer au Portugal. C'est un pays que nous ne lâcherons jamais. Imagines-tu la Grande-Bretagne privée de porto ?

Hazembat sourit en pensant au Dr Mac Leod.

— Malheureusement, reprit Sir John, les Français s'en sont tirés à bon compte, à trop bon compte. Tu as entendu le prêcheur, ce matin ? C'est à la famille Dalrymple que la diatribe s'adressait et plus particulièrement à ton employeur, Sir Hew.

— Mais pourquoi, Sir John ?

— Parce que, pour des raisons politiques, on l'a improvisé général. Comme gouverneur de Guernesey ou de Gibraltar, Hew est tout à fait dans son rôle : signer des paperasses et faire des courbettes, c'est son fort. Mais, comme général, il ne vaut rien. Junot a été battu à plates coutures et il ne lui restait qu'à se rendre sans condition. Hew a trouvé moyen de signer avec lui à Cintra une convention lui permettant de regagner la France par mer avec armes et bagages, sans parler des honneurs de la guerre.

Il tapa sur le journal du revers de la main.

— Toute la presse est déchaînée contre Hew. La réputation de la famille risque d'en souffrir. Il faut que je trouve une plume capable de répondre à ces attaques. J'ai pensé au jeune James Skene qui est un ami de Walter Scott. Malheureusement, il habite Aberdeen et je ne me sens guère le courage de courir la poste. Dis-moi, Hazy, te crois-tu capable de me conduire à Aberdeen à bord de la *Jenny* ?

Hazembat avait un peu étudié les cartes qu'il avait trouvées à Bass Rock.

— En temps normal, Sir John, il n'y aurait aucun problème. C'est de la navigation côtière et il y a moins de cent milles. Ce serait l'affaire d'un jour et d'une nuit. Mais nous entrons dans la période des tempêtes d'équinoxe. Depuis deux jours, le baromètre descend. Il serait prudent de retarder le voyage jusqu'à la mi-octobre.

— Non ! non ! c'est maintenant que j'ai besoin d'aller à Aberdeen ! Prépare-toi à appareiller demain matin !

— Mais, Sir John, ne pourriez-vous attendre au moins quelques jours ? Nous risquons d'avoir un coup de chien demain ou après-demain et qui sait où cela nous mènera ? Pour la navigation à vue le long des côtes, je peux me débrouiller, mais je ne suis pas un officier de haute mer et je n'ai que deux matelots !

— Si tu as besoin d'un homme d'équipage supplémentaire, tu n'as qu'à prendre Malcolm. Il a servi dans la *Navy* autrefois. Et, s'il te faut un commandant de bord, je m'en chargerai : je suis capitaine honoraire de la Confrérie des marchands et navigateurs de la Clyde !

Il fut impossible de faire entendre raison au vieil homme.

— C'est décidé, dit-il. Nous laisserons Jenny et Miss Rowan à Bass Rock au passage. Tu vas descendre à Leith cet après-midi avec Malcolm et Duncan et tu veilleras à charger suffisamment de provisions pour que Mrs Kerr puisse les nourrir pendant notre absence.

A Leith, les frères Murdoch partageaient les craintes d'Hazembat sur le temps. Le ciel était relativement clair, mais des nuages déchiquetés couraient rapidement d'ouest-sud-ouest et il faisait un peu trop chaud pour la saison.

Le lendemain matin, le vent avait fraîchi et tourné à l'ouest. Les eaux du Firth étaient clapoteuses. La *Jenny* arriva en vue de Bass Rock un peu avant midi. Comme il tirait un bord contre le vent, ainsi que lui avait enseigné Mac Tavish, Hazembat fut surpris de constater que la barque de pêche des Murdoch n'était ni mouillée dans la crique ni tirée à sec sur la grève. Puis il aperçut Williams qui dévalait la pente en faisant de grands gestes.

Mouillant à une demi-encablure du rivage, il fit mettre à la mer le petit canot de la *Jenny* et rejoignit le vieux jardinier.

— Que se passe-t-il ? Où est la barque ? demanda-t-il en mettant les pieds dans l'eau.

— La barque ? Ils l'ont prise, les brigands, pour s'enfuir !

— Quels brigands ?

— Scougal et la femme Kerr, *mon* ! Ils se sont enfuis ensemble la semaine dernière !

— Où sont-ils allés ?

— A North Berwick pour se marier !

Quand Sir John apprit la nouvelle, il rit à gorge déployée.

— Ce vieil hypocrite de Scougal a cru faire une bonne affaire en enlevant la meilleure cuisinière de tout le Lothian, mais il ne sait pas ce qui l'attend s'il persiste dans ses penchants libidineux. Avec Mrs Kerr comme gardienne, mieux vaudrait pour lui aller tout droit en prison !

Il redevint sérieux.

— Mais cela me pose un problème. Je ne peux guère laisser ici Jenny et Miss Rowan seules et sans liaison avec la terre. Hazy, te sens-tu capable d'avoir charge d'âmes, je veux dire d'âmes plus fraîches et plus innocentes que la mienne ?

— Je ferai de mon mieux, Sir John. Il y a de la place dans les cabines, mais c'est une raison de plus pour retarder le voyage. Si le vent fraîchit encore, nous allons avoir une mer du travers qui ne sera pas commode. Je crains que le roulis n'incommode ces dames.

— Bah, c'est l'affaire de quelques heures et les Ecossaises ne sont pas des mauviettes !

Vers le milieu de l'après-midi, la *Jenny* leva l'ancre et mit le cap nord-nord-ouest. Sous petit largue, elle était à sa meilleure allure et elle épaulait bien les lames.

Au crépuscule, par-dessus le vacarme du vent et des vagues, Hazembat entendit le son lugubre d'une cloche qui courait à la surface des eaux, venant de tribord.

— C'est la cloche d'Inchcape Rock, dit Malcolm. Lors de la grande tempête de 1799, soixante-dix navires s'y sont écrasés. Maintenant, on est en train d'y construire un phare, mais la cloche est là depuis des siècles.

— Et elle ne s'arrête jamais ?

— Il y a une vieille légende d'un pirate qui avait coupé la corde de la cloche et qui, quelque temps plus tard, est venu faire naufrage sur le Rock.

Hazembat fit réduire la voile pour la nuit et, passant la barre à Malcolm, alla s'accouder au bastingage par tribord. Des nuages de plus en plus lourds couraient vers l'est dans le ciel noir. Il laissa ses yeux se perdre dans l'obscurité tumultueuse. A quelque trois cent cinquante milles, s'il se souvenait bien, c'était l'entrée du Skager Rak entre la Norvège et le Danemark. Il avait parfois vu à Bordeaux des navires de la Baltique dont les marins racontaient des histoires de mers prises par les glaces et d'eaux claires roulant de l'ambre sur les grèves.

Un craquement alerta son attention toujours secrètement en éveil. La vergue oblique de la misaine, soumise à un effort soudain, venait de pivoter légèrement. En même temps, il sentit le navire gîter et embarder. Avant qu'il ait eu le temps de réagir, la rafale de nord-ouest était sur eux, violente et croissant en intensité de seconde en seconde. La *Jenny*, prenant par le travers des lames de plus en plus creuses, parut sur le point de chavirer. Mais déjà les réflexes d'Hazembat avaient pris le dessus.

— Toute la barre à tribord, Malcolm ! cria-t-il. Les Murdoch, affalez la misaine !

En même temps, il s'affairait sur les écoutes de la grand-voile pour donner du mou et réduire la toile. La *Jenny* pivota dans le lit du vent, tanguant furieusement. Les déferlants la prenaient par l'arrière, balayant le pont de poupe en proue. Le petit navire se redressait vaillamment, mais fuir dans le vent, même à sec de toile, était une solution dangereuse. Hazembat décida de se mettre à la cape vent arrière. Il ordonna à Malcolm de mettre la barre un quart bâbord et régla lui-même la disposition de la grand-voile, aux trois quarts ferlée, de manière que le navire fît le moins de route possible tout en dérivant plein est. Le remous de sa propre dérive le protégerait un peu de l'effet des lames qu'il prenait de biais.

Il dut lutter âprement toute la nuit pour maintenir l'allure, car le vent sautait sans cesse de plusieurs points, avec des bourrasques qui pouvaient atteindre plus de cinquante nœuds. Plusieurs fois, il dut se résoudre à fuir à sec de toile, mais il parvenait toujours à reprendre la cape. Il ne fut jamais vraiment inquiet car la *Jenny* étalait merveilleusement bien la tempête. Sa seule crainte était qu'un des membres du minuscule équipage fût balayé par un paquet de mer. Dès le début, il avait fait capeler des harnais autour des ceintures. Quant aux passagers, il aimait mieux ne pas songer à ce qui se passait dans les cabines où les cadres devaient brinquebaler follement. Au mieux, ils s'en tireraient avec des contusions.

La tempête dura toute la journée du lendemain, puis toute une nuit encore. Enfin, dans la matinée du troisième jour, le vent tomba. La mer était encore grosse et le ciel menaçant, mais une jolie brise de sud-ouest permettait de manœuvrer. Sans perdre de temps, Hazembat fit mettre les voiles au plus près bâbord amures et commanda à Malcolm de faire route à l'ouest. Comme l'horizon se levait, il envoya Robert Murdoch de vigie dans le grand mât.

Au même instant, la voix de Miss Rowan l'appela du couloir des cabines.

— Monsieur Hazy ! Sir John voudrait vous parler. Nous sommes dans la cabine arrière.

Quand il entra dans le minuscule carré, il fut surpris par le calme qui y régnait. Assis sur un fauteuil, près de la fenêtre, Sir John tirait paisiblement sur un cigare. A ses pieds, Lady Jenny feuilletait un livre.

— Dure épreuve, hein, Hazy ? dit le vieil homme. J'aurais sans doute dû t'écouter. Mais cela démontre au moins que la *Jenny* est un bon bateau et toi un bon marin. Maintenant, il va falloir songer à regagner la côte.

— J'ai déjà mis le cap à l'ouest, Sir John.

— Bien. En ce cas, la première chose à faire, c'est de se restaurer. Griffith a réussi à allumer un feu dans la cuisine. Il va préparer du porridge et du thé pour tout le monde. Avec toutes les provisions que nous avions emportées pour Bass Rock, nous ne manquerons pas de ravitaillement pour le voyage de retour. Je suppose qu'il sera long. Tu as une idée de notre position ?

— A l'estime, je dirais que nous avons dû dériver de quelque cent cinquante milles plein est, ce qui nous met à un peu plus d'à moitié route des côtes danoises. Mais, pour être plus précis, il faudrait des instruments de navigation que nous n'avons pas et dont personne ne saurait se servir à bord.

— Combien de temps nous faudra-t-il pour gagner Aberdeen ?

— Si le vent se maintient, il faudra compter trente à trente-cinq heures sous petit largue pour arriver en vue de la côte, mais je ne puis garantir l'atterrage. Nous aurons peut-être à faire de la route au nord ou au sud. D'autre part, si le vent change de direction, je serai peut-être forcé de tirer des bords et cela nous retardera d'autant.

Plus tard dans la matinée, l'estomac bien calé de porridge et de thé chaud, Hazembat reprit la barre sur une mer calmée.

— *Sail ho!* cria soudain Robert Murdoch de son perchoir. Une voile par le travers tribord !

Hazembat jeta un coup d'œil, mais ne vit rien. Il passa

la barre à Malcolm et grimpa dans le gréement. Robert lui fit une place sur la vergue.

— Là-bas, dit-il en tendant le doigt.

Les deux mâts gréés en carré émergeaient juste au-dessus de l'horizon. Ce ne devait pas être un navire beaucoup plus gros que la *Jenny*. Dans ces eaux, on pouvait rencontrer à peu près n'importe quoi : navire de commerce norvégien ou danois, patrouille anglaise ou, à la rigueur, corsaire français.

Hazembat élimina la première hypothèse quand il vit les voiles s'élargir et se rapprocher l'une de l'autre, signe que le navire changeait de cap et gouvernait à couper la route de la *Jenny*, ce que n'eût certainement pas fait un bâtiment de commerce.

Il redescendit et alla frapper à la porte de la grande cabine.

— Sir John, dit-il, il y a une voile en vue et elle fait route vers nous.

Le vieil homme haussa les sourcils.

— Quelle nationalité ?

— On ne peut encore distinguer.

— Comme nous n'avons même pas un pistolet à bord, il n'est pas question de livrer bataille. Si c'est un Français, tu as ta chance de recouvrer ta liberté et j'espère qu'il n'y aura pas trop de difficultés pour nous rapatrier.

— Et si c'est un Anglais, Sir John ?

— Eh bien ? Il n'y aura pas de problème.

— Je crains que vous n'ayez quelque mal à expliquer ma présence à bord. N'oubliez pas que je suis prisonnier de guerre.

— J'ai une autorisation spéciale de l'Amirauté.

— Vous l'avez à Edimbourg, mais l'officier qui commande ce bâtiment ne sera pas forcé de vous croire sur parole.

Sir John le foudroya du regard.

— On croit toujours sur parole le juge Sir John Dalrymple, baronet de Cranstoun et baron de l'Echiquier.

Une demi-heure plus tard, le navire était bien en vue.

C'était un sloop de guerre et, quand il vit le *Union Jack* flotter au grand mât, Hazembat ne put s'empêcher d'éprouver une vague déception.

Quand le sloop fut à deux encablures, il envoya une volée de pavillons. Le code des signaux qu'Hazembat avait trouvé à Bass Rock devait être périmé, car il ne put déchiffrer le message. Prudemment, il mit en panne, puis envoya le *Union Jack* au grand mât et le drapeau à la croix de Saint-André au mât de misaine.

Le sloop se rapprocha encore et mit en panne à une demi-encablure. On pouvait lire son nom, *Lotus,* sur le tableau arrière. Ses six sabords ouverts découvraient les gueules menaçantes de pièces de 9. Un grand officier maigre se pencha par-dessus la rambarde et cria au porte-voix :

— *Who are you ?*

Il n'y avait pas de porte-voix à bord de la *Jenny.* Ce fut Malcolm qui, sur l'ordre de Sir John, mit ses mains en coupe autour de sa bouche et répondit :

— *Private yacht* Jenny, *two days out of Leith, bound for Aberdeen, Sir John Dalrymple in command !*

— *Stand by to be inspected !*

La dernière fois qu'Hazembat avait entendu cet ordre, c'était quatorze ans plus tôt, quand la *Belle de Lormont* avait été arraisonnée en plein Atlantique par le lougre *Indefatigable.* Par une ruse de guerre assez déloyale, mais commune dans les usages de la mer, le capitaine Lesbats avait coulé l'Anglais. Il est vrai que la *Belle de Lormont* avait une caronade et huit pièces de 9, alors que la *Jenny* était complètement désarmée.

Le grand officier maigre qui prit pied sur le pont était très jeune. Il jeta autour de lui un regard étonné, puis, apercevant Sir John, rectifia la position.

— Lieutenant Vickery. Vous êtes Sir John Dalrymple ? C'est vous qui commandez ce yacht ?

— Oui, en tant que représentant du propriétaire, le général Sir Hew Dalrymple, gouverneur de Gibraltar.

Si Sir John guettait une réaction du lieutenant, il dut être déçu. Manifestement, la marine en opérations ne se tenait guère au courant des ragots qui couraient la presse. Le nom de Sir Hew ne parut rien évoquer pour Vickery.

— Si vous alliez de Leith à Aberdeen, dit-il, puis-je vous demander, Sir John, comment il se fait que vous soyez si éloigné de la côte ?

— Mon maître d'équipage vous l'expliquera.

Hazembat s'avança et toucha son front du poing.

— Nous avons dû mettre à la cape devant la tempête, *sir,* mais nous étions sur le chemin du retour.

En l'entendant, Vickery fronça les sourcils.

— Vous n'êtes ni anglais ni écossais ?

— Non, *sir,* je suis un prisonnier de guerre français mis à la disposition de Sir Hew.

— Un prisonnier de guerre ?

Pour le coup, le jeune lieutenant parut alarmé. Il jeta un regard soupçonneux à Sir John qui lui répondit par un regard hautain. L'apparition de Lady Jenny et de Miss Rowan sortant du couloir des cabines acheva de le décontenancer.

— Vous avez... des passagers ?

— Ma nièce Lady Jenny Dalrymple et son institutrice, Miss Rowan. Cela vous paraît-il particulièrement suspect, lieutenant ?

— Non, Sir John, non... Je pensais seulement aux responsabilités que cela implique. Si je comprends bien, vous n'avez aucun officier qualifié à bord, à moins que cet homme...

— Je suis simple timonier, *sir,* coupa Hazembat.

Vickery parut lui être reconnaissant de cet aveu. Il se tourna vers Sir John.

— Avec tout le respect que je vous dois, Sir John, je ne puis vous laisser partir ainsi. Vous êtes à cent soixante milles de la côte écossaise et le temps peut changer brutalement. Vous aurez peut-être moins de chance la prochaine fois. Je pourrais bien vous détacher un premier maître pour vous servir de navigateur, mais je suis moi-même à court d'équipage. Le mieux est que j'en réfère au commodore qui commande ma flottille.

— Et où est ce commodore ?

— Le point de rendez-vous est à trente milles dans le sud-est. Nous pouvons y être avant la nuit.

Au moment de rembarquer dans son canot, Vickery se retourna et ajouta :

— Vous n'aurez qu'à suivre le *Lotus.* Pour vous faciliter les choses, je vous envoie mon maître d'équipage et deux hommes.

Avant que Sir John ait eu le temps de protester, il sauta dans le canot et donna l'ordre de nager. Furieux, le vieux juge prit Hazembat à témoin.

— C'est un équipage de prise, ni plus ni moins ! Il nous traite comme un corsaire !

Le maître d'équipage était un gros gaillard placide. Des deux hommes qui l'accompagnaient, l'un portait l'uniforme rouge des *marines* et était armé d'un mousquet. De la tête, il fit signe à Hazembat de descendre dans l'entrepont et alla se poster devant l'écoutille. Lady Jenny se précipita, toutes griffes dehors.

— Hazy ! pourquoi vous arrêtent-ils ? Ils n'ont pas le droit !

Hazembat passa la tête par l'écoutille.

— Si, Jenny, ils ont le droit : un prisonnier est un prisonnier. J'en ferais autant à leur place.

Mais Jenny était déchaînée. Des pieds et des poings, elle s'acharna contre les bottes et les buffleteries du soldat plus embarrassé que vraiment gêné. Miss Rowan dut intervenir et la tirer par les épaules de toutes ses forces pour la ramener en arrière. Au passage, Jenny s'arrêta devant le maître d'équipage.

— *You dirty pig !* pourquoi faites-vous cela ?

— *Captain's orders, miss,* répondit placidement l'homme qui installait son matelot à la barre.

— Viens, Jenny, dit Sir John. Puisque nous sommes des prisonniers, nous allons nous enfermer dans la cabine. La sentinelle pourra en surveiller la porte en même temps que l'écoutille derrière laquelle est détenu notre ami Hazy.

Du minuscule poste d'équipage dans lequel il était confiné, Hazembat entendait tout ce qui se passait sur le pont du petit navire. Il sourit quand le maître d'équipage tenta de donner des ordres à Malcolm et aux Murdoch. Ils faisaient mine de ne pas comprendre et lui répondaient dans leur patois écossais inintelligible. Finalement, il dut se mettre lui-même à la barre et faire exécuter les manœuvres par son matelot.

Quelques heures plus tard, on empanna. Le sloop et sa prise devaient avoir rejoint la flottille. Une heure s'écoula encore, puis un canot aborda la *Jenny.* Des pas se dirigèrent vers l'arrière et l'on frappa à la porte de la cabine. Hazembat reconnut la voix du lieutenant Vickery.

— Sir John, le commodore désire vous voir à son bord.

La réponse de Sir John arriva étouffée à travers la porte.

— Lieutenant, dites au commodore que, s'il désire voir des prisonniers aussi dangereux que nous, il vienne les visiter lui-même dans leur cachot ou qu'il envoie une escouade de *marines* pour les maîtriser !

— Mais vous n'êtes pas prisonnier, Sir John !

— Ce n'est pas à vous d'en juger, jeune homme !

Vickery essaya encore de discuter, mais Sir John lui opposa un silence méprisant. Au bout d'un moment, les pas de l'officier s'éloignèrent et l'on entendit le canot qui débordait.

Longtemps après, une autre embarcation accosta la *Jenny.* A en juger par la commotion, ce devait être une chaloupe d'une dizaine de rameurs. Le sifflet du maître d'équipage modula un salut et des bottes martelèrent le pont. De nouveau, Vickery frappa à la porte de la cabine.

— Sir John, le commodore Hornblower est à votre bord et désire s'entretenir avec vous.

Hazembat entendit la porte qui s'ouvrait. Il ne perdait pas un mot de la conversation qui se déroulait au-dessus de sa tête.

— Très honoré, commodore, dit la voix de Sir John.

— L'honneur est sûrement pour moi, Sir John.

Il y eut un silence, puis la voix sèche du commodore reprit.

— Je regrette les quelques inconvénients qu'a pu vous causer l'application par le lieutenant Vickery des consignes que je lui avais données.

— Je respecte votre grade, commodore, mais il n'a guère d'autorité sur un bâtiment civil.

— Nous sommes en guerre, Sir John.

— Cela ne suspend pas les droits fondamentaux de la propriété privée, ni n'autorise l'invasion brutale d'un territoire protégé par eux.

Il fallut sans doute un bon moment au commodore pour dominer son irritation, car c'est seulement après un long silence qu'il dit d'une voix dangereusement calme :

— Sir John, puis-je solliciter un bref entretien confidentiel avec vous ?

— Pas avant que vous ayez fait libérer mon *skipper* !

— Votre *skipper* ? Je croyais que vous assuriez vous-même le commandement de ce yacht ?

— Je ne serais pas capable de faire naviguer une coque de noix dans une vasque ! Vous savez très bien qui je veux dire !

— Ah ! vous voulez sans doute parler du prisonnier français ?

— Oui, il a été mis à la disposition de Sir Hew par l'Amirauté. J'exige qu'il soit présent à notre entretien !

— Bien, Sir John. Vickery, veuillez avoir l'obligeance de faire venir le prisonnier.

Hazembat émergea du poste d'équipage en clignant des yeux. Il reconnut immédiatement le commodore comme le *post-captain* qui jouait au whist dans les *Long Rooms* de Portsmouth et l'avait une fois complimenté sur sa science de la navigation.

Le commodore l'avait également reconnu, car son œil froid se fixa sur lui avec perspicacité.

— Tiens, matelot, vous avez donc renoncé à servir le marquis de Sainte-Croix et accepté de prendre un emploi mieux en rapport avec vos compétences ?

— *Yes, sir.*

— Vous le connaissez ? demanda Sir John, surpris.

— Oui, oui, bien sûr, Sir John. La dernière fois que nous nous sommes rencontrés, c'était à l'issue d'une partie de whist où votre fils, le *major* Dalrymple, avait fait une défausse qui lui avait coûté vingt-cinq guinées. Il s'appelle... non, laissez-moi, j'ai une excellente mémoire des noms... Hazembat... Bernard Hazembat. Exact, matelot ?

— C'est exact, *sir.*

— Alors, matelot Hazembat, pouvez-vous m'expliquer comment il se fait que, vous ayant laissé serveur aux *Long Rooms* de Portsmouth, je vous retrouve *skipper* d'un yacht dans la mer du Nord ?

Ce fut Sir John qui intervint.

— C'est mon fils qui a servi d'intermédiaire. Hazembat avait été recommandé à Sir Hew Dalrymple par notre cousin, le capitaine Stephen Holloway.

— Le jeune *Hell-away* ? C'est un des espoirs de notre marine. Vous le connaissez, Hazembat ?

— *Yes, sir.* Nous avons embarqué tous deux en 1794 comme apprentis timoniers sur la *Belle de Lormont,* un navire de commerce de Bordeaux qui se rendait aux Antilles.

— Et le voilà *post-captain,* alors que vous n'êtes que simple matelot. Décidément, la France ne sait pas tirer parti de ses talents maritimes. Vickery, combien de fois avez-vous échoué à l'examen de lieutenant avant d'être reçu ?

— Deux fois, *sir.*

— Eh bien, le matelot que vous voyez là a répondu sans hésiter à la question de navigation qui m'a fait trébucher lors de mon propre examen !

Un peu plus détendu, Hazembat prenait le temps de regarder autour de lui. Par bâbord, à deux ou trois encablures, cinq petits navires, un cotre, deux bombardes gréées en ketch et deux sloops, dont le *Lotus,* entouraient un soixante-quatorze qui portait le nom de *Nonsuch* et arborait le guidon de commodore.

— Tout bien pesé, continuait Hornblower, il semble que le plus simple soit qu'en ma qualité d'officier du grade le plus élevé dans les parages je délivre au matelot Hazembat une commission de commandant à titre provisoire du yacht britannique la *Jenny* afin qu'il ramène le navire et ses passagers dans les eaux écossaises où il retrouvera son statut de prisonnier de guerre avec toutes les fioritures que l'Amirauté a jugé bon d'y apporter.

— Mais, *sir*, s'écria Hazembat, cela voudrait dire que je suis enrôlé dans la marine anglaise ! Je ne puis accepter !

— Ce serait pour quelques jours seulement et à bord d'un navire dépourvu d'armement. Je dois ajouter que l'autre alternative est que je vous considère comme un prisonnier de guerre en situation irrégulière et que je vous mette aux fers à fond de cale jusqu'à ce qu'une cour martiale statue sur votre sort, ce qui peut durer plusieurs mois et se terminer au bout d'une vergue.

Jenny se précipita vers Hazembat.

— Acceptez, Hazy ! Restez avec nous !

Il n'y avait rien d'autre à faire.

— Sir John, reprit le commodore, puis-je vous prier de me faire l'honneur de venir ce soir dîner avec ces dames à bord du *Nonsuch* ? J'inviterai également les commandants des navires de ma flottille... et cela, bien entendu, inclut celui de la *Jenny*, Hazembat.

C'est ainsi que, quelques heures plus tard, Hazembat se trouva assis à table dans la grande cabine du *Nonsuch* entre le lieutenant Mound, commandant le ketch *Harvey*, et le lieutenant Freeman, commandant le cotre *Clam*. Ils étaient tous deux beaucoup plus jeunes que lui. Mound, visage rond et tête carrée, était jovial et bavard. Freeman, avec ses longues boucles noires, ressemblait davantage à un Andalou qu'à un Anglais. Il avait de grands yeux mélancoliques et assaillait Miss Rowan de regards assassins.

Ce n'était pas la première fois qu'Hazembat prenait place ainsi à une table pour un repas. Cela lui était arrivé chez Mrs Merriman, mais la compagnie était beaucoup moins impressionnante et les formes étaient moins strictes. Il considéra avec une certaine perplexité l'assiette, le couteau et la fourchette disposés devant lui.

Il fut un peu soulagé de voir que, de l'autre côté de la table, le jeune Duncan, commandant le ketch *Moth*, n'était guère plus à l'aise que lui. Il devait avoir été promu récemment du carré de la maistrance au commandement d'une petite unité, car ses manières étaient beaucoup plus celles d'un matelot que d'un officier. Vickery, au contraire, devait avoir été un de ces *volunteers* de bonne famille dont on faisait des *midshipmen.* Il continuait à regarder Hazembat avec méfiance.

A un bout de la table, Hornblower avait Lady Jenny à sa droite et Sir John à sa gauche. En face de lui, le commandant du *Nonsuch* tenait compagnie à Miss Rowan. Son visage buriné n'était pas inconnu d'Hazembat, mais il lui fallut un moment pour reconnaître le capitaine Bush à qui il avait eu l'occasion de demander une faveur pour ses compagnons de captivité à Portsmouth.

Des matelots déposèrent trois grands plats sur la table. Hazembat avait devant lui un énorme gigot de mouton, ruisselant de graisse.

— Mr Mound, dit Hornblower, puis-je vous demander de faire les honneurs de cette fricassée de porc salé ? Mon cuisinier s'entend assez bien à l'accommoder. Mr Vickery, soyez assez aimable pour servir à vos voisins de ce pâté en croûte. On dit que le séjour dans les barils donne au bœuf un parfum de venaison. Monsieur Hazembat, j'ai entendu dire que les Français étaient experts dans l'art de découper le gigot. Celui-ci provient d'un des moutons que nous avons achetés à Stavanger. Voulez-vous, s'il vous plaît, vous mesurer avec ce sauvage natif des montagnes de Norvège ?

Pris de panique, Hazembat saisit son couteau, conscient des regards fixés sur lui. Il n'avait vu un gigot entier sur une table qu'une fois dans sa vie, alors qu'il était encore tout enfant, et que son père l'avait emmené avec lui à un banquet du Cercle langonnais. Il n'était, bien entendu, pas assis avec les hommes, mais il se souvenait de la façon dont Michelot Escarpit, à qui, en ces occasions, revenait le privilège de découper les viandes, avait attaqué le morceau. Tenant à pleine main l'os brûlant, il fit à tout hasard des tranches verticales dans la partie la plus charnue, puis tenta de glisser son couteau le long de l'os. Mais rien ne se passait comme il l'avait espéré. Au lieu de tomber sagement sur le côté, les tranches irrégulières et déchiquetées adhéraient par mille fibres, la viande roulait sous la lame au lieu de se laisser trancher. A force de taillader, il finit par obtenir un tas informe de morceaux inégaux qu'il essaya vainement de ranger autour du plat.

Il fut soulagé de constater que la plupart des autres convives s'étaient déjà servi de la fricassée ou du pâté en croûte. Seule, Miss Rowan lui tendit son assiette. Il choisit la tranche la moins irrégulière et se servit lui-même. Mais déjà Hornblower l'interpellait.

— Monsieur Hazembat, notre ami, Sir John, n'aime pas le vin. Je lui ai donc fait servir de l'*ale*. Mais vous ne refuserez pas, j'espère, de boire avec moi du *claret* de votre pays !

Ce fut le jeune Duncan qui porta le toast au roi. Hazembat se leva, mais ne fit que tremper ses lèvres dans le verre en évitant d'en absorber une goutte. Puis ce fut le tour de Freeman qui proposa la santé de Lady Jenny. Cette fois, Hazembat vida son verre. Le bouquet du bordeaux vieux le prit par surprise, faisant lever dans sa poitrine toute une flambée de nostalgies.

On remplit les verres et on but à Miss Rowan, à Sir John, à l'Ecosse, à la marine. On eut la délicatesse d'éviter les habituelles imprécations contre *Boney* et la France.

— Et vous, monsieur Hazembat, demanda Hornblower, ne porterez-vous pas un toast ?

Enhardi par les précédentes libations, Hazembat leva son verre et dit :

— A la liberté !

— Un choix judicieux pour un prisonnier ! s'écria Hornblower. A votre liberté, monsieur Hazembat, et à celle de tous les hommes ! C'est pour elle que la *Navy* combat !

— S'il vous plaît, commodore, dit soudain Miss Rowan, permettrez-vous à une femme de porter un toast ?

— Le beau sexe a la primauté sur tous les usages,

madame. Tous les officiers de Sa Majesté Britannique seront heureux et flattés de vider leur verre avec vous.

— A la paix ! dit Miss Rowan.

— A la paix, madame ! Encore que les jeunes gens qui sont autour de cette table ne soient guère pressés de voir se terminer des combats où leurs supérieurs ont autant de chances qu'eux de se faire tuer et de leur ouvrir ainsi le chemin d'une promotion rapide !

Très pâle, Miss Rowan vida son verre et se rassit, les yeux fermés, comme prête à s'évanouir. Le capitaine Bush qui n'avait manifestement pas l'expérience des humeurs féminines, s'inclina vers elle et lui demanda d'une voix tonnante :

— La chaleur vous incommode-t-elle, madame ?

— Non, capitaine. C'est simplement que je n'ai pas l'habitude du vin. Cela va me passer.

L'instant d'après, elle s'était ressaisie, le visage impassible et serein comme toujours. Hazembat l'observa avec curiosité. Pendant le bref instant où elle avait cédé à l'émotion, c'était comme si un masque était tombé, révélant, à travers une sorte de désespoir, le visage d'une femme jeune et sensible.

— Commodore, demanda Sir John, croyez-vous que la paix soit proche ?

Hornblower, qui avait, lui aussi, les yeux fixés sur Miss Rowan, posa son verre.

— Vous savez, Sir John, ce que disait William Pitt peu avant sa mort, en 1806 : « On peut ranger les cartes d'Europe. On n'en aura pas besoin pendant les dix années à venir. »

— Oui, mais si Fox lui avait survécu, la guerre contre Napoléon aurait peut-être été menée avec plus de vigueur et surtout d'habileté ! Que pensez-vous de Canning ?

— Avec votre permission, Sir John, un officier de Sa Majesté n'est supposé penser que lorsque ses supérieurs le lui demandent ou que les circonstances impérieuses du combat et de la navigation l'exigent.

— Vous avez entendu parler de la capitulation de Cintra ?

— Au Portugal ? Il y avait un article dans le dernier numéro de la *Naval Chronicle* que nous a apporté la frégate de liaison. Il paraît que les Français s'en sont tirés à bon compte.

— A trop bon compte ! Et Canning essaie de faire porter la responsabilité à mon cousin, Sir Hew Dalrymple ! Ne croyez-vous pas que c'est un scandale ?

— J'ai eu l'honneur de rencontrer Sir Hew à Gibraltar. Il m'a paru un gentleman d'honneur. L'essentiel était que les Français s'en aillent.

— Les attaques contre Hew sont d'autant plus odieuses. Après tout, l'évacuation du Portugal par les Français est une brèche sérieuse dans le système continental. Maintenant, Napoléon est obligé d'aller se chercher des alliés jusqu'en Russie ! Je suppose d'ailleurs que c'est la raison pour laquelle vous croisez dans ces eaux.

Le visage de Hornblower se figea soudain. Il toussota légèrement et prit une gorgée de vin.

— J'imagine, dit-il, que ces dames doivent être fatiguées. Nous appareillerons demain à l'aube. Monsieur Hazembat, le premier lieutenant du capitaine Bush vous indiquera votre position exacte, ainsi que le cap que vous devrez suivre pour Aberdeen.

Il se leva, donnant le signal de la dispersion.

Plus tard dans la nuit, Hazembat, incapable de dormir, était accoudé au pavois de la *Jenny* et regardait les feux de la flottille éparpillés à quelques encablures. La mer était calme et le ciel dégagé. Il soufflait une petite brise de nord-est, froide et paisible comme une haleine de glace. Si ce vent se maintenait seulement deux jours, le retour serait une promenade. Les navires de la flottille dérivaient très légèrement vers le sud-ouest sous l'effet d'un courant à peine perceptible.

Son attention fut attirée par des sanglots qui semblaient venir de bâbord. Il s'approcha, essayant de distinguer leur origine à la lueur avare de la lanterne de poupe. C'est seulement quand il fut tout près qu'il aperçut la frêle silhouette tassée contre la dunette. Le visage pâle de Miss Rowan se leva vers lui, baigné de larmes.

— Pourquoi pleurez-vous, *miss*? demanda-t-il en passant son bras autour des épaules de la jeune femme.

Elle s'accrocha à lui, enfouissant sa tête au creux de son épaule.

— Oh, Hazy, Hazy !

De la main, il lui caressa les cheveux. Ils étaient soyeux et souples. Elle avait défait ses bandeaux pour la nuit et jeté un manteau sur sa chemise.

— Quelqu'un vous a fait du chagrin, *miss*?

Elle se domina et s'écarta légèrement.

— Excusez-moi, Hazy. Je n'ai pas pu supporter de voir tous ces jeunes officiers si insouciants, si... si vivants... J'ai écouté vos récits. On meurt facilement en mer. Je les imaginais écrasés, déchiquetés... C'est atroce !

— C'est le sort des marins, *miss*.

— Je ne le sais que trop ! Vous savez, Hazy, Rowan n'est que mon nom de jeune fille. Je suis Lucy Mac Culloch, la veuve du lieutenant Mac Culloch.

Sur le moment, Hazembat fut surtout frappé par le prénom, Lucy. Une Miss Rowan n'avait pas de prénom, presque pas de sexe. C'était une institutrice. Elle n'avait pas d'âge. Or Lucy était une jeune femme, vingt-cinq ou vingt-six ans peut-être. Sous sa main, il prenait conscience d'un corps flexible et doux.

— Votre mari était marin ?

— Oui. Il a été tué devant Ouessant en 1804. Nous venions tout juste de nous marier.

— Vous l'aimiez ?

Elle eut un sanglot.

— Plus que tout au monde... Je suis la fille d'un pasteur de Linlithgow. Ma mère était morte en couches et mon père, qui m'avait élevée, était mort à son tour en 1803. C'est alors que Richard m'a épousée pour que je ne reste pas seule. C'était le fils d'une riche famille d'armateurs de Leith. Nous nous connaissions depuis l'enfance, mais ses parents ne voulaient pas de moi. Quand il a été tué, ils m'ont mise à la porte et c'est Sir John qui m'a engagée pour être l'institutrice de Lady Jenny. Elle avait dix ans à l'époque. C'est une fille attachante et même passionnante. Elle m'a aidée à oublier. Mais, cette nuit, tout est revenu...

Accoudés côte à côte au pavois, ils restèrent longtemps silencieux.

— Je hais cette guerre, murmura-t-elle avec une soudaine et sourde violence.

— Moi aussi.

— Je pense à cette fille dont vous avez parlé, Hazy. Si elle vous aimait comme j'aimais Richard, comment a-t-elle pu se marier avec un autre ?

— Elle me croit mort.

— Même Richard mort, je ne me serais jamais mariée avec un autre !

— Vous êtes vivante, elle aussi. C'est moi qui suis mort.

D'un geste vif, elle lui prit le bras.

— Ne dites pas cela, Hazy ! Personne n'est plus vivant que vous ! Vous êtes la vie même !

Passant son autre bras autour de sa taille, il la fit tourner vers lui. Elle renversa la tête et leurs lèvres s'accueillirent avec une douce lenteur. Sous le manteau, sa main remonta, rencontrant, à travers la mince chemise, un sein ferme et plein. Il lui sembla qu'il déversait dans ce baiser toute la tendresse accumulée pour Pouriquète depuis la terrible nuit de Portsmouth. Longtemps après, elle se dégagea doucement et garda un instant le visage appuyé sur sa poitrine, puis elle recula et serra son manteau autour d'elle.

— Bonsoir, Hazy.

— Bonsoir, *miss.*

— Lucy.

— Bonsoir, Lucy.

Quand elle fut partie, il resta un moment immobile, comme étourdi. Il passa la main sur la lisse, à l'endroit où elle s'était tenue, croyant retrouver un peu de la chaleur de son corps, puis, tassé contre un rouleau de cordage, il s'endormit à même le pont.

CHAPITRE IX

JENNY

Dans l'après-midi du surlendemain, Robert Murdoch signala la terre. Angus monta le rejoindre. Ils discutèrent un instant.

— C'est Stonehaven, dit Angus en redescendant. On reconnaît le rocher de Dunottar Castle.

D'un bout de doigt sale, il montrait l'endroit sur la carte, à une douzaine de milles au sud d'Aberdeen.

— Ce n'est pas trop mal, dit Hazembat. Les Murdoch, mettez les voiles au plus près serré. Malcolm, cap nord-est un quart nord. Nous y serons dans moins de trois heures.

Il alla annoncer la nouvelle aux passagers. Sir John fumait son éternel cigare devant la fenêtre, Lady Jenny lisait et Miss Rowan brodait.

Elle n'était pas venue sur le pont la nuit précédente et, quand Hazembat entra, elle leva vers lui un regard calme et clair, sans la moindre complicité.

— Bien, dit Sir John, je n'en attendais pas moins de toi, Hazy. Je crois que le port d'Aberdeen est difficile. Tu t'amarreras à la digue extérieure et tu enverras Malcolm s'occuper de notre accueil.

D'Aberdeen, Hazembat ne vit pas grand-chose, sinon des maisons grises, avec ce reflet particulier que donne le granit et qu'il avait déjà vu en Galice. La digue protégeait le petit estuaire de la Dee où s'entassaient des embarcations de toutes sortes. Même de loin, le quartier du port avait l'air assez sordide. Malcolm revint avec une chaise attelée de deux chevaux, qui resta sur le quai. Les passagers durent cheminer péniblement une bonne centaine de toises sur les pierres disjointes du môle pour l'atteindre.

— Nous passerons la nuit à l'auberge du *Bridge of Balgownie,* lui avait dit Sir John. Tu peux aller t'amuser en ville si tu veux. Nous repartirons demain après-midi ou, au plus tard, après-demain.

Mais Hazembat n'était pas d'humeur à errer dans les venelles puantes qu'il entrevoyait. Les Murdoch et Malcolm, au contraire, avaient grande envie de se dégourdir les jambes. Il leur donna quartier libre et prit la garde à bord.

Les pensées tournaient dans sa tête, confuses, et une sorte d'angoisse serrait sa poitrine, avec pourtant l'arrière-goût de douceur et d'allégresse qu'avait laissé sur ses lèvres le baiser de Lucy. C'était comme deux désespoirs, deux solitudes qui s'étaient rencontrés et reconnus l'espace d'un instant. Il avait senti monter en lui le désir au contact du corps de Lucy, mais comment aurait-il pu considérer Miss Rowan comme une autre bonne fortune ? Bien que pauvre et malheureuse, elle appartenait à un autre monde que lui, celui des maîtres. Tout les séparait : son éducation et l'amour qu'elle gardait pour son mari défunt. Gardait-il, lui, le même amour pour Pouriquète ? Il n'arrivait pas à lui en vouloir d'avoir épousé Jantet. Vivant et mort à la fois, il se voyait comme un personnage double : Hazembat, marin de la République, bien campé sur ses jambes, le cœur fier et le rein chaud, avide d'aventures, mais toujours fidèle à Langon, à la Garonne, à sa promise, et Hazy, cette sorte de fantôme qui, depuis Trafalgar, suivait un chemin de plus en plus tortueux, de plus en plus étrange, à travers des épisodes obscurs et parfois douloureux qui l'amenaient à naviguer sous pavillon britannique, à trinquer avec des officiers anglais et à serrer dans ses bras une morte-vivante comme lui.

L'envie le prit soudain de larguer les amarres et de faire route sud-sud-est. A moins de cinq cents milles, il trouverait la côte hollandaise en trois ou quatre jours de navigation. Il se sentait la force à manœuvrer le yacht tout seul, la barre amarrée. Même si le vent fraîchissait et tournait à l'ouest, il n'en irait que plus vite.

Mais ce ne fut qu'une idée passagère. Il fit une ronde dans le navire, s'attardant dans la cabine de Miss Rowan. Accrochée à une patère, il vit la chemise qu'elle portait l'autre soir sur le pont. Il y plongea le nez, cherchant les odeurs qu'il avait à peine eu le temps de percevoir. Puis il s'étendit sur le cadre, surpris par ses petites dimensions. Pour y dormir, il aurait fallu qu'il se tienne en chien de fusil. Pour y faire l'amour, il aurait fallu être un nain. Dans la cabine de Jenny, un livre traînait par terre. A la lueur de sa lanterne, il en déchiffra le titre : *The Mysteries of Udolpho.* Il essaya de le feuilleter, mais n'y comprit pas grand-chose. Chez Sir John, où cela sentait le tabac, la seule chose d'intérêt était une boîte de cigares. Après un instant d'hésitation, il en prit un et l'alluma à la lanterne. L'odeur d'huile de la première bouffée l'écœura, mais il s'obstina et bientôt les volutes odorantes évoquèrent pour lui le souvenir des grandes feuilles brunes qu'il chiquait à Cuba en pêchant au large de Batabano. Chez Griffith, il trouva un flacon de whisky. Il en prit une lampée et aussitôt une langueur irrésistible envahit ses membres.

Revenu sur le pont, il alla se nicher contre le rouleau de cordage qui était devenu son coin favori et s'endormit. Le retour de Malcolm et des Murdoch, passablement éméchés, l'éveilla vaguement et lui donna le sentiment confortable d'une présence familière.

Cette nuit-là, il rêva de la Garonne et du vent frisquet qui soufflait à contre-courant, les jours d'automne, faisant clapoter les vaguelettes devant la Maison du Port.

Il s'éveilla transi. Le vent tournait au froid, avec un léger brouillard glacé. Il alla dans la minuscule cuisine, alluma du feu et prépara maladroitement du *porridge.* La pâte gluante qu'il obtint avait au moins le mérite d'être brûlante.

Au début de l'après-midi, Malcolm, mal remis de ses

excès de la nuit précédente, alla au *Bridge of Balgownie* pour prendre des ordres. Il revint trois heures plus tard. Sir John était d'humeur massacrante et faisait dire qu'on appareillerait le lendemain matin.

Ce soir-là, ce fut le tour d'Hazembat d'aller traîner dans les tavernes. Angus Murdoch l'accompagna. Il désirait retrouver une fille qu'il avait rencontrée la veille. Tandis qu'il faisait son affaire avec elle sur une paillasse dans l'arrière-boutique, Hazembat accepta le défi à la loyale d'un grand pêcheur aux cheveux filasse. Sir John avait dit vrai : il y avait en Ecosse des adversaires de sa force. Il alla rouler trois fois sur la terre battue avant de pouvoir placer le coup de Sam Billings. Quand l'Ecossais revint à lui, il parut ravi et commanda une tournée générale. Un peu après minuit, pleins d'*ale* et de whisky, Angus et Hazembat rentrèrent à bord. Le vent avait tourné plein nord et fraîchi considérablement. Hazembat se résigna à aller dormir dans le poste d'équipage où les quatre hamacs étaient serrés comme harengs en caque.

C'est seulement vers midi, le lendemain, que Sir John arriva, suivi des deux femmes et de Griffith. Le visage fermé, il alla sans mot dire s'enfermer dans la cabine arrière. Ce fut Griffith qui transmit l'ordre d'appareiller.

Sous voile réduite et vent arrière, la *Jenny* fila plein sud tout l'après-midi. A la nuit tombante, Angus reconnut la baie de Montrose. La brise tourna soudain à l'ouest et tiédit. Cela pouvait être le signe d'une tempête prochaine. Hazembat fit réduire encore la voile, à prendre le vent de travers. Comme la brise était encore modérée et la mer peu houleuse, il envoya les autres dormir et prit lui-même la barre pour la nuit.

Au bout de deux heures, il entendit par l'avant le son lugubre de la cloche d'Inchcape. Selon les sautes du vent, elle paraissait très lointaine ou très proche. L'essentiel était de la laisser par bâbord. Ensuite, il ne resterait que quarante milles de navigation facile jusqu'à Bass Rock. Au train réduit auquel ils allaient, il apercevrait la côte tôt dans la matinée.

La cloche était maintenant très distincte par le travers.

— Robert Southey a écrit une ballade sur le pirate qui avait coupé la corde de cette cloche, dit soudain une voix à côté de lui.

— Lucy !

Elle était là, cheveux dénoués dans le vent, son manteau serré autour d'elle.

— Vous allez avoir froid.

Il passa son bras autour de ses épaules et elle se blottit contre lui, récitant doucement les vers de la ballade. A un moment, il dut la lâcher pour saisir les manettes à deux mains afin de corriger la route. C'est elle qui étendit le bras et alla agripper son épaule. Collée contre son corps, elle formait comme un bloc avec lui. A travers la double épaisseur du manteau et du suroît, il sentait ses seins et sa hanche. Elle glissa sa main libre par l'entrebâillement du suroît et de la chemise et se mit à lui caresser doucement la poitrine.

— Lucy ! par pitié ! dit-il d'une voix étranglée. Je ne peux pas lâcher la barre.

Son rire sonna clair dans son oreille.

— C'est bien pour cela que j'en profite ! C'est bon ?

— C'est trop bon, Lucy ! J'ai envie de toi !

— Et moi aussi, j'ai envie de toi, Hazy !

Sa langue explorait son oreille. Des frissons aigus parcouraient tout son corps, à la limite du supportable.

— Si tu veux, dit-il, je puis amarrer la barre un moment. La mer est libre devant nous.

— Non, il n'y a pas ici d'endroit pour faire l'amour comme il mérite d'être fait.

Sur la pointe des pieds, elle couvrait ses joues râpeuses de petits coups de langue, cherchant ses lèvres.

— Tu sais, souffla-t-elle, je n'ai fait l'amour qu'une seule fois dans ma vie. C'était il y a cinq ans, avec mon mari. Je puis encore attendre, mais il faut que la fête soit aussi belle que cette fois-là.

— J'attendrai aussi, Lucy, mais...

— Je sais. Je ne te demanderai pas la même patience.

Elle se laissa couler le long de ses jambes écartées, à genoux sur le caillebotis et adossée à la barre dont son torse suivait les mouvements.

Les yeux fixés sur le compas, Hazembat ne voyait pas ce qu'elle faisait. C'était comme si la moitié supérieure de son corps, plongée dans le vent et la nuit, ignorait le somptueux feu de joie qui s'embrasait au-dessous de sa ceinture. La jouissance le prit par surprise, violente, insoutenable. Il poussa un cri, les mains crispées sur les manettes et tout le corps secoué par un spasme. Quand il reprit son souffle, il s'aperçut qu'il n'avait pas quitté le compas des yeux. Déjà, elle remontait souplement, se coulant entre lui et la barre, dans l'angle de ses bras écartés. Son manteau était tombé et, demi-nue dans sa chemise dont le haut avait glissé, découvrant ses seins, elle le tenait à bras-le-corps. Leurs lèvres se cherchèrent et se trouvèrent. Lâchant la barre d'une main, il la saisit à la taille et la serra contre lui.

Un coup de mer fit embarder le navire et ils faillirent perdre l'équilibre. Il lâcha aussitôt son étreinte pour faire pivoter la barre à rencontrer.

Déjà, elle avait ramassé son manteau et l'avait jeté sur ses épaules. Doucement, elle lui posa un baiser sur la joue.

— Bonsoir, Hazy.

— Bonsoir, Lucy... Une autre fois, j'espère que je n'aurai pas les mains occupées.

— Souviens-toi, Hazy, il faut que ce soit une grande fête.

Elle disparut dans l'ombre du gaillard d'arrière. Resté seul, Hazembat se demanda s'il n'avait pas rêvé, mais tout son corps se souvenait avec une précision délectable de ce qu'il venait de vivre. L'aise, maintenant, montait jusqu'à sa poitrine, la gonflant d'allégresse, élargissant ses épaules et donnant à l'air humide qu'il respirait un parfum de vie capiteux et doux. Du fond de ses tripes, il rit dans le vent.

On ne relâcha à Bass Rock que pour décharger quelques provisions pour Williams et Hawkins. Avec la permission de Sir John, Hazembat leur laissa aussi le canot de la *Jenny* afin qu'ils ne fussent pas complètement coupés de la terre.

Arrivé à Leith, le vieux juge appela Hazembat avant de débarquer. Il avait l'air las et triste.

— Hazy, dit-il, tu as dû deviner que je n'ai pas trouvé auprès du jeune Skene l'appui que j'espérais. C'est un Whig et Sir Hew a toujours affiché ses sympathies pour les Tories, comprends-tu ?

Il ne comprenait pas très bien, ignorant ce qu'étaient exactement les Whigs et les Tories. Tout au plus savait-il que Sir John se disait Whig et, comme tel, adversaire du gouvernement au pouvoir. Il avait cru comprendre que les Whigs penchaient plutôt pour le rétablissement de la paix.

— Je vais passer l'hiver ici, continuait Sir John, afin qu'on ne dise pas que les Dalrymple fuient devant l'orage. Mais, dès la fin du mois de mars, nous retournerons nous installer à Bass Rock. En attendant, tu vas emmener Malcolm à Dunbar et à North Berwick pour qu'il y engage une nouvelle cuisinière et un valet, car Griffith commence à se faire vieux. Je n'ai pas confiance dans la racaille d'Edimbourg.

C'est ainsi qu'Hazembat reprit la mer à travers les tempêtes d'automne. Malcolm et lui restèrent à Dunbar une quinzaine de jours avant de trouver l'oiseau rare. En fin de compte, la belle-sœur du patron de l'auberge *Dalrymple Arms* accepta l'emploi de cuisinière. Elle ne s'entendait pas avec son beau-frère et, dans son enfance, avait servi à Bass Rock comme fille de cuisine. C'était une grande bonne femme ossue et bougonne dont l'allure rappelait à Hazembat sa sœur Janote. Le gratin de harengs fumés qu'elle prépara pour les envoyés de Sir John les convainquit de ses talents. Son nom était Mrs Drumclog.

Pour le valet, ce fut plus difficile. Dunbar était une petite ville guère plus grande que Langon. Le recrutement de l'armée et de la marine l'avait pratiquement vidée de ses hommes jeunes et valides. Malcolm finit par dénicher dans les écuries un garçon d'une quinzaine d'années à l'air éveillé et franc. Il boitait un peu, mais avait l'air habile de ses mains. C'est ainsi que le jeune Charlie Dundas fut embauché.

Avant de quitter Dunbar, Hazembat se souvint que le Dr Mac Leod lui avait dit y avoir de la famille. L'idée lui vint de s'en enquérir. A sa grande surprise, quand ils se présentèrent à la haute maison qu'on leur indiqua comme celle des Mac Leod, à quelque distance de la ville, ce fut le docteur en personne qui les accueillit.

— *Howdy, sailorr ? Come rright in !*

Il commença par examiner longuement les cicatrices d'Hazembat, puis hocha la tête d'un air satisfait.

— Ça s'arrange, *sailorr.* A mesure que tu vieilliras et que tu mettras des rides, ça ne se verra plus du tout. Qu'est-ce que vous buvez ? Porto ou whisky ?

Malcolm choisit le whisky et Hazembat le porto dont il avait appris à aimer le goût en vidant des fonds de bouteille aux *Long Rooms.*

Quand Hazembat lui raconta les causes de leur visite à Dunbar, il éclata de rire.

— Ce vieil hypocrite de Scougal ! Je n'ai pas d'inquiétude pour lui : il s'en tirera toujours ! Mais, dis-moi, Sir John ne vous a pas demandé de chercher un chapelain pour le remplacer ?

— Non, docteur. Je suppose qu'il doit s'en occuper lui-même.

— Bah ! à son âge, c'est d'un médecin qu'il a besoin, pas d'un chapelain. Depuis deux mois que j'ai pris ma retraite, je commence à m'ennuyer. Dites-lui que, s'il m'accepte comme médecin personnel, je ne demande que le gîte et la nourriture. Ce sera un honneur pour moi de veiller sur sa santé.

Ils retournèrent à Edimbourg pour rendre compte à Sir John des résultats de leur quête. Ce fut une navigation difficile, vent debout contre de fortes rafales d'ouest. Sir John donna son accord et parut particulièrement satisfait de la proposition de Mac Leod. Il semblait avoir retrouvé sa sérénité. Le scandale de la convention commençait à s'estomper dans l'opinion. La menace française sur Madrid occupait les esprits et l'on cherchait d'autres boucs émissaires.

— Ils se sont contentés de ne pas confirmer la nomination de Hew comme général, dit-il à Hazembat.

Il en sera quitte pour attendre quelques années en se faisant oublier.

Quelques jours plus tard, la *Jenny* repartit sans Malcolm pour installer Mrs Drumclog et Charlie à Bass Rock et ramener Mac Leod à Edimbourg où Sir John souhaitait l'avoir auprès de lui, car, affecté par ses contrariétés récentes, il supportait mal l'hiver humide et froid.

Au passage, les Murdoch, renseignés par des pêcheurs, retrouvèrent leur barque dans une crique entre North Berwick et Dunbar et la ramenèrent à Bass Rock.

Hazembat fut de retour avec Mac Leod à la mi-décembre. L'ancien chirurgien du *Tonnant* était d'une bonne humeur communicative. Il eut tôt fait de remonter le moral de son patient en lui racontant des anecdotes de ses voyages. Quand reprit le rite des récits dominicaux d'Hazembat, bien qu'il comprît mal le français, il en ponctuait les épisodes de commentaires qui faisaient rire tout le monde.

Noël vint, un peu solennel et froid. Mac Leod expliqua à Hazembat que les presbytériens voyaient d'un mauvais œil les festivités traditionnelles qu'ils considéraient comme des pratiques païennes. Pourtant, le soir, Hazembat aida Duncan à porter une grande bûche dans la cheminée de la cuisine. Lorna prépara un gâteau et toute la maisonnée vint boire de l'*ale*.

On ne se sépara guère plus tard que d'habitude et, au moment où Miss Rowan s'apprêtait à suivre Jenny et Sir John, elle s'arrangea pour passer près d'Hazembat. Un très bref instant, ses yeux se fixèrent sur les siens et elle murmura d'une voix distincte :

— Ce soir.

Par prudence, Hazembat attendit dans sa chambre que tous les bruits se fussent apaisés dans la maison. Etrangement ému, il sentait son cœur battre d'impatience et d'inquiétude, comme celui d'un fiancé qui se rend à son premier rendez-vous. Sortant dans le couloir, son bout de chandelle à la main, il descendit l'escalier de bois qui menait au premier étage, puis l'escalier de pierre qui menait au rez-de-chaussée. Trois marches encore sous une porte voûtée le conduisirent à la cuisine où Lorna gardait un baquet d'eau toujours plein près de la cheminée. La bûche de Noël brûlait encore doucement. A la lueur dansante des flammes, il entreprit de se laver. Il se sécha avec sa chemise et, torse nu, reprit le chemin du premier étage.

La chambre de Miss Rowan était la dernière au bout du couloir, à côté de celle de Jenny. Il avait l'impression qu'à chacun de ses pas le parquet craquait bruyamment. Sous sa poussée, la porte s'ouvrit en silence et il s'arrêta sur le seuil, interdit.

Les murs de la chambre étaient couverts de flots de tulle blanc. Deux grands candélabres brûlaient de part et d'autre du lit tendu d'une mousseline neigeuse. Lucy était adossée aux oreillers, cheveux dénoués et revêtue d'une légère chemise de dentelle fine. La lueur des chandelles faisait jouer sur son visage des reflets dansants et dorés, donnant à ses traits réguliers une animation délicate. Elle tendit les bras.

— *Come on, Hazy !*

Il s'avança presque timidement et se pencha vers elle.

Beaucoup plus tard dans la nuit, elle dit :

— Merci, Hazy, c'était aussi beau que je l'avais imaginé.

Elle disait beau, comme on aurait parlé d'un spectacle. Il ne sut quoi répondre. L'expérience lui était nouvelle. L'acte d'amour, pour lui, avait été assouvissement, plaisir, violence, tendresse, passion, mais jamais fête.

Elle saisit sa chemise sur le lit et la déploya, ainsi qu'on fait admirer une robe de bal.

— C'est la chemise que je portais lors de ma nuit de noces. La dentelle vient de Honiton, dans le Devonshire. Tu aimes ?

C'était comme une coquette parlant d'une parure. Il la prit dans ses bras et se pencha sur ses lèvres.

— C'est toi que j'aime.

Soudain sérieuse, elle se dégagea, tournant la tête vers lui.

— Non, Hazy, tu aimes la fille qui ne t'a pas attendu en France, et moi, j'aime mon mari qui est mort. Ni toi ni moi n'aimerons jamais d'autres qu'eux. C'est la fête de ces amours perdues que nous célébrons, toi et moi, cette nuit.

Le désir soudain les reprit et Hazembat se laissa emporter dans le tourbillon de la fête, mais, aux petites heures de la nuit, alors qu'elle dormait, il resta longuement les yeux ouverts, un creux de solitude au ventre. Les chandelles des candélabres s'étaient presque toutes consumées, laissant une odeur de suif brûlé. Il n'en restait plus que deux qui éclairaient la chambre d'une lueur fuligineuse et triste. La fête était finie. Doucement, il posa un baiser sur les cheveux épars, puis il se leva, s'habilla et regagna sa chambre.

Dans les jours qui suivirent, il ne revit pas Lucy. Janvier était beau et relativement doux. Les Murdoch, impatients de reprendre leur métier, avaient demandé à Sir John l'autorisation d'utiliser la *Jenny* pour aller pêcher le hareng sur la côte nord du Firth. Hazembat reprit donc la mer avec eux pour quelques marées. Il apprit ainsi que le hareng qui remonte, l'été, vers le nord en eau profonde, vient, l'hiver, en surface le long des côtes où on le pêche la nuit avec de longs filets maillants et dérivants.

Les Malcolm utilisaient un seul filet d'une trentaine de toises de long sur sept de large, qu'ils mettaient en place au crépuscule et relevaient le matin. Hazembat ne se lassait pas de voir l'énorme masse argentée des poissons capturés se déverser sur le pont en une cascade blanche dans la lumière pâle de l'aube. Par endroits, on distinguait le dos rayé d'un maquereau ou le ventre pâle d'un gros flétan qui se débattait. Dès la pêche terminée, la *Jenny* faisait route vers un des ports du Firth où les Murdoch vendaient leur prise.

A la fin du mois, les tempêtes recommencèrent et Hazembat regagna Edimbourg où la vie s'écoulait, monotone, entrecoupée seulement par les séances du dimanche. Miss Rowan brodait, les yeux baissés sur son ouvrage. Depuis la nuit dé Noël, Hazembat n'avait échangé ni un mot ni même un regard avec elle. C'était comme si tout n'avait été qu'un rêve étrange. Il en était de son récit à l'épisode de sa blessure sur l'*Argonaute.*

— J'ai vu ta cicatrice, dit Mac Leod. C'est du très beau travail. L'école de médecine de Brest est parmi les meilleures de France.

— Je peux voir ? demanda Jenny.

— Il faudrait qu'Hazy ôte sa chemise, grommela Sir John. Ce n'est guère convenable devant des dames.

— Je vais avoir quinze ans, *Uncle John,* dit Jenny. Il n'y a rien d'inconvenant à ce que je voie le dos d'un homme. Quant à Miss Rowan, elle doit en avoir vu depuis longtemps !

Miss Rowan leva les yeux vers Jenny et sourit.

— Bien sûr, Jenny. J'ai déjà vu le dos d'Hazy quand il travaillait torse nu au chantier du bateau. Vous aussi, d'ailleurs.

— Mais pas de près !

— Médicalement, c'est un spectacle très instructif, dit Mac Leod. Ote ta chemise, *sailorr.*

Horriblement gêné, Hazembat s'exécuta. Il sentait Jenny derrière lui, le regard curieux.

— Ça vous fait mal, Hazy ?

— Plus maintenant, Jenny.

— Je peux toucher ?

— Si vous voulez.

Il sentit son doigt qui suivait le sillon de l'épaule au creux des reins.

— Et ces autres cicatrices, en travers ?

— Ce sont des coups de fouet.

— On vous a donné le fouet ? Pourquoi ?

— Parce que j'ai essayé de m'évader.

— Qui vous a fait ça ?

— Un ami, Jenny : votre cousin, le capitaine Stephen Holloway.

— C'est un barbare ! Je le déteste !

— Non, Jenny, c'est une grande faveur qu'il m'a faite. Il aurait pu me faire pendre.

— C'est la guerre, Jenny, dit doucement Miss Rowan. Il n'y a pas de barbares : il n'y a que des héros, ceux qui vivent, et des victimes, ceux qui meurent. Hazy est un héros et votre cousin Stephen aussi.

Le dimanche suivant, le temps se remit au beau et les eaux du Firth étaient lisses comme un miroir. Hazembat demanda la permission d'aller faire encore quelques marées avec les Murdoch.

— D'accord, dit Sir John, mais que le yacht soit prêt à nous transporter à Bass Rock dans quinze jours.

— *Uncle John !* s'écria Jenny, est-ce que je peux aller avec eux ?

— Tu es folle, Jenny ! La pêche en mer n'est pas une partie de plaisir pour petite fille.

— Je ne suis plus une petite fille et les Murdoch nous ont plusieurs fois emmenés avec eux dans leur barque, Miss Rowan et moi !

— Miss Rowan n'a peut-être pas envie d'aller pêcher le hareng.

— Elle n'a pas besoin de venir ! Avec Hazy, je serai en sécurité, n'est-ce pas, Miss Rowan ?

La jeune femme posa son ouvrage et répondit avec un léger sourire :

— Oh, tout à fait, Jenny. Mais c'est peut-être lui qui ne sera pas en sécurité avec vous. Qu'en pensez-vous, Hazy ?

Etait-ce Miss Rowan ou Lucy qui parlait ? Il essaya en vain de lire dans ses yeux, incapable de répondre. Mac Leod éclata de rire.

— Miss Rowan n'a pas tort, *sailorr* ! Une femme à bord, c'est pire qu'une escadre qui a le vent sur toi. Mais un homme qui a survécu à un coup de canon à bout portant ne doit avoir peur de rien, même pas de Jenny !

En fait, Jenny se révéla un excellent marin. Comiquement vêtue d'un suroît trop grand enfilé sur sa robe longue, elle jouait son rôle à bord avec une habileté et une efficacité étonnantes, remplissant les mille menues tâches qui ne demandaient pas du muscle. Hazembat ne put même pas l'empêcher de grimper au grand mât avec Robert Murdoch. Elle était souvent la première à signaler la légère décoloration de l'eau qui trahissait la présence d'un banc de poissons.

Encouragés par le beau temps, ils allèrent jeter leur filet presque en haute mer, entre Crail et l'île de May. Une petite brise de sud-est amenait un air relativement sec et presque tiède.

Le soir, Hazembat aimait aller s'accouder au pavois, à l'angle de la dunette, songeant à Lucy. C'était là qu'il l'avait pour la première fois embrassée quelques mois plus tôt. Et puis il y avait eu les deux folles nuits, l'une en mer, l'autre dans la chambre faussement nuptiale. Ensuite, plus rien, même pas un signe de reconnaissance. L'amour faisait faire d'étranges choses. Il se disait que Lucy devait être un peu folle, mais en même temps il comprenait sa folie.

Le troisième soir, il en était là de ses pensées quand un bruit lui fit vivement tourner la tête. Une ombre déboucha du couloir des cabines.

— C'est vous, Hazy ?

Jenny portait toujours son suroît sur sa robe longue. Elle vint s'accouder au pavois à côté de lui. Un reflet de la lanterne de timonerie éveillait la blondeur de ses cheveux, juste à hauteur de l'épaule d'Hazembat.

Ils restèrent longtemps silencieux, les yeux perdus dans l'obscurité. Un minuscule point lumineux à l'horizon indiquait l'emplacement du port de Crail.

— Hazy, dit-elle soudain, qu'y a-t-il entre Miss Rowan et vous ?

Pris par surprise, il ne sut que répondre.

— Il y a quelque chose, je le sais, insista-t-elle.

— Je vous assure, Jenny...

Elle tourna la tête vers lui et ses prunelles claires luisant dans l'ombre le fixèrent droit dans les yeux.

— Devant la porte de ma chambre, à Edimbourg, il y a une planche du parquet qui craque particulièrement fort. Vous avez passé la nuit de Noël avec elle, n'est-ce pas ?

— Oui, mais...

— Je ne vous demande pas ce que vous avez fait avec elle. Je suis assez grande pour en avoir une idée, mais il y a une chose que je veux savoir : est-elle votre maîtresse ?

— Pas vraiment, Jenny...

— Vous l'aimez ?

— Non et elle ne m'aime pas non plus. Elle aime son mari qui est mort.

Elle détourna son regard et se tut un long moment, puis, presque à voix basse, elle demanda :

— On peut faire... ce que vous avez fait avec elle, sans aimer ?

— On peut, oui...

Comme elle baissait la tête, apparemment choquée par sa réponse, il ajouta :

— On le fait, mais ce n'est pas la même chose que quand on aime.

— C'est comment ?

Pour le coup, il resta muet. Il savait au fond de lui-même qu'il s'était parfois posé la question, mais comment expliquer à une adolescente ce que lui, un homme mûr, ne percevait que confusément ? Il n'y avait pas de mots pour exprimer ce qu'il avait ressenti pour Belle, pour Pouriquète, pour Betty même, ni pour toutes ces filles entre les bras desquelles il avait cherché un simulacre de tendresse, un recours contre la solitude ou simplement un assouvissement de son désir de vivre.

Elle pleurait. Il tendit le bras autour de ses épaules secouées par les sanglots et l'attira contre lui. Elle vint nicher sa tête contre sa poitrine. Il lui fallut faire un effort pour réprimer l'émoi qu'éveilla en lui le contact du jeune corps tiède et frêle comme celui de Pouriquète quinze ans plus tôt.

— Pourquoi me demandez-vous cela, Jenny ?

Le visage qu'elle leva vers lui était baigné de larmes.

— Hazy, croyez-vous qu'on puisse le faire avec un mari qu'on n'aime pas ?

— Mais vous n'êtes pas mariée, Jenny !

— J'aurais seize ans l'année prochaine. C'est l'âge auquel on marie les filles comme moi.

— Comme vous ?

— Avec un titre, mais sans parents et sans fortune. Quand *Uncle John* aura disparu, mon tuteur, Sir Hew, s'empressera de se débarrasser de moi en me mariant à quelque gros *squire* goutteux et ivrogne.

Il éclata de rire et lui serra l'épaule d'un geste bourru et affectueux.

— Jolie comme vous l'êtes, Jenny, vous ne manquerez pas de prétendants qui vous plairont ! Je suis sûr que vous en avez déjà remarqué au moins un !

— Non, Hazy. Depuis que je suis toute petite, je vis à Bass Rock et, quand nous allons à Edimbourg, *Uncle John* ne fréquente que de vieilles gens. Je ne connais pas d'hommes jeunes... sauf vous.

— Moi ? Mais j'ai deux fois votre âge !

Elle s'écarta vivement.

— Vous aussi, vous me considérez comme une petite fille !

— Non, Jenny. Vous êtes une vraie petite bonne femme, comme l'était Pouriquète à votre âge, mais il y a d'autres hommes, beaucoup d'autres hommes plus jeunes, plus riches, plus puissants, plus beaux que moi. Quand vous les connaîtrez, vous n'aurez que l'embarras du choix.

De nouveau, elle se serra contre lui.

— Je ne vous demande pas de m'aimer comme vous aimiez votre fiancée, Hazy. Je voudrais seulement que vous pensiez à moi comme à une femme... même si je ne vous donne pas ce que Miss Rowan vous a offert.

— C'est bien peu de chose, Jenny, mais en ce moment je vous assure qu'il me serait bien difficile d'ignorer que vous êtes une femme.

— C'est vrai ?

— Ce n'est que trop vrai.

Riant soudain, elle lui planta un baiser sur le nez et s'en fut en courant vers sa cabine.

— *Good night, Hazy !*

L'installation à Bass Rock se fit par un temps pluvieux et frisquet. Malcolm et Griffith restaient à Edimbourg pour garder la maison. Duncan et Lorna avaient repris leur service à Bass Rock, l'un comme valet de Sir John, l'autre comme femme de chambre. La rude, mais industrieuse activité de Mrs Drumclog rendit vie à la cuisine. Le jeune Charlie ne se tirait pas trop mal du travail d'homme à tout faire qui était naguère celui de Duncan.

Le printemps fut maussade jusqu'en mai et Hazembat en profita pour procéder sur la *Jenny* à quelques réparations et ajustements. Il ajouta notamment un clin foc à l'avant pour rendre le navire plus maniable. Jenny avait repris son habitude de venir s'installer sur le pont pour le regarder travailler. Leurs relations avaient subtilement changé et quand, pour une raison ou une autre, elle tardait à venir, Hazembat se prenait à jeter des regards vers la grève. Quand il la voyait descendre le sentier à grandes enjambées qui faisaient voltiger sa robe, il abandonnait aussitôt ses outils pour aller la chercher avec le canot.

Elle n'avait jamais abordé de nouveau le sujet de ses relations avec Miss Rowan. Il n'y aurait d'ailleurs eu rien à en dire. La Lucy qui s'était un instant révélée semblait avoir complètement disparu derrière le front lisse et les yeux paisibles de l'institutrice.

Les Murdoch avaient repris la pêche avec leur barque et, le plus souvent, Hazembat et Jenny étaient seuls ensemble des après-midi entiers sur le bateau. Amusé et séduit, il l'écoutait poser les questions les plus saugrenues, passant du coq à l'âne : « Hazy, comment sont habillées les négresses ? A quoi reconnaît-on qu'il va y avoir une tempête ? Est-ce vrai que les pirates portent des anneaux d'or aux oreilles ? Quand on guillotine quelqu'un, est-ce que ça lui fait mal ? Quelle est la différence entre un cabestan et un guindeau ? La Garonne, c'est aussi large que le Firth ? » Chaque fois, il essayait de répondre de son mieux, mais souvent il devait avouer son ignorance. Elle faisait alors la moue :

— Hazy, vous me cachez quelque chose !

A son tour, il l'interrogeait, cherchant à mieux connaître son enfance et pris de pitié en découvrant la solitude dans laquelle elle avait grandi. De ses parents, elle n'avait gardé aucun souvenir. Les premières images dont elle conservait la mémoire dataient de ses cinq ans, quand elle vivait à Guernesey avec les Dalrymple. C'est alors que Sir Hew avait acheté le *Bruce* et l'avait rebaptisé la *Jenny.* A Guernesey d'abord, à Bass Rock ensuite, Lady Dalrymple lui avait appris à lire, à coudre, à jouer de l'épinette. Puis elle était partie pour Gibraltar avec son mari, la confiant à Sir John qui avait engagé Miss Rowan. Jenny avait alors dix ans et, depuis ce temps, elle vivait entre le vieil oncle et l'institutrice. De cette période de sa vie, elle gardait le souvenir d'un temps heureux, mais maintenant, sans même s'en rendre compte, l'oisillon commençait à trouver le nid trop petit et rêvait du vaste monde à la fois avec terreur et fascination. Hazembat faisait partie de la fascination.

Il ressentait cette responsabilité comme un poids et comme une joie. La tendresse ambiguë qu'il éprouvait pour Jenny était celle d'un grand frère, mais, quand il laissait remonter en lui l'adolescent qu'il n'avait jamais eu le temps d'être, elle avait la fraîcheur des amours enfantines. Il devait se défendre contre la tentation de retrouver en Jenny la Pouriquète d'autrefois, craignant de s'enfermer, comme Lucy, dans un rêve funèbre et nostalgique. Il lui fallait tout son équilibre de Gascon bien enraciné dans la vie pour conjurer le mirage.

Avec les beaux jours, revinrent les promenades sur le Firth. Sir John voulait revoir les sites de son enfance : Burnt Island où avait vécu Marie Stuart, Kirkaldy où était né Adam Smith, Leven d'où l'on exportait le charbon du Forth. Il montra un tout petit village entre Leven et Anstruther :

— Tu vois, Hazy, ici, c'est Largo, le berceau de la famille d'un navigateur plus intrépide encore que toi. Il s'appelait Alexander Selkirk et Daniel De Foe a écrit un roman sur ses aventures.

Jenny raconta l'histoire de Robinson Crusoé à Hazembat.

— Je suis sûr, Hazy, dit-elle, que votre Vendredi à vous aurait été une fille. Comment l'auriez-vous appelée ?

— Liberté, peut-être, Jenny.

C'est à la fin d'août, quelques jours après l'anniversaire de Jenny, que Sir John eut son attaque. Mac Leod pratiqua immédiatement des saignées aux bras, au cou et à la tête. Le vieil homme paraissait complètement paralysé. Jenny, Miss Rowan, Lorna et Mrs Drumclog se relayèrent pour lui maintenir sur le front des compresses d'eau fraîche. Le lendemain, il était encore en vie et paraissait respirer plus facilement.

— Il faut attendre pour savoir si c'est un simple coup de sang ou une apoplexie grave, dit Mac Leod. Tout dépendra de la rapidité avec laquelle les symptômes disparaîtront..., s'ils disparaissent.

Il suffit d'une semaine pour que la robuste constitution du vieux juge reprît le dessus. D'abord, il parvint à parler d'une voix épaisse, à peine intelligible. Ce fut pour réclamer du whisky. Mac Leod lui en permit un fond de verre, arguant qu'il avait vu l'*usquebaugh* faire des miracles en pareils cas. Sir John eut du mal à l'avaler mais, trois jours plus tard, il demanda de la nourriture et Mrs Drumclog lui prépara un *porridge* au lait de brebis. Puis il arriva à remuer la main gauche et, peu à peu, à mesure que l'été avançait, il apparut que la paralysie se limiterait au côté droit.

Profondément choquée et inquiète, Jenny ne quittait pas son oncle. Parfois, quand le vieillard somnolait, elle allait se confier à Hazembat.

— S'il mourait, je n'aurais plus personne au monde que vous, Hazy.

— Mais je ne suis pas votre parent. Vous avez de la famille.

— Je veux dire quelqu'un avec qui je me sente en sécurité. Promettez-moi que vous ne me quitterez pas, Hazy.

A la fin de septembre, Sir John réussit à faire quelques pas avec une canne, appuyé sur le bras de Mac Leod. Il ne cessait de se disputer avec le médecin qui l'exhortait à la prudence.

— Vous avez bien supporté cette attaque, Sir John, mais il n'est pas certain que vous en supportiez une autre.

— Et alors ? Un Dalrymple n'a pas peur de la mort !

— Rentrez au moins à Edimbourg, vous y serez mieux soigné.

— Non, si je meurs, je préfère que ce soit ici. Ma mort ne m'inquiète que pour Jenny. Je ne sais pas ce que Hew est capable de faire. Il faudrait le prévenir.

— J'ai écrit à votre fils, à Portsmouth, mais qui sait où il se trouve en ce moment ?

Le *major* Dalrymple arriva à Bass Rock le 15 janvier 1810, à bord du cotre de Mac Tavish.

— Nous étions en manœuvres, expliqua-t-il. Le mois prochain, mon bataillon va rejoindre le général Wellesley... pardon, Lord Wellington qui est en difficulté au Portugal. A défaut de victoires, il a au moins remporté un titre de vicomte.

D'après ses renseignements, Sir Hew était à Cadix, assiégé par les Français, et Lady Dalrymple avait quitté Gibraltar pour l'Angleterre.

— Elle doit être en route. J'espère que nous aurons de ses nouvelles d'ici peu.

Il vint inspecter la *Jenny* avec Hazembat.

— Je ne suis pas marin, dit-il, mais il me semble que tu as fait du joli travail, *sailor.* Tu te plais ici ?

— Oui, beaucoup, *sir.*

— Profites-en. Si mon père disparaît, cela risque d'être moins drôle pour toi. Ce n'est pas que Sir Hew soit un mauvais bougre, mais il n'a pas la... classe, si tu vois ce que je veux dire.

— Je vois, *sir.*

Sir John mourut le 20 janvier dans son sommeil et la vie parut s'arrêter à Bass Rock. Jenny s'était enfermée dans sa chambre où seule Miss Rowan avait accès auprès d'elle. Selon son vœu, Sir John fut enterré sur la côte est de l'île, face à la mer. Hazembat alla chercher à Edimbourg un ministre presbytérien, Malcolm et Griffith. Au dernier moment, une petite barque vint s'échouer sur la grève et l'ex-Mrs Kerr en descendit, suivie d'un Scougal apparemment docile et bien dompté.

Ils étaient dix-sept autour de la fosse dans le grand vent froid de nordé. Un voile noir couvrait la tête de Jenny, laissant à peine entrevoir son visage pâle quand une rafale le soulevait.

« *Earth to earth, ashes to ashes, dust to dust...* » disait la voix forte du pasteur et Hazembat songeait à tout ce qu'il avait vu retourner à la poussière depuis qu'il était né. Mais les marins, non, leur tombeau n'était pas de terre. Ils continuaient à vivre de la vie éternelle et toujours renouvelée de la mer dans laquelle on les immergeait comme en un nouveau baptême. Ses yeux se perdirent sur l'horizon gris et il crut revoir le visage de Smithy, le *marine,* quand, au prix de sa liberté, il récitait sur son corps mutilé une prière à laquelle il ne croyait pas.

Après les obsèques, on se réunit dans la cuisine où Mrs Drumclog avait préparé un *haggis* sur lequel l'ex-Mrs Kerr jeta un regard soupçonneux et critique avant d'y goûter du bout des lèvres. On but de l'*ale* à la mémoire du défunt. Ni Jenny ni Miss Rowan n'assistaient au repas.

Huit jours plus tard, alors que le *major* faisait ses préparatifs de départ, le cotre de Mac Tavish amena Lady Dalrymple, accompagnée d'une servante espagnole et de toute une cargaison de malles et de coffres.

C'était une grosse femme d'une cinquantaine d'années, rougeaude, agitée et bavarde. Quand Jenny vint l'accueillir sur la grève, elle se récria à grands piaillements :

— *Good gracious !* voilà donc ma chère petite Jenny ! Mais comme elle a grandi et embelli ! *Dear me !* j'avais laissé une enfant et je retrouve une jeune fille bonne à marier !

Le visage de Jenny se ferma et elle répondit froidement aux embrassades de sa tante qui passa soudain du sourire sucré à des airs d'affliction ostentatoire en se tournant vers le *major.*

— *Dear, dear John !* j'ai appris à Edimbourg le deuil qui nous frappe tous. Vous devez être bouleversé comme je le suis moi-même ! Votre père était un homme adorable et l'incarnation de toutes les vieilles vertus de l'Ecosse ! Hew sera terriblement choqué quand il apprendra la nouvelle. Vous savez qu'il commande en second la brigade que Lord Wellington a envoyée contre Soult ?

Comme il revenait à la femme du légitime propriétaire de Bass Rock, elle s'installa en maîtresse de maison. Dès le lendemain matin, elle se fit présenter à la domesticité. Quand vint le tour d'Hazembat, elle l'examina curieusement.

— Ah, voilà donc le marin français que nous a recommandé Stephen ! *Parley voo fransey, mongsur ?* Ha ! ha ! vous voyez que je connais votre langue !

Puis, en un aparté que tout le monde pouvait entendre, elle demanda au *major :*

— Il n'est pas dangereux, au moins ?

— Seulement pour les ennemis dans une bataille, *Your Ladyship,* répondit Hazembat.

— *Oh dear !* mais il parle l'anglais ! il comprend ! C'est très bien, mon ami, c'est très bien !

Dans l'après-midi, le *major* envoya Hazembat à Edimbourg pour en ramener le notaire de la famille. Il désirait régler la succession paternelle avant de repartir. La *Jenny* revint le lendemain matin avec un personnage jovial et grassouillet qui s'enferma aussitôt avec le *major.* Au bout d'un moment, le *major* fit entrer Jenny, Miss Rowan et Mac Leod. Lady Dalrymple n'était pas conviée. Elle parut s'en offusquer et partit faire une promenade dans l'île avec sa servante. Puis Griffith vint appeler Malcolm, Lorna, Duncan, Williams, Hawkins, les Murdoch et enfin Hazembat.

Quand tout le monde fut réuni dans le petit salon, le notaire parcourut l'assistance d'un air satisfait.

— Bien, dit-il, tous les ayants droit sont présents. Je vais vous lire le testament que Sir John Dalrymple avait déposé en mon étude en date du 20 février 1809.

Le *major* héritait de son père l'essentiel de la succession, mais Lady Jenny se voyait attribuer une somme de cinquante mille livres « afin, lut le notaire, qu'elle ait une indépendance suffisante pour lui permettre d'épouser le mari de son choix ». Miss Rowan bénéficiait d'une pension à vie de cinq cents livres par an. Tous les serviteurs recevaient des gratifications variant entre deux cents et cinq cents livres. A Mac Leod, Sir John léguait douze caisses d'un porto de trente ans d'âge. Le notaire marqua une pause, puis reprit :

— Enfin, à Bernard Hazembat, le plus brave des matelots, je lègue, pour l'aider dans ses navigations futures, un chronomètre de précision fabriqué par l'horloger Earnshaw et un octant ayant appartenu à mon père, Lord Stair, ancien vice-amiral d'Ecosse et général des *marines.*

Le chronomètre était d'argent guilloché. Mac Leod tira son oignon de sa poche-gousset.

— C'est Sir John lui-même qui l'a mis à l'heure. Depuis un mois que je le remonte régulièrement, il n'a pas varié de vingt secondes ! Après une traversée de l'Atlantique, tu auras ta longitude à cinq milles près !

Quant à l'octant, contenu dans un petit étui d'acajou incrusté de nacre, c'était un véritable objet d'art, démontable en trois parties, avec un grand et un petit miroir.

— Maintenant, dit Mac Leod, on fabrique des sextants, mais avec cet instrument tu mesureras tout aussi bien la latitude. Tu sais t'en servir ?

— Je crois. J'ai souvent vu les officiers faire le point.

A midi, ils relevèrent la hauteur du soleil.

— Cinquante-six degrés, cinq minutes, annonça Hazembat.

— C'est bien la latitude de Bass Rock. Maintenant, tu ne risques plus de te perdre sur l'océan.

Pourtant, Hazembat se sentait perdu. Quand la première joie des nouveaux jouets fut passée, il mesura son désarroi après la disparition de Sir John qui était comme la clef de voûte de son petit monde. Il voyait plus rarement Jenny, accaparée par Lady Dalrymple. Quand elle arrivait à s'échapper, il n'était plus question de promenades en mer ou de longues conversations sur le pont. Elle s'efforçait de parler de choses et d'autres, mais de temps en temps son grand chagrin remontait à ses yeux clairs et elle pleurait contre l'épaule d'Hazembat. L'épreuve l'avait mûrie. Elle parlait de son avenir avec plus d'assurance.

— Ma tante n'aime pas Bass Rock. Un jour ou

l'autre, elle s'en ira et il faudra que je la suive, mais, avec l'argent que m'a laissé *Uncle John*, je ne me laisserai pas faire. Vous m'aiderez, Hazy ?

— Si je le puis, Jenny, je vous le promets.

Il y avait maintenant beaucoup de monde à Bass Rock et on vivait un peu entassés, mais la frontière entre le quartier des maîtres et celui des serviteurs s'était faite plus rigide. Désœuvré, Hazembat accompagnait parfois les Murdoch dans leur barque de pêche. D'autres fois, il prêtait la main à Williams qui taillait dans le granit une pierre tombale pour Sir John, aidé du jeune Charlie. Ce dernier, agréable et beau parleur, avait fait la conquête de Mrs Drumclog et régnait en maître à la cuisine. Il avait jeté son dévolu sur Conchita, la petite servante de Lady Dalrymple, et, après un siège assez bref, s'était, selon toutes apparences, rendu maître de ses défenses. Conchita était une jolie moricaude de dix-sept ou dix-huit ans, au regard vif et à la langue déliée. Au début, elle sembla attirée par Hazembat à qui elle décochait des œillades sans équivoque. Ayant découvert qu'il parlait espagnol, elle en profitait pour lier conversation avec lui à tout propos.

Normalement, il aurait saisi l'occasion. Plus d'un an s'était écoulé depuis la nuit dans la chambre de Lucy. Il lui arrivait bien, au hasard de ses voyages à Leith, de culbuter des filles du port, mais il n'était pas habitué à une si longue continence. Il la supportait assez bien et s'interrogeait parfois vaguement sur cette modération de ses appétits. Ce n'était tout de même pas l'âge. Il avait à peine trente-deux ans et il savait que, s'il avait eu Conchita dans son lit, il aurait fait honneur à sa réputation de chaud-du-rein. Mais il aurait fallu prendre l'initiative, affronter la jalousie de Charlie, jouer pour un temps, si bref qu'il fût, la comédie de la cour que toute femme attendait qu'on lui fît. Il n'y avait là rien qui pût l'effrayer ou le rebuter, mais il n'en éprouvait simplement pas l'envie.

Une nuit, il entendit gratter à sa porte. Il ouvrit, croyant voir Conchita. C'était Lucy, les cheveux dénoués, un léger peignoir jeté sur ses épaules. Un instant, ils se regardèrent à la lueur tremblotante de la chandelle, puis elle se jeta à son cou et ils culbutèrent ensemble vers le lit.

La couche était étroite et dure et cela n'avait rien à voir avec les étreintes savamment ordonnées de leur dernière nuit. Ils firent l'amour avec frénésie, jusqu'à rester pantelants tous deux, serrés l'un contre l'autre, membres enlacés.

— Hazy, murmura Lucy, cette nuit, c'est avec toi que j'étais. C'est toi que j'ai aimé.

— Tu ne m'aimes plus ?

— Si. Tu es un homme que les femmes aiment facilement, mais tu ne peux pas les aimer toutes. Je vais m'en aller.

— T'en aller ? Où ?

— A Linlithgow. Je rentre chez moi. Avec ce que m'a laissé Sir John, je peux me refaire une vie.

— Et Jenny ?

— Lady Dalrymple pense qu'elle n'a plus besoin d'institutrice et elle a raison. C'est de toi que Jenny a besoin, mais...

Elle lui posa un baiser sur la joue.

— Mais ?

— Tu te souviens de ce que j'ai dit un jour, que Jenny était en sécurité avec toi, mais que je ne savais pas si tu serais en sécurité avec elle ?

— Où est le danger ?

— Le danger ? C'est que quelque chose est en train de naître entre elle et toi sans que vous vous en rendiez compte. Pour elle, ce n'est jamais qu'un peu de l'émerveillement de Miranda...

— Miranda ?

Elle rit et l'embrassa de nouveau.

— C'est vrai, mon barbare adoré, que tu ne connais pas Shakespeare. C'est un écrivain qui a vécu il y a deux siècles. Dans une pièce de théâtre, il raconte l'histoire d'une jeune fille qui a été élevée par un vieux père dans une île déserte. Et puis, un jour, des naufragés débarquent dans l'île, et elle découvre soudain qu'il y a des hommes dans le vaste monde et qu'on peut les aimer. Jenny est comme cette jeune fille.

— Mais qui aime-t-elle ?

— Elle ne le sait pas encore, mais vous êtes en train de devenir amoureux l'un de l'autre. A elle, cela lui passera, mais toi, tu risques d'en souffrir terriblement. Hazy, mon Hazy, tu as déjà assez souffert. Je ne veux pas que tu souffres encore. Prends garde à Miranda !

CHAPITRE X

STEPHEN

Du côté habité de Bass Rock, d'où l'on ne dominait que l'étroit bras de mer séparant l'île de la côte, on n'apercevait guère que quelques barques de pêche et des caboteurs. Il fallait monter à la falaise sur la face nord pour surplomber le Firth et découvrir l'incessant trafic des navires de commerce et des chalands qui desservaient non seulement Leith, mais tous les ports de l'estuaire. Il était bien rare qu'il n'y eût pas une dizaine de voiles en vue. De temps en temps, c'était un navire de guerre, le plus souvent un lougre ou un sloop, mais parfois une frégate qui, toutes voiles dehors, rangeait le vent d'ouest pour gagner l'arsenal.

Au cours du printemps et de l'été de 1810, c'est là qu'Hazembat prit l'habitude de passer ses moments de loisir près de la cabane du berger Hawkins. Il ne se lassait pas du spectacle et finissait par reconnaître la plupart des navires qu'il avait vus au mouillage à Leith. Quelquefois, Lady Dalrymple l'envoyait à Edimbourg faire des commissions ou porter des messages, mais, le plus souvent, il se contentait de maintenir la *Jenny* en état.

L'île se vidait. Miss Rowan avait donné le signal dès le début de mars. Il l'avait lui-même emmenée à Linlithgow, en amont de Leith. Jenny était du voyage et, quand elle prit congé de son institutrice, il y avait dans son attitude un curieux mélange de chagrin et de satisfaction. Tandis qu'elle répondait à l'adieu du mouchoir qu'agitait la petite silhouette sur la rive, elle demanda à Hazembat qui tenait la barre :

— Elle ne va pas trop vous manquer, Hazy ?

— Un peu, si. Et à vous, Jenny ?

— Bien sûr que si, mais j'ai tant souhaité qu'elle s'en aille !

— Pourquoi ?

— Sans doute parce que sa présence me donnait trop l'impression d'être encore une petite fille.

— Vous n'en êtes plus une, Jenny.

Elle rit d'un air provocant.

— Encore heureux que vous vous en aperceviez, Hazy !

Les suivants à partir furent Lorna et Duncan. Avec l'argent que leur avait légué Sir John, ils ouvraient une auberge à Kirkaldy. Hazembat les accompagna eux aussi.

Puis vint le tour de Mac Leod qu'Hazembat conduisit à Dunbar. Une dernière fois, le docteur l'invita à boire un verre dans la grande maison familiale où vivaient aussi un Mac Leod avocat et un Mac Leod marchand avec leurs familles. Le verre se transforma en une ripaille qui dura toute la nuit. Les Mac Leod étaient des Whigs et l'on but à la chute du gouvernement et à la paix.

— Que feras-tu après la paix, *sailorr*? demanda le docteur.

— Je ne sais pas.

C'était une question qu'il s'était souvent posée dans le passé. Maintenant, elle n'avait guère plus de sens. Il lui arrivait de caresser vaguement l'idée de retourner aux Antilles, mais il savait qu'il lui faudrait d'abord aller à Langon. La souffrance que lui avait causée le mariage de Pouriquète et de Jantet ne s'estompait pas, mais il se sentait devenu assez fort pour affronter la réalité.

Les semaines passèrent, monotones. Pour le seizième anniversaire de Jenny, il n'y eut pas de fête générale dans la cuisine, comme du temps de Sir John. Hazembat vit Conchita qui portait vers le quartier des maîtres le gâteau que Mrs Drumclog avait préparé pour Lady Dalrymple et Jenny. Il prit le chemin de la falaise et s'assit dans l'herbe près de la cabane d'Hawkins qui paissait ses moutons sur la face est de l'île. Août avait été chaud et orageux. Il faisait lourd et il n'y avait pas de vent. Les voiles, sur le Firth, étaient encalminées.

Il fut surpris par l'arrivée de Jenny qui lui apportait un morceau de son gâteau d'anniversaire. Il ne l'avait pas vue depuis plusieurs jours et fut frappé par sa pâleur. Elle s'assit à côté de lui dans l'herbe tandis qu'il mangeait le gâteau à petites bouchées.

— Je m'ennuie, Hazy, dit-elle.

— Les leçons de Miss Rowan vous manquent ?

— Pas vraiment. Lady Dalrymple me tient occupée. Elle a pris mon éducation en main. J'apprends tout ce que doit savoir une *debutante.*

— Une quoi ?

— C'est un mot français, Hazy ! Cela veut dire une jeune fille qui fait ses débuts dans le monde.

— Et quand allez-vous faire vos débuts ?

— Je ne sais pas. La saison commence le mois prochain, mais Lady Dalrymple a horreur d'Edimbourg et elle est trop avare pour faire les frais d'un séjour à Londres. Elle ne rêve que de repartir outre-mer où la vie est beaucoup moins chère qu'en Angleterre. Quand *Uncle Hew* était gouverneur de Gibraltar, elle pouvait faire la grande dame à bon compte.

— Pourquoi ne repart-elle pas ?

— Tant qu'*Uncle Hew* sera en campagne, elle n'aura pas d'endroit où aller. Son idée est de s'installer à Lisbonne, mais il paraît que les Français menacent la ville.

— Vous l'accompagnerez ?

— Il faudra bien, mais vous viendrez avec nous, Hazy, n'est-ce pas ?

— Cela ne dépend pas de moi.

Elle s'étendit sur le dos dans l'herbe avec un petit rire.

— Si elle prétend ne pas vous emmener, je lui ferai une scène qui l'obligera à changer d'avis.

— Votre oncle a son mot à dire. C'est pour m'occuper de la *Jenny* qu'il m'a engagé.

— Et la Jenny de chair et d'os, vous vous en désintéressez ?

— Non, bien sûr...

Il ne la regardait pas. D'une voix timide, elle dit :

— Hazy, embrassez-moi.

En se retournant, il la vit, les yeux fermés, la bouche entrouverte, l'air si jeune et vulnérable dans le chatoiement de ses cheveux d'or que son cœur se serra de tendresse. Il se pencha et déposa un baiser sur son front.

— Non ! pas comme cela !

Ses mains s'accrochaient à ses épaules et l'attiraient. Il se laissa aller. Le baiser fut bref et d'une douceur infinie. Par un violent effort, il se dégagea.

— Non, Jenny ! Il ne faut pas !

Elle était déjà debout, rouge et les yeux brillants.

— Pourquoi ? Vous n'avez pas aimé ?

— Si, Jenny, que de trop.

— Moi aussi, Hazy !

Et elle s'en fut en courant.

Encore étourdi, il la suivait des yeux quand il entendit un petit rire derrière la cabane d'Hawkins. Il se leva et alla voir. Conchita était là, pouffant derrière ses mains, l'œil allumé.

— *Lo he visto todo !* dit-elle. Tu fais l'amour à la jeune lady !

— Non !

— Je t'ai dit que j'ai tout vu ! Mais tu n'as guère de goût. Elle est un peu maigrichonne. Tu as tout de même mieux sous la main.

Suggestivement, elle entrebâillait son corsage.

— Tais-toi !

Avec un sourire enjôleur, elle levait vers lui des yeux rusés.

— Je ne te plais pas ?

— Tu as Charlie.

— *Es un niño !* C'est un enfant ! Toi, tu es un homme comme je les aime.

Une vague de répugnance et de dégoût le souleva, comme devant une salissure.

— *Puta !* gronda-t-il, des filles comme toi j'en ai trouvé à la douzaine dans tous les bordels du monde !

Haineuse soudain, elle recula d'un pas.

— Je vois ! Ce sont des *señoritas* qu'il te faut ! Les servantes ne sont pas assez bonnes pour toi ! Ecoute, je viendrai te voir cette nuit et, si tu me fais l'affront de me refuser, j'irai raconter à la *Lady* que tu fais l'amour à sa nièce !

Il l'aurait frappée, mais, agile, elle s'esquiva et disparut en quelques bonds dans le sentier.

Il ne fut pas surpris quand il entendit gratter à la porte de sa chambre, ce soir-là. Sa colère était tombée et, après tout, Conchita était assez appétissante. Tout dépendrait de son attitude. Il n'était pas homme à se plier aux caprices d'une fille et à céder à la menace, mais il n'était pas homme non plus à manquer une bonne occasion.

C'était bien elle. Ils se regardèrent un instant, chacun son bout de chandelle à la main, puis deux sourires complices naquirent sur leurs lèvres. Hazembat s'écartait pour la laisser entrer quand soudain Charlie apparut au bout du couloir, fou de rage. Clopinant, il se précipita sur Conchita en brandissant un couteau de cuisine. Aussitôt, elle fit face, yeux étincelants et dents découvertes en un rictus féroce. Elle avait fait surgir un couteau dans sa main en un geste qui rappelait celui d'Orsini.

Un instant interdit, Charlie se mit à l'injurier dans son patois écossais. Elle lui répondit sur le même ton en patois andalou. Ils avaient l'air si ridicules tous deux, piaillant leurs insultes, leur couteau d'une main et leur chandelle de l'autre, qu'Hazembat éclata de rire d'aussi bon cœur que lorsque, dans une situation analogue, Duncan avait surpris le Révérend Scougal.

Mais, comme, tout en criant, ils commençaient à faire de grands moulinets avec leurs couteaux, il jugea le moment venu d'intervenir. Plantant sa propre chandelle à terre, il s'interposa, envoyant d'un revers de chaque main les deux lames voler au bout du couloir, puis il leur assena à chacun une bonne taloche. Charlie se tut immédiatement, clignant des yeux d'un air hébété. L'effet sur Conchita fut exactement contraire. Elle se mit à hurler en déchirant ses vêtements, en proie à une violente crise de nerfs. Mrs Drumclog apparut, coiffée d'un bonnet de coton tuyauté et drapée dans un ample peignoir gris. Elle considéra le spectacle d'un air choqué.

— *Those foreign girls!* dit-elle d'un ton méprisant. Ces étrangères sont des filles de rien. Il est temps que je parle à *Milady* de ce scandale !

— Rassurez-vous, Mrs Drumclog, répondit Hazembat. Elle est simplement un peu fatiguée par la chaleur.

Empoignant Conchita par la taille, il la porta jusqu'à sa chambre malgré les coups de pied et les coups de poing dont elle l'accablait, puis il poussa Charlie derrière elle et referma la porte.

— Il va la calmer, Mrs Drumclog. Comme disait notre ami, le Dr Mac Leod, il faut être indulgent pour les infirmités de la nature humaine.

— Ce petit Charlie me déçoit beaucoup, dit Mrs Drumclog. A son âge, il est déjà perverti. Ce ne sera jamais un *gentleman* comme vous, Mr Hazy, tout français que vous êtes.

Resté seul dans sa chambre, Hazembat eut un accès de fou rire et se sentit soulagé. Il pouvait compter sur Mrs Drumclog pour que l'algarade vînt aux oreilles de Lady Dalrymple et il n'y avait guère de chance, dès lors, pour qu'elle accordât quelque crédit aux racontars de Conchita.

Néanmoins, dès le lendemain, il lui demanda audience. Les orages de l'été avaient causé quelques dégâts aux superstructures de la *Jenny*. Il n'y avait là rien qu'il ne pût réparer sur place, mais il en prit prétexte pour demander l'autorisation d'emmener pour quelque temps le navire aux docks de Leith afin de le remettre en état avant l'hiver. Ses relations avec Jenny plus que les menaces de Conchita lui faisaient souhaiter de prendre quelque distance avec les habitants de Bass Rock. Lady Dalrymple ne s'intéressa qu'au coût de l'opération.

— Je ferai le travail moi-même, *milady*. Ce sont seulement les outils qui me manquent ici.

Il ne revit ni Jenny ni Conchita avant de partir. Les Murdoch l'accompagnaient, mais ils emmenaient leur barque en remorque afin de rejoindre Bass Rock. Ni l'un ni l'autre ne semblaient avoir eu vent des incidents de la nuit.

En quelques jours, Hazembat termina les menus travaux dont la *Jenny* avait effectivement besoin, puis il s'installa dans un train-train de vie solitaire, dormant à bord après avoir flâné dans les auberges et les estaminets du port. Pendant la journée, il liait conversation avec les matelots des autres navires au mouillage, prêtant parfois la main pour haler une aussière ou pousser au guindeau.

Pour la première fois de sa vie, il était vraiment son maître et savourait cette indépendance nouvelle pour lui. En mer, sur le ponton, à Bass Rock, on était toujours plus ou moins serrés les uns sur les autres, dépendants les uns des autres. Ici, il avait tout un navire pour être seul et tout un port pour être sociable s'il le désirait.

Au hasard des conversations, il redécouvrait un monde dont il était coupé depuis plusieurs années. Napoléon, partout vainqueur, étendait maintenant son empire sur toute l'Europe. Seule, l'Espagne lui résistait tant bien que mal et, au Portugal, l'Angleterre était accrochée à son talon comme un chien qui ne veut pas lâcher son os. L'Europe était fermée au commerce britannique qui en souffrait, mais trouvait des compensations dans le trafic avec les Indes orientales et occidentales.

Tous les quatre ou cinq jours, à travers les tempêtes d'équinoxe, les Murdoch venaient de Bass Rock avec leur barque pour ramener des provisions ou du courrier. Ils se mêlaient peu de la vie des maîtres et savaient tout au plus que Charlie avait été renvoyé, ils ignoraient pourquoi.

— C'est le vieux Williams qui sert de valet, dit Angus,

et il a bien du mal. M'est avis que *Milady* n'a pas l'intention de s'éterniser à Bass Rock.

Cela faisait plus d'un mois qu'il était à Leith. Il ne pouvait guère retarder beaucoup plus longtemps son retour. Avant de partir, il alla rendre visite à Malcolm et à Griffith qui vivaient dans la grande maison des Dalrymple à Edimbourg, maintenant fermée et vide.

— J'ai reçu des nouvelles du *major,* lui dit Malcolm. Il était à la bataille que Wellington a livrée à Masséna dans le nord du Portugal.

— Et qui a gagné ?

— Tout ce qu'il dit, c'est que les Français ont eu trois fois plus de pertes que les Britanniques. Sir Hew a été nommé brigadier chargé des approvisionnements à Lisbonne.

On devrait avoir reçu les mêmes nouvelles à Bass Rock, car, lorsque au début d'octobre Hazembat mouilla devant la grève, il vit Jenny qui descendait le sentier en courant pour venir au-devant de lui.

— Hazy ! Pourquoi êtes-vous resté si longtemps ? Vous ne m'avez même pas dit au revoir !

Il montra le navire.

— C'est de cette *Jenny*-là que je dois d'abord m'occuper. Il ne faut pas que je pense trop à l'autre.

— Il faudra que vous pensiez aux deux, Hazy. Ma tante a reçu une lettre d'*Uncle Hew.* Vous allez nous conduire à Lisbonne.

En effet, Lady Dalrymple le fit appeler dès son arrivée.

— *Mr Hazembatt,* dit-elle, nous allons rejoindre mon mari à Lisbonne à bord du yacht. J'espère qu'il est en bon état.

— Le yacht, oui, *milady,* mais je n'ai pas de matelots et je ne sais pas si je serai capable d'assurer la navigation en haute mer.

Elle montra une lettre.

— Mon mari dit qu'il nous envoie un équipage et que nous nous joindrons à un convoi qui se formera au Nore. Vous savez où c'est ?

— C'est à l'embouchure de la Tamise, *milady.*

Le 26 octobre, un sloop de guerre qui embouquait le Firth vira dans le vent pour venir s'engager dans le chenal entre Bass Rock et la côte. Il empanna à deux encablures de l'île et un canot s'en détacha, faisant force rames vers la crique. Un lieutenant était assis à l'arrière. L'équipage tira le canot à sec pour lui permettre de débarquer. Hazembat, qui était descendu sur la grève, le salua.

— Conduisez-moi auprès de Lady Dalrymple, dit brièvement l'officier, un grand gaillard aux cheveux blonds et aux yeux bleus.

Quatre hommes mirent sac à terre derrière lui. C'était sans doute l'équipage annoncé. Après avoir confié le lieutenant à Williams, Hazembat redescendit au bord de l'eau.

Les quatre hommes n'avaient pas l'air de la première jeunesse. Le plus âgé interpella Hazembat.

— C'est toi, le *skipper* de ce rafiot qui est mouillé là ?

— Oui.

— Tu es un *bloody Frenchie,* hein ?

Il avait un visage rougeaud, des cheveux blancs et rares qui dépassaient de sous son chapeau et de petits yeux rapprochés.

— Oui, je suis français. Je m'appelle Bernard Hazembat.

— Moi, je suis Ben Blore, ancien *boatswain's mate* du *Thunderer.* J'ai laissé ma main gauche à Trafalgar.

— J'y étais aussi.

— Il n'y a pas de quoi t'en vanter. Nous vous avons foutu la raclée !

Du moignon, il montra les autres.

— Ceux-là, c'est Sammy Jones, Bill Wayne et Stan Cooper. Ce sont tous des vieux de la vieille, assez vieux pour être exempts de la presse, mais pas assez pour refuser un embarquement, même avec un putain de Français !

Williams parut en haut du sentier.

— Hazy ! cria-t-il, *Milady* veut te voir !

Dans le petit salon, Conchita servait le thé à Lady Dalrymple, à Jenny et au lieutenant.

— Ah, *Mr Hazembatt,* dit Lady Dalrymple, le lieutenant Higgins désire vous parler.

Vu de près, le lieutenant avait l'air très jeune, mais ses yeux bleus étaient froids et impénétrables.

— Mr Hazembat, dit-il, j'ai des ordres vous concernant. Il semble que vous ayez attiré l'attention de l'Amirauté. Si vous en êtes d'accord, je suis autorisé à vous prendre à mon bord comme contremaître d'équipage avec la possibilité d'acquérir la nationalité britannique et de vous présenter à l'examen de lieutenant de la *Royal Navy* après le temps de service réglementaire qui est de deux ans.

Sans tourner les yeux vers Jenny dont il sentait le regard intensément fixé sur lui, Hazembat réfléchit. L'offre était alléchante et il connaissait bien des marins qui n'auraient pas hésité. Il ne sut pas exactement ce qui le décida, le patriotisme ou le désir de ne pas quitter Jenny.

— Avec votre permission, *sir,* dit-il, je suis très reconnaissant à l'Amirauté de cette offre généreuse, mais je ne puis l'accepter tant que la France et l'Angleterre seront en guerre.

— Bien. En ce cas, vous avez le choix : ou bien vous restez sur la *Jenny* à titre civil comme timonier sous les ordres du patron Blore, ou bien je vous remets à la disposition de l'autorité maritime pour être renvoyé à Portsmouth et interné comme prisonnier de guerre.

Il y eut un long silence. Curieusement, Hazembat fut tenté de choisir le retour à Portsmouth. Ce serait une occasion de tout recommencer au point de départ. Il arriverait bien, là-bas, à se tailler une place qu'il ne devrait à personne, et rien ne le retiendrait plus d'échafauder des plans d'évasion. Ce fut le tintement de la tasse de Jenny qui le tira de ses réflexions. Cette fois, il la regarda, pâle et sans défense, une supplication muette dans les yeux. Il sut alors qu'il n'avait pas le choix.

— Avec votre permission, *sir,* je souhaite rester à bord de la *Jenny.*

— Prenez votre fardage et allez vous mettre à la disposition du patron Blore.

— *Aye, aye, sir.*

Hazembat salua, fit demi-tour et alla préparer son sac.

Il ne lui fallut pas longtemps pour comprendre qu'il aurait tout le travail à faire sur le navire. Les vieux matelots étaient loin d'abattre à eux trois autant de besogne que les Murdoch à deux. Seul, Bill Wayne semblait avoir encore assez de vigueur pour haler les écoutes et assez d'initiative pour effectuer les manœuvres sans qu'on l'y aidât. Quant à Blore, il était évident que son expérience de la marine s'était limitée à l'entretien du gréement, des cordages et des voiles. Il ne connaissait à peu près rien à la navigation. Dès l'appareillage de Bass Rock, il donna un ordre qui aurait jeté la *Jenny* à la côte si Hazembat n'avait feint d'avoir mal compris et fait signe à Bill Wayne d'exécuter la manœuvre contraire. Blore n'eut pas l'air de s'en apercevoir.

Au large de Dunbar, la *Jenny* prit sa route sud-est un quart sud sous bon frais de nord-ouest. Le ciel était couvert et la mer clapoteuse, mais il n'y avait aucun signe avant-coureur de tempête. La houle était creuse et prenait le petit navire par tribord arrière, mais la *Jenny* épaulait la lame avec aisance. Il y avait dans son allure plus de tangage que de roulis et la combinaison des deux donnait une impression d'audace légère. Blore fit lancer le loch qui indiqua une vitesse de sept nœuds.

Passé le promontoire de St. Abb's Head, on perdit la côte de vue et Hazembat se sentit repris par l'ivresse du large. Il y avait quatre heures qu'il était à la barre, mais il ne sentait pas la fatigue. Blore avait établi un tour de service qui lui laissait à peine six heures pour dormir. Lui-même ne prenait le quart que lorsque Hazembat était à la barre. Quand Hazembat passait la roue à Bill Wayne, il allait relever Blore sur la dunette. C'est là que, dès le premier soir, Jenny vint le retrouver.

— Comment va votre tante ? demanda-t-il.

— Elle est malade comme un chien. Conchita en profite pour lui monter la tête contre vous.

— Je m'en doute. Et, de plus, elle fait les yeux doux à Blore.

— Elle est dans sa cabine en ce moment.

Hazembat ne put s'empêcher de sourire en songeant à l'exiguïté des cadres. Il leur faudrait de l'ingéniosité.

— Ne vous inquiétez pas, Jenny, dit-il. Ni les uns ni les autres ne peuvent grand-chose contre moi.

— Ils peuvent vous rendre la vie impossible.

— La vie est toujours possible, Jenny.

De fait, pendant les quatre jours que dura la traversée, Blore s'ingénia à accabler Hazembat de tâches pénibles ou dangereuses, comme d'aller vérifier le coulissement du rocambeau tout en haut du grand mât ou de consolider le point d'amure du foc sur le bout-dehors du beaupré. Il semblait avoir une connaissance diabolique des endroits du gréement difficiles à atteindre. Chaque fois, bien sûr, Hazembat constatait qu'il n'y avait rien d'anormal et que ses efforts étaient inutiles. Il se dit que Blore devait posséder un véritable génie pour faire un enfer de la vie des matelots placés sous ses ordres.

Le troisième jour, le ciel se dégagea dans la matinée et, comme midi approchait, Hazembat alla chercher dans son sac l'octant de Sir John. Quand le soleil fut au plus haut de sa course, il fit une visée. Blore s'approcha de lui.

— Tu sais te servir de ce machin-là ?

— A peu près, *master.*

— Et qu'est-ce que tu trouves ?

— Un peu plus de cinquante degrés quarante minutes, *master.* Nous devons être à la hauteur de Yarmouth. Il faudra mettre cap sud-sud-est dans un moment.

— C'est moi qui décide quand on change de cap, aboya Blore. En attendant, gros malin, grimpe au grand mât et dis-moi si tu vois la terre.

Hazembat obéit. Il était à peine en haut du mât que Blore fit changer de cap et border les voiles. Le mouvement de la vergue le prit par surprise. Ses pieds dérapèrent et il se trouva suspendu par les bras au moment où, prenant le vent largue, le navire gîtait par bâbord. Il serra les dents et se hissa en force jusqu'à la fusée. Un coup d'œil par tribord lui suffit et il se laissa glisser le long du galhauban de flèche.

S'esclaffant de son bon tour, Blore l'attendait.

— On voit la côte par le travers tribord, *master,* dit Hazembat. Il y a un phare ou une balise.

Du coin de l'œil, il apercevait Jenny, très pâle, qui observait la scène du couloir des cabines.

— Tu as bien failli y aller à la nage, gros malin, dit Blore.

Hazembat ne répondit pas, sachant que Blore ne cherchait qu'une occasion de le prendre en flagrant délit d'insubordination ou d'insolence pour le mettre aux fers, comme c'était son privilège en tant que maître après Dieu à bord du navire.

Le lendemain, en fin d'après-midi, alors qu'ils bordaient la côte en vue de Foulness Point, un chasse-marée fit route sur eux et vint se placer à portée de voix. Les mains en cornet autour de la bouche, Blore s'identifia. La réponse vint aussitôt :

— Ohé de la *Jenny* ! Je vais vous guider jusqu'à votre poste de mouillage !

Dans le crépuscule, Hazembat, qui était à la barre, vit un feu au ras de l'eau. Ce devait être le bateau-phare qui marquait la pointe du banc de sable du Nore. On le laissa par tribord. Les yeux d'Hazembat larmoyaient à force de fixer la lanterne arrière du chasse-marée, quand il la vit obliquer à tribord. Il suivit le mouvement et découvrit le mouillage piqueté de lumières. Il devait y avoir là des dizaines de navires. Se faufilant entre les coques, le chasse-marée le conduisit jusqu'à un emplacement libre entre deux gros vaisseaux dont on devinait la silhouette dans l'ombre.

Dès que l'ancre eut plongé dans l'eau noire, Hazembat sentit s'abattre sur lui la fatigue accumulée au cours des quatre derniers jours. Titubant, il alla se jeter dans son hamac et s'endormit.

Le jour commençait à poindre quand il s'éveilla. Bill Wayne avait allumé du feu dans la petite cuisine et préparé du thé. Il sentit avec gratitude le liquide brûlant réchauffer ses membres. Grignotant un biscuit de mer, il monta sur le pont. Un vent froid charriait des paquets de brume sur l'estuaire de la Tamise. Cela lui rappelait les matins d'hiver sur la Garonne. Accoudé au pavois, il chercha à percer le brouillard. Les deux gros navires entre lesquels était mouillée la *Jenny* paraissaient être des *Indiamen,* ces géants ventrus qui faisaient le tour de l'Afrique, transportant des produits précieux et des passagers cossus.

A mesure que la brume se levait, il distinguait le reste du convoi : une douzaine de vaisseaux marchands de moyen tonnage qui devaient être chargés de matériel et de ravitaillement pour l'armée du Portugal. Plus loin, à l'entrée du port de Sheerness, deux frégates et un vaisseau de ligne de soixante-quatorze canons consitutaient sans doute l'escorte.

La matinée était déjà avancée et des allèges venaient se ranger le long des navires, chargées de sacs, de caisses et de barils, quand un canot se détacha du vaisseau de ligne et fit route vers la *Jenny.* Les douze rameurs frappaient l'eau parfaitement en cadence. A mesure que le canot se rapprochait, Hazembat pouvait voir qu'ils portaient des uniformes neufs : chemises bleues et chapeaux de paille passés à la peinture noire. A l'arrière, était assis de dos un officier couvert de dorures.

Quand le canot arriva à portée de voix, le brigadier de proue se leva et cria :

— *Valorous !*

C'était le nom du vaisseau et, selon l'usage, cela signifiait que le passager n'était autre que son capitaine.

Eperdu, Ben Blore fit ranger son maigre équipage devant la coupée et se figea au garde-à-vous, le poing au front, quand le bicorne de l'officier escaladant l'échelle commença à apparaître.

— *Bernard, old chap !* Je suis content de te voir !

Il fallut quelques secondes à Hazembat pour reconnaître Stephen Holloway. Un peu plus âgé que lui, il avait maintenant dépassé la trentaine de quelques années. C'était le même visage fin, mais des rides d'énergie encadraient la bouche et le front était durci par un pli qui devait être une cicatrice. Pour le moment, les yeux riaient, très jeunes.

Sous l'œil stupéfait de Ben Blore, ils se donnèrent l'accolade.

— C'est ton équipage ? demanda Stephen.

Blore, qui avait toujours le poing au front, avança d'un pas.

— Ben Blore, *sir,* ancien contremaître d'équipage du *Thunderer.* Je suis le patron de ce bâtiment.

Stephen se tourna vers Hazembat.

— Comment ? Ce n'est pas toi qui a le commandement ?

— Ce sont les ordres de Sir Hew.

— Nous allons changer cela immédiatement !

— Non, Stephen, je m'entends très bien avec le patron Blore. Tu sais, je n'ai jamais été bon qu'à faire un timonier.

— Nous en reparlerons. Il faut que j'aille présenter mes devoirs à ma tante. La fillette est avec elle ?

— La fillette ?... Ah, oui ! Lady Jenny est là. Je vais te conduire jusqu'à la grande cabine.

Hazembat ne sut pas quelle fut la réaction de Stephen en découvrant la « fillette », car il referma la porte et s'éclipsa dès qu'il l'eut annoncé. L'entrevue se prolongea une demi-heure. Quand Stephen reparut, il avait l'air songeur.

— Elle est ravissante, dit-il.

— Qui ça ? Lady Dalrymple ?

— Non : elle est toujours aussi laide que bête. Je veux parler de ma cousine Jenny. C'est une beauté ! Ne me dis pas que tu ne t'en es pas aperçu !

— Si, bien sûr.

— Et tu ne lui as pas fait la cour ?

— Tu n'y songes pas, Stephen ! Ce n'était guère ma place.

— Pour un républicain, te voilà bien respectueux du rang !

— En dehors de ce bateau, il faudra bien que je me montre respectueux du grade. Sur ton navire, nous ne pourrions pas parler comme nous le faisons maintenant.

— C'est malheureusement vrai. Ecoute, j'avais dans l'idée d'inviter Lady Dalrymple et la... fillette à un dîner d'apparat à bord du *Valorous.* Au lieu de cela, je viendrai demain dîner avec vous sur la *Jenny.* En nous serrant, nous tiendrons bien à quatre autour de la table de la cabine.

Au cours de la journée du lendemain, le canot du *Valorous* apporta des victuailles et de la vaisselle. Dans l'après-midi le maître coq et le serviteur personnel du capitaine Holloway vinrent faire les derniers préparatifs. Blore avait entièrement changé d'attitude envers Hazembat qui, ostensiblement, observait les formes d'obéissance et de respect envers le patron de la *Jenny,* mais ne se gênait pas pour donner des ordres. Très excitée et affairée, Jenny en donnait aussi à Conchita qui filait doux. A un certain moment, elle se trouva à côté d'Hazembat pour ajuster l'aplomb des lanternes ornementales à l'entrée des cabines.

— Que pensez-vous de mon cousin, Hazy ? demanda-t-elle.

— Stephen ? C'est un homme merveilleux.

— Si vous portiez le même uniforme, vous seriez aussi merveilleux que lui.

— Je ne crois pas, Jenny.

— Vous n'allez pas me dire que vous vous considérez inférieur à cause de votre naissance ?

— Certainement pas, Jenny. En naissant, tous les hommes sont égaux. C'est la vie qui les rend différents. Stephen a eu la chance de faire ses preuves, moi non.

— Ce n'est pas juste !

— Non, ce n'est pas très juste, mais il faudrait changer beaucoup de choses pour faire disparaître cette injustice-là.

Autour des chandelles, le repas fut un moment d'extrême douceur. Lady Dalrymple, qui faisait d'abord grise mine d'avoir Hazembat à sa table, succomba bien vite au charme de Stephen. En l'observant du coin de l'œil, Hazembat crut même discerner que, tout en mangeant avec appétit ses rognons en croûte, elle spéculait sur une idée qui lui était aussi venue à l'esprit. Malgré la différence d'âge, Stephen et Jenny formaient un couple admirablement assorti. Avec un pincement au cœur, il se souvint d'avoir fait jadis la même observation pour Jantet et Pouriquète, alors qu'ils étaient encore tous très jeunes. Visiblement, Stephen était déjà subjugué par le charme et la beauté de sa cousine. Pour sa part, Jenny se montrait plus réservée, mais, quand elle posait les yeux sur le beau capitaine, Hazembat voyait s'y allumer l'émerveillement de Miranda, comme disait Miss Rowan.

— Je vous verrai à Lisbonne, dit Stephen en prenant congé. Le convoi appareille dans trois jours et je vais avoir beaucoup de travail.

Quand Hazembat le quitta près de la coupée, il ajouta :

— On avitaillera la *Jenny* demain. Je t'enverrai un matelot de renfort avec le code des signaux et les instructions de route.

Il répondit raidement au salut de Blore et disparut le long de l'échelle.

L'après-midi du deuxième jour, le canot du *Valorous* amena un marin barbu au visage buriné et aux yeux calmes. Outre les documents, il apportait une lettre pour Hazembat.

Cher Bernard,

Je t'envoie mon cock swain, *Nathaniel Dickson. C'est un Américain engagé volontaire. Il sait tout faire, y compris la cuisine. Je lui confie quelques friandises pour satisfaire la voracité de ma tante et le palais délicat de ma jolie cousine.*

Fair winds to you all

Stephen.

Le convoi doubla le cap de North Foreland le matin du 7 novembre. Une frégate, le *Forth,* venait en tête, suivie des deux *Indiamen,* le *Mornington Castle* et le *City of Bombay,* puis des douze transports et enfin de la *Jenny.* Le *Valorous* fermait la marche, restant au vent du convoi. L'autre frégate, la *Fury,* couvrait le flanc bâbord d'où pouvait éventuellement surgir le danger. La flotte française, bloquée dans les ports, sortait peu, mais des corsaires restaient à l'affût tout le long de la Manche, prêts à se jeter sur un navire marchand assez imprudent pour s'écarter du convoi.

Sous fraîche brise de nord-ouest, les plus gros bâtiments voguaient sous huniers, deux ris pris dans les basses voiles. Plus légère, la *Jenny* courait sous voiles aux trois quarts. Nathaniel Dickson, aidé de Bill Wayne, avait effectué la manœuvre avec rapidité et précision sous l'œil d'un Blore réduit au silence. Pour le moment, il se tenait à côté d'Hazembat, près de la barre, attentif et silencieux.

— D'où es-tu, aux Etats-Unis ? demanda Hazembat.

— De Philadelphie.

— J'ai vécu à Baltimore.

— Ce n'est pas pareil.

— Pourquoi t'es-tu engagé dans la marine anglaise ?

— Pour combattre le tyran.

— Napoléon ?

— Oui. C'est lui qui a rétabli l'esclavage dans les colonies françaises.

— Il y a aussi des esclaves en Amérique.

— Pas partout et il y a aussi beaucoup de gens qui sont contre l'esclavage.

— Tu crois que les Anglais se battent pour libérer les esclaves ?

Nathaniel lui lança un regard étrange.

— Je le croyais, mais ils sont quelquefois pires que les Français. Pour eux, nous autres, Américains, nous sommes toujours des coloniaux, bons à être exploités. Ils arraisonnent nos navires comme si nous étions des pirates.

— Alors pourquoi ne quittes-tu pas la marine anglaise ?

— Tant que je serai avec le capitaine Holloway, je lui resterai fidèle.

En lui passant la barre, Hazembat lui dit :

— Tu peux m'appeler Hazy.

— Appelle-moi Nat.

Le soir, les *Indiamen* réduisaient la voile pour le confort de leurs passagers. Cela aurait dû permettre aux navires du convoi de rester groupés, mais les capitaines des transports étaient d'une inconcevable indiscipline. Dès le premier matin, ils se trouvèrent dispersés sur plus de vingt lieues carrées de mer. Les frégates, comme des chiens de berger, partirent pour les rameuter. Le *Valorous* multipliait les signaux ponctués par des coups de canon. Ils étaient répétés par le *Mornington Castle*, agissant comme commodore du convoi, mais on eût dit que les transports n'avaient à bord ni télescope ni livre de code. Il fallut près de deux heures pour remettre le convoi en un ordre acceptable.

Hazembat calcula qu'à ce train on ne pouvait guère escompter couvrir plus d'une centaine de milles par jour. De plus, quand on approcherait des côtes du Cotentin et de Bretagne, les navires écartés seraient des proies tentantes pour les corsaires sortis de Cherbourg ou de Brest.

Le danger devint plus évident encore quand, l'après-midi du deuxième jour, le vent tourna plein est, amenant un air froid qui fit lever sur la mer une brume légère mais suffisante pour limiter la visibilité à deux milles à peine. Le matin du troisième jour, le soleil levant noya cette brume dans un éblouissement d'argent d'où pouvaient surgir à tout moment des assaillants avec un vent favorable.

Comme le jour précédent, mais avec beaucoup plus de difficulté, les frégates durent manœuvrer longuement pour rassembler le troupeau rétif. Le *Valorous,* toutes voiles dehors, changeant de bord au plus près serré, remonta par bâbord pour venir se placer entre le convoi et la côte française, tandis que la *Fury* allait chercher deux traînards perdus à près de deux milles au nord-est.

C'est alors que Nat, qui était monté au grand mât, signala trois voiles par un quart bâbord avant, faisant route vers le convoi. Poussées par le vent qui fraîchissait, elles furent rapidement visibles du pont. C'étaient des brigantins comme celui qui avait coulé le *Charon.* Les vigies du *Valorous* devaient les avoir depuis longtemps aperçus, car une volée de pavillons monta à la corne d'artimon. Aussitôt, le *Forth* vira de bord et, changeant d'amures, fit route pour intercepter les nouveaux venus.

Voguant de conserve, les trois brigantins se dirigeaient vers les deux bâtiments de transport attardés que la *Fury* avait du mal à rejoindre. L'un d'entre eux, en particulier, était dangereusement isolé et paraissait une proie facile pour les corsaires. La frégate parviendrait peut-être à s'interposer entre eux et le navire menacé, mais elle laisserait son compagnon plus proche du convoi exposé à son tour, alors que le *Forth* mettrait encore un bon quart d'heure avant de l'atteindre. Vent arrière, les brigantins avaient le choix entre les deux proies.

Malgré le froid très vif, les six hommes de la *Jenny* observaient les opérations en silence. Un soleil pâle commençait à pomper la brume et les navires aux prises étaient maintenant très nettement visibles.

Un grondement arriva sur la crête des vagues. La première frégate devait avoir engagé l'ennemi à limite de portée dans un effort pour le ralentir et laisser à sa compagne le temps d'arriver sur les lieux.

Soudain, Nat tendit la main.

— Ils virent vent arrière et changent de bord !

En effet, la voilure de deux des brigantins s'élargissait tandis que les mâts disparaissaient les uns derrière les autres. Laissant leur compagnon répondre à la frégate et l'entraîner vers le nord-est, ils faisaient brusquement route au sud-sud-ouest, droit sur l'arrière du convoi. Pris de court, le *Forth* tira dans leur direction une salve qui alla se perdre en mer.

Les deux corsaires approchaient rapidement. En moins de vingt minutes, ils se trouvèrent par bâbord arrière du convoi, à deux encablures de la *Jenny*. Avec quelques boulets de leurs canons de chasse, ils pouvaient réduire le petit yacht à l'état d'épave et y anéantir toute vie. Hazembat se précipita vers la cabine et, prenant Lady Dalrymple par la main, la tira sans ménagements derrière lui.

— Jenny ! Conchita ! suivez-moi ! cria-t-il.

Malgré les cris perçants de Lady Dalrymple, il ouvrit l'écoutille du poste d'équipage, il lui fit dégringoler les marches de l'échelle, puis balança derrière elle Conchita, paralysée par la peur. Jenny hésitait à suivre.

— C'est une bataille ? demanda-t-elle.

— Oui, en bas, vous serez relativement à l'abri des boulets.

— Que fait Stephen ? Il doit nous protéger !

D'un coup d'œil, Hazembat vit, à un mille en avant, le *Valorous* qui virait pesamment de bord pour venir à la rencontre des assaillants, mais il s'en faudrait d'un quart d'heure avant qu'il puisse les attaquer.

— Il fait ce qu'il peut ! Descendez !

— Non, je reste. Je veux voir.

Hazembat haussa les épaules. Les deux brigantins étaient tout près maintenant et on aurait dit que leurs beauprés allaient toucher la poupe de la *Jenny*. Brusquement, ils divergèrent. Tandis que l'un continuait sa course par bâbord du convoi, l'autre vira sec sous le vent, puis, serrant ses voiles, se redressa et fit route pour venir se placer par tribord. La manœuvre était évidemment d'attaquer par les deux côtés le convoi qui constituait désormais un écran entre le *Valorous* et le brigantin sous le vent.

Ils furent soudain par le travers, de part et d'autre de la *Jenny*, celui de bâbord en avance d'une encablure sur celui de tribord. A moins de cent pieds, Hazembat vit béer vers lui les gueules de huit canons de 18 et de deux grosses caronades. Les équipes de canonniers étaient groupées derrière les pièces. Il y avait trois hommes à la barre et, sur le gaillard d'arrière, deux officiers, l'un avec un bicorne, l'autre un foulard rouge noué autour de la tête, jetaient un regard dédaigneux sur la *Jenny*, visiblement dépourvue d'armement.

D'instinct, Hazembat se dit que le moment était venu pour tirer une bordée à mitraille et balayer ce pont. Ses doigts se crispèrent sur la lisse de rage impuissante. Et puis, avec un coup au cœur, il vit le grand pavillon tricolore flotter à la corne d'artimon. C'étaient les siens qui étaient là. Dans cette bataille, il était de leur côté. Sans même y songer, il agita les bras au-dessus de la tête en criant :

— Vive la République !

De l'équipage français, massé contre le pavois, prêt à l'abordage, des bras et des cris lui répondirent. Quand Jenny, curieuse, vint se placer à côté de lui, les hurlements redoublèrent. A ce moment, il entendit un bruit de bagarre derrière lui. Il se retourna et vit Blore, la bouche en sang, étendu sur le pont. Nat, qui avait quitté un instant la barre, lui tendit un pistolet.

— Tiens, il allait te tirer dessus.

— Je l'attache ? demanda Bill Wayne.

— Non, c'est le patron. Ce serait de la mutinerie. Vérifie qu'il n'a pas d'autre arme et laisse-le aller.

Quand il revint à la rambarde, le brigantin avait déjà franchi la moitié de la distance entre la *Jenny* et le transport qui la précédait immédiatement dans la file. Son nom, qui apparaissait maintenant sur le tableau, était le *Korrigan.*

Le brigantin de tribord prenait du champ, puis, rangeant le vent sous petit largue, piquait droit vers le *Mornington Castle,* en tête du convoi. La manœuvre française apparaissait alors dans toute son ingénieuse simplicité : fixer les frégates en faisant mine d'attaquer les transports attardés, attirer le *Valorous* à bâbord du convoi et foncer sur l'*Indiaman* par tribord. C'était une prise infiniment plus précieuse que tous les transports réunis.

Le *Valorous* avait achevé de virer de bord et, toutes voiles dehors, faisait route vers le *Korrigan.* Dans un bruit de tonnerre, ce dernier ouvrit le feu sur le transport qui répondit par des coups espacés de ses petits canons de 9. Des grappins volèrent du pont du corsaire et, avant même que les coques fussent bord à bord, les Français sautèrent à l'abordage.

Passant par le travers du *Korrigan,* le *Valorous* était en position de tir, mais il lui était impossible de lâcher une bordée sans atteindre le navire anglais. Il hissa un signal et le *Forth* vira immédiatement lof pour lof afin de le rejoindre. La *Fury,* à trois milles dans le nord-est, avait réussi à rassembler les deux transports et était engagée en un duel d'artillerie avec le brigantin qui les menaçait.

Le *Valorous* croisa la *Jenny* à moins d'un demi-mille et soudain vira lof pour lof, ce qui l'amena à une encablure à peine. Il sembla à Hazembat que le gros vaisseau allait éperonner le yacht, mais le *Valorous,* ayant gîté à l'extrême, se redressa et se trouva parallèlement à la *Jenny,* droit dans l'arrière du *Korrigan.*

La tête de proue, un homme casqué et moustachu, passa, sembla-t-il, à toucher. Les sabords défilèrent, révélant les bouches béantes des canons. Tout en haut, sur la dunette, on voyait Stephen, entouré d'officiers et de matelots. Il lança un ordre au porte-voix et aussitôt un violent rugissement retentit à l'avant. Ce n'était pas simplement des canons de chasse. Stephen avait dû faire amener des pièces de 12 pour tirer par-dessus le bossoir. La coque du *Valorous* et la fumée masquèrent l'effet produit par ce tir d'enfilade, mais le grand mât du *Korrigan* s'inclina, puis s'abattit, entraînant la plus grande partie du gréement dans sa chute.

Déjà, le *Valorous,* évitant le brigantin, continuait sa course, laissant au *Forth,* qui arrivait par l'arrière, le soin de poursuivre le combat. Entre-temps, l'autre brigantin avait engagé le *Mornington Castle* qui se défendait avec ses pièces de 9, mais ne résisterait pas bien longtemps aux assauts du corsaire. Il fallait maintenant que le *Valorous* remontât tout le convoi et virât de nouveau lof pour lof afin de passer par tribord et d'arriver sur les lieux. La chose était d'autant plus difficile que l'*Indiaman,* dans un effort pour échapper à l'assaillant, avait mis toute sa toile et filait à plus de sept nœuds, infléchissant son cap à l'ouest-sud-ouest.

Lentement, le *Valorous* remontait le convoi. Alors que, tout près, le *Forth* arrivait bord à bord avec le *Korrigan,* il paraissait évident que le *Valorous* n'arriverait jamais à temps, d'autant que les transports, affolés par l'attaque, s'égaillaient en tous sens, gênant sa marche. Il était à la hauteur du *City of Bombay,* gagnant un ou deux nœuds sur lui, alors que les Français commençaient à lancer les grappins sur le *Mornington Castle.*

Soudain, il piqua sur l'étroit espace qui séparait les

deux *Indiamen.* C'était de la folie : il avait neuf chances sur dix d'être éperonné par le *City of Bombay.* Clignant des yeux, Hazembat essaya de distinguer ce qui se passait dans l'entrecroisement des mâts. Des calculs terrifiants lui couraient dans la tête. Le *Valorous* avait deux cents pieds de long. A supposer qu'il fît huit nœuds et en tenant compte de l'angle de sa route avec celle des *Indiamen,* il lui faudrait au moins une minute pour franchir la zone dangereuse. Or le *City of Bombay* franchirait la distance qui le séparait du *Mornington Castle* en à peine plus d'une minute. Ce serait une question de secondes. Les chiffres s'embrouillaient et, à force de fixer les mâts du *Valorous,* ses yeux s'emplissaient de larmes.

— *Gosh, he's made it!* il y est arrivé ! dit la voix tranquille de Nat.

En effet, le *Valorous* était maintenant par tribord du convoi, directement dans la poupe du Français. Un grondement indiqua qu'il avait tiré une salve de ses pièces d'avant, mais le corsaire, pris par surprise, devait avoir été moins touché que le *Korrigan,* car ses mâts restaient debout. Coupant ses filins, il mit toute la voile et commença à s'écarter de l'*Indiaman.* Le capitaine devait être un fin marin et un homme de sang-froid, car, au lieu de s'enfuir sous le vent, ce qui l'aurait placé sous le feu des batteries du *Valorous,* il préféra subir une deuxième salve des canons de proue à laquelle il répondit avec ses pièces de retraite, et, gagnant de vitesse sur le *Mornington Castle,* alla virer de bord sous son beaupré, ce qui constituait une prouesse de navigation au moins égale à celle de Stephen. Puis il s'éloigna est-nord-est pour rejoindre son compagnon qui avait rompu le combat avec la *Fury* et cinglait vers la côte française.

Cependant, la lutte faisait rage sur le *Korrigan,* une moitié de son équipage essayant de se rendre maître du transport tandis que l'autre moitié tentait de repousser les abordeurs du *Forth.* Démâté, dévasté, coincé entre sa prise et la frégate, le corsaire n'avait plus aucune chance. Pourtant, le pavillon tricolore flottait toujours à la corne d'artimon. Le crépitement de la mousqueterie était ininterrompu et l'on entendait même cliqueter sabres et piques dans le corps à corps acharné qui se déroulait devant la dunette.

Soudain, le capitaine fit un grand geste de son épée et les Français parurent rompre le combat. Par grappes, ils se jetaient à l'eau, certains nageant, d'autres agrippés à des espars flottants, mais tous essayant frénétiquement de s'éloigner du navire. Hazembat comprit aussitôt ce qui allait se passer.

— Nat ! cria-t-il, la barre sous le vent, toute ! Les autres, dégagez les voiles vivement, à naviguer vent arrière !

Rapidement, la *Jenny* pivota sur l'eau et prit de la distance. Le capitaine du *Forth* avait dû comprendre aussi, car ses marins se repliaient à bord et des hommes armés de haches s'évertuaient à trancher les câbles qui l'arrimaient au *Korrigan.* Il déborda en hâte et se trouvait à deux encablures quand le *Korrigan* explosa d'un coup, avec un lourd grondement. De hautes flammes s'élevèrent et le feu gagna aussitôt le transport dont l'équipage sautait à la mer à son tour. L'explosion souleva une lame de dix pieds qui prit la *Jenny* par l'arrière. Elle piqua dans la plume, puis se redressa.

— Garde ton cap, Nat ! cria Hazembat.

Ils étaient à un demi-mille quand l'enfer se déchaîna. Le transport devait être chargé de munitions. Il y eut un éclair d'un orange éblouissant. Trois secondes plus tard, un souffle d'ouragan arracha les voiles dans un fracas de fin de monde, puis, avec une lenteur mortelle, une muraille d'eau noire couronnée d'écume arriva par l'arrière tandis que des débris tombaient de toutes parts. Empoignant Jenny par les épaules, Hazembat la fit s'étaler sur le pont et se jeta sur elle, les mains cramponnées aux filets de bastingage et les pieds calés contre la hiloire de l'écoutille.

La gifle de l'eau croulant sur le pont noyé lui coupa le souffle. Il lui sembla que la *Jenny* coulait à pic, puis, dans un énorme ruissellement, il sentit la proue qui se relevait. D'autres lames arrivaient, moins fortes que la première, mais suffisantes pour tout balayer sur leur passage. Longtemps après, levant la tête, il aperçut Nat qui s'ébrouait, hâtivement encordé à la barre. Un peu plus loin, Bill Wayne, inconscient, était coincé contre le grand mât. Des autres hommes, il n'y avait pas trace. Il se releva, inquiet pour Jenny. Etendue sur le ventre, elle hoquetait faiblement. Il la retourna et elle ouvrit les yeux.

— *I'll be all right, Hazy,* souffla-t-elle, ça ira.

Il songea alors aux autres passagères dans le poste d'équipage, mais, quand il entrouvrit l'écoutille, il fut rassuré par les cris aigus qui l'accueillirent.

Après la canonnade et les explosions, le silence était étrange. Il jeta un coup d'œil sur la mer. Là où s'étaient trouvés le *Korrigan* et le transport, on ne voyait qu'une nappe de débris et de cadavres avec, çà et là, une tête ou des bras qui s'agitaient faiblement. A un mille à l'est, le *Forth* était immobile, sans dégâts apparents. Ses canots sillonnaient les parages, à la recherche des survivants. La *Fury* achevait de rassembler le convoi.

Hazembat, Nat et Bill Wayne s'activaient à tenter de mettre un peu d'ordre sur le pont et dans le gréement. Jenny était descendue dans le poste d'équipage et en avait ramené les deux femmes, trempées et hébétées.

Soudain, le *Valorous* fut tout près d'eux, à une encablure. Il mit en panne et un canot s'en détacha. Stephen était à bord.

D'un coup d'œil inquiet, il parcourut le pont. Hazembat le rassura.

— Elles sont saines et sauves, Stephen.

— Tu as des dégâts ?

— Trois hommes à la mer et les deux voiles emportées.

— Je vais t'envoyer deux matelots et mon maître voilier avec de la toile.

Jenny parut à la porte des cabines. Elle se jeta en sanglotant dans les bras du capitaine.

— Oh, Stephen ! tous ces hommes tués !

— C'est la guerre, Jenny. Nous faisons de notre mieux.

— Mais ne peut-on éviter tout cela ?

— Jenny, dit Hazembat, sans le courage, l'habileté et l'audace de votre cousin, il y aurait eu encore bien plus de victimes.

Le cœur serré, il la vit qui levait vers Stephen un regard d'adoration.

CHAPITRE XI

L'ÉVASION

L'hiver fut doux et pluvieux à Lisbonne. Du pont de la *Jenny,* Hazembat ne se lassait pas d'admirer la majestueuse ordonnance des édifices de la *Baixa,* la ville basse du bord du Tage, reconstruite, lui avait-on dit, après le tremblement de terre de 1755. Cela avait quelque chose de l'harmonie de Bordeaux, mais en plus pesant, plus orné.

En face de Lisbonne, l'estuaire du Tage était trois fois plus large que la Garonne à Bordeaux, mais en amont il s'élargissait en une véritable mer intérieure qui avait un peu l'ampleur du Firth of Forth et où l'immense flotte anglaise était à l'aise.

Toute la baie n'était qu'une base militaire. Wellington y gardait à bord des navires l'intendance, le train des équipages et les dépôts d'artillerie de son armée. Contenant Masséna sur les lignes de défense de Torres Vedras, à vingt lieues à peine au nord de la ville, il tenait à se ménager une voie de retraite au cas où les Français se fraieraient un chemin jusqu'à la capitale soit le long de la côte, soit par l'est, à travers les montagnes de l'Alentejo, en partant de Badajoz où Soult se montrait menaçant. Il ne fallait pas compter sur les maréchaux de Napoléon pour accepter une capitulation à la manière de Cintra.

Les Dalrymple vivaient dans une belle maison de la *Baixa.* Hazembat y avait été convoqué par Sir Hew dès le lendemain de l'arrivée. C'était un petit bonhomme d'une soixantaine d'années, rougeaud et maniéré comme sa femme. Il reçut Hazembat avec une bienveillance distraite.

— Ah, *sailor,* il paraît que vous avez fait une forte impression sur mon neveu Stephen. Très bien, très bien... Je vais vous faire donner un équipage de Portugais. Ils sont un peu épais, mais disciplinés et bons marins, m'a-t-on dit... Votre travail consistera à me transporter, moi-même ou les membres de mon état-major, jusqu'aux différents dépôts de l'armée sur les navires ou sur la rive. J'aurai enfin une embarcation digne de mes fonctions, chose que la *Navy* m'a toujours refusée...

Nat était retourné sur le *Valorous* qui avait repris la mer au bout de trois semaines. Quelques jours avant l'appareillage, Stephen avait fait une visite à la *Jenny.*

— J'espère que tu te plairas ici, dit-il à Hazembat. Le climat de Lisbonne est agréable et l'oncle Hew est plus vaniteux que méchant.

Hazembat demanda des nouvelles de Jenny. Stephen sourit.

— Elle découvre le monde. Il n'y a guère plus de haute société à Lisbonne : la plupart des nobles ont émigré au Brésil avec la Cour, mais il y a de riches marchands qui donnent des bals et des réceptions. Elle te manque ?

— Un peu.

— Moi, elle va me manquer beaucoup, mais je ne serai pas absent bien longtemps : le *Valorous* est affecté à l'escorte des convois. C'est une tâche sans grand intérêt, mais cela me procurera l'occasion de revenir de temps en temps. Nous nous reverrons, Bernard.

Les quatre Portugais de l'équipage étaient des garçons râblés et bruns qui connaissaient bien la manœuvre. Hazembat fit de Bill Wayne son maître d'équipage et de João, le plus déluré des Portugais, son timonier.

La *Jenny* était mouillée devant le quai de Sodre, non loin de la maison de Sir Hew. Presque chaque jour, il y avait des courses à faire dans le vaste estuaire. Tantôt, c'était Alcochete ou Pavoa en amont, Brandão ou

Trafaria en aval, quelquefois même Cascais en mer libre. Chaque petit village de pêcheurs, si misérable qu'il fût, avait sa garnison d'Anglais et son dépôt de munitions, de matériel et de vivres.

Le matin, Hazembat allait prendre les ordres chez Sir Hew. Le plus souvent, il était reçu par le capitaine qui lui servait d'aide de camp, mais parfois le *brigadier* le faisait venir à sa table de *breakfast* et, vêtu d'une robe de chambre flamboyante, lui communiquait directement ses ordres pour la journée. Plusieurs fois au cours de l'hiver, Hazembat eut l'occasion d'entrevoir Jenny au cours d'une de ces incursions dans les appartements. Elle avait toujours pour lui le même sourire confiant et légèrement complice, mais la distance entre eux s'était irrémédiablement élargie. Ce n'était plus l'adolescente de Bass Rock, en longs jupons stricts et sévères. Elle portait des robes flottantes et décolletées à la mode du temps. C'était une dame.

Les premiers temps, à bord du yacht, Hazembat couchait dans une des cabines. Le plus souvent, c'était celle de Jenny, mais quelquefois il allait dormir dans la cabine qui avait servi à Miss Rowan et cherchait à y retrouver dans ses rêves le parfum de Lucy. Cela ne dura guère, car João lui fit faire la connaissance de sa belle-sœur Inẽs qui tenait une sorte de taverne dans les rues basses de l'Alfama.

La vieille ville maure était un territoire où Hazembat n'aimait guère s'aventurer. Les rues pentues, étroites et tortueuses, dominées par des maisons de quatre ou cinq étages, étaient plus propres que celles d'Edimbourg, mais l'afflux des réfugiés du nord du Portugal en faisait un étouffant tohu-bohu d'humanité grouillante, misérable et triste. Malgré la couleur des badigeons et des vêtements, tout y paraissait gris. Dans les rues basses, près du Tage, on respirait mieux et la cohue était plus gaie : marchandes de poisson, leur plateau balancé sur la tête, boulangers ployant sous leur faix de miches dorées, rémouleurs, revendeurs d'huile ou de fruits, paysans en feutre noir et ceinture rouge, s'ouvrant le chemin avec leurs longs bâtons de bois dur.

A la taverne d'Inês, il y avait des filles brunes et placides qui se signaient avant de faire l'amour. Hazembat y avait sa chambre, petite cellule blanchie à la chaux, d'où il voyait le Tage. Bientôt, il y passa toutes ses nuits en compagnie d'une fille ou d'une autre. Elles se ressemblaient toutes. Le matelot de garde à bord de la *Jenny* était chargé de venir le chercher en cas de besoin, mais pas une fois il ne fut dérangé.

Le dimanche, il avait essayé deux ou trois fois d'aller à la messe avec la famille de João, mais les ors, les parures, les odeurs d'encens lui rappelaient avec une vague nausée son expérience de Saint-Jacques-de-Compostelle. Il gardait un souvenir lointain des messes de Saint-Gervais, à Langon, avant la Révolution. Le latin était le même, mais ici la pompe de la liturgie avait quelque chose d'écrasant.

Il se sentait assez seul car il n'avait jamais pu accoutumer son oreille à l'accent portugais et parvenait tout juste à se faire comprendre avec un mélange de gascon et de castillan. Les conversations se limitaient en général à des gestes et à des échanges de sourires dont les Portugais n'étaient pas chiches. João, qui avait séjourné en Estrémadure espagnole, était le seul avec lequel il pût un peu causer. C'était un garçon doux et franc, presque timide. Parfois, le soir, il tirait d'une guitare des accents mélancoliques et toute la taverne chantait avec lui des mélodies dont la nostalgie n'était pas sans rappeler les chansons écossaises.

Les semaines et les mois passèrent ainsi dans une sorte de torpeur. Noyée dans l'apaisante lumière de son printemps et de son été, Lisbonne oubliait la guerre, pourtant toute proche. Il arrivait qu'en allant virer en mer au large de Cascais on entendît l'écho lointain du canon.

Vers la fin d'août 1811, alors que le *Valorous* venait de mouiller en rade avec un convoi d'Angleterre, Hazembat reçut la visite du *major* Sir John Dalrymple, maintenant devenu colonel. Il avait vieilli et paraissait las de la guerre.

— Wellington n'arrive pas à prendre Badajoz, dit-il.

Masséna a été remplacé par Marmont, mais, si Bonaparte en personne était là, il y a longtemps qu'il nous aurait reconduits jusqu'à Lisbonne et rejetés à la mer. Wellington sait très bien qu'il suffirait d'un changement de gouvernement à Londres pour qu'on le fasse rembarquer avec armes et bagages.

— Joseph est toujours roi à Madrid, *sir*? demanda Hazembat.

— Il ne le resterait pas bien longtemps si les Espagnols arrivaient à se mettre d'accord entre eux, mais ils n'ont en commun que leur haine de l'envahisseur français. Sans parler des brigands et des pillards, il y en a qui combattent la tyrannie de Bonaparte, mais il y en a bien plus encore qui la combattent parce qu'ils ont peur des idées généreuses et libérales que cette tyrannie a, malgré elle, héritées de la Révolution française.

— Si vous permettez, *sir,* je ne vois pas très bien comment une tyrannie peut être généreuse et libérale.

— Parce que tu n'es pas anglais, dit amèrement le colonel. Bonaparte est un tyran, certes, mais ses armées ébranlent d'autres tyrannies plus anciennes, plus iniques et plus redoutables encore que la sienne. Tu ne le sais peut-être pas, mais beaucoup des idées que la Révolution française a tenté de mettre en pratique viennent d'Angleterre. Et maintenant, c'est nous, les Anglais, qui défendons contre Bonaparte ces monarchies pourries, ces aristocraties arrogantes, ces clergés rétrogrades que nous avons voulu bannir de chez nous. Des dizaines de milliers d'Anglais sont en train de mourir dans une guerre imbécile pour rétablir en Espagne l'absolutisme, le fanatisme, l'obscurantisme et l'inégalité.

De la tête, il montra le *Valorous.*

— Les marins ont le beau rôle. Ils ont fait leur travail en sauvant l'Angleterre à Trafalgar et c'est eux qui nous maintiennent ici, au bout de leurs convois, mais ils n'ont pas à se salir les mains. Stephen a la conscience nette. Il va pouvoir se marier en toute tranquillité.

— Se marier, *sir*?

— Tu n'es pas au courant? Les Dalrymple vont

annoncer ses fiançailles avec Lady Jenny lors de son dix-septième anniversaire, dans quelques jours.

La nouvelle ne surprit pas Hazembat, mais elle l'émut plus qu'il n'aurait cru. Ce n'était pas comme pour Jantet et Pouriquète. Il ne ressentait pas de douleur, simplement un intolérable sentiment de vide, comme si plus rien ne donnait de sens à son existence. De nouveau, comme à un havre, il songea à la Guadeloupe. Les Anglais y étaient revenus depuis l'année précédente. Peut-être serait-il possible de s'y faire envoyer.

Le lendemain matin, Sir Hew le reçut au *breakfast.* Il avait l'air mécontent et embarrassé.

— Ah, *sailor...*, hem..., la semaine prochaine, Lady Dalrymple et moi donnerons une petite réception... hem... pour l'anniversaire de Lady Jenny... Ma nièce a exprimé... hem... très vivement le désir que vous y soyez invité...

Cela avait l'air de tellement le gêner qu'Hazembat ne put s'empêcher d'accepter, si peu qu'il en eût envie.

— Les désirs de Lady Jenny sont des ordres, *sir.*

— Très bien, très bien... hem... Il faudra que votre... hem... tenue, n'est-ce pas, soit à la hauteur du... décorum qu'exige une pareille occasion... Vous me comprenez ?

— J'y veillerai, *sir.*

Comme il sortait de la salle à manger, la voix de Jenny le héla du fond du couloir.

— Hazy !

Il s'approcha de la porte entrouverte.

— Oui, Jenny ?

Elle portait un déshabillé de soie blanche avec des raies bleu pâle, assorties à la couleur de ses yeux.

— Hazy, mon oncle vous a invité ?

— Oui, Jenny, je vous remercie.

— Vous viendrez ?

— Si vous le désirez, Jenny.

— Je désire avoir avec moi mon meilleur ami, ce jour-là. On doit y annoncer une grande nouvelle...

— Je sais, Jenny : vos fiançailles avec Stephen. Le colonel Dalrymple m'a mis au courant.

Elle parut désarçonnée.

— J'aurais aimé vous le dire moi-même, Hazy... Est-ce que ?...

Cherchant son regard dans la pénombre, il se força à sourire.

— Ne dites rien, Jenny. Oui, je suis un peu amoureux de vous, moi aussi, mais c'est un sentiment sans espoir. Je ne pourrais rien vous donner de ce que vous apportera Stephen. Si j'éprouve un peu de chagrin, ce n'est rien à côté de l'immense joie que j'aurai à vous voir heureux tous les deux.

Il tourna les talons et s'en fut.

Grâce à João, Hazembat s'était procuré une tenue de marin français. Elle avait appartenu à un quartier-maître prisonnier, mort à l'hôpital de Lisbonne. Manifestement, l'Empire s'était occupé des vêtements d'uniforme de la marine avec plus de soin que la Révolution. Hazembat avait connu un temps où, sauf pour les officiers, l'accoutrement des équipages était laissé à l'imagination et aux moyens de chacun, parfois au goût du capitaine. Maintenant, on sentait le règlement. Les pantalons blancs s'étaient faits plus étroits. La courte veste bleu foncé avait un col largement ouvert et un foulard rouge servait de cravate. Le chapeau de paille goudronné, avec son ruban tricolore, était un peu étroit, mais dans une réception on allait nu-tête. Au regard d'un profane, le costume ne différait pas tellement de celui qui était en usage dans la marine anglaise. Inẽs fit les retouches nécessaires et tout le monde, à la taverne, s'accorda à dire qu'Hazembat avait fière allure.

— *Muito bom ! muito belo !* répétait Inẽs en ajustant le nœud du foulard.

Dans la cohue de la réception, Hazembat passa inaperçu. Seuls, quelques officiers de marine jetèrent un regard vaguement soupçonneux sur sa tenue, mais personne ne lui fit d'observation.

Il était au fond de la salle quand, montant sur les marches de l'escalier d'honneur, Sir Hew fit signe à Lady Dalrymple, à Stephen et à Jenny de le rejoindre. Stephen était resplendissant dans son uniforme cousu d'or, aux larges revers blancs. A côté de lui, Jenny, dans une robe de soie mauve très décolletée, chercha des yeux Hazembat à qui elle fit un petit geste de la main.

— Mes amis, dit Sir Hew de sa voix haut perchée, Lady Dalrymple et moi-même avons la très grande joie de vous annoncer l'heureuse nouvelle des fiançailles de notre cousin, le capitaine Stephen Holloway, et de notre nièce, Lady Jenny Dalrymple.

Tout le monde applaudit et Hazembat se joignit aux applaudissements. Il se joignit même au triple hourra que poussa de la porte un détachement de matelots du *Valorous*. Curieusement, il se sentait soulagé, comme si, en se nouant, les fils de ces deux vies se détachaient de lui et cessaient de l'enserrer, libérant son cœur d'une vieille angoisse. Depuis longtemps, il ne s'était pas senti si libre. Haussant les épaules, il saisit une croquette de morue et un verre de porto sur le plateau qu'offrait un laquais.

Il assista de loin au mariage de Stephen et de Jenny qui eut lieu au mois de juin 1812. Le capitaine avait été fait chevalier et promu commodore. Le produit de ses prises de guerre et la dot de Jenny lui avaient permis d'acquérir une propriété dans le Kent. C'est là qu'avant de prendre son nouveau commandement il emmena sa jeune femme. Hazembat n'eut qu'une brève occasion de revoir Sir Stephen et Lady Holloway avant leur départ quand Sir Hew organisa pour eux, à bord de la *Jenny*, une promenade de plaisance autour du vaste estuaire. Toujours dans son uniforme de quartier-maître français, Hazembat commandait la manœuvre. Quand le jeune couple vint le saluer sur la dunette, il se mit instinctivement au garde-à-vous devant Stephen.

— Non, dit le commodore, c'est moi qui te dois le respect aujourd'hui, Bernard. Je ne suis qu'un passager, et toi, tu es le maître après Dieu sur ton navire.

La remarque était bien intentionnée, mais dérisoire. Il y avait maintenant entre eux un abîme que rien, pas même les souvenirs communs, ne pouvait franchir. Vêtue de satin vert pâle, un chapeau à plume sur ses cheveux dorés et une ombrelle délicate à la main, Jenny se tenait à l'endroit même où, cocasse dans son suroît trop grand, elle avait pleuré contre son épaule. Mais ce n'était plus la même femme. Jusqu'à sa voix qui avait changé.

Elle tendit un petit livre à Hazembat.

— Hazy, je vous ai apporté un cadeau en souvenir. Je viens de le recevoir de Londres. C'est un poème qui a été écrit par Lord Byron, un jeune poète à la mode. Il y parle longuement de Lisbonne. Ne le montrez surtout pas à *Uncle Hew,* car il y est question de la capitulation de Cintra, vous vous souvenez ?

Hazembat prit le volume et l'ouvrit. Le titre, *Childe Harold,* lui parut étrange. Puis son œil tomba sur le nom de l'éditeur, John Murray, et il se souvint de l'homme qu'il avait rencontré en compagnie du vieux Sir John au Royal Society Club, quatre ans plus tôt. C'était un ami de Claude O'Quin. D'un coup, cela souleva tous ses souvenirs du passé, depuis l'époque de ses douze ans, quand il remontait la Garonne avec le citoyen Coquin sur la barge du patron Roumégous. Une violente nostalgie lui fit monter les larmes aux yeux. Ces deux Anglais qui lui souriaient avaient beau être ses amis, ils étaient étrangers à ce passé-là.

— Merci, *milady,* dit-il.

Elle ne releva pas le *milady* et ne lui dit pas de l'appeler Jenny.

Au sommet de l'été, par une chaleur étouffante, Hazembat fut convoqué par Sir Hew qui venait enfin d'être promu général à titre définitif.

— Ah, *sailor,* dit-il, le moment est venu pour vous de prendre une décision. Je vais rejoindre l'armée de Lord Wellington qui vient d'entrer à Madrid. Le yacht ne me sera plus utile et j'ai convaincu l'Amirauté de me le racheter et de le mettre en commission. Désormais, il appartiendra à la marine de guerre. Si vous voulez rester à bord, il faudra vous enrôler.

— La guerre n'est pas terminée, *sir.*

— Cela ne tardera plus maintenant. *Boney* a commis l'erreur de s'attaquer à l'Empire du Tsar. Il aura besoin de toutes ses troupes en Russie. Wellington va balayer les Français. A vous de savoir si vous voulez vous trouver dans le camp des vainqueurs ou dans celui des vaincus.

— Je veux me trouver dans le camp de mon pays, *sir.*

Il ne savait pas trop pourquoi il disait cela. Où était son pays, maintenant ? Des trente-six années de sa vie, il en avait passé autant en exil qu'à Langon où il n'était pas retourné depuis sept ans. Que connaissait-il de la France, à part les côtes, les ports et les rives de la Garonne ? De la Révolution il n'avait entrevu que la naissance et quelques épisodes fugitifs. De l'Empire il n'avait gardé que le souvenir des acclamations du camp de Boulogne. Sa patrie, c'était la mer, et les Anglais tenaient la mer.

Sir Hew l'observait avec un sourire ironique. On sentait qu'il n'était pas fâché de lui faire payer les faveurs que la protection de Stephen et de Jenny l'avait obligé à lui consentir.

— Vous devez vous rendre compte, dit-il, que vous n'êtes qu'un prisonnier de guerre et que, si vous refusez de vous engager, je n'ai d'autre solution que de vous renvoyer sur un ponton ?

— Puis-je réfléchir, *sir* ?

— Vous avez jusqu'à demain. Le nouvel équipage viendra prendre possession de la *Jenny* à midi. Si le cœur vous en dit, il vous suffira de vous présenter au maître d'équipage. Il vous fera signer votre engagement et prêter serment, sinon les *marines* vous ramèneront à terre sous bonne escorte.

Ce soir-là, Hazembat resta seul de garde à bord de la *Jenny.* Longuement, accoudé à la rambarde et tournant le dos à Lisbonne, il regarda les innombrables fanaux des navires s'allumer un à un dans le vaste estuaire. L'énorme et rassurante présence de la flotte anglaise était comme une tentation. Le *Valorous,* maintenant commandé par un autre capitaine, était mouillé à trois encablures, dominant de sa masse les transports et les frégates. Il suffisait d'une signature sur un papier et d'une formule réglementaire répétée à voix haute pour qu'il devînt un membre à part entière de cette force ordonnée, protectrice, maternelle presque.

Un léger choc par bâbord attira son attention. Il alla se pencher par-dessus le pavois. Un canot venait d'aborder la *Jenny* et un homme grimpait le long de l'échelle de lattes donnant accès à la coupée.

— Qui va là ? cria-t-il.

— C'est moi, Nat, répondit une voix tranquille.

L'Américain prit pied sur le pont.

— Nat ? D'où viens-tu ?

— Du *Valorous.* Si je n'y suis pas demain matin, il y aura un R en face de mon nom sur le rôle d'équipage.

Il n'y avait que trois mentions possibles sur le rôle des navires anglais pour les matelots absents à l'appel : D pour *discharged,* débarqué, DD pour *discharged dead,* mort, ou R pour *run,* déserteur.

— Tu désertes ?

— Je n'ai pas le choix. Tu n'as pas entendu dire que la guerre était déclarée entre les Etats-Unis et l'Angleterre depuis le 18 juillet ?

— Non. Pourquoi ? Les Américains se mettent du côté de Napoléon ?

— Ils se mettent contre ceux qui arraisonnent leurs navires. Napoléon et les Anglais se sont mis en tête d'interdire aux navires neutres de commercer, l'un avec les possessions britanniques, les autres avec le continent. Seulement, les Anglais sont les seuls à posséder une flotte pour imposer leurs prétentions et ils ne s'en privent pas.

— Je croyais que les Américains engagés volontaires dans la marine anglaise avaient une sorte de sauf-conduit qui leur permettait de quitter le service quand ils le désiraient.

— Oui, une *protection,* mais, quand ça les arrange, les Anglais continuent à considérer les Américains d'origine anglaise comme des sujets britanniques. Si je reste à bord du *Valorous,* malgré l'état de guerre, je n'aurai pas d'ennuis.

— Alors pourquoi n'y restes-tu pas ?

— Il va appareiller pour les eaux américaines. Je ne

veux pas faire la guerre contre mon pays. Tu dois comprendre ça ?

Hazembat ne lui avoua pas que, quelques minutes plus tôt, il envisageait sérieusement de s'engager dans la marine anglaise. L'idée, soudain, lui paraissait inconcevable.

— Mais comment vas-tu faire ? demanda-t-il. Tu as un plan ?

Nat laissa errer son regard sur le pont, puis dans le gréement de la *Jenny.*

— On aura du mal, mais je pense qu'à nous deux nous pouvons faire naviguer ce bateau..., c'est-à-dire si tu es disposé à partir toi aussi.

Il n'y avait pas à se poser la question. La chose était évidente.

— Je suis d'accord. Mais, si nous partons ce soir, il n'y a presque pas de ravitaillement à bord.

— Le tout est d'atteindre la côte cantabrique : les Français y sont, sauf au Ferrol et à Gijon. C'est une affaire de trois cent cinquante à quatre cents milles. Si la brise de sud-ouest tient bon, nous pouvons y être en deux jours.

Déjà, l'esprit d'Hazembat travaillait.

— Il faut que nous ayons gagné la haute mer avant l'aube. On peut compter une trentaine de milles. En partant tout de suite, nous pouvons y arriver. Le jusant nous aidera : la marée tourne dans une heure. Nous allons établir la grand-voile et je vais t'aider au cabestan pour lever l'ancre.

Un quart d'heure plus tard, tous feux éteints, la *Jenny* commença à glisser imperceptiblement sur les eaux noires du Tage, prenant le vent par petit largue, bâbord amures. Hazembat tenait la barre, et Nat, à l'avant, ouvrait l'œil au bossoir pour surveiller la route. Ils longèrent le *Valorous,* puis plusieurs frégates sans attirer l'attention.

A hauteur de la tour de Belém, ils allumèrent la lanterne arrière et le fanal du grand mât. Jusque-là, ils pouvaient passer inaperçus dans la masse des navires, mais, ensuite, une embarcation sans feux descendant l'estuaire pouvait attirer l'attention et paraître suspecte. Des canots de garde ramaient continuellement d'une rive à l'autre.

Effectivement, ils furent hélés par un canot à hauteur de Pedrouços. Heureusement, l'enseigne qui le commandait reconnut la *Jenny*.

— Ohé de la *Jenny* ! cria-t-il. Service de nuit ?

Hazembat alla se pencher au-dessus du bastingage.

— Pas si fort ! Vous allez réveiller le général !

— Bonne route, patron !

Ils ne furent pas davantage inquiétés et, quand l'aube se leva, la terre n'était plus en vue. Ils hissèrent la voile de misaine et établirent le foc, puis, par grand largue, mirent le cap au nord.

Le temps était beau et la brise modérée, mais il y avait quelque chose d'humide et de lourd dans la qualité de l'air qui inquiétait un peu Hazembat. Nat lança le loch et estima la vitesse à six nœuds, puis il fit l'inventaire des provisions. Pour la nourriture, il n'y avait pas à s'inquiéter : une caisse de biscuits à peine entamée et un demi-jambon apporté là, sans doute, par João. C'était la boisson qui pourrait poser un problème si le voyage se prolongeait : deux bouteilles de vin et une dizaine de pintes d'eau au fond d'une barrique. Hazembat se souvint que le navire devait être ravitaillé en eau le lendemain. Il n'emportait jamais une provision bien importante d'eau fraîche, étant donné la brièveté des voyages. Cela voulait dire qu'il faudrait se montrer économe, surtout si la traversée durait plus des deux ou trois jours prévus.

Vers le milieu de l'après-midi, ils croisèrent une frégate appartenant sans doute à l'escadre de surveillance. Hazembat hissa aussitôt le pavillon britannique et ses signaux d'identification. La frégate parut s'en contenter et continua majestueusement sa route vers le sud.

Dans la matinée du lendemain, le vent tourna plein sud et devint plus chaud. La mer se couvrit d'une légère brume tiède et transparente. A midi, Hazembat fit le point avec l'octant et trouva 41 degrés, 32 minutes de latitude. Ils approchaient de la frontière du Portugal. Il y avait des chances de trouver des troupes françaises le long de la côte, mais la situation militaire était confuse et la prudence indiquait d'aller plus au nord pour contourner la Galice.

Ils estimaient leur distance de la côte à une dizaine de milles, mais ils pouvaient se tromper de moitié et il y avait alors le danger d'aller se fracasser pendant la nuit sur les rochers du cap Finisterre. D'un commun accord, ils obliquèrent légèrement vers le large. Un d'entre eux était toujours à la barre et l'autre toujours de vigie, soit au bossoir, soit dans les barres du grand mât. Chacun n'arrivait à dormir qu'une ou deux heures de suite, pendant le jour, quand la mer était dégagée et la visibilité parfaite. La fatigue qui pesait sur eux se faisait d'autant plus rudement sentir que le vent du sud asséchait la peau et rendait le rationnement d'eau plus difficile à supporter.

Quand Hazembat fit le point, le troisième jour, sur une mer clapoteuse, il trouva une latitude qui les situait un peu au nord de La Corogne. C'était là qu'il avait jadis miraculeusement échappé à l'explosion de la *Belle de Lormont.* C'était tout près de là que la *Bayonnaise* avait fait sa rencontre fatale avec les navires anglais et tout près de là aussi que l'*Algésiras* avait livré bataille aux navires de l'amiral Calder. Il y avait, dans ce coin d'océan que rien ne marquait, quelque chose comme un nœud de son destin et il sentit une sorte d'angoisse lui serrer les tripes.

Comme pour lui donner raison, la tempête de sud éclata brutalement. De gros nuages blancs bourgeonnèrent soudain par l'arrière, portant à leur base la nuit et l'orage dans des rafales de trente à quarante nœuds. Ils eurent tout juste le temps d'affaler la voile de misaine et de réduire la grand-voile au tiers. Le foc était parti en lambeaux. Puis, agrippés tous deux à la roue, ils tentèrent de mettre à la cape, par est-nord-est. Les lames soulevées par la tempête venaient se heurter à la grande houle de l'Atlantique, donnant une mer hachée et dure qui mettait la *Jenny* à rude épreuve, mais cela semblait un peu limiter la dérive. Ils passèrent la journée à lutter pour maintenir le navire sur son cap.

La tempête se calma le matin du quatrième jour, alors qu'ils n'avaient presque plus de force pour résister aux coups de boutoir de la mer sur le safran du gouvernail et qu'ils allaient se résoudre à fuir à sec de toile. Ils se restaurèrent un peu et burent le reste de l'eau. Dans quarante-huit heures au plus tard, il leur faudrait toucher terre. Quand Hazembat fit le point, il trouva 43 degrés, 50 minutes de latitude, ce qui les mettait à dix ou vingt milles de la côte de Galice. Restait à connaître la longitude. Hazembat alla chercher son chronomètre.

— Le soleil était au plus haut il y a cinq minutes, dit-il. Le chronomètre marque midi trente-cinq. Il y a une heure de différence pour quinze degrés. Ça devrait nous mettre à sept ou huit degrés à l'ouest de Greenwich, c'est-à-dire à l'est du Ferrol.

Du bout du doigt, il traça sur le pont une carte grossière.

— En piquant sud-sud-est, nous devrions toucher terre quelque part entre Le Ferrol et Gijon. Il vaudrait mieux aller plus à l'est encore, mais nous n'avons pas le choix.

Il soufflait toujours une jolie brise de sud et il fallut ranger le vent en prenant bord après bord. C'était une besogne épuisante. D'un commun accord, Nat et Hazembat se donnèrent du cœur au ventre en débouchant une des bouteilles de vin, mais cela ne fit qu'augmenter leur soif.

Vers deux heures du matin, comme Hazembat, à la barre, luttait contre le sommeil, il entendit Nat qui criait :

— Des brisants par le bossoir bâbord !

Il courut le rejoindre. Aucun doute : le chuintement rageur qu'apportait le vent était bien celui de vagues déferlant sur des rochers à environ un mille. Aussitôt, ils mirent le navire en panne, lancèrent un caillebotis en guise d'ancre flottante et se tinrent aux aguets à l'avant.

L'aube révéla une côte abrupte au pied de laquelle le soleil levant blanchissait une frange d'écume. Un peu plus tard, ils devinèrent des pentes vert pâle et des falaises gris-rose dans la lumière du matin.

Soudain, la ligne de crêtes parut familière à Hazembat.

— C'est le cap Prior ! s'écria-t-il. Nous sommes tout près du Ferrol ! Change de bord, Nat ! Il faut remonter plus loin le long de la côte !

En même temps, il mettait le cap est-nord-est. Si ses calculs étaient exact, Cedeira devait se trouver à une dizaine de milles. Restait à espérer que le village ne serait pas occupé par les Anglais.

Trois heures plus tard, il reconnaissait l'entrée de la baie. Prudemment, il se tint à un mille sous le vent, prêt à fuir au premier signe d'une présence anglaise. Il courut un bord jusqu'au-delà de la passe, se rapprochant lentement. La petite crique devant Cedeira ne contenait que les cinq ou six barques de pêche habituelles. Il ne pouvait voir jusqu'au fond de la partie ouest de la baie, mais il savait que les fonds étaient insuffisants pour recevoir un navire de tonnage moyen. De l'œil, il explora la plage de galets et les maisons couvertes de loses grises. Rien ne semblait indiquer une présence militaire quelconque. N'eût été une femme qui réparait un filet sur la rive, on aurait dit que le village était vide.

Il engagea la *Jenny* dans la baie. L'arrivée du navire ne parut pas provoquer d'émotion particulière. C'est tout juste si quelques enfants se montrèrent sur le pas des portes et descendirent vers la plage. Il était évident que les habitants de Cedeira ne redoutaient pas de danger venant de la mer.

En quelques coups de rames du canot, ils touchèrent terre et prirent le chemin des maisons. C'est quand ils s'engagèrent dans la ruelle qui longeait l'église qu'Hazembat se dit un peu tard qu'il serait en danger si quelqu'un le reconnaissait comme le matelot français miraculeusement sauvé des eaux seize ans plus tôt. Mais c'était peu probable. On l'avait à peine entrevu lors de sa brève visite de 1804. Par prudence, cependant, il évita l'église. Si le curé Don Miguel y était encore, il pourrait se souvenir de lui.

Une légère fumée filtrait par le toit de ce qui avait été la maison de Manoel. Devant la porte, un garçon d'une douzaine d'années épissait un cordage et, à la manière dont il s'y prenait, on voyait qu'il avait l'habitude. Il regarda les nouveaux venus sous d'épais sourcils hostiles.

— *Esta Irma ?*

Le garçon tourna la tête vers la maison et cria :

— *Mama !*

Hazembat eut un choc en la voyant paraître. Il avait gardé le souvenir d'une jeune femme mince, aux yeux clairs et volontiers aguichants. C'était maintenant une vieille édentée et ridée chez qui on commençait déjà à deviner le faciès amer de Mama Carla. Il calcula qu'elle devait être un peu plus jeune que lui, donc avoir à peine plus de trente ans, l'âge de Pouriquète. Son cœur se serra.

— *Irma,* dit-il, *yo soy Hazembat, no recuerdas ?*

Elle resta un moment sans réaction, puis ses yeux soudain s'éclairèrent.

— *Si ! si ! o marino ! agora te lembróu !*

Un instant, Hazembat crut entrevoir l'Irma d'autrefois, rajeunie par l'émotion.

— *Queirades vos entrar !*

Elle les précéda dans la cabane. Autour de l'âtre, il faisait une chaleur étouffante dans une âcre odeur de fumée. Irma n'avait pas perdu l'habitude de parler inlassablement, mais maintenant, à force d'avoir entendu parler portugais, Hazembat comprenait mieux son patois galicien.

Elle regardait Nat curieusement, comme si elle essayait de retrouver un souvenir. Hazembat comprit qu'elle s'inquiétait de Jantet.

— Il est en France, dit-il. Il s'est marié.

Une rapide lueur de tristesse passa dans les yeux délavés, puis elle mit sa main devant sa bouche, comme prise de peur.

— *Francia ! Vos franceses,* dit-elle et elle fit signe de couper la gorge.

— Non, dit Hazembat, nous sommes américains, tu comprends ? américains !

— *Americanos, si !*

— Où sont les Anglais ?

Elle fit de grands gestes.

— *Ingleses, Franceses, guerilleros... vão, vêm... roubam, matam...*

Hazembat se tourna vers Nat.

— Elle dit qu'il passe des Anglais, des Français, des guérilleros espagnols et qu'ils font des ravages. Je lui ai dit que nous étions américains.

Avec un léger sourire, Nat haussa les sourcils.

— Je suis très honoré de t'avoir pour compatriote. Nous partagerons la même corde de chanvre si la *Navy* nous met la main dessus. La disparition de la *Jenny* ne tardera pas à être signalée à la flotte. Demande-lui s'il vient des navires anglais. C'est le danger que nous avons à redouter par-dessus tout.

A la question, Irma répondit négativement.

— Si elle peut nous abriter, dit Hazembat, nous pourrons reprendre la mer demain soir. Avec un bon vent, il ne nous faudra pas plus de quarante-huit heures pour atteindre la côte française.

Irma accepta d'enthousiasme. La présence des deux hommes semblait la rassurer plutôt que l'inquiéter. A la nuit tombante, le garçon vint partager la *feijada* devant l'âtre. C'était le seul enfant survivant d'Irma. Il s'appelait Manoel, comme son père, et faisait déjà la pêche pour son compte.

Peu à peu, dans l'intarrissable flot de paroles d'Irma, Hazembat recueillait quelques informations. Il n'y avait pratiquement plus d'hommes au village. Ils avaient été enrôlés par la Junta dans l'armée royale de Galice ou avaient suivi Don Miguel qui commandait une bande de guérilleros dans les montagnes du Léon. Irma parlait de lui avec une sorte de terreur, comme d'un chef cruel et sanguinaire.

La nuit fut calme. Aidés du jeune Manoel, Hazembat et Nat profitèrent de l'obscurité pour avitailler la *Jenny* en eau. Sur le conseil de Manoel, ils ramenèrent leurs sacs à terre par crainte des voleurs.

Hazembat dormait encore sur la litière de varech quand Nat le réveilla.

— Viens voir. Je crois que nous avons de la visite.

Dans l'aube naissante, le village était silencieux et calme, mais sur les pentes avoisinantes s'élevaient une dizaine de petites fumées bleues. Elles se joignaient pour former une nappe légère qui stagnait au-dessus de la baie. La première idée qui vint aux deux hommes fut une réaction de marins.

— Calme plat, dit Hazembat. Pas question de lever l'ancre.

Nat observait les fumées.

— Des feux de bivouac. Ils ont dû arriver pendant la nuit.

— Ce sont sans doute des soldats. Si c'étaient des guérilleros, ils n'auraient pas campé hors du village.

Comme pour confirmer la remarque, un clairon retentit et des formes confuses s'agitèrent près des feux. Irma s'était levée et regardait du pas de la porte.

— *Estes são o Ejercito Real de Galicia,* dit-elle. *Menos mal.*

Dans la lumière grandissante, on distinguait maintenant des uniformes qui avaient dû être blancs, mais qui se confondaient maintenant avec le gris-brun de la roche.

— Ce sont des troupes régulières espagnoles, dit Hazembat. Il y aura peut-être moyen de discuter avec eux.

Les deux soldats qui se présentèrent un quart d'heure plus tard avaient plus l'air de brigands que de militaires. Seules, leurs guêtres maculées, leurs culottes pisseuses et la croix de Saint-Jacques rouge cousue sur ce qui restait de leurs vestes d'uniforme les identifiaient comme des membres de l'armée de Galice. D'un geste qui trahissait une longue habitude, Irma alla sur le pas de la porte leur donner quelques poignées de haricots et un chou vert. Ils protestèrent en patois galicien contre la modicité de la contribution. Poussant Irma de côté, ils pénétrèrent dans la maison. C'est alors qu'ils découvrirent Hazembat et son compagnon.

— *Quienes sois ?* demanda le plus âgé des deux qui avait une grosse tête recuite de paysan.

— *Somos marineros americanos,* répondit Hazembat.

— Que faites-vous ici ?

— Notre bateau est là-bas sur la baie. Nous sommes venus nous ravitailler en eau pour continuer notre route.

— Il faut voir le sergent.

— Mais nous allons repartir !

— C'est le sergent qui décidera.

Il agitait son fusil de façon significative. Son collègue, qui venait de dénicher un poisson séché derrière une poutre, donna un coup de crosse dans les côtes d'Hazembat.

— *Al sargento ! Correr !*

Le détachement se composait d'une vingtaine d'hommes et le sergent paraissait l'officier le plus haut en grade. C'était un vétéran moustachu dont l'uniforme était plus complet et mieux tenu que celui de ses hommes. Il examina les prisonniers d'un œil perspicace, puis il s'épongea le front avec un mouchoir à carreaux sale et troué.

— *Americanos, entonces?* J'ai entendu dire à La Corogne que les Américains étaient en guerre contre les Anglais. C'est vrai ?

— C'est vrai, sergent.

— Mais pas contre nous autres, les Espagnols ?

— Non, sergent.

Il réfléchit longuement.

— C'est une situation difficile. Il faut que le colonel décide.

— Où est le colonel ?

Son geste fut vague : quelque part dans le sud.

— Avec le régiment, du côté de Lugo... ou plus loin.

— Mais notre bateau est ici. Il faut que nous rembarquions.

Le vieux sergent fit courir son regard sur Hazembat.

— Lui, il est peut-être américain, toi, j'en suis moins sûr. J'ai fait campagne dans les armées de l'Empereur et je sais reconnaître une tenue de marin français quand j'en vois une.

— Je vous assure, sergent...

Levant la main, il l'interrompit.

— Je ne veux pas en savoir davantage, mais j'imagine que ni l'un ni l'autre ne seriez très contents si je vous faisais escorter jusque chez les Anglais, au Ferrol. Ce n'est pas loin. Vous pourriez y être ce soir et, demain matin, vous vous balanceriez au bout d'une corde.

De l'index, il frotta une cicatrice sur son menton râpeux.

— Si vous vous rembarquez, vous tomberez sur les Anglais. Ils viennent d'occuper Santander et Bilbao. D'autre part, si vous restez ici, vous y serez vite découverts et égorgés par les hommes de Don Miguel ou d'un autre chef de bande. Quant aux Français, il ne faut pas que vous comptiez sur eux. Ils ne se hasardent plus guère sur la côte. En ce moment, ils font mouvement pour chasser Wellington de Madrid et nous, nous sommes sous les ordres de Wellington... du moins nous y serons quand nous aurons retrouvé notre régiment. Croyez-moi, de gré ou de force, il vaut mieux que vous restiez avec nous.

Quand Hazembat eut traduit à Nat les propos du sergent, l'Américain demanda :

— Pouquoi nous épargne-t-il ? Il n'a aucune raison.

A la question, le vieux sergent répondit par un sourire.

— Ecoute, mon garçon, ce n'est pas à des... Américains que j'apprendrai les vertus du régime constitutionnel et des droits de l'homme. Notre mission à nous, détachement de l'armée royale, c'est de proclamer partout la Constitution qu'ont votée les Cortes de Cadix. Nous ne tuons que si c'est nécessaire et, si nous aidons les Anglais à libérer notre pays des brigands français, ce n'est pas pour nous transformer en brigands nous-mêmes. Qui que vous voyez, le sergent Castañeda n'est pas en guerre contre vous.

— Pourquoi nous garde-t-il prisonniers, alors ? demanda Nat.

— Prisonniers ? pas du tout ! répondit le sergent. Je vous offre simplement d'être des compagnons de route.

— Nous sommes libres de choisir ? demanda Hazembat.

— Ecoutez, je vais proclamer la Constitution dans ce village et nous nous mettrons en route pour Ortigueira quand le soleil commencera à baisser. Vous pourrez nous accompagner et avoir une chance de survivre ou rester ici, mais morts, parce que je ne vous connais pas assez pour vous laisser derrière. Supposez que vous soyez les espions français en train de préparer un débarquement. Je ne le crois pas, mais, en guerre, on n'est jamais trop prudent.

Vers midi, le sergent Castañeda alla lire la proclamation des Cortes à la trentaine de femmes, de vieux et d'enfants qui composaient la population du village. Il la résuma en patois galicien sans susciter le moindre signe d'intérêt, puis il en cloua un exemplaire sur la porte de l'église.

Un peu avant de lever le camp, deux soldats escortèrent Nat et Hazembat chez Irma pour qu'ils y récupèrent leur fardage. Hazembat prit le petit Manoel par les épaules.

— Ecoute, garçon, dit-il, ce bateau avec lequel nous sommes venus, tâche de le cacher au fond d'une crique. Je te le donne. Plus tard, tu pourras t'en servir et prends-en soin : c'est un bon bateau.

Le détachement arriva à Ortigueira dans la nuit. Le village était un peu plus important que Cedeira, mais il avait été récemment dévasté par un raid de guérilleros. Castañeda n'eut presque pas d'auditeurs pour la lecture de sa proclamation.

— Maintenant, dit-il à Hazembat, nous allons nous diriger vers Lugo en passant par Cabreiros. Notre colonel, le comte de Campiña, doit se trouver par là avec le gros des troupes.

La longue marche sur les sentiers de montagne était pénible. Jour après jour, on s'enfonçait à l'intérieur des terres, mais Hazembat n'éprouvait pas cette angoisse que lui donnait en général l'éloignement de la mer.

Comme au temps où il allait de Saint-Jacques-de-Compostelle à Bilbao avec les Basques de Don Gorka, il avait l'impression de naviguer sur un océan immobile. On aurait dit que les crêtes qui se succédaient à perte de vue étaient les vagues d'une mer figée.

Toujours grave et silencieux, Nat s'adaptait extraordinairement bien aux difficultés du chemin. Les hommes du détachement avaient fini par l'adopter comme un des leurs et il commençait à baragouiner un mélange de galicien et de castillan. Il s'acquit une considération particulière quand les soldats tuèrent une vache efflanquée, perdue dans la montagne. Ils se gorgèrent de viande et s'apprêtaient à laisser les restes de la carcasse aux charognards quand Nat leur montra comment on pouvait faire sécher les bouts de maigre qui adhéraient encore aux os, les réduire en grains avec un peu de gras et obtenir ainsi une nourriture qui pouvait durer des semaines.

Cela se passait dans la montagne au sud de Lugo et l'automne était déjà avancé. A Lugo, les soldats avaient trouvé une ville en état de siège, aux mains d'une milice locale bien décidée à résister aux assauts des Français. L'armée de Galice avait déjà fait mouvement vers le sud-est et le mot d'ordre était de rejoindre le gros des troupes à Pampliega, devant Burgos. Castañeda examina la carte grossière que lui avait remise l'*alcalde* de Lugo.

— Presque cent lieues ! grogna-t-il. Une fois la montagne franchie, il nous faudra des semaines pour y arriver et, si l'hiver nous prend en route, peut-être des mois !

On était déjà en octobre et la bise se faisait glaciale. Il y eut de la neige au col de Cabrero, à la frontière du Léon, et la troupe se trouva bloquée une semaine dans une cabane de berger. C'est là que le pemmican de Nat se révéla providentiel.

Puis le temps se leva et Castañeda conduisit prudemment ses hommes sur les pentes verdoyantes du Bierzo. Trois fois, ils rencontrèrent des bandes d'irréguliers qui pillaient les villages, mais c'étaient de petits groupes faméliques qui fuyaient le contact des soldats.

Inlassablement, Castañeda lisait sa proclamation dans tous les villages, plus ou moins bien accueilli, parfois hué ou couvert d'injures par le curé. Çà et là, il recueillait des informations. On disait que Wellington avait fait retraite devant Burgos et que les Français poussaient des pointes de plus en plus audacieuses vers le sud et l'ouest. Certains prétendaient même qu'on avait vu des patrouilles de hussards et de chasseurs impériaux entre Palencia et Léon. C'était une étrange guerre où il n'y avait ni front ni territoire conquis : des armées ou des fragments d'armées se pourchassaient à l'aveuglette dans le labyrinthe des montagnes espagnoles sans qu'il y eût jamais de bataille décisive.

Si les Anglais se retiraient de Madrid vers le Portugal, il était probable que l'armée de Galice refluerait vers l'ouest. Castañeda décida de gagner les abords d'Astorga et d'y prendre ses quartiers d'hiver en attendant les événements. Le détachement s'installa donc en bordure d'un bois, près du village de Santa Colomba de Somoza dont les habitants se montrèrent accueillants. Il restait un peu de seigle et de maïs dans les *horreos* construits à l'entrée du hameau et Nat montra comment dresser des pièges pour prendre les lièvres engourdis par le froid. Un jour, même, il traqua et abattit un cerf d'un seul coup de fusil.

Complètement intégrés à la troupe, mais non armés, les deux prisonniers prenaient la garde avec les autres. C'est ainsi qu'à la mi-janvier, par un matin de grand froid, Hazembat vit un spectacle qui lui rappela le temps de la Grande Peur, juste avant la Révolution. Sur le chemin pierreux qui longeait le bois, des paysans parurent, chargés de sacs et de paniers, fuyant devant eux comme jadis les gens de Saint-Macaire pris par la peur des brigands.

Il alerta Castañeda qui courut jusqu'au chemin et s'enquit des causes de cette panique. Quand il revint, il avait l'air soucieux.

— Ce sont les Français, dit-il. Ils sont passés par

Astorga sous prétexte de lever les impôts et ils ont incendié un village à trois lieues d'ici.

Hazembat aurait dû se réjouir d'apprendre que ses compatriotes étaient tout proches, mais il se sentait maintenant si solidaire de ses compagnons qu'il ne songea qu'au danger.

— Ils sont nombreux ?

— Difficile à savoir : les imaginations travaillent. Ce qui est certain, c'est que l'infanterie est précédée par des éclaireurs à cheval. S'ils se dirigent vers l'ouest, ils vont certainement faire une reconnaissance par ici. Tout le monde à l'abri à la lisière des arbres !

Le flot des fuyards devenait plus dense. Caché derrière les buissons, dans le sous-bois, Hazembat, le cœur serré, regardait le cortège lamentable. Soudain, il y eut des cris, une bousculade et une douzaine de cavaliers surgirent au grand galop. Ils portaient des uniformes à parements verts et de hauts shakos surmontés de plumets rouges. Sabre au clair, ils chargeaient à travers la cohue, culbutant et piétinant tout ce qui se trouvait sur leur passage.

Un grand paysan âgé et noueux, une fourche à la main, se dressa devant eux et tenta d'embrocher le cavalier qui fonçait sur lui. Un revers de sabre l'abattit et les cavaliers, comme fous furieux, se mirent à sabrer aveuglément autour d'eux, fendant les crânes, tranchant les nuques, trouant les poitrines. Déjà, des cadavres de femmes et d'enfants jonchaient le chemin et les survivants, éperdus, lâchant leurs fardeaux, s'enfuyaient à travers champs, poursuivis par les soldats aveuglés de rage et de furie meurtrière. D'horribles visions des massacres à Saint-Domingue et à la Guadeloupe remontèrent à l'esprit d'Hazembat et lui nouèrent la gorge.

— Sergent ! cria-t-il, il faut tirer ! Vous n'allez pas laisser faire cela !

— *Calma, hermano,* répondit Castañda. Ce ne sont que des éclaireurs. L'infanterie est derrière. C'est à elle que nous devons réserver le peu de munitions qui nous reste.

Piquant droit sur les taillis où étaient cachés les

Galiciens, une femme courait, hurlant, bouche grande ouverte, un enfant en bas âge dans les bras. Un cavalier la poursuivit et, de la pointe du sabre, embrocha l'enfant. Il levait son arme pour tuer la femme quand Hazembat, hors de lui, jaillit de la broussaille, courut vers le cavalier et, s'accrochant à sa botte, tenta de le désarçonner.

— Salaud ! Assassin !

Il vit l'éclat du sabre au-dessus de sa tête, ressentit une violente douleur dans le crâne et perdit conscience.

CHAPITRE XII

LE RETOUR

Une voix dit :

— Il revient à lui, mon capitaine.

Ouvrant les yeux, Hazembat vit un visage moustachu et maigre qui se penchait sur lui.

— Tu es français ?

Confusément, il hésita entre *yes* et *si* avant de répondre oui. Il y avait si longtemps qu'il n'avait pas parlé français.

— Tu es marin ?

— Oui... prisonnier de guerre, cap... mon capitaine.

— Tu t'es évadé ?

— Oui, de Lisbonne, mon capitaine.

Il était couché dans l'herbe, au bord du chemin. On entendait des coups de feu isolés à courte distance. Faisant effort sur ses coudes, il tenta de s'asseoir. Une main l'aida, le prenant à l'épaule. Son crâne était douloureux, comme près d'éclater.

— C'est encore une chance que tu aies injurié le brigadier Merle en français. Il ne t'a frappé que du plat du sabre. Autrement, ç'aurait été le tranchant.

La vision d'horreur remonta soudain devant ses yeux.

— Pourquoi a-t-il tué cet enfant ?

— Pourquoi fait-on la guerre, matelot ? Où as-tu été fait prisonnier ?

— A Trafalgar, mon capitaine, sur l'*Algésiras.*

— Trafalgar ? Ça fait plus de sept ans ! Tu as pris ton temps pour t'évader ! Comment t'appelles-tu ?

— Bernard Hazembat, mon capitaine, matelot de 1re classe, timonier breveté.

— Et d'où es-tu ?

— De Langon, mon capitaine. J'étais batelier sur la Garonne.

Hazembat distinguait maintenant autour du capitaine deux soldats armés qui tenaient leurs fusils braqués sur lui. Plus loin, sur le chemin, d'autres soldats rassemblaient les paysans en fuite et vidaient leurs baluchons.

— Caporal ! aboya le capitaine. Trouvez-moi le chasseur Lartigau. Je crois qu'il est de par là.

Le soldat qui se présenta quelques instants plus tard était brun de poil et de peau. Hazembat ne l'avait jamais vu.

— Cet homme dit qu'il est de Langon. Tu es du coin, je crois ?

— De Saint-Macaire, mon capitaine.

— Fais-le parler.

L'homme se tourna vers Hazembat.

— *Alavetz, qu'es de Langon, tu ?*

— *Vertat : jo que soi lo hilh de Hazembat, lo marinièr.*

— Hazembat ? Comment s'appelle son courau ?

— L'*Aurore.*

— J'ai entendu parler de toi. On disait que tu étais mort.

— J'ai été laissé pour mort.

— Tu avais une fiancée ?

— Oui, Marie Dubernet, la cadette, celle qu'on dit Pouriquète. J'ai entendu dire qu'elle s'était mariée avec Jantet, le fils Rapin.

Malgré sa douleur au crâne, cela lui faisait mal rien que de le dire.

— Il a bien l'air d'être celui qu'il prétend, mon capitaine, dit Lartigau. J'ai entendu parler de sa famille. En tout cas, ajouta-t-il non sans une certaine nuance de mépris, il a l'accent de Langon.

— Emmène-le avec toi dans ton escouade et tiens-le à

l'œil. Je verrai ce que je fais de lui quand il sera requinqué.

Il fut accueilli sans hostilité par les camarades de Lartigau, presque tous de jeunes recrues. Lartigau lui-même, qui avait à peine vingt-cinq ans, faisait figure de vieux briscard. Il avait été à des batailles qui portaient les noms de Iéna, Eylau, Friedland et n'avait pas quitté l'Espagne depuis 1808.

— C'est un putain de pays, expliqua-t-il. D'abord, on y claque du bec, ensuite il y a des couteaux pour t'égorger dans toutes les mains, y compris celles des enfants. C'est un peuple d'assassins. Les seuls bons Espagnols sont les Espagnols morts.

Hazembat songea soudain à ses compagnons de route.

— Il y avait des soldats espagnols dans le bois. Qu'est-ce qu'ils sont devenus ?

— Ils nous ont tiré dessus et puis ils se sont carapatés quand nous avons donné l'assaut. Ils ont laissé un mort et nous avons fait deux prisonniers.

— Où sont-ils ?

De la tête, Lartigau montra un arbre où se balançait une forme revêtue de blanc grisâtre.

— Il y en a un là. L'autre est un espion anglais. Le capitaine Leclerc l'interroge avant de le faire fusiller.

— Un espion anglais ?

— Il parle anglais, en tout cas.

D'un bond, Hazembat se leva, éveillant une douleur lancinante dans sa tête.

— Où est le capitaine ? Il faut que je lui parle !

— Qu'est-ce que tu veux lui dire ?

— Ce n'est pas un Anglais, c'est un Américain !

— C'est tout comme !

Sans répondre, il se dirigea en titubant vers l'unique tente du bivouac, qu'il supposait être celle du capitaine. Le factionnaire l'arrêta, croisant la baïonnette. Furieux, il se regimba en jurant bruyamment. Le capitaine Leclerc parut à l'entrée de la tente.

— Qu'est-ce qu'il y a encore, matelot ?

— Le prisonnier, mon capitaine, il est américain !

— C'est ce que j'ai cru comprendre à son charabia :

Nathaniel Dickson, de Philadelphie. Mais il porte un uniforme anglais.

— Il a déserté, mon capitaine. Nous sommes partis ensemble !

— Et pourquoi a-t-il déserté ?

— Parce que les Etats-Unis sont en guerre avec l'Angleterre, mon capitaine.

— Tiens ! je l'avais entendu dire, mais je n'y croyais pas. Tu es sûr ?

— Oui, mon capitaine.

— Entre.

Nat se tenait debout entre deux soldats, les poings liés. Il adressa un discret sourire à Hazembat, puis reprit sa mine imperturbable.

— Somme toute, dit le capitaine, je n'ai que vos affirmations pour vous croire. Vous n'avez aucun document.

— Les sacs de fardage ! s'écria Hazembat. Nat y a sa *protection* et moi, j'y ai mon livret !

— Et où sont-ils, ces sacs ?

— Nous les avons laissés dans le sous-bois, là où étaient les Espagnols.

— Eh bien, allons voir. Une petite promenade ne nous fera pas de mal.

Dans le taillis où s'étaient dissimulés les soldats de Galice, il y avait un cadavre auquel on avait ôté ses chaussures. Hazembat fut soulagé de voir que ce n'était pas le sergent Castañeda. Après avoir fourragé un moment avec Nat, ils découvrirent les sacs vidés de leur contenu. Les papiers avaient volé au vent. La première chose qu'Hazembat trouva fut le petit volume que lui avait donné Jenny. Avec l'aide des soldats de l'escorte, il rassembla peu à peu la plupart des documents que le capitaine Leclerc examina avec soin. Hazembat, cependant, cherchait des yeux le coffret qui contenait l'octant et le chronomètre de Sir John.

— Ça m'a l'air correct à première vue, dit Leclerc. Il te manque quelque chose, matelot ?

— Des souvenirs personnels, mon capitaine.

— Des objets de valeur ?

— Ça dépend, mon capitaine. L'octant, ça n'a pas une grande valeur pour un terrien, mais le chronomètre sans doute.

— Un chronomètre ? Tu dis qu'on t'a volé un chronomètre ?

— En tout cas, il n'est pas là, mon capitaine.

Leclerc se tourna vers l'officier qui l'accompagnait.

— Lieutenant, faites fouiller tous les paquetages. Je ne sais pas ce que c'est qu'un octant, mais je veux ces objets dans la demi-heure.

Le pillard fut découvert en moins de vingt minutes. C'était une jeune recrue à l'air ahuri qui ne s'était manifestement pas rendu compte de la valeur des objets qu'il avait pris.

— Cinquante coups, dit Leclerc.

Dans la marine, on comptait plutôt par douzaines et on n'était pas tendre pour les voleurs. Le caporal chargé de l'exécution opérait avec une baguette de fusil. A première vue, cela avait l'air moins redoutable que le chat à neuf queues, mais quand il entendit le sifflement de la baguette dans l'air, puis le claquement sec sur le dos du condamné, Hazembat ne put s'empêcher de frémir.

L'homme était évanoui quand on le détacha.

— Soldats ! dit Leclerc d'une voix forte. Ce juste châtiment vous rappellera que les soldats de l'Empereur ne sont pas des pillards. Nous prenons sur le pays ce qui est nécessaire à notre subsistance, mais nous ne volons pas. Nous sommes en campagne pour faire respecter la loi, non pour la violer. Vive l'Empereur !

Une acclamation unanime accueillit sa harangue. Hazembat remarqua que Nat avait au coin des lèvres un petit sourire triste. Il devait penser la même chose que lui. Etrange armée, étrange guerre où l'on suppliciait un homme pour un larcin, alors qu'on n'aurait vu rien que de très naturel à ce qu'il éventrât une femme ou égorgeât un enfant.

Quand la colonne du capitaine Leclerc se remit en marche, Nat et Hazembat furent chargés du train de mules qui tirait le fourgon d'ordonnance. L'Américain montrait une singulière compétence pour ce travail qu'Hazembat trouvait difficile et rebutant. Il s'était acquis l'estime du caporal Lasseube, vieux muletier des Landes qui avait traîné ses animaux sur tous les chemins d'Europe où l'avait conduit la Grande Armée.

— *Hilhdeputa !* grommelait-il, on dirait que cet Iroquois arrive à leur faire comprendre son charabia !

Nat, à qui Hazembat traduisit ce propos, cligna un œil.

— Dis-lui que tous les Américains ont une mule pour grand-mère.

Lentement, la colonne achevait sa tournée. Il n'y eut pas de nouveaux massacres, mais les soldats français traitaient les villageois sans ménagements, comme s'ils voyaient en chacun d'eux un guérillero camouflé. Ils faisaient brutalement main basse sur tout ce qui pouvait se manger. Cela ne représentait pas grand-chose et, plus d'une fois, Hazembat eut faim.

Les chasseurs du capitaine Leclerc rejoignirent leur régiment à Valladolid le 20 mars 1813. Il régnait dans l'ancienne capitale de la Castille une agitation qui aurait tourné au désordre sans l'inflexible discipline de l'Armée impériale. Il affluait des troupes de partout. On disait que le maréchal Soult avait été rappelé pour prendre le commandement d'une armée en Allemagne. Hazembat apprit aussi que Wellington, d'abord chassé de Madrid, avait repris l'offensive. Un bataillon de sapeurs remettait en état le château royal, en face du Colegio San Gregorio, au portail couvert d'un foisonnement de sculptures. Le bruit courut que c'était pour accueillir le roi Joseph qui abandonnait sa capitale et la laissait sous le commandement du général Hugo.

Nat et Hazembat continuaient à s'occuper des mules dans le grand parc, au sud de la ville, où les chasseurs étaient cantonnés. Ils auraient pu croire qu'on les avait oubliés, n'eût été des sentinelles qui leur interdisaient de sortir du cantonnement. Quand il leur arrivait d'aller en ville pour une corvée, c'était toujours avec un détachement armé. En fait, ils étaient traités en prisonniers.

C'est le 4 avril, jour des trente-cinq ans d'Hazembat,

qu'un gendarme vint les chercher. Il les conduisit à travers les rues tortueuses de la vieille cité jusqu'à une sorte de palais dont le portail était encadré par deux géants nus qui soutenaient la corniche. On les fit longuement attendre dans une salle de garde où des soldats jouaient aux cartes, puis on vint chercher Nat. Quand il ressortit au bout d'une heure, il eut le temps de dire à Hazembat :

— Méfie-toi du policier de *Boney*. Il en sait plus long qu'il ne dit et, entre nous, il parle remarquablement anglais.

Puis on introduisit Hazembat dans un salon où deux hommes, un civil et un colonel, étaient assis derrière une table. Il crut se retrouver en 1797, quand il était rentré en France et avait été interrogé par les services de la marine à Bordeaux. Cette fois-là aussi, il y avait derrière le bureau un civil silencieux, au même regard dur et fermé.

Ce fut le colonel qui parla.

— Ton affaire concerne la marine, matelot. Tu t'arrangeras avec elle. Nous voulons seulement nous assurer que tu n'es pas un espion. Tu as déclaré au capitaine Leclerc avoir été fait prisonnier à Trafalgar et c'est bien ce que mentionnent tes papiers. Cela dit, Trafalgar, cela fait plus de sept ans. C'est beaucoup pour survivre sur un ponton.

— J'avais en emploi à terre, mon colonel.

— Quel emploi ?

— Serveur dans un café, mon colonel, et ensuite patron d'un yacht civil.

— Patron d'un yacht ? C'est ce que tu appelles un emploi à terre ? Et à qui était-il, ce yacht ?

— Au général Dalrymple, mon colonel.

— Dalrymple ? C'est ce pantin qui a signé la convention de Cintra avec Junot ? Il n'est pas gouverneur de Gibraltar ?

— Il l'a été, mon colonel. Ensuite, il a été affecté à Lisbonne.

— Et, tout ce temps, tu n'as pas essayé de t'évader ?

— Je l'ai fait dès que j'ai pu, mon colonel. Le yacht était en Ecosse.

Le civil intervint.

— Tu n'as jamais entendu parler de Louis-Guillaume Otto ?

— Jamais, monsieur. Qui est-ce ?

— C'est le commissaire à l'échange des prisonniers. Il réside à Londres. Il devait avoir ton nom.

— Je ne pense pas, monsieur. J'ai été porté disparu dans le naufrage du transport qui ramenait les prisonniers de Gibraltar en Angleterre.

— Et tu es resté disparu. C'est commode pour un espion.

Les deux hommes échangèrent un regard.

— Ecoute, dit le colonel. J'ai le pouvoir de te faire fusiller sur-le-champ, mais, si tu nous donnes des renseignements valables, je me contenterai de te renvoyer en France où l'on statuera sur ton sort.

L'interrogatoire dura deux heures, après quoi le colonel appela deux gendarmes.

— Je te fais mettre à la prison militaire, dit le colonel à Hazembat. Tu partiras par le convoi d'après-demain.

— Et mon camarade, mon colonel ?

— L'Américain ? Il est en règle. Il empruntera le même convoi pour aller chercher un embarquement à Bordeaux.

Bonasses, les gendarmes lui permirent d'aller récupérer son sac au cantonnement. Il y rencontra Lasseube.

— Au train où vont les choses, dit le vieux muletier, tu risques d'arriver en France après les Anglais.

Le convoi était escorté par un fort détachement commandé par le général Fromant. Il s'étirait sur près d'une demi-lieue. Hazembat marchait à l'arrière avec les prisonniers, encadrés par un peloton de gendarmes à cheval. Plusieurs fois, il entrevit Nat qui s'était joint à une troupe de civils derrière des fourgons où s'entassait un butin hétéroclite. Les bataillons avaient beau marcher en bon ordre, il y avait dans le cortège comme une atmosphère de retraite.

En quatre jours, ils furent à Burgos où Fromant fit des

réquisitions, puis, devant l'attitude hostile de la population, prit soixante notables en otages. Ils vinrent se joindre aux prisonniers. C'étaient tous des hommes d'âge, mais aucun ne baissait la tête.

Le 15 avril, renforcée par un bataillon de voltigeurs, la colonne quitta Burgos. Au bout de quelques heures de marche, Hazembat, par instinct de marin, nota machinalement qu'on faisait route au nord et non au nord-est, comme il eût été normal. S'il se souvenait bien, au nord de Burgos, c'était Santander, occupé par les Anglais.

A la pause, il en fit la remarque à un gendarme moins rébarbatif que les autres. C'était un vétéran au visage tailladé.

— Normalement, répondit-il, on va directement à Vitoria, mais il paraît qu'on a signalé une concentration de ces jean-foutres de guérilleros sur la rive droite de l'Ebre. Le général a dû décider de faire un détour par la montagne. Nous en serons quittes pour quatre ou cinq jours de marche de plus, mais il vaut mieux user ses souliers que se faire trouer la peau.

Le deuxième jour, on franchit un col, puis on redescendit vers le plateau en direction d'un petit village qui, dit le gendarme, s'appelait Sedano. Loin devant, on voyait les éclaireurs à cheval qui, déjà, remontaient la pente d'en face en obliquant légèrement vers l'est. Le milieu du convoi passait entre les cinq ou six maisons misérables du village quand, soudain, l'enfer éclata. De toutes les ondulations du terrain qui, l'instant d'avant, paraissaient désertes, des centaines de tireurs surgirent, mitraillant la colonne. Sur la crête, deux canons se mirent à tonner : du 12 de marine, songea Hazembat. La flotte anglaise avait dû y pourvoir.

Il y eut un moment de panique, surtout quand, des maisons en ruine, se déclencha un violent feu de mousqueterie. Le convoi se trouvait maintenant divisé en plusieurs tronçons. En avant, sur les pentes à l'est du village, la cavalerie tentait de s'ouvrir un chemin à coups de sabre. A la sortie nord du village, le général Fromant avait fait former le gros des troupes en carré, mais il était coupé de l'arrière-garde par les tireurs embusqués dans les maisons, qui balayaient le chemin de salves meurtrières. Tandis que les hommes du bataillon d'arrière-garde se déployaient en tirailleurs, les fourgons du convoi, entremêlés en un inextricable désordre, n'étaient plus protégés que par les gendarmes qui, abandonnant leurs prisonniers, mirent pied à terre pour faire le coup de feu. Ils se battaient avec courage, tombant l'un après l'autre sous les coups d'un ennemi supérieur en nombre.

Au grand galop, une troupe déboucha d'un ravin. Elle était menée par un homme de haute taille qui portait un bicorne mais était habillé comme un paysan.

— *Por Dios ! es Longa !* s'écria un des otages espagnols avant d'être touché par une balle perdue.

Hazembat rampa vers lui et lui souleva la tête.

— Ce n'est rien, *amigo,* dit l'autre. Juste une éraflure au bras. Ce n'est pas payer cher pour la liberté. *Viva Longa !*

— Qui est Longa ?

— Qui es-tu, toi, pour ne pas connaître Longa ? C'est un des plus puissants chefs de guérilla du nord de l'Espagne. Il a des dizaines de milliers d'hommes entre la Navarre et la Biscaye.

La ligne des gendarmes s'amincissait à vue d'œil. Une charge de guérilleros, sabre au clair, la perça. Les Français se battaient héroïquement à l'arme blanche, mais tombaient, un à un, sous les coups de l'ennemi.

— Libérez les otages et donnez-leur des chevaux ! cria Longa.

Blessé à l'épaule droite, le gendarme avec qui Hazembat avait parlé taillait du bras gauche devant un fanion tricolore fiché en terre. Une demi-douzaine de cavaliers s'acharnaient autour de lui. L'un d'entre eux lui fendit le visage d'un coup de sabre et, tournant bride, voulut rafler le fanion au passage.

— Non ! cria Hazembat, sans trop savoir pourquoi.

Bondissant en avant, il saisit le sabre du gendarme mort et, sur son élan, l'enfonça de bas en haut dans le ventre du cavalier. Avant de glisser de la selle, dans un ultime réflexe, l'Espagnol donna un coup de pointe. Hazembat sentit la lame pénétrer sous sa clavicule gauche. Ses jambes fléchirent sous lui et il s'effondra, le souffle coupé par le poids du cadavre de son adversaire dégringolant de son cheval.

Quand il revint à lui, il devait avoir perdu beaucoup de sang, car il se sentait d'une faiblesse extrême et avait la gorge douloureusement sèche. Il était étendu sur le ventre, plaqué au sol par le fardeau de l'Espagnol mort. Prudemment, il leva la tête et risqua un œil. A quelques pouces devant lui, il vit un pied nu. C'était celui du gendarme qu'on avait dépouillé de ses bottes.

Péniblement, s'aidant des coudes, il se dégagea du cadavre, surpris de ne pas souffrir davantage. La lame du sabre devait avoir été déviée par une côte. A genoux, il ôta sa chemise et sonda sa blessure du doigt. La coupure était nette, mais il ne pouvait pas se rendre compte si elle était profonde. Il essaya de remuer son bras gauche. L'avant-bras obéissait jusqu'au coude, mais, au-dessus, le muscle était comme engourdi et le mouvement déclencha une douleur sourde qui lui prit toute l'épaule.

Prenant appui sur la main droite, il se mit debout et regarda autour de lui. Dans le jour déclinant, à perte de vue, le sol était jonché de cadavres par centaines. Presque tous portaient des restes d'uniformes français. Les fourgons avaient disparu, sauf deux, disloqués et les roues brisées.

Soudain conscient de la soif qui le tenaillait, il chercha du regard les bidons accrochés aux ceinturons des cadavres. La plupart avaient été dépouillés de leur harnachement. Fourrageant autour de lui, il finit par trouver un bidon à moitié plein. Il but à grands traits et se sentit du coup plus solide. Au dernier moment, il eut l'idée de garder un peu d'eau pour laver sa blessure.

Puis, se retournant, il regarda l'homme qu'il avait tué et qui, en tombant sur lui, lui avait sans doute évité d'être achevé. Les yeux grands ouverts, il regardait le ciel où tournaient en rond des vols noirs et silencieux de charognards. Il avait un visage fin, avec une petite moustache soignée. Hazembat éprouva un élan de sympathie pour lui.

Soudain, il prit conscience à la fois de la solitude et du silence. On n'entendait aucun de ces gémissements lamentables qui étaient l'accompagnement des batailles navales. De part et d'autre, on devait avoir emmené les blessés.

C'est alors qu'il s'aperçut qu'il n'était pas seul sur le champ de bataille. Furtives, des silhouettes allaient et venaient entre les morts. Une d'entre elles passa non loin de lui. C'était une femme, un fichu sur la tête et chargée d'un sac où elle entassait des objets indistincts. Dans la pénombre grandissante, les premiers pillards s'étaient enhardis à descendre des hameaux voisins et faisaient leur choix dans les sinistres restes de la tuerie avec l'attention inquiète de poules picorant dans une basse-cour.

C'étaient tout de même des présences humaines. Il voulut faire quelques pas pour s'approcher d'eux, mais ses jambes étaient trop lourdes et sa tête tournait. Il faillit tomber. Titubant et trébuchant, il se dirigea vers un des fourgons détruits. A bout de forces, il s'affala parmi les caisses disloquées et les sacs éventrés. Tâtonnant du bout des doigts, il toucha quelque chose de rond et de lisse. C'était une bouteille. Portant péniblement le goulot à sa bouche, il arracha le bouchon avec les dents et se mit à boire à grands traits. Il lui fallut un moment pour s'apercevoir que c'était du vin rouge. Hochant la tête avec bonne humeur, il termina la bouteille, sombrant aussitôt dans un profond sommeil.

Des mains qui le tiraient par les pieds le réveillèrent. Ebloui par une lueur jaune, il leva la tête et vit en face de lui un visage have aux yeux écarquillés de terreur. Il y eut un hurlement et la lanterne tomba sur le sol tandis que l'intrus s'enfuyait à toutes jambes. Avec difficulté, Hazembat rassembla ses idées. Il avait dû effrayer un des pillards qui l'avait pris pour un revenant. Il eut un petit rire et se laissa glisser hors du fourgon. Son épaule lui faisait très mal, mais il tenait mieux sur ses jambes.

Il faisait nuit noire, mais la lanterne ne s'était pas éteinte en tombant. C'était une simple cage d'osier dans laquelle était enroulé un bout de ficelle de chanvre enrobé de suif, qui servait de mèche. Il en profita pour explorer les abords et pour rechercher son sac qu'il avait lâché pour bondir sur le cavalier. Il le retrouva au bout de quelques instants. Le quignon de pain et le bout de saucisse qu'il y gardait y étaient encore et il restait un peu d'eau au fond de son bidon.

Restauré, il s'assit à côté du sac et réfléchit. Autant qu'il pût s'en souvenir, il devait être à une vingtaine de lieues de la côte et tout son instinct de marin lui criait de marcher dans cette direction. Mais la mer, c'était Santander, c'est-à-dire les Anglais. Il n'y avait guère de chance pour qu'on le reconnût, mais mieux valait marcher vers la France tout en évitant les troupes françaises. Cela devait faire une cinquantaine de lieues en terrain difficile, mais il avait tout le temps devant lui. Il s'en tiendrait aux sentiers de montagne. Le tout était de passer inaperçu. Il baragouinait suffisamment bien espagnol pour donner le change : on trouvait des réfugiés de toute la péninsule, parlant chacun son patois. Seul, son vêtement pourrait le trahir. Il alla regarder l'homme qu'il avait tué.

Les pillards ne l'avaient pas encore dépouillé. Il portait une culotte de velours sombre et de longs bas de laine. Le haut de son corps avait été couvert par une sorte de cape effilochée et un feutre à larges bords gisait, cabossé, près de sa tête. C'était un accoutrement qui pouvait passer n'importe où pour celui d'un paysan.

Grimaçant de douleur sous l'effort, Hazembat déshabilla le corps raidi et enfila la culotte. Il y avait une déchirure là où son sabre s'était enfoncé, mais le sang pouvait passer pour une tache quelconque. Le chapeau, un peu large, lui couvrait le haut du visage et ce n'était pas plus mal ainsi.

Il mit son sac sur son épaule droite, puis, après avoir éteint la lanterne, il s'orienta sur l'étoile polaire et prit le chemin du nord-est.

Les dix premiers jours furent les plus durs. Les sentiers qu'il empruntait changeaient sans cesse de direction et allaient se perdre dans l'herbe rase, souvent au pied d'amoncellements de rochers infranchissables.

Le pays était entièrement désert. Il évitait d'ailleurs les chemins qui semblaient mener vers des lieux habités. Une fois, mettant à profit les leçons de Nat, il prit un lièvre au collet et cela lui procura de la nourriture pendant quelque temps. Mais c'était l'eau qui lui manquait le plus. Il y eut un gros orage et il resta longtemps, la bouche ouverte, à recueillir les gouttes comme il l'avait fait autrefois, lors de son pèlerinage entre Cedeira et Saint-Jacques-de-Compostelle.

Puis, après être resté deux jours sans boire, il découvrit une mare au fond de laquelle croupissaient quelques flaques de boue. Il se désaltéra, la nausée à la gorge. Le surlendemain, il fut pris de fièvre et de vomissements. Il essaya encore de marcher, traînant ses jambes lourdes, une sueur glacée au front, et il finit par s'écrouler, les bras en croix, sous l'impitoyable soleil de Castille.

Il ouvrit les yeux dans une petite chambre blanche, étendu sur une paillasse. Un crucifix accroché au mur lui faisait face. Une femme entra, vêtue de noir. Elle le regarda et cria :

— *José ! está despierto !*

Un homme apparut. Comme la femme, il devait avoir une quarantaine d'années. Il s'approcha d'Hazembat et l'examina.

— Je crois qu'il est tiré d'affaire. Comment te sens-tu, *amigo* ?

— Bien. Comment suis-je ici ?

— Si je ne t'avais pas trouvé par hasard dans la *barranca* de Teza, tu serais en train de nourrir les vautours. D'où viens-tu pour t'être égaré jusque-là ?

Hazembat s'était préparé à cette question. Malgré la confusion de ses idées, il donna la réponse qu'il avait prévue.

— Je viens de Galice. Je suis marin. J'étais prisonnier des Français.

— *Un Gallego ?* Cela s'entend à ton accent.

— Je vous remercie de m'avoir sauvé. Il y a longtemps ?

— Trois jours. Heureusement que Juanita connaît les herbes.

Maintenant il se souvenait, dans une demi-conscience, d'une main qui lui soulevait la tête et d'une écuelle qu'on portait à ses lèvres.

— Merci, Juanita. Où suis-je, ici ?

— Dans ma ferme, à une demi-lieue de Villaño. Le col d'Orduña est à trois lieues. Ensuite, c'est la Biscaye.

— La Biscaye, c'est le Pays basque ?

— Oui, les *Vascongadas.*

— Il y a des Français par ici ?

— Nous sommes trop à l'écart pour qu'ils montent jusqu'à la ferme, mais il en passe sur le chemin. On dit qu'ils concentrent des troupes autour de Vitoria.

Hazembat se représenta la carte : Vitoria et les Français à l'est, Bilbao et les Anglais au nord. Il faudrait passer entre les deux.

— Comment puis-je atteindre la mer ?

— Facile. Tu gagnes le col d'Orduña, tu descends dans la vallée du Nervion et tu en as pour quelques jours de marche jusqu'à Bilbao ou un des ports de la côte.

— Quels ports ?

José éclata de rire.

— Je n'y suis jamais allé, *hombre* ! Il y a juste quelques noms que je connais : Ondarroa, Lequeitio, Bermeo...

— Tu as dit Bermeo ?

Une idée se faisait jour dans son esprit. Déjà une fois, seize ans plus tôt, il était allé à Bermeo et il avait séjourné non loin de là chez le curé Don Gorka à la *ermita* de San Pelayo. De Bermeo, une barque de pêche pouvait gagner la France en quelques heures.

Pris d'une soudaine impatience, il s'assit sur le lit.

— J'y vais !

Le visage inquiet, Juanita se précipita et l'obligea doucement à se recoucher.

Hochant la tête, José rit encore.

— Dans l'état où tu es, tu ne ferais pas dix pas. J'ai bien peur que tu ne doives accepter notre hospitalité un bout de temps.

Il fallait se rendre à l'évidence. La plaie de l'épaule avait légèrement suppuré et était encore loin d'être refermée. Il en sentait la douleur dans le bras. De plus, non seulement son bras, mais tout son corps étaient devenus d'une maigreur effrayante. Les muscles avaient fondu et la peau s'était fripée, prenant une teinte terreuse.

Il lui fallut tout le mois de mai pour se remettre d'aplomb. Il passait ses journées à raconter des histoires de mer aux enfants de José et de Juanita qui avaient de cinq à dix ans, et à leur montrer comment faire des nœuds de marin. Bientôt, il put aider aux menus travaux de la ferme. La nourriture était peu variée, mais suffisante et saine : polenta de seigle et fromage. Ses muscles retrouvés, au début de juin, il aida José à moissonner les premiers fourrages. Il ne savait pas très bien manier la faucille, mais il apprit vite à faner, à lier les bottes de foin et à les entasser en meules. Il prenait plaisir à ce travail et surtout il éprouvait un réel bonheur à partager la vie rude et tranquille de ses hôtes. Mais, à mesure qu'il se sentait redevenir plus solide, l'envie de revoir la mer montait dans son cœur, plus forte même que la nostalgie de la France et de Langon.

Un jour, José, qui était allé jusqu'au bourg de Villaño, revint avec une grande nouvelle :

— Les Anglais ont chassé les Français de Vitoria. C'est tout juste s'ils n'ont pas pris le roi *franchute* au piège ! Maintenant, tu n'as plus de mauvaises rencontres à craindre !

Il y avait les Anglais, bien sûr, mais il était peu probable que la marine britannique se souciât encore de lui et le fît rechercher si loin à l'est. Il annonça qu'il partirait dès le lendemain. Juanita emplit son sac de victuailles, les enfants lui sautèrent au cou en pleurant et José lui donna l'*abrazo.* En les voyant ainsi confiants, cordiaux, amicaux, Hazembat s'en voulut de leur avoir menti.

— Il faut que je vous avoue une chose, dit-il. Je ne suis pas galicien, je suis français.

Une fois de plus, José éclata de son rire joyeux.

— Nous le savions depuis le début, *amigo.* Tu l'avais dit dans ton délire les premiers jours. Tu es français, mais tu n'es pas un de ces soldats qui sont venus chez nous en conquérants. Tu étais un homme dans le besoin et nous t'avons secouru de notre mieux. *Va con Dios, hermano !*

Les chemins de Biscaye étaient encombrés de troupes anglaises qui faisaient mouvement vers l'est. Hazembat n'attirait pas l'attention, mais il jugea plus prudent de faire un détour par la montagne. Les vivres de Juanita suffisaient à le soutenir et l'eau ne manquait pas dans ce pays verdoyant.

La mi-juillet était passée quand il reconnut devant lui les pentes du col de Sollube qu'il avait franchi, il y avait seize ans, porté à dos d'homme et rongé par l'infection de la blessure de pistolet qui, déjà, l'avait atteint à la même épaule gauche. Sa nouvelle blessure ne le faisait presque plus souffrir, mais le bras restait raide.

En haut du col, il s'arrêta un instant avant de faire les derniers pas, puis il avança et, dans une sorte d'éblouissement, découvrit la mer. Cela faisait presque un an qu'il ne l'avait pas vue, depuis le jour où le sergent Castañeda l'avait fait prisonnier à Cedeira. Il s'assit sur le bord du chemin et, les yeux perdus dans l'horizon libre, mangea un morceau de fromage.

Un berger parut, poussant devant lui ses brebis. Il posa une question en basque à Hazembat qui répondit en castillan :

— *Voy a Bermeo.*

L'autre le considéra d'un œil critique.

— *Marinero* ?

— *Si.*

Cela parut lui suffire. Il s'en fut avec un geste d'adieu.

— *Agur !*

Bermeo empestait le poisson, mais la puanteur était comme lavée par l'odeur âpre de la mer qu'apportait le vent du large. Il y avait beaucoup de monde sur la place du marché. Une patrouille de *marines* fendait la foule, martelant le pavé de ses bottes. La vue des uniformes rouges fit battre le cœur d'Hazembat. Il se glissa par des rues détournées vers la sortie de la ville qui menait au cap Machichaco.

Deux heures plus tard, il frappait à la porte de l'ermitage de San Pelayo. Ce fut Don Gorka qui lui ouvrit. Il approchait maintenant de la cinquantaine, mais il n'avait pas changé. Sa cicatrice sur le front lui donnait toujours l'air ronchon. Il considéra Hazembat un moment, puis s'écarta.

— Entre, Bernardchu. Voilà longtemps que tu ne m'avais pas rendu visite.

— Seize ans, Don Gorka.

— Déjà ? Le temps passe vite. Assieds-toi.

Il posa un bol de lait devant lui, puis, s'asseyant à son tour, le regarda curieusement.

— Tu es toujours républicain ?

Hazembat ne s'était pas posé la question depuis longtemps.

— S'il y avait une république, dit-il, je serais pour elle.

Hochant la tête, Don Gorka répondit :

— Je t'avais dit de te méfier de celle qu'il y avait en France à cette époque. Tu es pressé d'aller retrouver ton Empereur ?

— Pas tellement.

— Ce ne serait pas facile de toute façon. On se bat dans le Guipuzcoa et tout le long des Pyrénées. La mer fourmille de navires anglais. Reste avec moi quelque temps. Quand ils auront fini de s'entre-tuer, tu pourras toujours retourner chez toi. Tu as une femme qui t'attend ?

— Elle ne m'attend plus.

A la fin d'août, un pêcheur de Bermeo vint à l'ermitage. Il avait le visage buriné, mais il ne devait guère être plus âgé qu'Hazembat.

— C'est Joshe-Mari, dit Don Gorka. Tu ne te souviens sans doute pas de lui, mais il ne t'a pas oublié. C'était un des jeunes qui faisaient partie de notre troupe quand nous avons fait le pèlerinage de Saint-Jacques-de-Compostelle. Il est patron de pêche à Bermeo. Il n'y en a plus beaucoup de vivants.

Hazembat raconta la mort de Navarrot à Trafalgar. Les deux Basques se signèrent et dirent une prière.

— Tu dois t'ennuyer à ne rien faire, dit Don Gorka, et j'imagine que tu te languis de la mer. Joshe-Mari serait d'accord pour te prendre dans l'équipage de sa barque pour la campagne d'automne. D'ici l'hiver, on y verra peut-être plus clair du côté de la France.

La tentation était trop forte pour qu'Hazembat pût hésiter un instant.

— *Eskerrik asko, Joshe-Mari!* dit-il en donnant l'*abrazo* au pêcheur.

Il commençait à baragouiner quelques mots de basque et n'eut guère de mal à s'intégrer à l'équipage de six hommes. C'étaient tous des *Bermeanos* qu'on disait un peu fous. La *Maritchu* était une simple pinasse pontée avec une seule voile carrée à bordure libre. Ce gréement primitif la rendait assez peu maniable par gros temps, mais Joshe-Mari et ses hommes n'hésitaient pas à affronter des mers démontées avec une audace qui frisait l'inconscience. Hazembat se vit confier le timon de la barre franche. Il n'aurait pas mis bien longtemps à s'y habituer si l'année qu'il venait de passer à terre ne lui avait fait perdre le pied marin. En fait, tout au long de la première sortie, il eut le mal de mer et dut plusieurs fois se faire relayer. On ne semblait pas lui en vouloir. A la deuxième sortie, il fut plus à l'aise, compensant bien les embardées que la mer hachée par une forte brise de nord-ouest faisait subir à la barque.

La *Maritchu* ramenait des chargements d'énormes sardines, partant avec le jusant, passant une marée à pêcher à dix ou quinze milles des côtes, puis rentrant avec le flot. Cela signifiait souvent une nuit en mer. On dormait tant bien que mal quand le temps le permettait. Il arrivait que tout l'équipage dût se mettre à écoper quand la pinasse embarquait des paquets de mer.

A la mi-octobre, de grosses tempêtes se déchaînèrent. Même Joshe-Mari dut s'incliner et la *Maritchu* resta au port avec la flottille de pêche de Bermeo. Sous le vent et la pluie, Hazembat remonta s'installer à l'ermitage.

Quinze jours plus tard, le temps était toujours aussi mauvais. Joshe-Mari parut.

— Les Anglais évacuent leurs dépôts de Bilbao, annonça-t-il.

— Ils reculent ?

— Non, ils avancent. On dit qu'ils sont entrés en France. J'ai pensé que tu aimerais le savoir. Ils ont pris Hendaye et les régiments portugais menacent Saint-Jean-de-Luz.

La nouvelle perturba profondément Hazembat. Une chose était une guerre qui se déroulait en Espagne, une autre l'invasion du territoire national. Il se souvenait qu'en 1794, lorsque Sauvestre et Labat avaient quitté Langon et s'étaient engagés dans l'armée pour échapper aux persécutions du jacobin Boyreau, c'était à Saint-Jean-de-Luz qu'ils étaient allés défendre les frontières de la patrie en danger.

— Il faut que j'y aille, dit-il.

— Et quoi faire ? demanda Don Gorka.

— Me battre pour mon pays.

Le curé hocha la tête.

— Je te comprends. Je crois qu'à ta place j'en ferais autant. Tu as une idée pour y aller ?

— Autrefois, Navarrot m'avait transporté jusqu'à l'embouchure de l'Adour.

Il regardait Joshe-Mari.

— A cette époque, dit le pêcheur, il n'y avait pas toute la flotte et l'armée anglaises pour surveiller la côte. Mais il y a peut-être une possibilité. Seulement, ce sera dangereux pour toi.

— Dis toujours.

— Les Anglais recrutent des barques de pêche volontaires pour aider aux transports le long de la côte française où leurs navires calent trop pour approcher. Ce ne sera peut-être pas pour tout de suite, mais si je m'inscris et que les Anglais continuent d'avancer, il y aura peut-être une chance pour qu'on m'envoie là-bas avant la fin de l'année. Une fois sur place, tu pourras tenter le coup à la nage.

Les semaines qui suivirent parurent interminables à Hazembat. Don Gorka l'observait avec amusement.

— Tu as attendu huit ans, Bernardchu. Que sont quelques jours de plus ?

C'est le soir de Noël que Joshe-Mari revint. Don Gorka célébrait la messe de minuit à la chapelle des marins, tout au bout du promontoire de San Juan de Gastelugache.

Quand Hazembat eut rangé les burettes, Joshe-Mari lui dit :

— C'est demain qu'on appareille. Si le cœur t'en dit...

— Je viens...

De la main, Don Gorka lui montra le grand bâton de cornouiller accroché au mur de la chapelle, parmi les offrandes.

— Tu te souviens ? C'est ton bâton de pèlerin. Tu l'as laissé ici il y a seize ans pour que le Seigneur veille sur tes voyages. Puisse-t-il t'entendre.

Joshe-Mari se joignit à lui pour réciter en basque la prière des marins qui rentrent au port, puis Don Gorka donna l'*abrazo* à Hazembat.

— Souviens-toi de ce que je t'ai dit la dernière fois que nous nous sommes quittés, Bernard : sois toujours un homme libre.

La mer était clapoteuse et la brise d'ouest fraîche. Le convoi des barques de Bermeo fit route sous voile réduite, escorté par deux lougres anglais. On fit escale pour la nuit à Deva, puis à Fontarrabie. Le troisième jour dans l'après-midi, on arriva en vue de Saint-Jean-de-Luz. Le lougre de tête signala d'entrer dans le port et de jeter l'ancre.

— Je vais faire semblant d'être en difficulté et de manquer l'entrée, dit Joshe-Mari. Les Français sont à Ilbarritz, à cinq ou six milles le long de la côte. Je rangerai la barre d'aussi près que je pourrai. La marée montante devrait t'aider.

— Entendu, Joshe-Mari, mais ne cours pas de risques pour moi.

— C'est toi qui vas en courir.

Feignant une fausse manœuvre, Joshe-Mari fit hisser la voile au plus haut et agit comme si la poulie de vergue était bloquée. Prenant le vent grand largue, la *Maritchu* dépassa l'entrée du port. La gîte s'accentua et la pinasse embarqua de gros paquets de mer.

Le lougre de tête s'inquiéta. Il hissa deux pavillons et souligna son signal d'un coup de canon à blanc. Joshe-Mari fit aussitôt monter au mât un chiffon surmonté d'un panier, ce qui constituait un message de détresse compris par tous les gens de mer.

Sous le vent violent, la *Maritchu* devait filer huit ou neuf nœuds. La côte se rapprocha. Derrière les rouleaux d'écume, Hazembat vit de gros rochers noirs sur lesquels les lames s'écrasaient en grands jaillissements.

Changeant péniblement de bord, le lougre avait pris une route parallèle à celle de la *Maritchu,* deux encablures plus au large, mais il avait un retard considérable.

— Je vais m'approcher au plus près, dit Joshe-Mari, et je ferai semblant de reprendre le contrôle. Je virerai au vent et tu sauteras à ce moment-là par tribord. La coque te masquera.

Les minutes s'écoulèrent, interminables.

— Maintenant ! dit Joshe-Mari.

Comme désemparée, la pinasse se laissa porter vers la côte. La prenant par le travers, les rouleaux des brisants la faisaient rouler violemment dans un grondement de tonnerre. Plusieurs fois, elle parut sur le point de chavirer.

— Attention ! cria Joshe-Mari. A réduire la voile ! La barre dessous !

Un instant, Hazembat crut qu'il était trop tard, mais, peu à peu, l'avant de l'embarcation pivota vers le large. Le roulis s'atténua légèrement.

— Tu vois ce rocher pointu ? Garde-le à ta gauche ! Vas-y ! *Agur,* Bernard !

Comparée à la gifle glaciale du vent sur les vêtements trempés d'embruns, l'eau lui parut presque tiède. Son sac arrimé sur son dos, il tenta une brasse maladroite, mais, tout aussitôt, une montagne d'écume s'abattit sur lui, suivie d'un creux si profond que ses pieds touchèrent des galets.

Il ne savait plus du tout où il était. Au ras de l'eau, les repères avaient disparu. Un ressac violent l'entraîna au large, puis il se retourna sous l'eau, à demi assommé, le souffle coupé, les oreilles douloureuses. Il se débattit et parvint à émerger à la crête de la vague. Tout près sur sa gauche, le rocher pointu surgit dans un éclatement blanc. Il nagea frénétiquement pour s'en éloigner et soudain se trouva à plat ventre sur le sable. Derrière lui, un nouveau rouleau déferlait en grondant. Il se mit sur pied et tenta de courir. Le brisant croula juste derrière lui et il eut de l'eau jusqu'à la ceinture. Il s'arc-bouta des pieds et des mains dans le sable qui fuyait, pour résister au ressac.

Glacé par le vent violent, il rampa jusqu'à sentir le sable sec sous son ventre. A quelques toises de lui, un trou dans le rocher formait une sorte de grotte, creusée sans doute par les grandes marées. Il alla s'y nicher en grelottant et ramassa du varech autour de lui pour s'en faire une couverture.

Alors seulement il songea qu'il était de retour en France. Il soupira d'aise et s'endormit.

CHAPITRE XIII

LES RETROUVAILLES

L'avant-poste français était à la lisière d'un bois de pins, un peu en arrière de la côte. Hazembat s'identifia comme prisonnier de guerre évadé. La chose devait être assez courante, car le sergent prit son arrivée comme une affaire de routine.

— Tu suis le sentier de droite, dit-il, et tu vas te présenter au poste de commandement. C'est la première maison.

Le village était habité et, n'eût été des gabions qui en défendaient l'accès, on n'aurait pu imaginer que le pays était en guerre. Dans une salle de ferme où brûlait un grand feu dont Hazembat s'approcha le plus qu'il put afin de sécher ses vêtements détrempés, un vieux lieutenant l'interrogea brièvement.

— Marin ? dit-il. Tu pourras être utile sur l'Adour. Quand tu seras à Bayonne, présente-toi au commandement de la marine.

Ils étaient une vingtaine de rescapés comme lui, qui partirent en cortège vers la place forte distante de quelque deux lieues. Des troupes bivouaquaient çà et là, mais, même à l'intérieur des remparts de Bayonne où les soldats abondaient, Hazembat fut frappé par le calme de la population. Certes, on voyait des files de charrettes chargées qui prenaient le chemin du nord par le grand pont de pierre, mais, malgré le froid très vif, il y avait des promeneurs sur les bords de l'Adour, singulièrement indifférents, semblait-il, à la proximité des troupes anglaises. L'administration militaire ne montrait aucun signe de désorganisation ou de panique, tout au plus une sorte d'improvisation fiévreuse, mais méthodique.

Le lieutenant de vaisseau devant lequel il comparut se contenta de l'interroger sur sa spécialité.

— Tu as été batelier, puis timonier ? Très bien. Je vais te mettre sur un des cotres du Boucau.

Il y avait douze cotres, armés chacun de trois canons de 24, entourant la corvette *Sappho* à l'ancre en plein milieu de l'Adour, face au môle de pierre qui courait le long de la rive droite.

Le cotre auquel fut affecté Hazembat s'appelait le *Diablotin* et il était commandé par un premier maître du nom de Bordes qui avait été batelier sur l'Adour.

— Tu connais Busquet Dumeau ? demanda Hazembat.

— Le père Dumeau ? Eh, couillon, c'est pour lui que je travaillais ! Tout le monde travaille pour lui sur l'Adour et la Midouze.

— Il continue le trafic par Mont-de-Marsan et Langon ?

— Avec l'armée, il en profite, le bougre ! En ce moment, tous ses couralins sont réquisitionnés pour la défense de Bayonne en amont. Mais, si les Anglais continuent d'avancer, il sera le premier à porter la cocarde blanche et à travailler pour le roi !

— On va avoir un roi ?

— Qu'est-ce que tu crois, hildepute ? La Rochejaquelein est déjà à Bordeaux !

— La Rochejaquelein, l'ancien chef des chouans ?

— Son frère. Et il a des amis partout, crois-moi. Mais Napoléon ne les laissera pas faire. Pour le moment, on prend les quartiers d'hiver. Attends un peu que le dégel arrive. L'Empereur a déjà tout calculé dans sa tête. Il y a dix mille hommes à Bayonne, et de bons soldats. Soult tient le Béarn. Les Anglais ne passeront pas l'Adour et l'Empereur aura les mains libres pour culbuter les Prussiens, les Autrichiens et les Russes dans le nord !

Etonné par cette confiance aveugle, Hazembat se

contenta de hocher la tête. Il aurait voulu avoir de pareilles certitudes.

La mission de la *Sappho* et des cotres qui l'accompagnaient était d'interdire l'entrée de l'estuaire. Ce dernier disposait d'ailleurs d'une défense plus redoutable que ses canons : la fameuse barre de Bayonne, sorte de barrière de sable et de débris, soulevée par la rencontre de la marée et du courant et sur laquelle venait déferler la grande houle, rendant le passage extrêmement périlleux. Le nouveau môle de quelque deux cents toises construit dans le prolongement du quai de la rive droite n'avait fait que reporter l'obstacle un peu plus au large. Il fallait un pilote expérimenté pour franchir la barre de Bayonne avec une chance de ne pas chavirer.

On avait enlevé la balise qui, située naguère sur la dune de la rive gauche, servait à guider les navires. Même les barques de pêche espagnoles concentrées par la flotte anglaise à Saint-Jean-de-Luz seraient incapables d'entrer dans l'Adour sans dégâts.

Deux ou trois fois pendant le mois de janvier, le *Diablotin* remonta jusqu'à Bayonne. L'Adour était en crue et l'on disait que les ponts de la Nive avaient été emportés, bloquant les Anglais. On disait aussi que Clausel avait gagné du terrain sur la Bidouze et qu'Harispe et ses partisans avaient mis les guérilleros espagnols en fuite à Saint-Etienne-de-Baigorri. Le bruit courait même que les Anglais menaient des négociations secrètes avec Napoléon.

A partir du 6 février, le dégel s'accentua et, quelques jours plus tard, par temps relativement doux, les Anglais et les Espagnols reprirent l'offensive le long de la Nive et du gave d'Oloron, menaçant de déborder Bayonne par l'est. Soult avait établi son quartier général à Orthez.

Le 22 février, les avant-postes d'Anglet se replièrent sur la citadelle en même temps que des éléments ennemis s'infiltraient le long de la côte jusqu'à l'emplacement de l'ancienne balise. Abrités derrière les dunes, ils commencèrent à bombarder la *Sappho* à un mille de distance. Aussitôt, les cotres s'avancèrent vers la rive gauche et ouvrirent le feu.

C'était un duel un peu à l'aveuglette. Les canons anglais tiraient à limite de portée et les cotres ripostaient sur des positions de batteries qu'ils ne voyaient pas. Vers midi, des Anglais apparurent sur la crête de la dune et commencèrent à ériger d'étranges bâtis. D'autres dressaient un mât à l'emplacement de l'ancienne balise. La *Sappho* et les cotres concentrèrent leur feu sur eux.

Soudain, vers deux heures, un nuage de fumée blanche jaillit au sommet de la dune et, en une longue traînée, se dirigea droit sur la flottille. Quelque chose passa dans l'air à grande vitesse avec un souffle rauque et puissant qui ne ressemblait pas au gémissement suraigu des boulets de canon. Une explosion à couper l'haleine se produisit entre les cotres et la corvette. L'instant d'après, une autre traînée blanche, puis une autre, puis une autre convergèrent vers les embarcations. Frappée de plein fouet, une d'entre elles prit feu. Les hommes se jetèrent à l'eau, hurlant de terreur.

Sur les autres, la panique commençait à gagner les équipages.

— Qu'est-ce que c'est que cette hildepute d'arme de merde ? demanda Bordes.

— Je crois que j'en ai entendu parler, répondit Hazembat. Les Anglais appellent ça des *rockets.* Ce sont des fusées comme celles que nous employons pour les signaux, mais beaucoup plus grosses. C'est un nommé Congreve qui les a inventées.

Au rythme de quatre par minute, les fusées harcelaient la flottille. Deux cotres furent frappés et coulèrent. Les autres sortirent leurs avirons et commencèrent à se replier. Le *Diablotin* tenait encore, faisant feu de ses trois pièces, quand une fusée s'écrasa contre son bord avec un bruit de tonnerre, juste au-dessous de la ligne de flottaison. Une fumée épaisse s'éleva.

— C'est une diablerie ! cria Bordes. Le feu continue à brûler sous l'eau ! A souquer ! Nous rallions la *Sappho* !

Dès que les cotres se furent retirés, les Anglais avancèrent leurs batteries et commencèrent à pilonner la *Sappho.* Ayant maintenant tout leur temps, ils tiraient à boulets rouges, essayant d'incendier le navire.

Comme il arrivait bord à bord avec la corvette, le *Diablotin* fut atteint par un boulet et se désintégra. Projeté à l'eau, Hazembat barbota un moment, puis finit par trouver un filin et se hissa à bord de la *Sappho.*

La première chose qui le frappa fut sa ressemblance avec la *Bayonnaise.* Le pont était couvert d'espars brisés, de blessés et de cadavres, mais le gréement paraissait tenir bon. Quatre des dix pièces de bâbord tiraient encore. Les fusées et les boulets rouges y allumaient çà et là des incendies que de maigres équipes combattaient de leur mieux. Hazembat se mit dans la chaîne pour passer les seaux. En levant les yeux, il vit, fixé au beaupré, le grand pavillon tricolore.

Un boulet coupa la hampe. D'un bond, il fut à l'avant et saisit l'enseigne avant qu'elle ne glissât à l'eau.

— Au grand mât ! lui cria un officier en lui tendant un marteau.

Dans le miaulement des boulets et le fracas des explosions, il monta jusqu'au perroquet et fixa ce qui restait de la hampe au ton de cacatois.

Quand il redescendit, deux canons seulement tiraient encore. L'officier l'interpella.

— Le capitaine a été tué ! Nous ne sommes plus que six à bord ! Prends la barre pendant que nous tâchons de lever l'ancre ! Nous allons nous mettre à l'abri de la citadelle !

La *Sappho* vira lentement dans le flot. Les survivants avaient réussi à larguer la hune de misaine, et le gouvernail répondait bien. Habilement, Hazembat laissa culer un instant, de manière à mettre le plus de distance possible entre les batteries anglaises et la corvette, puis, bâbord toute, il décrivit un demi-cercle et s'engagea dans la boucle de l'Adour qui menait à Bayonne.

De part et d'autre du fleuve, les quais étaient couverts de monde. Par temps beau et sec, la population était venue assister au spectacle.

Un boulet, de temps en temps, venait, à limite de portée, plonger dans le sillage de la corvette. Comme Hazembat bordait la rive de Saint-Esprit, un de ces boulets perdus frappa la *Sappho,* traversa la coque de part en part et alla décapiter un spectateur dans la foule. Hazembat n'eut pas le temps d'observer l'effet produit par l'incident. Mettant la barre à tribord, il alla accoster devant la citadelle.

Il ne restait que quatre hommes valides quand il débarqua.

L'officier qui le suivait lui passa le bras autour des épaules.

— Bien joué, matelot ! Tu es un fin timonier !

— J'ai servi sur la *Bayonnaise,* lieutenant. C'était une corvette du même type que la *Sappho.*

— La *Bayonnaise* ? Il y a plus de dix ans de ça ! Tu étais donc sous les ordres du capitaine Leblond-Plassan ?

— J'étais son patron de chaloupe, lieutenant.

— Moi, j'ai servi avec lui sur la frégate la *Minerve,* en mer du Nord... Mais, dis-moi, il y a une histoire qu'il racontait souvent : si tu es son ancien patron de chaloupe, c'est toi qui lui as sauvé la vie à Trafalgar ?

— J'étais avec lui à l'abordage du *Tonnant,* lieutenant.

— Il disait que tu étais mort.

— J'ai été laissé pour mort, lieutenant. Ensuite, j'ai été prisonnier de guerre.

— Tu t'es évadé ?

— Oui, lieutenant.

— Après tout ce temps, il doit te tarder de rentrer chez toi ! D'où es-tu ?

— De Langon, lieutenant, mais je suis revenu pour me battre.

L'autre hocha la tête.

— Avec la *Sappho* dans cet état, il n'y a plus grand-chose à faire pour la marine sur l'Adour. Le mieux est que tu ailles à Bordeaux. Où es-tu logé ?

— J'ai laissé mon fardage à l'Arsenal, lieutenant.

— Bon. Je suis le lieutenant Girard. Je prendrai contact avec toi. Maintenant, il faut que je m'occupe de ce qu'il reste de la *Sappho.*

Hazembat passa les trois jours suivants étendu sur une paillasse dans une casemate de l'Arsenal. Malgré les punaises, il dormit la plupart du temps, indifférent au brouhaha des blessés qu'on amenait ou qu'on emportait morts. Deux fois par jour, il allait chercher à la cuisine une ration de pain, de soupe et de vin. Le temps s'était remis à la pluie et il faisait un peu moins froid.

Le 26, un marin parut à l'entrée de la casemate et appela :

— Matelot Hazembat !

— Présent !

— On te demande.

Le lieutenant Girard attendait sous le porche. Il lui tendit un papier.

— Tiens, voilà ton sauf-conduit, mais tu devras aller à pied. Les Anglais ont franchi l'Adour au Boucau sur un pont de bateaux. Ils coupent la grand-route de Bordeaux. D'autre part, ils menacent Peyrehorade, et Orthez est sur le point de tomber. Le mieux est que tu longes l'Adour jusqu'à Saubusse et qu'ensuite tu prennes droit à travers la Grande Lande.

— Mais c'est tout du marécage, lieutenant.

— Justement : tu auras moins de chances d'y rencontrer les Anglais.

Il se mit en route le lendemain à l'aube sous une pluie battante. Il portait toujours les hardes récupérées de Sedano. Elles étaient effilochées et déchirées, mais cela l'aiderait à passer inaperçu.

En suivant la rive droite de l'Adour, il remarqua une dizaine de couralins qui, ancrés de loin en loin sur la rivière, surveillaient la rive gauche. Plusieurs fois, il fut arrêté par des postes militaires, mais, sur le vu de son sauf-conduit, on le laissait passer.

Le soir, au confluent de l'Adour et des Gaves, il tomba sur un bivouac de grenadiers. C'était une compagnie qui avait fait la retraite de Russie et qu'on avait envoyée au repos sur le front d'Espagne. Ces vétérans à la moustache grise l'accueillirent avec gentillesse et lui offrirent des pommes de terre cuites sous la cendre. Démunis de tout, affamés, trempés, ils avaient un moral inébranlable. Le lendemain, avant de reprendre la route, Hazembat assista, le cœur serré, à la parade des bonnets à poil pour l'envoi des couleurs.

La deuxième nuit, il dormit dans une grange de Saubusse. La rive gauche de l'Adour était entièrement inondée. A l'aube, quand il partit, il regarda curieusement le village d'où était issue la famille Dumeau. Il y avait un gros courau armé devant le port. Hazembat se demanda si lui aussi appartenait au tout-puissant Busquet Dumeau.

C'est dans l'après-midi, lorsqu'il fut engagé dans la lande, que commencèrent les difficultés. L'espèce de talus qu'il suivait en direction du nord-est s'achevait devant un marécage où l'eau miroitait entre les hautes herbes. De son bâton, il tâta le fond et crut percevoir comme une crête sous la surface. Il avança, de l'eau jusqu'aux genoux, incapable de voir à plus d'une vingtaine de pieds. Deux fois, il s'enfonça jusqu'à la taille et une fois jusqu'au cou, croyant bien sa dernière heure venue quand ses pieds rencontrèrent un fond de vase mouvante. Et puis il réussit à trouver prise sur une vieille souche et se hissa sur la ligne de crête le long de laquelle il cheminait. La nuit tombait quand il parvint à une sorte de terre-plein sur lequel poussaient quelques saules rabougris. Il dormit contre un tronc, dans des odeurs de bois pourri et de vase.

Quand il reprit sa route, il était hors du marais. A perte de vue, s'étendait une plaine couverte d'herbes coupantes, poussant en touffes serrées. L'horizon se confondait avec le ciel en un ruissellement de pluie fine et glaciale. De loin en loin, un arbre isolé, noir et dépouillé de ses feuilles, rompait sinistrement la monotonie de l'immensité grise. Rien ne lui indiquait la direction qu'il suivait. Il se fiait à son instinct de marin pour essayer de tenir le cap nord-est.

Quand, à la lumière, il jugea qu'il était midi, il s'arrêta pour manger un quignon de pain. Sa gourde était presque vide, mais, rendu méfiant par son expérience d'Espagne, il hésitait à la remplir dans les flaques d'eau rougeâtre.

Dans l'après-midi, du coin de l'œil, il eut l'impression qu'un arbre avait bougé quelque part vers la droite. Il regarda dans cette direction et s'aperçut que ce qu'il avait pris pour un arbre était un homme monté sur de hautes échasses. Il agita la main en criant. L'autre se dirigea vers lui à enjambées de géant. Il portait une cape de laine grossière, munie d'un capuchon pointu. Derrière lui, Hazembat distinguait maintenant le grouillement confus du troupeau de moutons.

Il s'arrêta à quelques pieds et, appuyé sur sa longue canne à crosse recourbée, il considéra longuement Hazembat. Son visage était caché dans l'ombre du capuchon et l'on voyait seulement ses yeux briller.

— *Que vens ha'ci ?* demanda-t-il enfin d'une voix rocailleuse.

L'accent du parler noir de la lande était étrange à l'oreille, mais Hazembat compris qu'il lui demandait ce qu'il venait faire là.

— *Que vau enta Bordeu.*

— *Bordeu ?...*

C'était comme si on lui parlait de la lune.

— Si tu ne connais pas le chemin, reprit-il, tu vas te noyer dans une craste.

— Où est-ce, ici ?

Du bout de sa canne, le berger montra sa droite.

— Par là, c'est Gourbera, plus loin, c'est Laluque.

— Et après ?

— Je ne sais pas.

Il resta encore longuement silencieux, puis il dit :

— Tu vas venir avec moi à la borde. Le père te dira ton chemin.

La borde était une construction basse, en boue séchée, avec un toit de chaume. Une moitié servait d'étable et de têt à porcs, l'autre moitié d'habitation. Le berger sauta des échasses et conduisit les moutons vers un enclos de brande.

— Je m'appelle Quilhet, dit-il en revenant. Et toi ?

— Hazembat.

Ils entrèrent dans la maison. Autour de la cheminée où charbonnaient des braises, la famille était assemblée. L'air sentait la fumée de tourbe, l'étable et la soupe rance.

— *Adiu, monde,* dit Quilhet en ôtant sa cape.

Il était petit et maigre, plus jeune, sans doute, qu'il ne paraissait : vingt ans peut-être. Les autres étaient petits et maigres comme lui. Dans la pénombre, Hazembat distingua une demi-douzaine d'enfants et trois adultes.

— C'est Hazembat, *pair,* dit Quilhet. Je l'ai trouvé perdu dans la lande du côté de Criquetardit.

— Bienvenue, dit une voix cassée. Je vais faire un peu de lumière.

L'homme se pencha sur l'âtre, saisit un brandon, souffla dessus et l'approcha d'une sorte de torche fixée dans la cheminée par une pince de fer. Une flamme fuligineuse naquit, éclairant les visages d'une lueur rougeâtre et dansante. Le père de Quilhet ne devait pas être très vieux, mais il avait la peau fripée et terreuse du grand âge. Des deux femmes qui filaient devant lui, la quenouille sous le bras, Hazembat n'aurait pu dire laquelle était la fille et laquelle la mère. Le candelon, dans la cheminée, dégageait des vapeurs de résine qui piquaient les yeux et rappelaient à Hazembat les odeurs du calfatage sur les bords de la Garonne, autrefois.

— Il dit qu'il va à Bordeaux, dit Quilhet.

— Bordeaux ? dit le vieux. Mon père y a été une fois. C'est loin. Tu es de Bordeaux ?

— Non, je suis de Langon.

— Langon sur la Garonne ? Micoulet, le berger de Cougnala, y est allé quelquefois conduire des moutons. Pourquoi tu ne vas pas à Langon ?

— Langon ou Bordeaux, c'est tout comme.

— Il y a une route de Mont-de-Marsan à Langon. Elle passe à Roquefort. Je suis allé une fois au marché de Roquefort. Il y a du chemin.

— J'en ai fait bien davantage.

— Oui, mais il faut connaître, sans quoi tu vas te perdre de nouveau dans le marais. Ecoute, après-demain, Micoulet doit partir pour conduire un troupeau à Roquefort. Tu pourrais faire route avec lui. Quilhet te mènera jusqu'à Cougnala.

La soirée qu'Hazembat passa dans la ferme lui parut étrange. Il se sentait plus loin de tout qu'il ne l'avait jamais été, même en plein océan. Le père de Quilhet savait tout juste qu'il y avait une guerre parce que les recruteurs étaient passés plusieurs fois à Laluque, mais les jeunes du pays, jugés trop malingres, étaient rarement pris bons pour le service. Quant à l'Empereur, il connaissait le nom de Napoléon, mais c'était tout. La Révolution se perdait pour lui dans de vagues souvenirs de jeunesse. Elle n'avait pas changé grand-chose à la vie de la famille, les seigneurs ayant depuis longtemps abandonné à leurs bordiers leurs titres sur ces territoires hostiles et peu rentables. Le seul personnage officiel qu'on voyait était, une fois l'an, le collecteur des impôts.

— Le roi, la république ou l'empereur, disait le père, *tostems que cau pagar !* Il faut toujours donner des sous !

L'escoton du repas, arrosé de lait de brebis, ressemblait à la polenta de Juanita en plus âpre et plus savoureux.

Au matin, Hazembat fit ses premiers pas sur les échasses. Aux premiers essais, il tomba, mais le sens de l'équilibre acquis sur les vergues lui vint en aide. Avant midi, il se sentit capable de suivre Quilhet.

Il ne leur fallut qu'une heure pour atteindre le village de Laluque et une autre pour rejoindre la borde de Micoulet à Cougnala. Micoulet était un homme d'une trentaine d'années, plus robuste que le père de Quilhet, mais, comme lui, vieilli avant l'âge.

Le troupeau comptait deux cents têtes et les deux frères de Micoulet l'accompagnaient. Les moutons devraient être livrés à un marchand qui les conduirait vers le nord.

— Nous avons dix-huit lieues à faire, dit Micoulet. Il nous faudra une semaine, peut-être moins si le temps s'améliore.

Hazembat aidait de son mieux. Il avait appris à traire pendant son séjour à la ferme de José, en Castille. La conduite du troupeau n'était pas sans rappeler celle d'un convoi en mer. Le bélier jouait le rôle du commodore et les chiens, sur les flancs, étaient les frégates chargées de rameuter les attardés. Il y avait même la menace invisible de corsaires à l'affût : les loups dont Micoulet ne parlait qu'avec une réticence superstitieuse :

— *Lo que deu lop parle, qu'en veit la barbe*, répondait-il aux questions d'Hazembat.

A Garein, on leur dit que des soldats étaient passés, se dirigeant vers le nord par le chemin de Pissos. Le lendemain, à Brocas, ils apprirent que des convois entiers remontaient le chemin de Bazas, celui-là même qu'empruntaient les charrois de Dumeau et où se trouvait Roquefort.

— Je ne sais pas si ton marchand sera là pour prendre livraison des moutons, dit Hazembat.

— *N'ajas pas paur.* On fait la guerre quelquefois, mais on mange tous les jours. L'ennui, avec les soldats, c'est qu'ils mangent beaucoup. Notre homme sera assez malin pour ne pas se faire voir de la troupe.

De fait, le marchand les attendait à Benézet, une lieue avant Roquefort. Il fit son affaire en hâte avec Micoulet et ses hommes entraînèrent les moutons par un sentier, vers le nord.

— Je passe par Luxey et Villandraut, dit-il. Les derniers Français ont quitté Roquefort hier soir. Les Anglais ne sont pas loin.

Hazembat fut incrédule. Il y avait à peine une dizaine de jours qu'il avait quitté les bords de l'Adour où les Français tenaient encore. Les Anglais ne pouvaient pas avoir avancé si vite. De toute façon, il n'avait pas d'autre choix que de prendre ce chemin. S'il se souvenait bien, de Roquefort à Langon, il y avait à peine pour trois jours de marche. Il prit congé de Micoulet et se mit en route.

Roquefort était apparemment désert. Toutes les portes étaient closes et tous les volets tirés. Dès sa sortie du village, il constata que la route avait été considérablement améliorée. L'ancien chemin, avec ses hautes ornières fangeuses et ses pièges à sable, était maintenant revêtu de pierraille. Les roues des fourgons et de l'artillerie y avaient laissé des traces profondes. La chaussée était jonchée de papiers, de caisses brisées, de fers tordus, de pansements souillés, de tous les débris qu'une troupe en mouvement sème derrière elle.

Décidé à rattraper les Français, Hazembat se mit en marche d'un bon pas. A Captieux, le soir, un aubergiste consentit à entrouvrir sa porte sous ses coups répétés et lui apprit que l'arrière-garde française n'avait plus qu'une douzaine d'heures d'avance sur lui. Prenant à peine le temps de dormir et de manger, il se dirigea vers Bazas où il arriva le 9 mars dans la soirée. Les Français étaient encore là au début de l'après-midi. Langon n'était plus qu'à trois lieues. Pourtant, il décida de prendre quelques heures de repos, moins par fatigue qu'à cause de l'appréhension qui montait en lui à mesure qu'il approchait de Langon.

Il faisait encore nuit quand il se mit en route. Il vit le jour se lever sur les brumes qui stagnaient dans les creux entre Mazères et Coimères. Les premières vignes émergèrent du brouillard et il sentit son cœur battre.

Un peu avant huit heures, il déboucha sur la place Maubec et resta saisi par le silence. La ville était comme morte. On aurait déjà dû voir les artisans ouvrir leurs échoppes, les paysans pousser leurs attelages de bœufs vers le marché. Les gens étaient là pourtant, car il vit un volet s'entrouvrir brièvement au premier étage d'une maison, à l'angle de la rue Maubec. Qui habitait là ? Il ne se souvenait plus. Tout était familier et tout était étranger. Il y avait presque dix ans qu'il avait vu la ville pour la dernière fois et plus de six qu'il en avait eu des nouvelles.

La gorge nouée, il contempla la place vide, hésitant sur ce qu'il allait faire. A ce moment, il entendit un bruit de galop derrière lui. Il se retourna et vit quatre cavaliers qui arrivaient à bride abattue par la route de Bazas. Leurs chevaux écumaient. C'étaient des hussards. A la forme des toques de fourrure, il reconnut le régiment de Hanovre dont il avait eu l'occasion de voir un détachement à Lisbonne.

Arrivés au milieu de la place, les éclaireurs cabrèrent leurs montures pour s'arrêter, se concertèrent un instant, puis se séparèrent. Au galop, l'un d'entre eux prit par les fossés du sud, deux enfilèrent la rue Maubec et le quatrième, longeant les Allées, piqua droit sur la Garonne.

D'abord frappé de stupeur, Hazembat suivit le chemin

pris par le quatrième. Quelques minutes plus tard, il déboucha sur le port des Chais et s'arrêta, interdit. Il ne reconnaissait rien. Le port était maintenant bordé par un vaste quai de pierre sur lequel s'amoncelaient d'énormes tas de marchandises diverses : sacs de grains, matériel militaire, barriques. Là où se trouvait jadis la Maison du Péage, de grands hangars semblaient abriter plus de denrées qu'il n'en avait jamais vu, même sur le port de Bordeaux. Ce lieu paraissait avoir été le centre d'un trafic intense. C'était probablement un des dépôts qui alimentaient l'armée d'Espagne. Mais le plus étrange était qu'il n'y avait pas un bateau à quai.

La Garonne, elle, n'avait pas changé. Les grandes eaux approchant, elle coulait à ras bords, rapide et puissante comme autrefois. Sur la rive d'en face, Hazembat distingua une agitation confuse. Il s'approcha pour mieux voir. Un léger nuage de fumée s'éleva des aubiers, de l'autre côté de la rivière, puis, une seconde plus tard, il entendit une détonation sèche. Une balle ricocha dans l'eau, à mi-courant. Les Français devaient s'être retranchés sur la rive de Saint-Macaire et c'étaient probablement eux qui avaient emmené les bateaux pour traverser.

Il laissa courir son regard sur les quais déserts que longeait maintenant une chaussée de pierre unissant les différents ports les uns aux autres. Tout au bout, se dressait la Maison du Port, inchangée.

Comme il se mettait en marche dans cette direction, il vit quelques personnes qui sortaient des maisons dans le quartier des Carmes et s'attroupaient devant ce qui devait être l'auberge de Poudiot. Le hussard s'était arrêté là. De loin, Hazembat reconnut Mingehort, l'oncle de Pouriquète, devenu une monstrueuse montagne de graisse. Il versait à boire au hussard.

Comme Hazembat s'approchait, il vit le cavalier faire mine de sortir une pièce de sa poche pour payer son écot, mais Mingehort l'arrêta en déclarant d'une voix forte :

— C'est gratis, camarade ! Rien n'est trop bon pour nos libérateurs !

Il y eut quelques acclamations. Rassurés, les gens s'approchaient pour voir le hussard de plus près. Mais ce dernier, avec un geste de remerciement, tourna bride et, piquant des deux, s'engagea dans la venelle qui montait à l'hôtel de ville.

Hazembat pressa le pas et gagna la Maison du Port. La porte charretière était fermée et barrée. Il la heurta du poing.

Au bout d'un long moment, une fenêtre s'ouvrit au premier étage et le visage d'un homme inconnu apparut.

— Qu'est-ce que c'est ?

— Je suis Hazembat !... Bernard Hazembat. Est-ce que mes parents sont ici ?

L'autre le regarda, les yeux ronds, puis disparut. Un long moment plus tard, un autre visage se montra. C'était celui d'un vieux et il fallut quelques instants à Hazembat pour reconnaître Perrot Rapin.

— Perrot ! C'est moi, Bernard ! *Ne'm coneishes pas ?*

— Bernard !... *mon Diu !...* Oh, mon pauvre petit !... Attends, on va t'ouvrir !

La porte tourna en grinçant sur ses gonds. Il reconnut vaguement le garçon qui lui ouvrit.

— Tu dois être Albert Castets, dit-il. Je t'ai connu tout drôle.

— Oui, quand tante Rapinette est morte, l'an passé, nous nous sommes installés ici. Perrot vit avec nous.

Ils gravirent le grand escalier de pierre. Quand ils arrivèrent dans la salle commune, Perrot s'avança vers Hazembat, les bras ouverts. Il devait avoir un peu moins de la soixantaine, mais, perclus de rhumatismes, il marchait péniblement.

— Assieds-toi, petiot... *Mon Diu, mon diu !...* Et tout le monde qui te croyait mort !... J'ai entendu que tu demandais après tes parents...

— Où sont-ils ?

— Ce sont de bien tristes nouvelles, petiot, que tu trouves à ton arrivée... Ton père est mort il y a quatre ans et ta mère deux ans plus tôt dans la grande épidémie de 1808...

Pour son père, Hazembat ne fut pas trop choqué.

Soixante ans, pour un batelier de la Garonne, c'était déjà beau d'atteindre cet âge. Mais la mort d'Hazembate le frappa au cœur. Il se rendait compte maintenant qu'il n'avait jamais imaginé son retour sans le sourire de sa mère pour l'accueillir, ni sans la lumière qui dansait dans ses yeux.

— Comment est-elle morte ?

— Ah ! c'est la terrible peste qu'ont amenée les prisonniers espagnols. On les avait enfermés dans les caves, sous la mairie, et, de là, l'infection s'est étendue à toute la ville. Il y a eu plus de cent cinquante victimes cette année-là et autant l'année suivante : Maître Boissonneau, ton parrain Bernard Coutures, Capulet Dubernet, le père de Pouriquète, ton cousin Guitoun Paynaud et puis aussi, bien sûr, le pauvre Jantet.

— Jantet est mort ?

— Quelques mois après son mariage. Ça ne lui a pas porté chance de prendre ta place. Il n'a même pas connu son fils...

— Il a un fils ?

— Oui, il s'appelle Pierre, comme moi. Il va avoir six ans.

Pouriquète veuve et mère d'un garçon. C'étaient trop de choses à la fois, Hazembat sentit la tête lui tourner.

— Tu es tout palichot, petiot ! s'écria Perrot. Albert ! attrape donc une bouteille du vin de Fargues. Nous allons trinquer à ton retour et tu vas nous raconter tes aventures.

— Non, merci, Perrot, pas maintenant. Où est Pouriquète ?

— A la boutique des Dubernet, tiens ! Elle la fait marcher avec ta sœur Janote et sa sœur Castagne qui a fini par épouser Louis Castaing. Ils ont même deux enfants !

— Si tu veux bien m'excuser, Perrot, je vais aller rue Saint-Gervais tout de suite.

— Mais va, petiot ! va ! Les femmes seront contentes de te voir !

En remontant la rue de la Brèche à grands pas, Hazembat claquait des dents, comme pris de fièvre. Il tourna dans la rue Saint-Gervais en courant. Les yeux brouillés, il distinguait une forme sombre devant la boutique. Il songea à son premier retour. Sa mère était là, en train de ranger l'étalage.

Et, soudain, Pouriquète fut devant lui. En une seconde, il la vit plus belle que jamais, mais aussi plus frêle. Sa peau était à peine ridée et elle laissait davantage qu'autrefois deviner la fine ossature du visage. Elle portait la *coha* noire sur ses cheveux toujours aussi fins et soyeux. Il se sentit comme noyé dans la clarté douce et voilée qui émanait de ses yeux. Elle les écarquilla, ouvrit la bouche en un cri silencieux, puis s'affala, petit tas d'étoffe noire sur le pas de la porte, où se détachait la pâleur du visage.

Se jetant en avant, il se trouva nez à nez avec une image de lui-même, habillée en femme. Sa sœur Janote le regarda fixement et dit d'une voix calme :

— Bernard, il ne faut pas faire de ces peurs. Tu aurais pu la tuer de saisissement.

Elle saisit Pouriquète dans ses bras puissants et la porta sur une chaise dans la boutique.

— Elle est fragile, tu sais. Ni elle ni moi n'avons jamais cru que tu étais mort, mais elle ne s'attendait pas à te voir.

Castagne survint, suivie de trois enfants. Tandis qu'elle s'affairait avec Janote autour de Pouriquète, lui appliquant des compresses sur les tempes et lui faisant boire de l'eau de mélisse, elle jetait de temps en temps un regard incrédule sur Hazembat.

— *Per Diu !* penser que tu es revenu comme ça ! Et le jour où les Anglais arrivent, encore !

— Comment va Castagnot ?

— Il est à Rochefort, mais il va revenir, maintenant que la guerre se termine.

— Ce sont vos enfants ?

— Les deux plus jeunes : Louis qui a quatre ans et Jeanne qui en a deux. Le troisième, c'est Pierre, le fils de Pouriquète.

Le garçon avait la finesse de traits des Rapin, mais il lui manquait le menton volontaire de Jantet. Il ressemblait plutôt à son oncle Tignous. Il considérait Hazembat d'un air méfiant.

Pouriquète revenait à elle.

— Bernard..., murmura-t-elle, et elle fondit en larmes.

— Eh ! il ne faut pas pleurer, pecque, dit-il affectueusement en la prenant par les épaules.

Elle blottit sa tête contre lui.

— C'est de joie... et, oh, Bernard ! j'aurais dû t'attendre !

— Tu m'as attendu. Tu es là, je suis là.

— Il faut qu'elle aille s'étendre, dit Janote. Aide-la à monter dans sa chambre, Bernard.

La chambre n'avait pas changé. Hazembat revit la fenêtre par laquelle il passait pour aller rejoindre Pouriquète. La vigne avait grandi et une branche masquait en partie la vitre d'en haut.

— Aide-moi à défaire ma coiffe, Bernard, s'il te plaît.

Tendrement, il dénoua le foulard et laissa les cheveux se répandre autour du visage aimé. Elle était toute pareille au matin où il l'avait quittée pour la dernière fois dans cette même chambre, dans ce même lit.

Il regarda le lit et son cœur se serra en imaginant Jantet. Elle dut le comprendre, car elle dit :

— Mon père nous avait laissé sa chambre. Quand Jantet et lui sont morts, je suis revenue ici pour t'y attendre, Bernard.

Il abaissa ses lèvres sur les siennes.

— Je connais le chemin, dit-il en montrant la fenêtre.

— Tu n'en auras pas besoin. Tu vas habiter avec nous, maintenant, n'est-ce pas ?

— La guerre n'est pas finie, Pouriquète.

— Tu vas repartir ?

Il l'embrassa de nouveau.

— Pas tout de suite et pas pour longtemps, je pense. Mais il faut que j'aille me présenter à la marine.

— Tu seras là ce soir ?

— Oui, Pouriquète, je serai là.

Le dernier baiser fut plus long et plus doux encore.

Janote attendait Hazembat dans la boutique.

— L'*Aurore* est à Saint-Macaire avec Caprouil et Crabot. Ils ont été réquisitionnés.

— Elle navigue encore ?

— Avec tout le trafic qu'il y a eu, elle n'a pas chômé. C'est moi qui m'en suis occupée. Perrot l'avait donnée à notre père qui te l'avait donnée. Elle est à toi, maintenant. Mais, s'ils se battent sur la Garonne, il ne faudrait pas qu'ils aillent la détruire.

— Je vais voir.

— Tu es habillé comme un gueillous. Castagne t'a porté ce costume de Castagnot. Il doit t'aller.

C'était une tenue de marin. Hazembat l'enfila rapidement avant de quitter la boutique et de se diriger vers la mairie. La première personne qu'il vit fut Jude en grande conversation avec un petit bonhomme à la moustache noire, portant une ceinture tricolore.

L'ancien électeur du Tiers-Etat était devenu un personnage imposant. Ses cheveux noirs avaient blanchi et, sur son gilet avantageux, il portait une chaîne en or. Sa voix de basse-taille avait toujours la même rondeur autoritaire. Il considéra Hazembat sous des sourcils broussailleux.

— Je te connais, mon garçon, dit-il.

— Je suis le fils Hazembat.

— Je pensais que tu avais été tué à la guerre !

— J'ai été fait prisonnier à Trafalgar.

— Tu es arrivé avec les Anglais ?

— Juste avant eux. Ils sont arrivés ?

— Ils sont en train de s'installer dans les vignes et sur le port. Il y a sept mille hommes. Nous discutions avec Georges Amé, l'adjoint au maire, des billets de logement pour leurs officiers. Leur général, le duc de Beresford, s'installera chez moi. Il faut trouver de la place chez l'habitant pour quatre colonels, et des maisons convenables.

— Chez Maître Lafargue ? suggéra Amé.

— C'est un jacobin ! Pourquoi pas chez François Labat qui est bonapartiste à tous crins ? Non, monsieur le maire, ces gens-là sont trop compromis... Mais, dis-moi, Hazembat, où loges-tu ? A la Maison du Port ?

— Non, je pense loger chez Dubernet.

— La maison est grande ! On y mettra un colonel et un autre à la Maison du Port. Avertis-les.

En quittant les deux hommes, Hazembat fit le tour par la place Maubec où les troupes défilaient. Il y avait encore peu de monde pour les regarder, mais on entendait quelques acclamations.

Le régiment qui passait au moment où il arriva n'était pas anglais, mais portugais. Les gens s'étonnaient en voyant les petits hommes trapus au teint basané et au poil sombre.

— *Mes ne pareishen pas ingleses aquestes ! Ne son pas blondins come los autes !*

Traînés par des attelages de mules, deux canons roulèrent à grand bruit en direction de la Garonne. Hazembat les suivit. Une compagnie prenait position sur le port des Chais. La marée était basse et les graviers découverts. Quelques soldats anglais s'avancèrent sur le banc où, en 1789, avait échoué l'assaut des Macariens saisis par la Grande Peur. Aussitôt, en face, des soldats français s'avancèrent aussi sur les graviers et commencèrent à couvrir les Anglais d'injures. Les gens s'attroupaient malgré les efforts des soldats pour les maintenir à distance. Un coup de feu partit du côté anglais et alla ricocher dans le courant, à mi-rivière. Quelques instants plus tard, les Français ripostèrent et une balle miaula aux oreilles d'Hazembat. Prudemment, il se replia vers les entrepôts où déjà arrivaient des attelages de mules menés par des goujats portugais. Il remarqua aussi un certain nombre de civils qui, passant par l'ancien verger des Capucins, commençaient à faire main basse sur les denrées accumulées.

Il passa à la Maison du Port faire la commission de Jude, puis il retourna rue Saint-Gervais. Des soldats anglais étaient déjà là, transportant des caisses dans la maison.

— Il paraît que nous allons loger un colonel, lui dit Janote.

— Je sais, Jude me l'a dit.

Quand le colonel arriva, avant même qu'il fût descendu de cheval, Hazembat eut la surprise de reconnaître Sir John Dalrymple. Il s'avança vers lui. L'officier le considéra un instant, les sourcils levés.

— Ainsi, tu as réussi à t'évader, *sailor*? Hew en a fait une maladie quand tu as emmené la *Jenny*. Sais-tu que tu as été recherché comme pirate par la *Navy*? Mais rassure-toi, maintenant que tu es rentré chez toi, les lois de la guerre te protègent.

Le soir, le colonel invita Hazembat à sa table et insista pour que Pouriquète, en tant que maîtresse de maison, s'assît avec eux. Janote refusa, occupée qu'elle était à la cuisine. Le repas fut succulent.

— Depuis cet après-midi, dit Janote, on retrouve de tout. Les gens avaient caché leurs provisions et les négociants ouvrent leurs réserves. Il y a même du sucre !

Regardant Pouriquète, le colonel Dalrymple leva son verre de barsac mordoré.

— Si c'est elle la bonne amie que tu avais laissée au pays, Hazembat, dit-il en anglais, je ne m'étonne pas que tu te sois évadé pour la rejoindre et je suis même surpris que tu ne l'aies pas fait plus tôt. Je bois à sa grâce et à son bonheur.

— Qu'est-ce qu'il dit ? demanda Pouriquète.

— Il boit à ta grâce et à ton bonheur.

Elle rougit, baissant la tête, et Hazembat dut se retenir pour ne pas aller la prendre dans ses bras.

— Je regrette de ne pas rester, continua le colonel. Nous allons laisser deux mille hommes pour aller liquider les Français de Saint-Macaire. La vraie bataille se livrera plus à l'est, du côté de Toulouse où Soult essaie de rallier ses troupes. Quant à mon régiment, il partira après-demain pour Bordeaux. Le duc d'Angoulême est déjà en route. Il passera par ici et le maire de Bordeaux s'apprête à l'accueillir avec la cocarde blanche.

— Qui est-ce ?

— Un nommé Lynch. Je crois que c'est un négociant d'origine irlandaise.

Hazembat songea à O'Quin. Le citoyen Coquin,

ancien bon sans-culotte de la section Franklin, serait-il là, lui aussi, pour accueillir le représentant du Roi ?

Plus tard dans la nuit, quand tout le monde fut couché, Hazembat gagna la chambre de Pouriquète. Elle l'attendait. Longuement, ils s'étreignirent, sentant le désir monter en eux avec la tendresse. Soudain, une voix cria :

— Maman !

— C'est Pierre, dit Pouriquète. Il dort à côté.

L'enfant parut sur le pas de la porte. Les yeux tout embrumés de sommeil, il regarda Hazembat.

— Qu'est-ce qu'il fait ici ? demanda-t-il.

— C'est un ami de ton papa, dit Pouriquète. Il est venu me dire bonsoir.

Le petit visage hostile se tordit en une grimace.

— Je ne l'aime pas.

— Voyons, Pierre, il est gentil...

— Non ! Je veux qu'il s'en aille ! Je veux dormir avec toi.

Hazembat se redressa avec un sourire un peu triste.

— Nous avons tant attendu, Pouriquète, que nous pouvons attendre encore un peu.

— Je suis désolée, Bernard...

— Ce n'est rien. Pierre et moi apprendrons à nous connaître.

Quand il fut rentré dans sa chambre, pour la première fois depuis bien longtemps, il pleura.

CHAPITRE XIV

LE FIL DE L'EAU

Pendant les jours qui suivirent l'arrivée des Anglais, Langon ressembla à une vaste kermesse. Le colonel Strickland, qui commandait le détachement resté sur place, avait sévèrement mis fin au pillage des entrepôts, ce qui le rendait impopulaire. On le trouvait méprisant, hautain, autoritaire, ignorant des raffinements de la culture gasconne.

On n'en refusait pas pour autant l'argent anglais qui était abondant et facile. Partout, on voyait s'ouvrir des boutiques et des étals improvisés, surmontés d'enseignes en anglais de fantaisie, où l'on vendait au prix de l'or des vins médiocres ou franchement piqués à la soldatesque anglaise. Pour les officiers au palais plus raffiné, on sortait des caves de vieilles bouteilles qui atteignaient des cotes inconcevables : jusqu'à dix guinées pour une bouteille de sauternes 1807. On n'en aimait pas davantage les Anglais, bien au contraire. Quoiqu'ils fussent moins riches et généreux, on avait plus d'estime pour les Portugais, sérieux, sobres et honnêtes, à l'exception de leurs muletiers qui ne se faisaient pas scrupule de trafiquer des denrées qu'ils avaient la charge de transporter pour le compte de l'armée d'invasion.

Le marché, la semaine suivante, connut un afflux extraordinaire de paysans désireux de vendre leurs produits et d'habitants de Langon qui, par prudence, avaient émigré dans les campagnes avoisinantes à l'approche des envahisseurs. Ce jour-là, le maire fit afficher un avis annonçant que la cérémonie publique de bénédiction du drapeau blanc aurait lieu le dimanche 20 mars.

Entre-temps, la bataille de Saint-Macaire s'étant terminée à l'avantage des Anglais, les couraus rentrèrent. L'*Aurore* était parmi eux et Hazembat tomba dans les bras de Caprouil Montaudon et du vieux Crabot. Ce dernier devait avoir passé les soixante-dix ans. Dans son enfance, déjà, Hazembat le considérait comme un très vieil homme.

L'*Aurore* avait été bien entretenue et sa coque rouge et verte était repeinte de neuf. Les ordres des transitaires commençaient à affluer de Bordeaux et il faudrait sans tarder se remettre au trafic.

Il y eut de grandes discussions sur la manière dont il convenait d'organiser la cérémonie du 20. On convoqua une réunion de notables à la mairie, et Hazembat, en tant que maître de bateau, y fut invité. Il y avait là Jude, portant une grosse cocarde blanche à son revers. Hazembat ne put s'empêcher de se rappeler que c'était entre ses mains qu'il avait vu pour la première fois, en 1789, la cocarde tricolore. Il y avait aussi Maître Lafargue qui, l'âge aidant, commençait à ressembler à son défunt beau-père, Maître Boissonneau. Personne ne portait le tricolore, même pas François Labat, celui qu'on appelait autrefois Hardit et qui avait été délégué à la Fédération de 1790 avec Jude. Il devait approcher des soixante-quinze ans, mais restait mince et droit, sanglé dans une redingote de coupe militaire.

Le débat portait sur les troupes qui devraient rendre les honneurs lors de la cérémonie. Jude était en faveur des Anglais.

— Je les ai vus manœuvrer, disait-il. C'est un spectacle impressionnant.

— Il ne s'agit pas d'un spectacle, Jude, interrompit le maire. Il s'agit d'un hommage rendu au drapeau national de la France. Il serait plus convenable que les honneurs fussent rendus par des Français.

— Il y a des Français dans les troupes anglaises !

— Ce sont des renégats, rugit Labat. Ils ont porté les armes contre leur pays !

— Alors, dit Jude, allons-nous demander au colonel Strickland de mettre à notre disposition quelques-uns des misérables fuyards qu'il a fait prisonniers à Saint-Macaire ? La France n'a plus de soldats !

— Si, elle en a ! cria Labat. Il y a ici à Langon bien assez d'anciens militaires couverts de gloire pour former une escouade d'honneur de vétérans. Reste à savoir s'ils seront disposés à rendre hommage au drapeau blanc !

Comme la discussion s'échauffait, Maître Lafargue demanda la parole.

— Messieurs, dit-il, j'ai une suggestion à faire. Il y a vingt-cinq ans, la garde bourgeoise de Langon s'est rassemblée pour rendre hommage à ce qui était alors, je vous le rappelle, le drapeau du Roi et de la Nation. Certains peuvent regretter comme moi que ce drapeau ait perdu deux de ses couleurs, mais c'est le drapeau du Roi et, comme l'a souligné M. le Maire, celui de la Nation face aux armées étrangères. Les bourgeois de Langon ont les mêmes devoirs qu'autrefois: Je suggère donc que les honneurs soient rendus par les survivants de ceux-là mêmes qui, à cette époque, ont eu le privilège de faire partie de la garde.

La majorité se rallia à cette suggestion. Le dimanche suivant, le détachement des anciens gardes nationaux comprenait une trentaine d'hommes, tous âgés de plus de quarante-cinq ans et affublés d'uniformes de toutes origines, depuis la veste bleue de 1789 jusqu'aux tenues surchargées d'ornements des armées impériales. De mauvaise grâce, en tant que colonel, François Labat commandait la manœuvre. Elle fut exécutée avec plus de précision qu'on n'aurait pu le craindre. Le spectacle de ces vieillards aux costumes disparates, s'efforçant de maintenir une attitude militaire, aurait pu paraître cocasse, mais elle imposa le respect à la foule. En revanche, le colonel Strickland et ses hommes s'esclaffaient sans retenue. On les regardait de travers. Les Anglais n'étaient plus très populaires.

Dans le clergé nombreux qui s'avança pour la bénédiction, Hazembat reconnut l'abbé Lafargue amaigri et grisonnant. Faute d'un hymne approprié, la musique joua *Vive Henri IV* que la foule reprit en chœur.

De tout ce temps, Hazembat n'était pas retourné dans la chambre de Pouriquète. Se côtoyant tous les jours, ils avaient l'un pour l'autre des gestes d'infinie tendresse, mais, par une entente tacite, ils gardaient entre eux une sorte de distance craintive. Tout les appelait l'un vers l'autre, mais c'était comme s'ils avaient peur de se retrouver après tant d'années. Le petit Pierre n'était qu'un symbole de ce passé que chacun portait en lui sans savoir si le poids en était supportable pour l'autre.

Le 4 avril, on fêta le trente-sixième anniversaire d'Hazembat. Ce soir-là, ce fut Pouriquète qui vint le retrouver dans sa chambre.

Ils se caressèrent d'abord timidement, chacun réapprenant le corps de l'autre, puis, d'un coup, le mur des incertitudes croula et ils se laissèrent emporter par le flot joyeux du désir, éblouis par la flamme de jeunesse qui ne cessait de monter en eux et de s'épanouir.

Emerveillé, Hazembat fit courir sa main sur le corps menu et ferme de Pouriquète.

— Tu n'as pas changé, dit-il.

Elle se dressa sur le coude en riant.

— Toi, si. Tu es plus couturé qu'une vieille paillasse, mais je t'aime encore plus ainsi.

— Assez pour m'épouser, Pouriquète ?

— De trop ! Si je m'écoutais, je te traînerais devant le maire dès demain matin, mais il y a Pierre...

— Je suis prêt à lui servir de père.

— Il n'est peut-être pas prêt à te servir de fils. Et puis Perrot ne serait sans doute pas d'accord.

— Pourquoi ? Il m'aime bien.

— Tu ne connais pas les Rapin. Il ne se console pas de s'être laissé souffler la Maison du Port par les héritiers de Tante Rapinette.

— Mais qu'est-ce que cela a à voir avec moi ?

— Souviens-toi que mon père m'a donné en dot cette maison où nous sommes. Si tu n'étais pas revenu, elle serait allée à Pierre après ma mort.

— Mais je n'en veux pas, de cette maison !

— Toi peut-être, mais tes héritiers ? Les enfants que nous allons avoir, toi et moi ?

Elle se frappa le ventre.

— Songe qu'il y en a peut-être déjà un en route !

— Qu'est-ce qu'il faut faire ?

— Aller voir Maître Lafargue et lui demander conseil.

— L'*Aurore* descend à Bordeaux demain. Il faut que j'y aille pour régulariser ma situation avec la marine. Dès mon retour, nous irons voir Maître Lafargue.

La première surprise qui attendait Hazembat à l'entrée du port de Bordeaux fut une ligne d'énormes piliers de pierre, surmontés de bâtis de bois, qui barrait la Garonne à hauteur de la Porte de Bourgogne.

— C'est le nouveau pont, dit Caprouil. Il y a huit ans qu'on en parle. J'espère que nous vivrons assez vieux pour le voir terminé. Il faut drôlement manœuvrer pour passer entre les piliers !

Au-delà du futur pont, les navires de commerce étaient nombreux. La plupart avaient les vergues croisées, ce qui indiquait un appareillage prochain. Le grand arc des belles façades couvertes d'ardoise n'avait pas changé. L'*Aurore,* qui transportait un chargement de vin, alla mouiller devant le quai des Chartrons. Hazembat dut faire quelque chemin à pied le long des berges pour se rendre aux services de la marine. Le chantier du Château Trompette, toujours abandonné, était devenu une sorte de jardin sauvage, foisonnant de verdure. Plus loin, à hauteur de l'Hôtel des Douanes, l'animation était considérable. Les costumes s'étaient faits plus sobres que lors de sa dernière visite, mais le contraste restait frappant entre les vêtements des bourgeois cossus et les hardes des pique-misère qui traînaient sur les quais à la recherche d'un travail. Pourtant, la distance entre les uns et les autres paraissait avoir diminué. Cela se sentait à de menus détails auxquels Hazembat ne prêta d'abord pas attention, mais dont il prit conscience quand il vit une dame froufroutante, descendue d'une voiture de maître, aller marchander du poisson avec une portanière, mêlée aux femmes du peuple.

Il y avait des drapeaux blancs aux fenêtres, mais on voyait peu de cocardes. A la marine, Hazembat fut accueilli par un vieux premier maître qui alla en boitillant chercher un registre poussiéreux.

— Hazembat... Hazembat..., dit-il en faisant courir son doigt le long des colonnes. Je ne trouve rien...

— Regardez à A. La marine oublie toujours le H de mon nom.

En grommelant, le vieil homme s'en fut chercher un autre registre.

— Azembat... Ah ! nous y sommes ! Azembat Bernard, né le 4 avril 1778 à Langon... Embarqué sur le *Mathurin-Mary* le 26 Pluviôse de l'An VI...

— Ce n'était pas le 26 ! C'est le 13 que je me suis embarqué ici à Bordeaux.

— Possible, mais tu n'as été inscrit au rôle qu'à Rochefort, le 26. Après tout ce temps, tu n'en es pas à treize jours près !... Donc, le 26 Pluviôse An VI, ça fait... le 13 février 1798. D'après tes papiers, tu as été fait prisonnier à Trafalgar... donc le 21 octobre 1805. Nous sommes le 8 avril 1814...

Il compta longuement sur ses doigts et inscrivit sur le registre :

— Service à la mer... 92 mois et 8 jours... Prisonnier de guerre... 101 mois et 19 jours... D'accord ?

— Puisque vous le dites...

Le premier maître transcrivit les chiffres sur un bordereau, le signa, y apposa un tampon et le tendit à Hazembat.

— Voilà ton extrait de matricule : Azembat Bernard, matelot de 1re classe... Tu es en règle, l'ami.

Avant de rejoindre l'*Aurore*, Hazembat, à Tout hasard, passa par la boutique de librairie d'O'Quin. L'ancien citoyen Coquin était là, vieilli, mais toujours élégant. Il portait au revers une discrète cocarde blanche. Il fit fête à Hazembat.

— J'ai su par Dalrymple que tu étais vivant et de

retour au pays, dit-il. Maintenant, je suppose que tu vas te remettre à naviguer. Le négoce reprend.

— Naviguer oui, mais sur la Garonne. Je vais me marier à Langon.

— Ta bien-aimée t'a attendu tout ce temps ?

— Oui… elle m'a attendu.

O'Quin hocha la tête.

— Un marin comme toi n'aurait pas de mal à trouver un embarquement de lieutenant au commerce. Je doute que tu résistes à la tentation. Reviens me voir, nous en reparlerons.

A l'auberge de Tastet, maintenant tenue par le fils, boulanger de son état, Hazembat eut la surprise de rencontrer Nat. L'Américain était à Bordeaux depuis un an. Il avait trouvé du travail dans le port, mais, maintenant que les Anglais étaient là, il préférait prendre le large. La guerre entre les Etats-Unis et l'Angleterre n'était pas terminée. On lui avait offert un embarquement sur un navire hollandais à destination de Saint-Domingue et Cuba et il devait appareiller la semaine suivante. Hazembat sentit comme une pointe d'envie. Un instant, il eut la nostalgie des alizés et des plages étincelantes, bordées de cocotiers sombres sur le ciel lumineux. Puis il songea à Pouriquète et la paix, de nouveau, emplit son cœur.

Le lendemain de son retour à Langon, Maître Lafargue les reçut tous deux. Il avait pris de l'embonpoint et la pratique de son métier lui avait donné un visage impénétrable, mais il n'y avait pas à se tromper sur la cordialité de son accueil.

— Ainsi, dit-il à Hazembat, tu n'as connu que la première année de cette longue agonie de la Révolution qu'a été l'Empire ? Tes illusions sont intactes, car tu es toujours républicain, je suppose ?

— Je suis pour la liberté, l'égalité et la fraternité, maître.

— Oui, ce sont des vertus que notre république a fort maladroitement pratiquées. Il lui en a coûté bien des malheurs. Mais il est des espérances qui sont indestructibles. Tôt ou tard, avec un roi ou sans roi, les aspirations que nous avons vu naître en 1789 se réveilleront.

On en vint à l'affaire. Maître Lafargue joignit pensivement les bouts de ses doigts devant sa bouche et écouta avec attention. Quand Hazembat eut terminé, il réfléchit un instant et dit :

— Si je comprends bien, tu n'as aucune prétention sur les biens qui ont été dévolus à Marie Dubernet du fait de son mariage avec Jean Rapin et tu entends en laisser l'entier bénéfice à l'enfant qui est né de ce mariage ?

— C'est cela, maître.

— En ce cas, rien de plus facile. Il faut que Marie Dubernet, en tant que tutrice légale de l'enfant, convoque un conseil de famille qui nommera un subrogé tuteur.

— Mais Pierre restera mon fils ? demanda Pouriquète.

— Bien sûr et vous resterez sa tutrice légale, mais le subrogé tuteur garantira ses droits. Si Hazembat vous épouse, il pourra même être désigné comme cotuteur, pourvu qu'il accepte.

— J'accepte, maître.

— Bien. Il va falloir donc constituer le conseil de famille. Cela peut prendre un certain temps.

Cela prit jusqu'à l'automne. Le 31 octobre enfin, le conseil de famille comparut devant le juge de paix. Il comprenait Pierre Rapin, dit Perrot, aïeul de l'enfant, ses oncles paternels, tous deux Jean Rapin, l'un, Pishehaut, libéré par la marine au cours de l'été, l'autre, Cametorte, qui, après avoir travaillé à Toulenne chez Pierre Escarpit, le scieur de long, s'était établi comme artisan charron, son oncle maternel, Vital Dubernet, dit Capsus, libéré par la marine comme premier maître, son oncle maternel par alliance, Louis Castaing, dit Castagnot, libéré par la marine comme lieutenant de frégate, et son cousin Jean Poudio, dit Mingehort, aubergiste.

Il y eut quelques discussions sur la désignation du subrogé tuteur. Hazembat sentit qu'il y avait de la politique là-dessous. Les trois marins semblaient n'avoir que peu de sympathie pour les convictions royalistes affichées par les trois terriens. Mais finalement, Pishehaut se rallia au clan Rapin et Perrot fut désigné comme subrogé tuteur à la majorité de quatre voix contre deux à Castagnot.

Trois jours plus tard, Georges Amé déclarait Hazembat et Marie Dubernet unis par le mariage. Les témoins étaient Caprouil Montaudon, le plieur de corde Arnaud Bayle, le marchand Jean Courneau et le chapelier Pierre Veillat. Ce fut l'abbé Lafargue qui donna le sacrement de mariage en l'église Saint-Gervais. A cette occasion, il prononça une petite homélie où il commenta la parole de l'Ecclésiaste : « La fin d'une chose vaut mieux que son commencement. »

— Ainsi en est-il de vous, dit-il, qui avez vécu de grands commencements qui ont été déçus, mais qui avez eu l'humilité et la patience d'attendre une fin heureuse.

Et la vie reprit à Langon, rythmée par les voyages de l'*Aurore* à Bordeaux. Les Anglais partis, la ville avait retrouvé son calme. Le vieux Montagnard ivrogne, Boyreau, dit Gavache, fut arrêté quelques jours pour des excès de langage et François Labat eut avec Pierre Jude un duel qui les couvrit l'un et l'autre de ridicule.

Labat n'avait plus toute sa tête à lui depuis qu'il avait appris que son fils Angel, dit Capdemule, monarchiste émigré à Toulouse au moment de la Terreur et devenu un riche entrepreneur de chaudronnerie, avait été tué dans les derniers combats des Anglais contre les troupes impériales. Il perdit complètement l'esprit quand, à la mi-mars 1815, arriva la nouvelle du débarquement de Napoléon en Provence. Sabre au clair, il parcourut les rues en criant vengeance contre les royalistes. Il fallut l'enfermer. Il mourut à l'annonce de Waterloo. Son petit-fils François, qui avait dix-sept ans, vint à Langon pour la succession. C'était un beau garçon au teint clair et à l'œil hardi, mais hostile. Portant ostensiblement une grosse cocarde blanche, il repartit sans avoir adressé la parole à personne.

Les Cent Jours à Langon s'étaient surtout manifestés par une réapparition timide des cocardes tricolores.

Toutefois, le drapeau bleu-blanc-rouge ne fut amené sur la mairie que le 21 juillet, en même temps qu'à Bordeaux et deux jours avant La Réole. Pour les bateliers, il y eut quelques perturbations dans le trafic quand l'arrivée du général Clausel à Bordeaux paralysa le port. La fin de la saison des grandes eaux fut morne.

Cela laissa du temps à Hazembat pour s'occuper de Pouriquète, enceinte de plusieurs mois et qui avait de plus en plus de mal pour aider à la boutique. La veuve Mouchot, sage-femme attitrée de la famille, ne cachait pas son inquiétude.

— Elle est fragile, disait-elle. Il ne faudrait pas qu'elle perde trop de sang.

Le 9 août au soir, les douleurs commencèrent. Hazembat resta aux côtés de Pouriquète toute la nuit. Au matin, le travail ayant débuté, les femmes le mirent à la porte. Désœuvré, il erra dans la ville. Comme il passait devant la boutique de Courneau, le marchand le héla et lui tendit un cornet de papier.

— Tiens, ce sont les dernières cerises. Elles ont été tardives cette année. Tu les donneras à Pouriquète.

Sur la place Maubec, un petit détachement de *marines* anglais prenait la route de Bazas. Ils devaient venir de Bordeaux et avoir bivouaqué, la nuit, dans les vignes.

Quand il revint rue Saint-Gervais, la veuve Mouchot se lavait les mains dans la cuisine.

— C'est une fille, dit-elle. Ta femme est très fatiguée. Elle a perdu beaucoup de sang.

Quatre à quatre, Hazembat monta l'escalier. Janote et Castagne achevaient de mailloter l'enfant sous l'œil pensif de Pierre. Pouriquète, très pâle, entrouvrit les yeux et sourit.

— Bernard, dit-elle, j'aurais voulu te donner un garçon.

Il déposa un baiser sur son front.

— Si elle est aussi jolie que toi, je suis trop heureux d'avoir une fille.

— C'est tout le portrait de notre mère, Bernard ! s'écria Janote.

Hazembat se pencha sur le petit visage fripé, mais ne

put reconnaître aucune ressemblance. La bouche, qui tétait l'air, lui parut grande.

— Tiens, dit-il en se retournant vers Pouriquète, Courneau t'envoie ces cerises. Ce sont les dernières de l'année.

— Des cerises en août ? s'écria Castagne. Avec les Anglais qui sont passés ce matin, ça fait beaucoup de rouge ! *Per los Inglés aus cerises :* ce sera son signe de naissance !

— Nous l'appellerons Jeanne, puisque je suis sa marraine, dit Janote, mais ce sera Hazembate, comme notre mère.

A l'automne, le trafic reprit sur la rivière. La petite Hazembate prospérait et Pierre semblait s'être attaché à elle. Pouriquète, en revanche, avait du mal à se remettre de ses couches. Janote et Castagne ne suffisaient plus au travail.

Un jour, à Bordeaux, devant l'Hôtel des Douanes, Hazembat vit une calèche s'arrêter et en descendre un homme qui se dirigea vers lui, les bras tendus. Il portait une redingote cintrée et un haut chapeau à la nouvelle mode, plus large au sommet qu'à la base.

— Je ne me trompe pas ! C'est toi, Bernard ? Mon beau-père m'avait dit que tu étais rentré sain et sauf !

C'est au regard brun et vif qu'Hazembat reconnut Jean Dumeau, dit Lanusquet, qui avait navigué autrefois avec lui sur la Garonne et dont la passion était la mécanique. Ils s'étreignirent longuement, puis Lanusquet entraîna Hazembat vers un café de la rue des Piliers-de-Tutelle.

— Ainsi, dit-il quand ils furent attablés devant deux mokas, tu as fini par épouser ta Pouriquète ! Tu as même une fille qui a à peu près le même âge que mon fils Vital.

— Tu es marié toi aussi ?

— Oui, bien sûr, avec Françoise Despujols, celle qu'on disait Périssète. Nous avons un autre fils, Amand, qui a maintenant près de cinq ans !

— Je crois me souvenir que ton père n'était pas tellement d'accord.

— Le pauvre vient de mourir. Il nous a fait attendre

jusqu'à 1808 pour donner son consentement et ensuite il a légué toute son entreprise de transport à mon frère aîné, Pierre.

— Tu n'as pas l'air de trop mal t'en tirer !

— Je suis dans la construction navale, mais la nouvelle : nous fabriquons des bateaux à vapeur.

— A vapeur ? Tu veux dire en allumant du feu à bord pour faire chauffer de l'eau ? Mais ils vont brûler, tes bateaux !

— Pas si on utilise le fer. Il y a longtemps que les Américains font naviguer des *steamboats* sur le Mississippi. Tu ne te souviens pas ? La dernière fois que nous nous sommes vus, en 1801, je t'avais parlé de l'ingénieur américain Fulton...

— Celui qui avait inventé un bateau pour aller sous l'eau ?

— Oui. En 1803, il a fait naviguer un bateau à vapeur sur la Seine, mais Bonaparte n'y a pas cru. Fulton est reparti pour l'Amérique. C'est le consul américain de Brest qui détient le brevet. Il s'est associé avec tout le gros négoce bordelais, les Balguerie-Stuttenberg, les Guestier, les Johnston, les Sarget, les Portal, les Chaigneau, pour l'exploiter sur la Garonne. En ce moment, on construit le premier bateau à vapeur aux chantiers Chaigneau et Bignon où je suis ingénieur.

— Ça doit te faire beaucoup de travail.

— Oui, beaucoup, et je n'ai guère le temps de m'occuper de ma famille. Périssète va rentrer à Langon avec les enfants. Elle cherche un travail pour s'occuper. Tu sais, mes beaux-parents vieillissent et ils sont petitement logés.

Hazembat réfléchit un moment.

— Tu crois que ça lui dirait d'aider chez nous, à la boutique ? La maison est grande. Si Pouriquète est d'accord, elle pourrait y habiter.

— Je lui en parlerai et je suis certain que rien ne pourrait lui faire plus de plaisir. Mais toi-même, Bernard, tu ne vas pas te faire marchand ?

— Tant qu'il y aura une voile sur la Garonne, je continuerai à naviguer.

Françoise Dumeau vint s'installer rue Saint-Gervais en mars 1816 et la maison, comme autrefois, s'emplit de cris et de rires d'enfants. Louis et Jeanne Castaing, Pierre Rapin et Amand Dumeau s'entendaient bien. Ils fréquentaient tous la petite école qu'avait ouverte l'abbé Lafargue dans les communs de l'ancien couvent des Ursulines. Les petits, Hazembate et Vital, apprenaient à marcher ensemble dans le grand jardin, derrière la maison, où autrefois Pouriquète et Hazembat jouaient avec les enfants Rapin et Dubernet à reconstituer la fameuse bataille de Chesapeake.

S'écoulèrent alors deux ans de paix et de bonheur tranquille. Langon retrouvait son calme dans la prospérité de l'après-guerre. Les hommes revenus, les ateliers d'artisans, les négoces, les couraus sur la rivière reprirent leur activité. Cametorte, le frère de Jantet, resté veuf sans enfants en 1809, était, malgré ses infirmités et sa jambe folle, d'une inlassable industrie. A côté de sa charronnerie, il fonda une scierie où il prit comme apprenti scieur de long Jean Escarpit, dit Calune, fils cadet de son ancien employeur de Toulenne, Pierre Escarpit, dit Lassègue. L'adolescent devint vite un habitué de la maison de la rue Saint-Gervais.

Il habitait chez Mingehort, dans le quartier des Carmes qui s'emplissait de nouveau d'une population de brassiers et de marins de passage, toujours misérable, mais moins écartée qu'autrefois de la vie de la cité.

Ceux qui avaient le plus changé étaient les paysans qu'on voyait affluer au marché avec des produits plus variés et plus abondants qu'autrefois. On mangeait mieux, encore que la viande de bœuf fût un luxe réservé aux plus riches, et cela seulement pour les grandes fêtes. Le meilleur repas de l'année restait celui du cochon, le jour de la tuère dont on avait repris la coutume rue Saint-Gervais. L'ancien bordier de Fargues, devenu propriétaire, fournissait le porcelet à engraisser.

Quelques nobles revinrent, les Lur Saluces notamment, mais ils n'avaient jamais été bien encombrants à Langon et, à part quelques procès, il y eut relativement peu de contestations sur les biens des émigrés. On revit les religieux, mais le couvent des Carmes ne rouvrit pas ses portes.

A la boutique de la rue Saint-Gervais, Périssète Dumeau, pétulante et vive, faisait aller le commerce, et Pouriquète, bien que toujours fragile, avait retrouvé son animation de naguère. La petite Hazembate, solide sur ses jambes, commençait à parler et ne se faisait pas faute de donner vertement la réplique aux chalands.

Le port de Bordeaux avait du mal à retrouver son activité d'antan, mais le trafic sur la rivière marchait bien. Il y avait moins de couraus qu'autrefois. Hazembat, laissant le plus souvent à Caprouil le commandement effectif de l'*Aurore,* était néanmoins de chaque voyage. Il passait à la maison une semaine sur deux. Les consignements de vin, de blé, de bois et de brai ne manquaient pas. Il songea même un moment à faire construire un deuxième courau. Bien sûr, il n'envisageait pas, comme beaucoup de maîtres de bateau, de se constituer une flottille qu'il confierait à des patrons, restant lui-même à terre pour administrer l'entreprise. Il avait besoin de sentir sous ses pieds le pont d'un bateau et de se mesurer à chaque instant avec le vent, avec l'eau, avec la terre. Il avait aussi besoin, mais il ne se l'avouait pas, de ces départs périodiques qui le livraient à lui-même, purgeaient ses pensées dans la relative solitude du bord et le rendaient dispos pour les joies pures du retour.

En novembre 1817, Pouriquète fut à nouveau enceinte. Tout se passa d'abord bien et la vie n'en fut pas perturbée. En avril, Hazembat profita de ce que l'*Aurore* avait mouillé devant les Chartrons, et alla faire une visite à O'Quin.

— J'allais t'écrire, Hazembat, dit ce dernier. J'ai des nouvelles pour toi. Tu te souviens d'Isabelle de Traversay à qui tu avais recommandé ton... filleul à la Guadeloupe, en 1805 ? Elle m'a écrit.

D'un coup, les souvenirs flambèrent dans la mémoire d'Hazembat, balayant la grisaille bordelaise. Il revit le visage du petit Bernard-Toussaint tel qu'il l'avait laissé sur la barque de pêche à Pointe-à-Pitre. Odeurs, couleurs, lumière l'assaillirent.

— Quand les Anglais ont réoccupé la Guadeloupe en 1810, Isabelle a épousé un vieux banquier écossais fort riche qui a eu le bon esprit de mourir l'année suivante. Elle devait avoir à peine vingt-deux ou vingt-trois ans à ce moment-là...

— Elle parle de mon filleul ?

— Oui. Il est patron d'une barque de pêche et il s'est marié. Il a même un fils.

— Un fils ?

La première réaction d'Hazembat fut de rire à l'idée qu'il était grand-père. Puis il fut pris par une sorte de vertige. Les brèves heures qu'il avait passées avec Belle sur la plage s'étendaient dans le temps, de génération en génération, comme à l'infini.

O'Quin l'observait à travers ses lunettes.

— Tu n'as pas envie de le connaître ?

— Qui ça ?

— Eh bien, le fils de ton... filleul. Elle me dit qu'il s'appelle Bernard lui aussi. Tu sais, il ne manque pas de navires qui touchent à la Guadeloupe.

— Pas les couraus de la Garonne.

Comme Hazembat allait prendre congé, O'Quin ajouta :

— J'ai une autre nouvelle pour toi. Stephen Holloway, qui a pris sa retraite comme vice-amiral, est en train de voyager sur le continent avec sa femme. Ils passeront à Bordeaux au début d'août et comptent bien aller te faire une petite visite à Langon.

Hazembat rentra rue Saint-Gervais, l'esprit plein de sentiments confus et contradictoires, mais, dès son arrivée, il eut d'autres préoccupations. Pouriquète avait été prise de violents maux de tête et d'estomac, accompagnés de vomissements et de syncopes. Le jeune Dr Théry, qu'on avait fait venir, était réticent. Il prescrivit un régime exclusivement lacté.

L'état de Pouriquète parut s'améliorer, puis empira de nouveau. Elle ne quittait pratiquement plus son lit.

Hazembat avait laissé le commandement de l'*Aurore* à Caprouil pour rester auprès d'elle.

Il y eut une légère amélioration à la mi-juin quand Lanusquet fit une rapide visite à Langon pour annoncer le lancement prochain de la *Garonne* qui serait le premier bateau à vapeur sur le fleuve :

— Quatre-vingt-deux tonneaux, soixante-quinze pieds de long, trois pieds de tirant d'eau et une machine de vingt-quatre chevaux ! Les couraus pourront s'aligner !

On but à la *Garonne,* et Pouriquète, qui s'était levée pour l'occasion, trempa ses lèvres dans un verre de barsac. La voyant pour la première fois depuis longtemps hors de son lit, Hazembat fut terrifié par son changement d'apparence. Au-dessus du ventre énorme, le buste menu paraissait s'effacer presque complètement et le visage cireux était devenu d'une maigreur squelettique. Seuls, les yeux, démesurément agrandis, gardaient leur vivacité.

Au cours du mois de juillet, les symptômes s'accentuèrent. Pouriquète ne pouvait même pas garder les laitages qu'on lui donnait et qu'il fallait lui faire prendre à la cuiller. Le Dr Théry venait tous les jours.

— Je crains l'éclampsie, finit-il par dire à Hazembat.

— C'est grave ?

— Je ne vous mentirai pas : l'enfant en réchappe deux fois sur trois et la mère une fois.

La poste du 30 juillet apporta une lettre d'O'Quin annonçant la visite des Holloway pour la semaine suivante.

Le travail commença le surlendemain dans la soirée. Le Dr Théry insista pour être présent à l'accouchement, ce qui provoqua une violente colère de la veuve Mouchot, mais le médecin tint bon.

Cela dura toute la nuit. A l'aube, un vagissement éveilla Hazembat qui somnolait sur une chaise. Le docteur sortit de la chambre, les traits tirés.

— C'est une fille, dit-il, et elle vivra.

— Et ma femme ?

Le docteur fit un geste d'impuissance.

— Elle vit pour le moment, mais sa résistance est très amoindrie. Elle est à la merci d'une convulsion. Si elle en a, il faudra lui faire respirer de l'éther. J'ai prescrit des lavements à base d'opiats.

Pouriquète dormait, respirant faiblement, le souffle court. Elle ne réagit pas quand Bernard posa un baiser sur son front. Puis il regarda l'enfant que lui présentait Janote. Avec un coup au cœur, il vit qu'elle ressemblait à sa mère. Contrairement à sa sœur, elle avait, en naissant, le teint crémeux et les traits délicatement formés de Pouriquète.

— Ce sera une autre Jeanne, dit Janote. Lanusquet est son parrain et c'est un Jean.

Pouriquète eut plusieurs convulsions pendant la journée. Elle s'arc-boutait, les dents serrées, les yeux révulsés, poussant des cris étranglés, puis, sous l'effet de l'éther, tombait dans une profonde torpeur. La nuit suivante fut plus calme. Au matin, Pouriquète parvint même à donner le sein à l'enfant. Puis les symptômes reprirent. Le médecin passa l'examiner. Il ne dit rien mais, quand ses yeux croisèrent ceux d'Hazembat, ils se détournèrent.

Pendant les deux jours qui suivirent, il y eut des accalmies et Hazembat se prenait à espérer, puis les convulsions revenaient, de plus en plus fortes.

C'est pendant une de ces accalmies que Janote vint annoncer l'arrivée de visiteurs. Hazembat descendit dans la boutique. C'étaient Stephen et Jenny, accompagnés d'O'Quin.

Il s'arrêta, interdit. Les deux Anglais étaient beaux comme des dieux. Stephen, à quarante ans, avait un port de jeune homme et Jenny surtout resplendissait de toute la gloire de ses vingt ans épanouis. Ses yeux pervenche étaient mouillés de larmes.

— Oh, Hazy ! s'écria-t-elle en se jetant dans ses bras, nous arrivons en un moment bien inopportun ! Comment va votre femme ?

— Elle lutte contre la mort, Jenny. C'est un combat inégal.

— Et l'enfant ?

— Elle se porte bien.

Stephen s'avança et lui donna l'accolade.

— Nous ne resterons que quelques instants, Bernard. Nous voulions seulement être sûrs que tu ne nous avais pas oubliés.

— Vous oublier, vous ? J'en mourrais plutôt ! Tenez, j'ai précieusement gardé le souvenir que vous m'aviez offert !

Il alla chercher dans un tiroir le volume de Byron que Jenny lui avait donné à Lisbonne. Il était tout éculé et maculé après son long séjour dans le sac de fardage, à travers tant d'aventures.

O'Quin s'en empara au passage.

— Une première édition des deux premiers chants de *Childe Harold* ! C'est un livre qui a de la valeur ! Tu l'as lu, Hazembat ?

— Non.

— Tu devrais. Lord Byron est devenu illustre, bien qu'il ait dû quitter l'Angleterre à la suite d'un scandale.

Il s'absorba dans l'examen du livre.

— Je peux voir votre femme, Hazy ? demanda Jenny.

— Je pense que oui. Elle est calme en ce moment.

Pouriquète était en train de donner le sein à la petite Jeanne. Elle tourna vers Jenny des yeux brillants de fièvre.

— Pouriquète, dit Hazembat, je te présente Lady Jenny Holloway.

Jenny s'avança jusqu'au lit.

— Votre mari m'a beaucoup parlé de vous, madame, dit-elle doucement. Je sais que vous n'êtes pas très bien et je ne veux pas vous fatiguer, mais je tiens à vous souhaiter, à vous et à vos enfants, tout le bonheur du monde.

— Merci, madame, répondit faiblement Pouriquète. Si vous souhaitez mon bonheur, il faut que vous souhaitiez celui de Bernard. Il en a plus besoin encore que moi.

— Il le mérite.

Elles étaient très différentes l'une de l'autre et l'œil d'Hazembat, allant du visage rayonnant de Jenny aux traits émaciés de Pouriquète, cherchait en vain à comprendre la subtile ressemblance qui existait entre elles.

L'enfant avait cessé de téter.

— Je peux la prendre ? demanda Jenny.

Elle souleva le bébé dans ses bras, penchant la tête vers le petit visage.

— Elle vous ressemble.

Hazembat ne put s'empêcher de penser qu'elle ressemblait aussi à Jenny.

Plus tard, quand les visiteurs furent partis, Pouriquète eut une autre crise qui la laissa sans forces. Pourtant, dans la soirée, elle ouvrit les yeux et regarda Hazembat qui, assis sur le bord du lit, lui tenait la main.

— Tu n'as pas de chance, murmura-t-elle tendrement, toutes les femmes qui t'aiment en épousent un autre.

— De qui veux-tu parler ?

— De Jenny... Elle t'aime.

— Ne dis pas de bêtises.

— Je ne suis pas jalouse, mais j'ai vu... Veux-tu me faire un plaisir ?

— Bien sûr.

— Notre petite Jeanne, la deuxième..., je voudrais qu'elle porte le nom de Jenny...

Prise d'une dernière et violente convulsion, Pouriquète passa le lendemain à l'aube. Ses derniers mots furent pour dire : « Ma fleur de vanille..., elle est dans le missel..., tu la mettras dans mes cheveux... » Hazembat l'entendit à peine quand il sentit sa main devenir molle sous ses doigts.

Longtemps, il resta à côté du lit. Il songeait à la mort de Betty, monstrueuse et défigurée par la variole. Celle de Pouriquète avait été presque paisible. Il regarda le visage fin et délicat qui avait retrouvé une beauté sereine, mais dont le rayonnement s'était éteint. Saisissant le missel sur la table de chevet, il y trouva la fleur de vanille séchée et jaunie, mais toujours pareille à une étoile. Il la piqua dans les longs cheveux châtains, puis déposa un dernier baiser sur les lèvres encore tièdes.

Il passa les jours qui suivirent dans une profonde

prostration. Il ne sortit que pour aller à l'enterrement où l'abbé Lafargue, après avoir officié, vint le trouver.

— Dieu donne et reprend, Hazembat, dit-il.

— Alors pourquoi donne-t-il ? Je ne lui ai rien demandé !

C'étaient les basses eaux et les couraus étaient tirés à sec. Caprouil s'occupait du calfatage. A la boutique, l'animation renaissait peu à peu. Perrot avait donné son accord pour que le fonds de commerce continuât à être exploité au nom de son petit-fils Pierre. Les femmes s'occupaient à la fois de la boutique et des enfants. On avait fait venir de Mazères une nourrice pour donner le sein à la petite Jenny. C'était une forte femme, du nom de Catherine, qui, à ses moments perdus, maniait sacs et barils avec des muscles d'homme.

Au début de septembre, quand les eaux commencèrent à remonter, Hazembat fut de la première descente de l'*Aurore* sur Bordeaux. A bord, personne ne lui parla de son deuil. La mort, chez les mariniers, était une chose trop quotidienne pour qu'on lui donnât plus d'importance qu'elle n'en avait.

En arrivant à Bordeaux, on passait sous les arches du nouveau pont de pierre, maintenant presque terminé. Le Port de la Lune, coupé dans l'élan de sa grande boucle, paraissait s'en trouver comme rétréci. Les bateaux de haute mer étaient parqués en aval des Salinières. Hazembat ne s'habituait pas au nouvel arrangement des quais. Seul et un peu désemparé, il alla voir O'Quin. Ce dernier le reçut affectueusement.

— Je suis désolé pour ta femme, Hazembat, mais tu sais qu'il te reste des amis. A ce propos, te souviens-tu de Bottereaux ?

— Le lieutenant Bottereaux ? J'ai navigué avec lui sur le *Mathurin-Mary* et sur l'*Argonaute*. Il a perdu un pied dans le combat au large d'Ouessant, où j'ai été blessé.

— Il a succédé à son père qui était armateur à Nantes. Il est à Bordeaux en ce moment. Nous avons parlé de toi.

— Il ne m'a pas oublié ?

— Que non ! Il arme un navire à Bordeaux pour

l'Afrique et les Antilles. Il m'a dit qu'il serait heureux de t'y prendre comme lieutenant. Veux-tu que nous dînions avec lui ce soir ?

Bottereaux s'était étoffé, mais il avait toujours cet air désinvolte et narquois qui, si souvent, avait rappelé à Hazembat les manières d'O'Quin. Maintenant qu'il les voyait côte à côte, il était frappé par la similitude.

— Hazembat, dit Bottereaux, tu as à peine quarante ans et tu es un des meilleurs marins que je connaisse. L'*Ile Verte* est un bon trois-mâts, comme tu les aimes. En novembre, elle appareille pour une croisière de huit ou dix mois. Tu peux trouver la fortune au bout.

— J'ai de quoi vivre avec mon courau.

— En auras-tu encore quand la vapeur remplacera la voile sur la rivière ? Crois-moi, le temps de la batellerie à voile s'achève. En mer, tu as encore un bel avenir.

— Il faut que j'y réfléchisse.

— Tu as jusqu'à la fin d'octobre pour te décider.

La *Garonne* arriva à Langon le 6 octobre 1818. Tout le long du parcours, une foule nombreuse avait afflué sur les deux rives pour voir passer la nouvelle merveille. La population entière de Langon était sur les quais. Mingehort faisait payer deux francs une place à l'une des fenêtres du premier étage de son auberge.

Crachant une épaisse fumée noire qui inspira la terreur aux assistants, le vapeur vint se ranger devant le Grand Port. Les deux roues placées à l'arrière soulevaient des gerbes d'écume en tournant à contre pour casser l'erre.

Lanusquet fut un des premiers à débarquer. Il se dirigea vers Hazembat.

— Qu'est-ce que tu en dis ? Tu remarqueras que les pales sont articulées pour frapper l'eau non obliquement, mais perpendiculairement, ce qui double l'effet de propulsion.

— Je dis, répondit Hazembat en parcourant le bateau du regard, qu'il y a beaucoup de place perdue et que vous ne transporterez pas le quart du chargement d'un courau.

— Pour le moment, nous transporterons surtout des

voyageurs. Tu imagines ? Langon à quatre ou cinq heures de Bordeaux !

— Les voituriers et les aubergistes ne seront peut-être pas très contents !

— Eh ! que veux-tu ? c'est le progrès. Avant longtemps, vous aussi, les bateliers, il faudra vous y faire !

Ce soir-là, il y eut un hôte rue Saint-Gervais. C'était Charles-Joseph Brannens, un homme d'une trentaine d'années, aux manières agréables. Négociant originaire de Castets, il venait de passer une dizaine d'années à la Nouvelle-Orléans où il s'était occupé des *steamboats* sur le Mississippi.

— La vapeur, c'est l'avenir, dit-il. Hazembat, vous devriez apprendre à piloter nos bateaux. Nous allons fonder une compagnie et il y aura toujours de la place pour vous.

— Non, répondit Hazembat. Je suis un homme de la voile et, s'il n'y a plus de voiles sur la Garonne, j'irai en chercher en mer !

Il avait les larmes aux yeux. Périssète, qui l'observait depuis un moment, lui mit la main sur le bras.

— Hazembat, dit-elle, Lanusquet a sa folie et tu as la tienne. Si tu as envie de te rembarquer au long cours, entre Castagne, Janote et moi, sans parler de Catherine, nous pourrons nous occuper de tes filles.

Il y eut un long silence, puis Hazembat demanda à Lanusquet :

— Est-ce que tu peux m'emmener à Bordeaux à la descente ?

Le lendemain, Hazembat s'embarqua à bord de la *Garonne.* Pierre Rapin, qui avait dix ans, et Amand Dumeau, qui en avait sept, étaient du voyage. Curieux et adroit de ses mains comme son père, Amand touchait à tout et posait inlassablement des questions. Pierre, au contraire, restait silencieux auprès d'Hazembat.

— Touton..., dit-il enfin.

C'est ainsi qu'il avait pris le parti d'appeler Hazembat.

— Oui, Pierre ?

— Tu vas t'embarquer ?

— Pas tout de suite, mais c'est probable.

L'enfant leva vers lui des yeux sérieux.

— Alors, c'est moi qui serai le maître de maison ?

— Sous le contrôle de ton grand-père Perrot, oui, bien sûr.

— Je veillerai sur mes sœurs. Tu peux partir tranquille.

Après Podensac, Lanusquet offrit à Hazembat de tenir la barre. Elle était plus douce que celle d'un voilier et cela ressemblait un peu au pilotage d'un lougre par vent arrière. Au coude de Langoiran, il y eut une brusque risée et le bateau fut déporté vers la rive droite. Instinctivement, tout en rencontrant la barre, Hazembat leva les yeux vers le mât vierge de toile, mais le patron criait déjà dans son porte-voix :

— Bâbord à demi ! Tribord en avant toute !

Docile, le bateau se redressa dans le fracas des machines et l'éclaboussement des pales. Hazembat n'eut qu'à suivre. Quand il rendit la barre, il dit à Lanusquet :

— C'est comme de piloter une brouette.

Dès le débarquement, il se rendit chez O'Quin et lui dit qu'il acceptait l'offre de Bottereaux. L'autre sourit.

— Il en était tellement sûr qu'il m'a laissé ton contrat pour que tu le signes.

Après avoir lu attentivement les clauses, Hazembat signa.

— L'*Ile Verte,* reprit O'Quin, n'appareille que dans un mois, mais, si tu veux aller faire sa connaissance, elle est mouillée devant les Douanes.

Dans sa hâte, luxe inouï, Hazembat loua un canot à quatre rameurs. Debout à l'arrière, il distingua le navire de loin. C'était un trois-mâts barque, un peu plus petit que la *Belle de Lormont,* mais sa ligne était fine. Ce devait être un marcheur convenable. Les vergues étaient croisées, mais on n'avait pas encore gréé les voiles. Pour autant qu'il en pût juger, une équipe achevait la mise en place du gréement courant.

Jetant une pièce au patron de la barque, il escalada rapidement l'échelle de coupée. Au moment où il mettait le pied sur le pont, le maître d'équipage dirigeait à grands coups de gueule le capelage d'une poulie baraquette à la vergue de grand hune.

Quand il se retourna, Hazembat reconnut la grosse moustache, devenue grise, de son cousin Papounet, ancien maître cordier sur l'*Argonaute*. Ils tombèrent dans les bras l'un de l'autre.

— Eh, hildepute ! je t'attendais ! s'écria Papounet. On m'avait dit que tu serais des nôtres, cousin... oh ! pardon... lieutenant !

Longtemps, ils parlèrent du vieil *Argonaute*, du combat au large d'Ouessant, du capitaine Guillotin, du lieutenant Leblond-Plassan.

— Il est capitaine de vaisseau à Rochefort, dit Papounet. On le laisse à terre oublier ses sympathies pour l'Empire. C'est comme l'autre lieutenant que nous attendons, un nommé Pigache...

— Le lieutenant Pigache ? J'étais avec lui et Leblond-Plassan, justement, à Trafalgar ! Il navigue au commerce ?

— On l'a rayé des cadres de la marine pour avoir conspiré. Il paraît que c'est un républicain.

— Et toi, Papounet ? tu es toujours républicain ? Tu te souviens de la loge des Vengeurs du Peuple qui se réunissait dans la cale de l'*Argonaute* ?

Papounet prit un air mystérieux.

— Nous en reparlerons... quand nous serons en mer.

Il s'était mis à tomber une petite bruine bordelaise.

— Je vais te montrer tes quartiers, dit Papounet.

La cabine était assez vaste. Un cadre de bonne taille se balançait doucement tandis que le navire chassait sous l'effet de la marée montante.

— Attends, j'apporte de quoi trinquer, dit Papounet.

Resté seul, Hazembat écouta avec délices la chanson du navire, faite de craquements, de pétillements, de grincements, tandis que jouaient les unes sur les autres les mille pièces de bois de la coque. Il y avait aussi, familière, l'odeur de goudron, de chanvre sec, de sentine, de soupe et de sueur humaine qui était celle de la navigation.

Papounet revint avec deux gobelets et une bouteille.

— C'est du cœur de chauffe. Je l'ai ramené de Pointe-à-Pitre à mon dernier voyage.

Le parfum du rhum emplit la cabine et monta dans les narines d'Hazembat, magie venue d'un lointain passé. Il leva son gobelet.

— A la mer !

Déjà, par la pensée, il était en route, comme si, répondant à l'appel de l'océan, il rentrait enfin chez lui.

TABLE DES MATIÈRES

Achevé d'imprimer en février 1985
sur presse CAMERON
dans les ateliers de la S.E.P.C.
à Saint-Amand-Montrond (Cher)

— Nº d'édit. : 10470. — Nº d'imp. : 2863-164. —
Dépôt légal : avril 1985.
Imprimé en France